KB029615

초록의 시학을 위하여

이승원

1955년 서울 출생. 서울대학교 국어교육과 및 동 대학원 국어국문학과를 졸업했다. 시와시학상, 김달진문학상을 수상하였으며 현재 서울여자대학교 한국어문학부 교수로 재직중이다. 저서로 『한국 시문학의 비평적 탐구』(공저, 1985), 『근대시의 내면구조』(1988), 『현대시와 현실인식』(1990), 『현대시와 삶의 지평』(1993), 『현대시와 지상의 꿈』(1995), 『한국 현대시 감상론』(1996), 『20세기 한국시인론』(1997), 『서정시의 힘과 아름다움』(1997), 『정지용 시의 심층적 탐구』(1999), 『노천명』(2000) 등이 있다.

청동거울 문화점검 ⑭

초록의 시학을 위하여

2000년 11월 25일 1판 1쇄 인쇄 / 2000년 11월 30일 1판 1쇄 발행

지은이 이승원 / 펴낸이 임은주
펴낸곳 도서출판 청동거울 / 출판등록 1998년 5월 14일 제13-532호
주소 (135-080) 서울 강남구 역삼동 832-52 상봉빌딩 301호 / 전화 02)564-1091~2
팩스 02)569-9889 / 하이텔I.D. 청동 / 전자우편 cheong21@freechal.com

편집장 조태림 / 본문편집디자인 문해경 / 표지디자인 우성남 / 영업관리 정덕호

값 13,000원

잘못된 책은 바꾸어 드립니다.
지은이와의 협의에 의해 인지를 붙이지 않습니다.

무단 전재 및 무단 복제를 금합니다.
© 2000 이승원

Copyright © 2000 Lee, Sung Won
All right reserved.

First published in Korea in 2000
by CHEONGDONGKEOWOOL Publishing Co.
Printed in Korea.

ISBN 89-88286-37-5

청동거울 문화점검 ⓮

초록의 시학을 위하여

이승원 시비평집

청동거울

책머리에

『서정시의 힘과 아름다움』을 낸 지 3년 만에 또 한 권의 비평집을 내게 되었다. 평론집으로는 다섯 권째가 된다. 그 동안 쓴 글을 모아 보니 한 권의 책으로 묶기에 분량이 너무 많았다. 원고지로 삼천 매가 넘는 분량이니 한 달에 평균 백 매 이상을 쓴 셈이다. 언제 이렇게 많은 글을 썼나 새삼 놀라기도 했지만, 글을 너무 남발했다는 자괴감이 들었다. 윤동주의 표현을 빌리면, 인생은 살기 어렵다는데 글이 이렇게 쉽게 씌어지는 것은 부끄러운 일이다. 어쩔 수 없이 삼분의 일 정도의 글을 덜어내면서 스스로의 글쓰기에 대해 냉정하게 반성해 보았다. 우선, 책읽기와 글쓰기의 속도를 조절하는 것이 필요하다는 생각을 했다. 작품을 좀더 꼼꼼히 읽고 많은 사색과 여과의 과정을 거쳐 글을 쓰는 절제의 감각을 길러야 할 것이다. 아울러, 비평문의 스타일을 개발하는 데에도 관심을 가질 생각이다.

나이가 들면서 비평이란 무엇인가, 특히 시비평이란 무엇인가에 대해 많이 생각하게 된다. 비평의 근본은 작품을 해석하고 평가하는 일이다. 이 일을 제대로 하지 못하는 사람은 비평가라고 할 수 없다. 해석과 평가 두 항목 중 우선적인 것은 해석이다. 작품을 제대로 감상·해석하지 못하는 사람이 어떻게 작품을 평가할 수 있단 말인가. 특히 시비평의 경우 감상의 섬세함과 해석의 치밀함이 언제나 중심에 놓여야 한다. 자신의 마음을 흔들어 놓은 시작품에 대해 그 시가 일으킨 파문을 정직하게 고백하는 것이 시비평의 기본이 되어야 한다. 비평의 논리는 자신의 주관을 독자의 객관과 결합하는 데 필요한 과정이다. 그런 의미에서 이론과 논리는 비평가에게는 이차적인 것이다. 따라서 해석의 치밀함을 가장한 난해한 사변의 곡예나 엄정한 논리를 가장한 경직된 사고의 도식화는 궤변에 불과하지 진정한 비평적 작업이 아니다. 정직하지 못한 논리, 논리를 가장한 허위는 인간과 사회에 해악을 끼친다. 비평가라는 직함을 가지고 문학과 사회에 해악을 끼치는 일을 해서는 안 된다.

내가 생각하는 문학의 영역에는 좋은 작품과 그렇지 못한 작품이 존재한다. 우리에게 감동을 주고 영혼에 위안을 주고 정신을 각성시키는 작품은 좋은 작품이다. 아무리 화려한 의장과 새로운 기법을 동원하고 있다 하더라도 어떠한 감동도 위안도 각성도 가져다 주지 못하는 작품은 나에게는 단지 하나의 평범한 글에 불과하다. 지금까지 나의 시비평은 이런 신념을 일관되게 견지해 왔다. 어떤 해체적 기법을 통해 나태한 정신을 깨어나게 하고 새로운 시각을 갖게 해주는 시에 대해 나는 언제나 경의를 표해 왔다. 분명 기이하고 새롭기는 하지만, 아픈 마음을 위로하기는커녕 쓰디쓴 환멸감을 갖게 하고 정신의 깨우침을 주기는커녕 변태적 기괴 취미에 그쳐 버리는 시에 대해, 나는 아예 무시하는 태도를 취하거나 이것은 시가 아니라는 부정의 발언을 해왔다. 그런 나의 반응은 앞으로도 변함이 없을 것이다.

이 책은 디지털시대에 전자사막의 유목민으로 살아가는 사람들에게 시가 꼭 필요하다는 사실을 역설하는 내용으로 채워져 있다. 시는 본질적으로 인간과 자연의 합일을 바탕으로 생명을 보살피고 북돋는 속성을 지닌다. 비유적으로 말하면 시는 병든 지구에 생명의 복음을 전파하는 일을 한다. 황폐한 사막으로 끝날지 모르는 인간 상실의 시대에, 시는 생명의 고귀함을 일깨우고 초록 등불을 밝히는 일을 자발적으로 수행한다. 그것과 관련된 말로 생명주의 문학, 생태환경문학이란 용어가 있지만, 나는 주의나 이념이 아니라 몸의 감각으로 생명의 아름다움과 고귀함을 알리는 일이 중요하다고 생각했다. 그래서 '초록의 시학'이라는 말로 그러한 시적 지향을 집약해 보았다.

이 책을 내기까지 많은 사람의 도움을 입었다. 특히 내 글을 자기의 글처럼 정성껏 편집하고 아름다운 책으로 만들어 준 청동거울 식구들에게 깊은 고마움을 전한다. 이러한 마음의 교류가 시의 물결을 더 멀리 퍼지게 하면 좋겠다.

2000년 11월 5일
저자

제1부 우리 시의 전망

제2부 시인의 정신과 감각

제3부 허위와 진실의 표정

제4부 시의 불빛을 찾아서

제1부

우리 시의 전망

서정시의 위력과 광휘

1. 서정시의 특질과 비판적 시각

일 년 전 『서정시의 힘과 아름다움』(새미, 1997)이라는 책을 내면서 그 머리말에서 당돌하게도 나는 다음과 같은 말을 했다.

나는 이 책에서 고집스럽게 서정시의 가장 서정시다운 모습을 옹호하고 그것이 지닌 가치를 강조하려고 노력했다. 세상이 어떻게 변하든 서정시의 유구한 흐름은 변하지 않으리라는 신념을 드러내려고 애썼다. 서정시라고 해서 감정을 노래하는 얄팍한 소품만을 생각해서는 곤란하다. 서정시는 인간의 삶을 반영하기도 하고 현실을 비판하기도 하고 아름다운 세상의 모습을 먼저 제시하기도 한다. 서정시는 사람의 마음을 변화시키고 세계를 변화시킬 수 있는 힘을 지니고 있다. 그와 아울러 거기 담긴 언어와 정서의 아름다움은 상처받은 인간의 영혼을 위무하고 그것을 더 높은 차원으로 고양시키는 승화의 기능도 함유한다. 문학에 뜻을 둔 사람들은 인간 부재, 인간 상실의 시대에 맞서서 이러한 서정시의 힘과 아름다움을 옹호하는 데 더 큰 관심을 가져야 할 것이다.

도대체 서정시의 가장 서정시다운 모습이란 무엇인지, 서정시가 어떤 방법으로 현실을 비판하고 더 나아가 세계를 변화시키는 힘을 획득하게 되는지 명확한 근거도 제시하지 않은 채, 흥분한 듯한 어조로 나는 위와 같은 말을 털어놓았다. 아마도 원고 교정을 끝내고 머리말을 쓰던 순간의 고양감 때문에 그러한 말이 거침없이 흘러나왔을 것이다. 그 머리말을 쓴 지 일 년이 넘은 지금 『시와사람』으로부터 서정시에 대한 글을 쓰라는 말을 듣고 머리말을 다시 읽으며 나는 심한 부끄러움을 느낀다. 부끄러움에서 벗어나려면 머리말에서 구호처럼 외친 내용을 차분하게 풀어서 조리 있게 서술해야 할 것이다. '서정시의 힘과 아름다움'이 무엇인지 만인이 공감할 수 있도록 구체적으로 이야기하지 않는다면 일 년 전에 쓴 머리말뿐만 아니라 그 책 전체가 휴지조각이 되고 말 것이라는 절박한 위기의식까지 밀려든다. 이럴 때는 자신의 논리를 정당화해야 한다는 조급한 생각 때문에 오히려 일을 망치기 쉽다. 그래서 나는 어깨에 힘을 빼고 아주 느슨한 기분으로 서정시에 대한 생각을 풀어가기로 마음먹었다. 처음부터 '서정시의 힘과 아름다움'을 강변하지 않고 이야기의 흐름을 통하여 내가 생각하는 바가 자연스럽게 우러나도록 논의를 전개하려 한다.

서정시에 해당하는 영어 단어 Lyric은 현악기를 지칭하는 Lyre라는 말에서 파생되었다고 한다. 그러니까 원래 서정시는 현악기를 탄주하며 음송하던 노래에서 나온 것이었다. 그런데 고대 희랍의 경우 서사시인 Epic도 악기를 연주하며 음송하던 것은 마찬가지였다. 따라서 악기의 반주가 따른다거나 음악적 선율이 있다든가 하는 것은 서정시와 서사시를 구별하는 근본 요인이 되지 못한다. 서정시와 서사시는 전달

내용의 차이에 의해 구분된다. 서정시는 흔히 감정이라고 통칭되는 마음의 움직임을 전달하는 양식이다. 여기에 비해 서사시는 어떤 이야기를 전달하는 것이 목적이다. 악기의 반주나 음악적 선율은 전달하고자 하는 내용이 효과적으로 전달될 수 있도록 보조하는 역할을 했다. 근대 이후 운문양식이 산문으로 바뀌면서 서사시는 소설로 변모되었다. 그러나 서정시는 원래의 운문양식을 그대로 보존하면서 현재에 이르고 있다.

이렇게 보면 서정시는 고대로부터 현재에 이르기까지 양식의 변화를 거의 일으키지 않은 문학갈래라고 할 수 있다. 그것은 서정시가 본질적으로 공유하고 있는 양식상의 특징에서 말미암았을 것이다. 위에서 말한 대로 서정시는 마음의 움직임을 전달한다. 그런데 마음의 움직임이라는 것은 지역이나 시대에 따라 크게 달라지는 것이 아니다. 애모의 안타까움이라든가 사별의 슬픔 등은 옛날 사람이건 지금 사람이건, 서양 사람이건 동양 사람이건 거의 비슷하게 느낄 것이다. 이것을 흔히 정서의 보편성이라고 말하거니와, 사정이 이러하기 때문에 동서고금의 서정시는 대동소이한 양상을 지니게 된다.

문명이 발달하고 현대사회가 복잡해지면서 시의 영역에도 적지 않은 변화가 일어난 것은 사실이다. 그것은 서정시의 완고한 보수성을 허물어 버리려는 해체의 전략으로 돌출되기도 했다. 그러나 그런 움직임이 전력 투구의 전위적 지향을 보인다는 사실부터가 서정시가 내장하고 있는 구심력이 만만치 않은 것임을 역으로 드러낸다. 서정시가 완강한 보수성을 유지하려 들면 들수록 그것에 도전하는 반서정적 이탈의 몸부림도 더욱 가열해진다. 시에 서사성을 끌어들여 서정성을 중화하려는 시도에서부터 서정시의 기본형식을 해체하고 새로운 스타일을 창조하려는 전위적 실험에 이르기까지 그 도전의 양상은 다양하고 다채롭다. 서정시의 전통적 틀에서 벗어나려는 시도를 벌이는 사람들이 내

세우는 주장 또한 다양한데 그것을 크게 둘로 묶으면 이렇게 요약된다.

첫째, 서정시는 현실의 역동적인 양상을 반영하기에는 역부족이다. 특히 현실을 객관적으로 인식하고 현실의 모순을 비판하는 데 서정시는 무능하고 무력하다. 현대사회에서 시가 살아남으려면 현실반영이나 현실인식, 현실비판의 정신을 수용해야 한다. 그렇게 되려면 어쩔 수 없이 시는 서정성의 고루한 영역에서 벗어나 서사적 요소나 객관적 인식의 명석성을 수용해야 한다.

둘째, 현대 산업정보사회에서 인간의 사고체계나 인식의 틀은 무서운 속도로 변하고 있다. 모든 것이 변하는 만큼 예술양식의 변화도 필연적이다. 어느 시대고 참된 예술은 모험과 실험정신에서 비롯되었다. 예술사에서 새로운 변화는 그 시대의 이단아에 의해 창출되었으며, 새롭게 돌출된 실험적 양식은 당대에 인정받지 못했다 하더라도 후대에 가치있는 작업으로 평가받았다. 새로운 스타일을 창조하는 것은 예술정신의 살아있음을 증명하는 일이다. 기존의 형식에 안주하는 것은 정신의 자유를 억압하는 제도의 금기, 관습의 멍에를 그대로 수용하는 것이다. 예술창조에서 새로운 것은 가치 있는 것이다. 시창작이라고 해서 예외일 수는 없다.

이러한 두 가지 주장은 그 나름의 타당성이 있으며 새로운 시의 가능성을 통하여 시의 영역을 넓힌다는 의의가 있다. 그러나 그 두 주장이 극단화되면 그것은 중대한 오류를 빚어낸다.

첫째 주장의 경우 현실인식이나 현실비판을 문학으로 표현한다는 것은 물론 매우 가치 있는 일이다. 그런데 서정시에서 그런 측면이 전면화되면 감정의 섬세함을 표현해야 할 시의 또 다른 중요한 요소가 약화될 우려가 있다. 서정시가 현실을 비판하고 세계를 변화시킨다는 것은 서정시의 결과에 대한 지적이지 그것이 목적으로 환치될 수는 없다. 엄격히 얘기하면 객관적 현실인식이나 엄정한 현실비판에 적합한 장르는 시가 아니라 소설이다. 따라서 그런 방면에 관심을 기울이는 사람은 굳이 시를 쓰면서 그런 방도를 도모할 것이 아니라 뚜렷한 주제의식을 가지고 소설을 쓰면 된다. 시의 영역내에서 그런 주제를 표현하고자 한다면 현실인식과 서정성이 어떻게 조화를 이루며 그것이 시적 성취로 어떻게 연결될 수 있는지를 다양한 각도에서 차분하게 점검해 보아야 한다. 그런 쪽의 노력을 게을리 한다면 그의 시창작은 도식성에 빠지게 되고 결과적으로 상당한 난관에 봉착하게 될 것이다.

둘째 주장의 경우 실험정신이 강조되면 새로운 것은 모두 좋은 것이라는 망집에 사로잡힐 우려가 있다. 그것은 실험을 위한 실험으로 빗나가기 쉽다. 예술사의 변화는 물론 실험정신을 가진 전위부대에 의해 일어났다. 그런데 범위를 시로 축소시키면 시양식 자체내에서의 실험은 그렇게 전면적인 변화를 일으키지는 못했다. 20세기 전반기의 실험적 시양식은 이미지즘과 초현실주의 정도인데 그것은 시에 근본적인 변화를 가져오지는 못하였고 표현기법이라든가 시의식의 측면에 부분적인 변화를 가져옴으로써 시의 영역을 풍요롭게 하는 선에 머물렀다. 이미지즘과 초현실주의는 그 자체의 생명력은 쇠진해 사라지면서 자신의 가치 있는 부분을 후세에 남겨주는 것으로 자신의 역사적 존재를 마감했다. 요컨대 문학사에 돌출된 실험적 양식은 그 자체로는 생존력이 약하며 문학사의 커다란 흐름에 작은 변화의 족적을 남기는 정도에서 그 존재 의의를 확인할 수 있는 것이다. 물론 그런 전위적 모험가들마저 없었다면 문학사는 답보와 정체의 역사가 되고 말았을 것이니 창조적 실험정신이 지닌 의의는 충분히 인정할 만하다. 문제는 실험만이 의미 있는 것은 아니며, 의미있다고 해도 그것이 지금까지의 문학 전반을 부정할 정도로 큰 의미를 지니는 것은 아니라는 얘기다. 따라서 지금 전위적 실험에 골몰하는 사람은 자신의 실험이 최선의 경우 작은 변화의 자취 정도로 남게 될 것이라는 사실을 분명히 깨달아야 한다. 그것도 운동이 집단화되거나 천재적 능력이 발휘되는 최선의 경우에 그러하고, 그렇지 못한 대다수의 실험은 아무런 족적도 남기지 못한 채 비생산적인 일과성의 시도로 끝나게 된다는 점도 냉정하게 받아들여야 할 것이다.

2. 신화적 상상력의 효용

앞의 두 주장과 더불어 우리에게 던져지는 서정시에 대한 부정적인 질문은 우리 시대에 서정시가 무슨 효용이 있는가 하는 것이다. 흔히 서정시를 가리켜 세계까지도 자아화하여 정서를 주관적으로 드러내는 독백의 양식이라고 한다. 그러한 서정시가 현대사회의 복잡다변한 문제에 부딪쳐 해결할 수 있는 일이 과연 무엇인가? 서정시가 언어나 정서의 아름다움을 전해 준다는 것은 이해가 되지만 어떻게 그 주관적 표현양식이 현실을 비판하고 세계를 변화시킬 수 있단 말인가? 고속으로 전진해 가는 현대사회의 도발적인 위세에 대처하기에 서정시는 너무나 허약한 양식이 아닌가? 이러한 종류의 부정적 질문이 제기될 수 있다. 이러한 질문을 염두에 두고 다음의 시를 읽어 보자.

부엌의 불빛은
어머니의 무릎처럼 따뜻하다.

저녁은 팥죽 한 그릇처럼
조용히 끓고,
접시에 놓인 불빛을

고양이는 다정히 핥는다.
수돗물을 틀면
쏴아 불빛이 쏟아진다.

부엌의 불빛 아래 엎드려
아이는 오늘의 숙제를 끝내고,
때로는 어머니의 눈물,
그 눈물이 등유가 되어
부엌의 불빛을 꺼지지 않게 한다.

불빛을 삼킨 개가
하늘을 향해 짖어대면
하늘엔
올해의 가장 아름다운 첫별이
태어난다.

—이준관, 「부엌의 불빛」 전문

이 시에는 서정시의 전형적 속성이 잘 드러나 있다. 부엌의 불빛이 어머니의 무릎처럼 따뜻하다고 보고 부엌의 온기와 어머니의 사랑을 동일화한 수법은 세계를 자아화하여 정서를 주관적으로 드러내는 서정시의 특징을 단적으로 보여준다. 현실주의적 시각에 치우친 사람은 이 시가 복잡다단한 삶의 문제를 해결하는 데 무슨 효용이 있겠느냐고 반문할지 모른다. 시골도 대부분 도시화되어 따뜻한 불빛이 새어나오던 부엌도 사라진 지 오래며 고양이와 개가, 또 어머니와 아이가 하나의 공간 속에 화합을 이루는 장면도 이제는 보기 힘들게 된 것이 사실이다. 차라리 도시문명의 침윤에 의해 파편화되어 가는 농촌의 삶을 비판적으로 묘사한다든가 인간의 본원적 모습을 상실해 가는 인간 부재의 정황을 고발하는 것이 이 시대의 시인이 할 일이 아니겠느냐는 지적이 나올 만하다.

그런 비판적 시각을 가진 사람이라도 이 시의 전체적인 분위기가 부드럽고 따뜻하고 자애롭다는 점은 인정할 것이다. 이 시의 정황이 현재 우리가 살아가는 실제적 삶의 국면과 상당한 거리를 두고 있는 것은 사실이다. 그러나 이 시에 묘사된 장면이 일상적 삶의 국면에서 전혀 접할 수 없는 것인가 하면 그렇지는 않다. 비록 사라져 가고는 있지만 우리들 삶의 어느 한 구석에 분명히 존재하는, 그래서 그 사라짐과 희귀성이 오히려 인간적 가치의 부재에 대한 그리움을 자아내는 그런 장면을 이 시는 보여준다. 사라져 가기 때문에 아름답고 보기 힘들기 때문에 의미 있는 그런 장면을 복원하는 데 시인의 상상력이 기능적으로 작용한 것은 물론이다. 그런 점에서 시인의 상상력은 아주 중요하다. 그것은 과학자의 정밀한 분석력이나 집중적 탐구력 이상의 가치를 지닌다. 시의 상상력은 소설이나 희곡 등 다른 문학갈래에서 확인하기 힘든 본질에의 육박성을 갖는다. 그것은 과거가 현재로 회감하고 자아와 세계가 융즉하는 신화시대의 본원적 체험을 우리에게 안겨준다.

근대 이후 신화적 세계관은 붕괴되고 우리의 의식에는 과학적 세계관이 터를 잡았다. 생의 모든 국면에서 우리는 계량적이고 분석적인 시각으로 사물과 세계를 대한다. 세상 형편이 이러하기 때문에 누구도 이것을 거부하지는 못한다. 과학적 세계관의 논리를 거부하는 사람은 현대사회에서 미친 사람 취급을 받거나 사회의 외곽으로 밀려나 버린다. 그러면 과학적 세계관의 반대쪽에 자리잡고 있는 신화적 세계관은 현대사회에서 무가치한 것인가. 절대로 그렇지 않다. 21세기를 목전에 두고 있는 지금도 불가사의한 이야기를 소재로 한 다큐멘터리 방영물이 텔레비전 시청자를 사로잡고 있는 것을 보면 일반인들이 신화적 세계에 얼마나 많은 관심을 갖고 있는지를 짐작할 수 있다. 아무리 과학이 발달하고 계량적·분석적 사고가 우리를 지배하고 있어도 과학으로 설명될 수 없는 미지의 영역이 있다는 생각은 쉽사리 바뀌지 않는다. 그리고 과학으로 설명되지 않는 영역에 우리의 영혼을 위무하는 어떤 요소가 있을 것이라는 생각도 그대로 유지된다. 그 미지의 영역이 바로 신화적 세계관이 작동하는 공간인데, 이것을 종교나 영적인 문제에 속하는 것으로 한정지어 버리면 그것은 우리의 일상적 삶과는 아주 다른 차원에 속하는 것으로 넘어가 버린다.

그런데 묘하게도 시는 현실의 차원에서 현실의 언어로 신화적 세계관을 펼쳐낸다. 영적인 신비주의로 넘어가지 않으면서 인간과 세계가 과학의 논리와는 다른 차원에서 융합을 이루는 장면을 우리 앞에 현현해내는 것이 바로 시다. 위의 시에서 신화적 상상력이 작용하여 사물이 재구성되는 모습을 볼 수 있다. 과학적 시각으로 보면 부엌의 불빛과 어머니의 무릎은 분명 다른데 시에서는 그것을 동일화하였다. 저녁이 팥죽처럼 끓는다고 했고 고양이가 접시의 불빛을 핥는다고 했다. 수돗물에도 불빛이 쏟아지고 어머니의 눈물이 등유가 되어 부엌의 불빛을 계속 밝힌다고 했다. 부엌의 불빛을 삼킨 개가 하늘을 향해 짖으면 하늘엔 올해의 가장 아름다운 첫별이 태어난다고 했다. 일상의 맥락으로 보면 이런 생각은 정신병자의 착란된 의식처럼 보인다. 그러나 인간과 세계가 단절된 것이 아니라 상통·융합하는 관계에 있다고 본다면 이 모든 것은 진실이다.

이 시에 담긴 신화적 상상력은 과학적 계량성에 파편화되어 버린 우리의 의식을 화평의 온기로 감싼다. 어머니로 표상되는 인간의 자애로움 속에 부엌의 모든 사물은 온화한 불빛을 나누어 갖는다. 고양이가 핥는 작은 접시에서부터 하늘의 별에 이르기까지 어머니의 마음이 두루 퍼진다고 생각하는 경지는 인간과 인간의 갈등, 인간과 세계의 갈등을 모두 무화시키는 경지다. 이것은 갈등의 존재를 처음부터 부정하는 시각이 아니라 존재하는 모든 갈등이 합일의 공간에서 해소되어야 한다는 염원을 형상화하는 경지다. 그 염원은 갈등에 시달리는 현재의 곤고한 삶에 위안을 준다. 그런 갈등의 사라짐과 관련하여 다음의 시를 또 읽어 보자.

여든까지 살다 죽은 팔자 험한 요령잡이가 묻혀 있다
북도가 고향인 어린 인민군 간호군관이 누워 있고
다리 하나를 잃은 소년병이 누워 있다
등너머 장터에 물거리를 대던 나무꾼이 묻혀 있고 그의
말더듬던 처를 꼬여 새벽차를 탄 등짐장수가 묻혀 있다
청년단장이 누워 있고 그 손에 죽은 말강구가 묻혀 있다

생전에는 보지도 알지도 못했던 이들도 있다
부드득 이를 갈던 철천지원수였던 이들도 있다
지금은 서로 하얀 이마를 맞댄 채 누워
묵뫼 위에 쑥부쟁이 비비추 수리취 말나리를 키우지만
철 따라 꽃도 피우고 열매도 맺으면서
뜸부기 찌르레기 박새 후투새를 불러 모으고
함께 숲을 만들고 산을 만들고

세상을 만들면서 서로 하얀 이마를 맞댄 채 누워

—신경림, 「묵뫼」 전문

이 시에는 약간의 서사적 요소가 곁들여 있다. 그것은 6·25를 전후로 한 우리의 비극적 연대기와 관련이 있다. 이 시를 제대로 읽기 위해

서는 사전을 펼쳐 놓고 낯선 말의 뜻을 먼저 알아보아야 한다. 그만큼 이 시는 말 배우는 재미도 갖게 해준다. 그 낯선 말을 통해 지난 시대의 사람들이 거쳐갔던 삶의 형편도 파악하게 된다. 제목인 '묵뫼'는 묵은 묘, 즉 오래 거두지 않아서 거칠게 된 무덤을 말한다. '요령잡이'란 상여가 나갈 때 요령을 흔들며 선소리를 하는 사람을 말하며 '물거리'란 손으로 꺾을 수 있는 땔나무를 말한다. '말강구'란 말감고(監考)가 원래의 말인데 추수 때 마름을 대신해 곡식 되는 일을 하는 사람을 일컫는다. 말감고가 되질로 눈속임을 하여 소작농들에게 못된 짓을 많이 했기 때문에 청년단장에게 죽음을 당했을 것이다.

돌보는 사람 없는 오래된 묘에 여러 사람들이 묻혀 있다. 팔자 험한 요령잡이에서부터 다리를 잃은 소년병, 서로 죽이고 죽은 청년단장과 말강구에 이르기까지 많은 사람이 묻혀 있다. 그들 중에는 철천지원수로 악연을 맺은 사람이 있는가 하면 생전에 아무 관계도 없었던 사람들도 있다. 살아서의 관계가 어떠했건 간에 그들은 무덤 속에 하얀 뼈로 누워 다정한 친구인 양 이마를 맞댄 채 잠들어 있다. 미움도 원한도 생전의 갈등도 죽음의 세계에는 들어오지 못한다. 세상의 갈등은 죽음의 세계에서 무화되고 승화된다. 퇴락한 무덤은 오히려 철 따라 가지가지 꽃을 피우고 열매를 맺게 하면서 온갖 새들을 불러모으는 화합과 공존의 터전으로 변화한다. 그것은 함께 숲을 만들고 산의 조화를 이룰 뿐만 아니라 '세상을 만드는' 이적(異蹟)을 실현한다. 이것은 살아서 부딪치는 갈등의 세계 속에서는 꿈도 꾸지 못했던 일이다. 그러나 하얀 뼈로 누운 다음에는 이런 화합이 가능하다.

여기 묘사된 죽음의 세계는 바로 서정시의 세계와 같다. 그것은 세계의 갈등을 부정하는 것이 아니라 대립의 칼날을 갈아 다툼을 무화시키는 역할을 한다. 갈등을 갈등대로 인정하면서 갈등을 넘어서는 길을 모색하는 것이다. 그런 갈등의 무화에 서정시가 내장하고 있는 신화적 상상력이 중요한 역할을 한다. 인간과 세계를 하나로 융합하면서 둘 사이의 갈등을 녹여 없애고 마음의 안식을 얻게 하는 기능을 수행한다.

3. 시적 압축성의 잠재력

이처럼 서정시는 삶의 국면을 압축적으로 보여주면서 갈등을 넘어서는 길이 무엇인가를 탐색한다. 갈등을 넘어서는 길은, 서정시의 바탕을 이루는 신화적 상상력, 표면에 드러나는 암시와 상징의 어법에 의해 비로소 열린다. 압축과 생략으로 말을 엮어 가기 때문에 서정시의 짧은 형식 속에는 풍성한 의미내용이 함축될 수 있다. 한순간에 포착한 마음의 움직임이 시의 형식으로 정착되는 순간 그것은 공간적으로 무한하고 시간적으로 영원한 상징체로 우리 앞에 떠오른다.

> 시계저울을 한쪽에 올리고 해가 지는 거리를 뛰어가는 손수레. 여자들이 낳은 듯한 노란 아기참외들이 소복이 쌓여 있는 손수레. 바퀴 옆으로 판자를 붙인 손수레는, 팔자걸음으로 뛴다. 해지기 전, 시장 길목으로 달려가는 부부. 어떤 우주시대가 와도 저 과일장수는 사라지지 않을 것이다. 선선해지는 늦여름 저녁도 같으리라고, 시계바늘 어둠 쪽에 조금 기운 유리창 밖, 새빨간 노을 한 마리, 푸드덕 날아간다
>
> —고형렬, 「참외 저녁」 전문

이 짧은 시는 어느 여름 저녁의 정경을 보여준다. 짧게 스쳐 가는 한 장면을 포착한 것인데 그 장면을 포착하여 우리에게 들려주는 시인의 이야기는 우주시대를 넘어서는 영원성을 지닌다. 과일장수 부부가 손

수레 한쪽에 저울을 올려놓고 노란 참외를 가득 담고서 시장 골목으로 달려간다. 너무 급히 달려가기 때문에 손수레는 마치 팔자걸음을 걷는 듯 좌우로 흔들린다. 손수레를 끄는 과일장수 부부의 내력을 그냥 이야기해도 될 터인데 시인은 그 손수레와 관련된 세 가지 사항을 우리에게 일러주는 것으로 장황한 이야기를 대신하였다. 과일장수 부부의 삶을 암시해 주는 단서는, 시계저울이 손수레 한쪽에 올려져 있다는 것, 손수레에 쌓여 있는 참외들이 여자들이 낳은 아기와 같은 인상을 준다는 것, 손수레 바퀴 옆에 판자가 붙여져 있다는 것 등 셋이다. 이 세 지적을 통하여 우리는 과일장수 부부의 삶의 국면을 떠올릴 수 있다.

손수레에 실린 참외는 그 부부의 살림 밑천이다. 어떤 점에서 그것은 생계를 이어가는 수단에 불과할지 모른다. 그러나 그 부부에게 참외와 손수레는 단순한 생계 수단이 아니라 인간의 온기가 담긴 생명의 등가물로 인식된다. 손수레는 그 부부의 분신이며 손수레에 담긴 참외는 그들의 귀여운 아기 같다. 이처럼 두 부부는 그들을 둘러싼 삶 전체를 사랑으로 받아들인다. 시계저울 역시 그들의 삶과 떼어놓을 수 없는 존재다. 참외를 무게로 달아 팔 때는 반드시 저울이 필요하기 때문이다. 노란 아기참외를 자기의 아이처럼 생각하는 부부이기 때문에 저울 눈을 속인다거나 하는 것은 상상도 할 수 없다. 오히려 저울은 그 부부의 정직하고도 넉넉한 삶의 모습을 연상시킨다. 이렇게 하루하루를 성실하게 살아가는 부부에게 손수레는 아주 귀중한 물건이다. 참외의 무게 때문에 귀중한 손수레가 무너질까봐 바퀴 옆에 판자를 대서 손수레를 더욱 튼튼하게 했다. 이처럼 세심한 부분까지 마음을 쓰는 데서도 그들의 건실한 삶의 자세를 엿볼 수 있다.

이렇게 그들 삶의 세부가 모두 담겨 있는 손수레를 끌고 과일장수 부부는 뛰어간다. 혹시 조금 늦어 그들의 자리를 잃을까 염려해서인지 모른다. 조금이라도 먼저 가서 하나라도 더 팔으려고 손수레를 끌고 달려갈 것이다. 그러나 이 행동은 돈을 더 벌겠다는 탐욕의 행동으로 보이지 않는다. 오히려 그것은 열심히 살겠다는 의욕의 행동으로 보인다. 과일장수 부부의 움직임을 지켜보며 시인은 부지런한 삶이 주는 마음의 평화를 느낀다. 그처럼 건실한 삶의 모습은 시대가 어떻게 바뀌어도 사라지지 않을 것이라고 시인은 생각한다. 어느새 서쪽 하늘에는 노을이 물든다. 그것을 시인은 새빨간 노을 한 마리가 날아간다고 표현했다. 노을이 퍼져 가는 것을 새의 날아감으로 표현한 이유는 무엇일까? 그것은 노을의 신비로운 아름다움과 그 부부의 삶의 모습이 동질적이라는 것을 암시한다.

이 시의 표현의 세부에서 아름다움을 느끼고 안 느끼고 하는 것은 그리 큰 문제가 아니다. 문제는 삶의 건실한 국면을 고도의 압축에 의해 형상화했다는 점이다. 시의 전체 분량과 위에서 내가 설명한 부분을 비교하면 시는 십분의 일의 분량도 안 된다. 그러나 그것은 내가 설명한 것 이상의 많은 의미를 암시하고 환기한다. 이것이 산문의 서술성을 넘어서는 시의 강점이다. 시가 지닌 이 엄청난 잠재력 때문에 어떤 우주시대가 와도 시는 사라지지 않을 것이다. 인간의 평범한 삶의 국면이 아름다움을 자아내고 그 아름다움이 시대를 넘어서는 영원성을 지니는 것처럼 서정시도 영원하리라는 것을 이 시는 은밀히 암시하고 있다.

4. 생명의 본질에 대한 통찰

세 자매가 손을 잡고 걸어온다

이제 보니 자매가 아니다
꼽추인 어미를 가운데 두고
두 딸은 키가 훌쩍 크다
어미는 얼마나 작은지 누에 같다
제 몸의 이천 배나 되는 실을
뽑아낸다는 누에,
저 등에 짊어진 혹에서
비단실 두 가닥 풀려 나온 걸까
비단실 두 가닥이
이제 빈 누에고치를 감싸고 있다

그 비단실에
내 몸도 휘감겨 따라가면서
나는 만삭의 배를 가만히 쓸어안는다

—나희덕, 「누에」 전문

이 시는 참으로 독특한 체험을 다루었다. 두 딸과 함께 길을 걷는 꼽추 엄마. 시인은 그들을 세 자매인 줄 알았다. 세 자매가 아니라 엄마와 그의 두 딸인 줄 안 시인은 그 엄마를 누에에 비유한다. 등에 짊어진 혹에서 아름다운 비단실이 풀려 나와 두 아이가 되고 다시 두 가닥 비단실이 누에고치를 감싸고 있을 것이라는 생각이다. 꼽추 엄마에게서 나온 생명의 가닥이 딸에게로 이어지고 그 생명의 실이 사랑의 비단이 되어 다시 그 엄마에게로 향하는 인간적 유대의 정경은 아름답다. 인간의 유대가 여기서 그치지 않고 사랑의 비단실이 나에게까지 이어져 만삭의 배를 쓸어안게 되는 마지막 장면도 감동적이다. 그것은 생명의 소중함과 신비로움을 영원히 잊혀지지 않을 뚜렷한 시각적 영상으로 각인시켜 놓는다.

이처럼 아름다운 화폭이 우연히 창조되는 것은 아니다. 그것은 오랜 시간에 걸쳐 지속적으로 이어진 생명에 대한 각별한 애정과 관심에서 창조된다. 문명과 과학은 생명을 살린다고 하면서도 생명을 죽이는 결과를 가져온다. 물질문명의 혜택으로 우리 생활이 표면적으로 편리해진 것은 사실이다. 그러나 편리함의 반대급부로 우리가 겪어야 하는 것은 심각한 환경 파괴 현상이다. 최근 우리 주위의 생활용품과 체액에서 환경 호르몬이 검출되었다는 보고가 있었다. 환경 호르몬은 남자의 정자 수를 급격히 감소시키고 여자의 임신 조건을 악화시켜 인류의 생존을 위협하는 물질이다. 결국 편리만 좇고 실리만 따르다가 인류의 생존이 위기에 몰리는 국면에 봉착한 것이다. 이 위기에서 벗어나기 위해서는 생명을 보는 눈이 새롭게 열려야 한다. 생명의 비단실이 꼽추 엄마에게서 나와 두 딸아이를 감싸고 다시 그 실이 꼽추 엄마에 대한 사랑으로 이어지는 장면, 그 비단실이 나에게도 넘어와 뱃속의 아기에게까지 이어지는 장면을 볼 수 있는 생명의 투시력이 회복되어야 한다. 서정시는 일상성에 퇴화되어 가던 우리의 시력을 회복시켜 현상 저편에 있는 본질의 세계를 통찰하게 한다.

거무스름한 깃털 하나 땅에 떨어져 있기에
주워 들어보니 너무나 가볍다
들비둘기가 떨어뜨리고 간 것이라 한다
한때 이것은 숨을 쉴 때마다 발랑거리던
존재의 빨간 알몸을 감싸고 있었을 것이다
깃털 하나의 무게로 가슴이 쿵쿵 뛴다

—안도현, 「깃털 하나」 전문

일상적 관념으로 보면 들비둘기는 작은 산새에 불과하고 거기 떨어진 깃털은 그냥 깃털일 뿐이다. 그런데 시각을 달리하여 생각해 보면 작은 새 한 마리도 자신의 세계를 갖고 있다. 그것은 알을 낳고 새끼를 기르며 그 자신의 생존법칙에 따라 생명의 공간을 확장해 간다. 인간이 감지하지 못하는 새만의 어떤 세계가 자연 공간 속에 펼쳐져 있다. 따라서 인간과 들비둘기는 그 거주하는 공간과 생존방식에 차이가 있을 뿐 생명이 깃들인 터전이라는 점에서는 동질적이다. 인간이 하나의 소우주라면 들비둘기도 하나의 우주다. 생명 가진 존재라는 점에서 들비둘기와 인간은 조금의 차이도 없다.

시인은 들비둘기가 떨어뜨리고 간 거무스름한 깃털을 땅에서 줍는다. 그 깃털은 너무나 가볍다. 그런데 그 깃털이 들비둘기의 몸을 감싸고 있었다고 생각하자 가슴이 쿵쿵 뛴다. 이 시의 요체는 '너무나 가벼운' 깃털이 '가슴이 쿵쿵 뛸' 정도의 무게로 변화하는 데 있다. 그 변화의 계기는 이 깃털이 '존재의 빨간 알몸을 감싸고' 있었다는 사실에 대한 자각에서 온다. 생명의 무게만이 아니라 생명을 감싸고 있었던 깃털의 무게도 이렇게 전율을 일으킨다. 작은 생명의 일부에서도 이렇게 전율을 느낄 때, 그 전율이 모두의 것으로 퍼져 가기를 기원하며 시를 쓸 때, 그리고 그 전율을 담은 시를 우리가 읽을 때 우리에게는 새로운 시야가 열린다. 아무리 환경 호르몬이 기승을 부려도 인간의 미래는 그렇게 암담하지 않으리라는 믿음을 갖는다. 어떤 우주시대가 와도 생명의 전율은 여전히 느껴질 것이고 그것을 기록하는 시도 있을 것이라고 우리는 믿는다. 서정시는 바로 그런 구원의 메시지를 우리에게 전한다.

너 들어 보았니
저 동구밖 느티나무의

푸르른 울음소리
날이면 날마다 삭풍 되게는 치고
우듬지 끝에 별 하나 매달지 못하던
지난 겨울
온몸 상처투성이인 저 나무
제 상처마다에서 뽑아내던
푸르른 울음소리

너 들어 보았니
다 청산하고 떠나버리는 마을에
잔치는 아직 끝나지 않았다고
그래도 지킬 것은 지켜야 한다고
소리 죽여 흐느끼던 소리
가지 팽팽히 후리던 소리

오늘은 그 푸르른 울음
모두 이파리 이파리에 내주어
저렇게 생생한 초록의 광휘를
저렇게 생생히 내뿜는데

앞들에서 모를 내다
허리 펴는 사람들
왜 저 나무 한참씩이나 쳐다보겠니
어디선가 북소리는
왜 둥둥둥둥 울려나겠니

—고재종, 「綿綿함에 대하여」 전문

우리는 이 시의 제목이 왜 '綿綿함에 대하여' 인가를 생각해 볼 필요가 있다. 면면함이란 그치지 않고 계속 이어지는 상태를 뜻한다. 그것은 이 시가 담고 있는 주제를 함축한다. 이 시는 느티나무의 푸르른 울음소리가 이파리에 전이되고 그것이 생생한 초록의 광휘로 솟아나면서 북소리까지 우렁차게 울려나오는 전환의 과정을 보여준다. 그 전환의 양상은 지금 울려나오는 북소리가 다시 흐느끼는 울음소리로 꺾일 수도 있다는 위험성까지 내포한다. 그러나 더 큰 시련이 밀려와도 결국은 허리를 펴고 초록빛 이파리를 다시 우러르게 될 것이라는 믿음을 자연의 이법을 통해 우리에게 깨우쳐 준다. 이것이 바로 이 시의 제목인 '면면함' 이 갖는 의미다. 면면함이란 시련을 한 번 극복하고 일어서는 것을 의미하는 것이 아니다. 그것은 우리의 삶이 시련의 연속이라는 것, 끊임없이 닥치는 시련을 그야말로 면면하게 이겨낼 수밖에 없는 것이 우리의 숙명이라는 사실을 의미한다.

지난 겨울 휘몰아친 삭풍에 나무는 온갖 시련을 다 겪었다. 가지 끝에 별 하나도 드리우지 못했던 나무는 온몸에 상처를 입으며 처절한 울음소리를 터뜨렸다. 그러나 봄이 오고 여름이 오자 그 상처투성이의 몸에 다시 잎이 돋아나 생생한 초록의 광휘를 눈부시게 펼쳐낸다. 농촌 사람들 중 이제 잔치는 끝났다고 짐을 싸들고 농촌을 떠나 버린 사람들이 많다. 그래도 남은 사람들은 지킬 것은 지켜야 한다고 소리 죽여 흐느꼈다. 그 흐느낌은 흡사 삭풍에 시달리던 느티나무의 울음소리와도 같았다. 모두들 떠나 버린 마당에 아직도 농촌에 남아 허리 굽혀 모를 내는 사람들. 그들은 삭풍에 시달리던 상처투성이의 느티나무가 초록빛 광휘로 다시 피어나는 것을 본 사람들이다. 그들은 상처투성이의 그들의 몸에 언젠가는 초록빛 이파리가 생생하게 돋아나리라고 믿는 사람들이다. 그 초록빛 이파리들은 이렇게 그들에게 속삭이는 듯하다. 생명은 원래 이렇게 면면하며 삭풍의 상처를 뚫고 솟아오를 때 생명은 더욱 생생한 광휘를 띠게 된다고.

우리는 이 시에서 절망을 희망으로 바꾸는 구원의 북소리를 듣는다. 상실의 끝판에서 울려나오는 부활의 북소리를 듣는다. 둥둥둥 울려나오는 그 북소리에 이끌려 우리는 휘어진 허리를 펴고 생생한 초록의 광휘를 본다. 그리고 거기서 삭풍의 시대를 견뎌낼 수 있는 힘을 찾는다. 이것이 바로 생명의 본질을 통찰하는 서정시가 우리에게 전해 주는 능력이다. 이러한 서정시의 면모는 일제 강점기 어둠의 공간에서 시를 쓰던 우리의 선배 시인들이 보여주던 것이기도 하다. 비단 우리의 경우만이 아니라 어느 나라 어느 시대에서건 어둠에 봉착했던 사람들이 하늘의 별을 그리며 토해내던 서정적 표출의 양식에서 쉽게 엿볼 수 있는 것이기도 하다. 서정시의 전통은 이처럼 유구하고 면면하다. 과거에 그러했던 것처럼 미래에도 서정시는 상처받은 영혼을 위무하고 우리를 더 높은 자리로 고양시킬 것이다. 서정시의 위력과 광휘는 그렇게 면면할 것이다.

외롭고 휘황한 서정시의 길

1. 서정시의 원초적 형태

서정시가 처음 싹틀 때 그 원초적 형태는 어떠했을까? 아직 시로서의 골격을 갖추지 못한 그 시원(始原)의 형태는 한순간의 감정의 표출, 단순한 탄식이나 영탄의 어사였을 것이다. 소박한 감정의 표출이 일정한 형식 속에 자리잡을 때 비로소 서정시의 첫 장이 열린다. 서정시가 발원된 초기의 윤곽을 파악하기 위하여 우리에게 전해 오는 고대 서정시의 면모를 살펴보는 것이 필요하다.

우리의 고대 시가 중 서정시에 속하는 작품은 두 편 정도가 전해진다. 그것은 고구려의 유리왕이 지었다는 「黃鳥歌」와 백수광부의 아내가 지었다는 「公無渡河歌」이다. 후자에 대해서는 우리나라의 노래가 아니라 중국의 노래라는 주장이 제기된 바 있는데 그렇다 하더라도 동양문화권 속에서 서정시의 원초적 형태를 보여주는 것이므로 우리의 관심사를 설명하는 데에는 큰 무리가 없다.

「황조가」의 내용은 "훨훨 나는 꾀꼬리는 암수가 서로 노니는데, 나의 외로움을 생각하매 누구와 더불어 돌아가리"로 되어 있다. 화희와 치희라는 두 왕비가 시샘을 하고 다투어 한 여자가 자신의 본국으로 가버리자 유리왕이 그녀를 뒤쫓다가 찾지 못하고 나무 밑에 앉아 자신의 허전한 심사를 노래한 것이라고 한다. 이것이 과연 유리왕의 작품이냐 아니냐 하는 것은 확인할 수 없지만, 국문학 태동기 서정시가의 한 단면을 보여주는 것은 사실이다. 요컨대 이 노래는 사랑의 대상을 잃고 외로움을 느끼는 서정적 자아의 심정을 나타낸 것이다. 이것은 "아, 외롭다"는 소박한 탄식에 뼈와 살이 붙어 노래의 형태로 발전된 것이라 할 수 있다. 이 시는 외로운 마음 상태를 단순하게 일방적으로 서술한 것이 아니라 암수가 서로 즐기는 꾀꼬리의 모습에 대비하여 표출하였다. 말하자면 눈에 보이는 자연물과 관련지어 자신의 감정을 표현한 것이다. 이처럼 제삼의 자연물을 끌어들여 자신의 감정을 표현하는 방법이 국문학 태동기의 서정시에 들어 있다는 점에서 그것이 서정시의 중요한 특징의 하나라는 사실을 유추해 볼 수가 있다.

「공무도하가」는 좀더 복잡한 이야기가 배경으로 깔려 있다. 조선 나루터의 뱃사공 곽리자고가 강가에서 배를 손질하고 있는데 갑자기 머리 흰 미친 사람(白首狂夫)이 술병을 들고 강으로 달려들었다. 그의 아내가 울부짖으며 쫓아와 말렸으나 결국 남편은 물에 빠져 죽고 말았다. 그러자 그 아내는 구슬픈 노래로 자신의 심정을 토로한 후 스스로 물에 몸을 던져 목숨을 끊었다. 이 장면을 목격한 곽리자고는 집에 돌아와 아내인 여옥에게 이 사실을 전했다. 그러자 여옥은 감격하여 공후를 끌어안고 노래를 불렀고 이웃의 친구에게도 그 노래를 전했다는 것이다. 복잡한 이야기에 비해서 노래의 내용은 단순하다. "님더러 물을 건너지 말라 하였는데, 님은 결국 물을 건넜네. 물에 빠져 죽어 버렸으니, 나는 어떻게 하란 말인가."

백수광부의 아내는 남편을 잃은 비탄의 심정을 노래로 표출하였다고 한다. 남편을 잃은 처지에 갑자기 노래를 부른다는 것이 어울리지 않는 일이지만, 그 노래는 곡조를 갖춘 노래라기보다는 걷잡을 수 없는 슬픔을 넋두리처럼 펼쳐낸 것이었다고 이해된다. 여기서 백수광부의 아내는 남의 존재를 의식하지 않고 자신의 감정을 토로한 원초적 서정 시인의 모습을 보여준다. 그 사연을 듣고 악기를 연주하며 노래를 지어 부르고 이웃의 친구에게 그것을 가르치기까지 한 여옥은 어느 정도 청중(독자)을 의식한 연희자(작가)의 모습을 보여준다.

그런데 지금 전하는 이 짧은 노래에도 시적인 장치에 해당하는 요소가 들어 있다. 이 노래는 님이 죽어서 슬프고 막막하다는 심정만 서술한 것이 아니다. 물을 건너지 말 것을 당부하는 나의 존재를 분명히 밝혔고 나의 말을 무시한 채 물을 건너다 죽은 님에 대한 원망의 심정도 드러내려 했다. 말하자면 단순한 슬픔이 아니라 여러 가지 복합된 감정이 내포되어 있는 것이다. 더 나아가 인간에게 넘을 수 없는 벽으로 존재하다가 그것에 도전하는 경우에는 죽음을 가져오는 물이라는 자연물에 대한 두려움의 감정까지 내비치고 있다.

이 두 노래의 특징을 살펴본 결과, 인간의 감정을 토로하되 그것을 일방적으로 서술하지 않고 자연이라는 매개항을 설정하여 표현하였으며, 그 감정의 양상은 외로움이라든가 상실감 같은 부정적 편향을 나타낸다. 감정이 표현되는 경우에도 단일한 감정이 아니라 어떠한 사건이나 정황과 관련된 복합적인 감정을 표현한다는 것을 알게 되었다. 현대의 서정시도 여러 가지 요소가 정교해지고 다층화되었지만 이러한 기본축을 크게 벗어나지 않는다. 이것은 고대로부터 지금까지 이어져 오는 서정시의 주류라고 할 수 있다. 20세기에 들어와서 이 서정시의 주류에서 벗어나려는 여러 가지 움직임이 있었다. 그 움직임들은 도도히 흐르는 서정의 강에 생긴 지류라고 할 수 있다. 다양한 지류는 결과적으로 서정시 전체의 윤곽을 풍요롭게 한다. 만일 그러한 지류가 없이 굵은 본류만으로 서정시가 전개되었다면 그것은 매우 단조롭고 답답한 모양으로 남게 되었을 것이다. 시의 역사는 서정의 본류와 그것에서 이탈하려는 지류 사이의 다양한 충돌과 길항의 과정으로 엮어져 있다. 그러나 지류가 시의 다양성을 보여준다고 해서 그것이 그대로 시의 주류는 될 수 없다. 어떤 사람은 전통적인 시의 경향과 전위적인 시의 경향을 거의 대등하게 보고 논의를 전개하기도 하는데 그러한 발상은 결코 옳다고 할 수 없다. 주류와 지류가 대등한 자리에 놓일 수는 없는 것이다.

2. 자아의 고립과 존재 확인

위의 고대 서정시에서 외로움이 시의 중심 요소로 등장한 것을 보았는데 서정적 자아의 외로움은 시 창조의 필연적 조건인지도 모른다. 『시와 반시』(1998. 겨울호)에서 원로 및 중견 시인 25인의 대표시와 문학적 고백을 모은 기획 특집을 마련하였는데, 많은 시인들이 자신의 외로움이라든가 소외의 심정에서 시가 싹틈을 고백하고 있다. 고독은 시만이 아니라 모든 인간 창조를 추동하는 힘으로 작용한다. 문학이건 예술이건 학문이건 유형 무형의 창조의 근원에는 고독이 자리잡고 있다. 고독의 심연에 닻을 드리우는 사람이 새로운 창조를 이룩할 수 있다. 타인과 격리된 고독의 심연에서 자신의 내면과 만날 때 비로소 한 줄의 시가 탄생한다. 고독과 직면하고 그것을 견딜 수 있는 사람이 진정으로 좋은 시를 창조할 수 있는 것인지 모른다.

유리창에 이마를 대고

모래알 같은 이름 하나 불러본다
기어이 끊어낼 수 없는 죄의 탯줄을
깊은 땅에 묻고 돌아선 날의
막막한 벌판 끝에 열리는 밤
내가 일천번도 더 입맞춘 별이 있음을
이 지상의 사람들은 모르리라
날마다 잃었다가 되찾는 눈동자
먼 不在의 저편에서 오는 빛이기에
끝내 아무도 볼 수 없으리라
어디서 이 투명한 이슬은 오는가
얼굴을 가리우는 차가운 입김
유리창에 이마를 대고
물방울 같은 이름 하나 불러본다

—이가림, 「유리창에 이마를 대고」 전문

유리창에 얼어붙은 성에를 녹이며 자신의 주체할 길 없는 외로움을 달래던 우리의 시인 정지용이 있었다. 이가림 시인도 유리창에 이마를 대고 간절히 누군가의 이름을 되뇌이며 외로움을 달래고 있다. 시인은 그가 부르는 이름을 '모래알 같은 이름', '물방울 같은 이름'이라고 말했다. 모래알이나 물방울은 작고 흔하며 쉽게 사라지는 속성을 지닌다. 그런데 시인은 그러한 이름을 부르며 유리창 곁을 떠나지 못하고 고뇌에 잠겨 있다.

이 시에는 두 개의 의미층이 대립구조를 이룬다. '죄의 탯줄', '막막한 벌판', '먼 부재'로 표상되는 죄의식과 상실, 고통의 의미층위와 '별', '눈동자', '빛', '투명한 이슬'로 표상되는 순수하고 맑은 영혼의 의미층위가 그것이다. 시인은 죄의식과 상실, 고통의 층위를 벗어나 순수하고 맑은 영혼의 세계로 넘어가려고 안간힘 쓰고 있다. 그 이항 대립의 경계지대에 유리창이 있다. 시인은 유리창에 이마를 대고 모래알처럼 작은 존재의 이름을 부르며 순수의 지대로 넘어가기 위한 고뇌의 몸부림을 보여준다. 이마는 형태적으로 인간 고뇌의 정점을 표상한다. 그래서 시인은 유리창에 몸을 기댄다고 하지 않고 이마를 댄다고 했다. 상실과 순수의 경계지대인 유리창에 고뇌의 상징물인 이마를 대고 자신의 소망을 고백하고 있는 것이다.

시인은 그 고뇌와 소망을 세상 사람들은 모를 것이라고 거듭 말하였다. 다른 사람들이 모르는 고뇌, 다른 사람들이 모르는 고독, 이것이 시 창조의 원동력이다. 자신만이 느끼고 소유하는 고독을 지금 시인은 혼자서 조용히 읊조리고 있는 것이다. 언어는 세련되고 표현은 정교해졌지만 아무도 모르는 외로움의 심정은 「황조가」의 주인공이나 「공무도하가」의 주인공이 느낀 외로움과 크게 다르지 않다. 우리는 여기서 고대 서정시의 원초적 속성이 그대로 지속되어 현대 서정시에 응결되고 있음을 본다.

그러면 외로움은 서정시가 쓰여지는 동력으로만 작용하는가. 우리는 다음의 시에서 외로움의 또 다른 기능을 발견하게 된다.

면벽 100일!
이제 알겠다, 내가 벽임을
들어올 문 없으니
나갈 문도 없는 벽
기대지 마라!
누구나 돌아서면 등이 벽이니

나도 그 섬에 가고 싶다

마음 속 집도 절도 버리고
쥐도 새도 모르게 귀양떠나듯
그 섬에 닿고 싶다

간 사람이 없으니
올 사람도 없는 섬
뜬구름 밀고 가는 바람이
혹시나 제 이름 부를까 싶어
가슴 늘 두근대는 絶海孤島여!

나도 그 섬에 가고 싶다
가서 동서남북 십리허에
해골표지 그려진 禁標碑 꽂고
한 십 년 나를 씻어 말리고 싶다

옷 벗고 마음 벗고
다시 한 십 년
볕으로 소금으로 절이고 나면
나도 사람 냄새 싹 가신 等神
눈으로 말하고
귀로 웃는 달마가 될까?

그 뒤 어느 해일 높은 밤
슬쩍 체위 바꾸듯 그 섬 내쫓고
내가 대신 엎드려 용서를 빌고 나면
나도 세상과 먼 절벽섬 될까?

한 평생 모로 서서
웃음 참 묘하게 짓는 마애불 같은.

—임영조, 「孤島를 위하여」 전문

이 시의 첫행에 느낌표와 함께 제시된 "면벽 100일"이라는 말은 자아의 고독을 단적으로 드러낸다. 외부와의 소통을 끊고 백 일 동안 벽만 바라보며 수도하는 행위야말로 자아 고립의 한 극점을 보여준다. 그것은 자아의 고립을 의미하면서 동시에 자아와의 싸움을 의미한다. 내가 고립 속에 버틸 수 있는가, 고독을 느끼지 않고 혼자 당당히 설 수 있는가, 내가 벽이고 내가 섬임을 순순히 자인하는 단계에 도달할 수 있는가를 시험하는 자아 투쟁의 마당이다. 시인은 그 투쟁의 과정을 거쳐서 내가 벽인 동시에 모든 존재가 벽이고 섬임을 깨닫는다. 그리고 스스로 절해고도의 절벽섬이 될 생각을 한다. 그 섬은 "간 사람이 없으니/올 사람도 없는 섬", 즉 완전히 외부로부터 절연된 고립의 극점이다. 심지어 "뜬 구름 밀고 가는 바람이/혹시나 제 이름 부를까 싶어/가슴 늘 두근대는 絶海孤島"라고 표현하여 고립의 극단성을 더욱 강조하였다. 거기에 금표비까지 세워 외부인의 침입을 막고 바다물과 햇볕과 소금에 씻기고 절이어져 사람 냄새 싹 가신 존재가 되기를 바란다.

이러한 고립의 극점에 대한 명상은 어떻게 보면 인간 세상으로부터의 완전한 단절을 의미하는 듯하지만, "눈으로 말하고/귀로 웃는 달마"라든가 "한평생 모로 서서/웃음 참 묘하게 짓는 마애불 같은" 등의 구절에서 그것은 다시 인간적 의미를 회복한다. 달마나 마애불은 인간의 해탈과 인간 세상의 구원을 위해 탈속의 모습을 방편으로 보여준 상징적 존재다. 그런 존재가 비유의 매개항으로 등장한다는 것은 시인이 꿈꾸는 고립이 참된 인간의 자리를 회복하여 세상으로 복귀하기 위한 과정임을 알려준다. 그러면 시인은 왜 고립을 통하여 인간의 참다운 자리가 발견된다고 생각했을까. 그것은 고립이 참다운 시 창조의 근원이자 인간의 본질이 새롭게 발견되는 근원적 자리이기 때문이다. 임영조 시인은 절해고도의 고립 속에서 새로운 시의 출발을 기약하는 한편 또 다른 국면에서는 자신에 대한 새로운 존재 확인을 시도했던 것이다. 절해고도의 무서운 고립은 자신의 진정한 모습을 확인하기 위한 필연적 과정이었다.

直立은
화해하지 않는다.

고고한 그의 全身이
타협을 거부한 채
오롯이
하늘을 향하여

날카로운 立志를 세우고 있다.
그가 주위를 버리는 것만큼
주위로부터 그가 버림받는 불행을,

그는 오히려
즐기고 있다.

—이수익, 「절벽」 전문

이수익의 이 시에도 고립의 존재 확인을 절벽을 통해 보여주려는 시도가 나타난다. 그런데 여기에는 세속의 어떤 것과도 타협하지 않겠다는 자아의 결연한 의지가 투영되어 있다. 세속과의 타협을 거부한 채 자신의 곧은 자세를 지키려는 지사적 표징 같은 것이 보인다. 그것은 절벽이 표상하는 '직립'의 메타포로 실현되어 있다. 곧바로 서서 남과 타협하지 않고 버티겠다는 의지를 절벽의 메타포로 처리한 것은 그렇게 새로운 방법은 아니다. 그러나 버림받는 불행을 능동적으로 즐긴다는 인식은 분명 이 시만의 새로움이다. 단아한 정신처럼 절제된 하나하나의 시행은 그 형식을 통해 정신의 위엄을 드러낸다.

이 시의 내용은 직립의 입지를 세우게 되면 남과 고립된다는 것, 그 고립은 주위를 버리는 데서 가능하다는 것, 그렇게 주위를 버리면 주위의 사람들도 그를 버린다는 것, 그래서 고립은 더욱 심해지지만 직립의 입지를 세운 사람은 '주위로부터 버림받는 불행을' 오히려 즐기게 된다는 것 등으로 요약된다. 이 시의 새로움은 바로 이 마지막 사실의 인식과 확인에 있다. 고립을 선언한 사람이 고립을 지키는 것은 어찌 보면 당연한 일일지 모른다. 진정 중요한 것은 주위로부터 버림받는 것까지 즐기는 자세이다. 이 고고하고 의연한 동양적 입지의 자세에는 조금의 망설임이나 자의식도 없다.

무엇도 뚫고 들어갈 수 없을 것 같은 직립의 절벽에 시의 작은 씨앗이 뿌리를 내린다. 날카로운 모서리의 틈을 뚫고 시의 온기가 스며든다. 그리고 거기에 시의 줄기가 벋고 잎이 돋고 꽃이 피는, 심지어 알찬 열매까지 맺는 기적이 실현된다. 이수익의 이 시는 진정한 시의 창조라든가 참다운 자아의 발견이 이러한 무서운 결의에서 가능한 것임을 알려준다. 저 고고한 직립의 정신, 결곡한 비타협의 자리에는 시의 절대성만이 놓일 뿐, '순수/참여'라든가 '서정성/사회역사성' 같은 도식적 이분법은 발을 들여놓지 못한다. 외로운 자아의 주관적 독백처럼 보이는 서정시가 이 험난한 시대에 존재의 정당성을 내세울 수 있는 근거가 바로 여기에 있다.

3. 생명의 탐구와 자연 관조

외로운 서정적 자아가 자신의 감정 상태와 관련지어 가장 먼저 발견한 것이 자연이었다. 앞에서 검토한 시에도 고대의 소박한 서정시건 현대의 작품이건 나름대로의 자연 인식이 나타난 것을 볼 수 있다. 그것은 자연에 대한 명상으로 발전하면서 자연의 순수성 속에 자신의 순수성을 병치시키는 방향으로 정착되기도 한다. 일반적으로 볼 때 자신의 순수성을 자연의 순수성 속에 직선적으로 동일화하는 경우보다 자연 그 자체의 정갈한 아름다움이라든가 자연 현상의 때묻지 않은 모습을 통하여 시적 자아가 추구하는 내용을 암시할 때 더 풍요로운 시적 성과를 남긴다.

저 보잘것없는 가지 위로 참새 몇 마리가 내려앉자
나무가 휘청하면서 세계의 중심을 새로 잡는다
아람드리 바람이 불어왔다가 불어간다 가지가 흔들린다
참새들의 작은 눈이 바쁘게 움직이고
그 위로 곧 어두운 저녁이 내린다

—이시영, 「아슬한 거처」 전문

이 짤막한 시에는 보잘것 없는 가지, 미미한 참새 몇 마리의 움직임에서 존재의 비밀을 찾아내려는 시인의 유연하면서도 섬세한 눈길이 담겨 있다. 시인의 시선은 가시적인 세계를 넘어서서 우주의 섭리와 생명의 근원을 명상하는 사색의 깊이까지 내장하고 있다. 다섯 행으로 되어 있는 이 시의 각 형상들을 머리에 그리며 음절 하나 하나를 천천히 읽어 보면 각각의 형상들이 의미의 날개를 눈부시게 펼치고 머리 위로 날아오르는 것을 느낄 수 있다. 보잘것 없는 가지, 헐벗은 가지에 참새 몇 마리가 내려앉자 나무가 흔들린다. 이것은 당연한 일이다. 작은 참새라도 무게가 있고 작은 가지에 무게가 실리면 나무는 휘청하고 흔들리는 법이다. 그런데 이 당연한 현상을 나무가 "세계의 중심을 새로 잡는다"고 표현한 데 이 시의 새로운 발견이 있다.

참새들이 앉아 있는 가지에 바람이 스쳐 가는데 그 바람을 '아람드리 바람'이라고 했다. 여기서 '아람드리'는 '아름드리'의 구어적 표기다. 희미한 바람이 아니라 상당히 움직임이 크게 느껴지는 바람이라는 뜻으로 아름드리 바람이라는 말을 썼을 것이다. 묵직한 바람이 불어와 가지를 흔들자 참새들의 작은 눈이 바쁘게 움직인다. 이것은 세계의 변화에 민감하게 반응하는 생명의 민첩한 움직임을 나타낸다. 여기서 바람은 다음 행의 어두운 저녁이라는 말과 호응하면서 참새의 연약한 생명성에 불안을 조성하는 부정적 형상으로 자리잡는다. 보잘것 없는 가지도 참새가 앉으면 제 몸을 움직여 균형을 잡고, 참새도 불안하게 변하는 상황에 대처하기 위해 작은 눈을 바쁘게 움직인다. 만물은 그 나름의 방식으로 세계에 대처하며 존재를 유지해 간다. 이것이 바로 우주의 중심으로 이어지는 생명의 원리다. 지극히 단순한 자연 정경을 대상으로 삼은 이 시에서 우리는 우주와 생명의 기미를 살피는 시인의 깊고 섬세한 눈길을 엿볼 수 있다.

빗속에 전선 한 줄이 아주 먼 곳까지 연결되어 있다
새들의 높은 고향을 지나
머나먼 가없는 푸른 하늘을 지나
그 아래 다람쥐들이 모여 사는 나지막한 마을까지
그 속에 강한 전류와 뜨거운 불꽃을 간직한 채

—이시영, 「線」 전문

이 시에서 시인의 눈길은 공중에 매달린 전선을 향한다. 비가 내리기 때문에 전선이 아득히 벋어나간 곳은 잘 보이지 않는다. 그래서 오히려 시인의 상상이 자유롭게 펼쳐진다. 그 전선은 눈에 보이지 않는 아주 먼 곳, '새들의 높은 고향'과 '가없는 푸른 하늘'과 '다람쥐들이 모여 사는 나지막한 마을'로 연결된다고 시인은 말한다. 이 말은 무슨 뜻인가? 공간적으로 높은 곳, 넓은 곳, 낮은 곳에 이르기까지 그 전선은 두루 다 통하고 있다는 뜻이다. 모든 공간에는 크고 작은 생명들이 모여 있고 그것들은 서로 무관한 것 같지만 사실은 보이지 않는 생명의 끈으로 연결되어 있다는 의미를 우리는 이 시행에서 읽어낼 수 있다.

그리고 그 다음 행 "그 속에 강한 전류와 뜨거운 불꽃을 간직한 채"는 짧은 이 시를 훌륭한 서정시로 도약시키는 압축적 명구다. 비록 빗속에 가늘게 흔들리는 전선 한 줄이지만 '강한 전류와 뜨거운 불꽃'이 거기 내장되어 있고 그 놀라운 힘이 새들의 높은 고향에서 다람쥐의 낮은 마을까지 두루 퍼져 있다는 생각은 참으로 아름답다. 무심히 스치는 전선 한 줄에서 아름다운 생명의 움직임을 연상하고 그 속에서 강하고 뜨거운 불꽃을 연상해낸 시인의 놀라운 상상력에 의해 이 아름다운 시가 창조된 것이다. 그러나 시인은 이것을 고압적으로 드러내지 않고 평범한 정경을 드러내듯 담백하게 표현하였다. 담백한 표현 뒤에 '강한 전류와 뜨거운 불꽃'이 명시됨으로써 의미의 대비가 생기고 긴장이 조성된다. 이처럼 소박한 자연 묘사가 생명과 우주에 대한 놀라운 깨달음으로 변용되는 기적이 서정시에는 자주 일어난다.

시인의 자연 탐구는 또 한편으로 자연과의 합일을 추구하는 것으로 나타난다. 시인은 자연과 내가 하나가 될 수 없을까 고심하며 우주의 커다란 흐름 속에 자신의 존재가 자연스럽게 융합되기를 기원한다. 그러한 시인의 추구는 동양적 구도 정신의 일면과 통한다. 자연의 아름다움에 합일되기를 바라는 소망은 누구에게나 있지만 그 발원이 그렇게 순조롭게 이루어지지는 않는다. 인간으로서 자연의 아름다움에 완전히 동화되지 못한다는 것을 절감할 때 숙명적 비애의 탄식이 스며나온다. 시인은 자연과의 동화를 꿈꾸며 훤소(喧騷)한 인총(人叢)의 거리를 벗어나 정갈한 자연 공간을 찾아간다. 그것은 순수한 자연 공간 속에 무엇인가를 간절히 추구하는 구도자의 모습으로 시에 형상화된다. 실로 오랫동안 견인적 구도의 자세로 자연을 관조하면 어느 희유한 순간에 자연의 정결한 아름다움이 조금 그 모습을 드러낸다.

오세영 시인은 「매화꽃 피어 봄이라는데」라는 시에서 자연의 아름다움을 발견하고 그 정밀함에 동화되기 위해서는 난(蘭)의 생리와 같은 정결한 자리지킴이 있어야 한다는 사실을 표현한 바 있다. 우리도 서릿발도 멀리하고, 더위와 추위를 피해 자기를 견디며, 작은 햇빛조차 거부하는, 엄정한 독선(獨善)의 자리에서 비로소 생애에 단 한 번 꽃피우는 기적의 아름다움이 탄생한다고 시인은 보았다. 진정한 아름다움의 개현은 '사랑도 미움도 버려 맑은 이슬만' 먹을 때 달성된다. 세속적 애증의 상태에서 벗어나 청정결벽(淸淨潔癖)의 상태에 있을 때 소망은 이루어진다. 그런 소망을 지닌 사람의 모습이 철 따라 꽃이 피고 지는 무수한 계절의 순환을 거쳐 진정한 아름다움의 개현을 기다리는 한 구도자의 심상으로 형상화되기도 했다.

동박새 좇아, 동박새 좇아
어제는 하루 종일 산을 헤매고
할미새 좇아, 할미새 좇아
오늘은 하루 종일 들을 헤맸다.
산은 산으로 깊기만 하고
들은 들로 아득만 한데
제풀로 피어나는 패랭이 하나

파랑새 좇지 말고 살라고 한다.
풀꽃으로 한 목숨 살라고 한다.
산에서 놓친 동박새,
이 아침 창가에서 울고
들에서 놓친 할미새,
이 저녁 사립문에서 울고.

—오세영, 「풀잎의 노래」 전문

이 시에서는 구도의 자세가 더욱 심화되어 자연과 동화된 허정 무욕의 지평을 엿보고 있다. 이미 속세를 떠나 자연에 묻혀 사는 사람이 자연에서 어떤 추구의 자세를 가지는 것은 아직도 진정한 자연 동화의 상태에, 그 무욕의 상태에 도달하지 못한 것이라는 반성이 이 시에 나타나 있다. 동박새 좇아 산을 헤매고 할미새 좇아 들을 헤매는 것이 바로 그것이다. 자연에 무언가 신비로운 것이 있고 우리를 위안할 아름다움이 있을 것이라고 믿고 그것을 찾아 헤매는 것은 진정한 자연 귀의를 이루지 못한 사람의 태도다. 자연과 하나가 되려면 스스로 패랭이 같은 들풀이 되어야 한다. 들에 피고 지는 꽃들이 언제 동박새를 좇고 할미새를 부르던가. 새는 새대로 날다가 우짖으며 들꽃은 그야말로 제풀에 피었다 질 뿐이다. 이것이 자연의 커다란 섭리다. 자연에 들어서서도 그렇게 무엇인가를 찾아 헤매는 사람에게 산은 여전히 깊기만 한 대상으로, 들은 그저 아득한 공간으로 비칠 뿐이다. 그러나 진정으로 자연과 하나가 되고자 하는 사람은 산과 들 속에 묻힌 하나의 풀꽃으로 스스로를 놓아 버려야 한다. 그럴 때 진정한 산수의 길이 열린다. 의도적인 집념을 가지고 찾으려 할 때 동박새와 할미새는 멀리 사라지지만, 산수의 길에 안좌하면 아침엔 창가에서 저녁엔 사립문에서 얼마든지 그 소리를 들을 수 있는 것이다. 이러한 자연의 섭리를 그대로 받아들이는 자세야말로 진정한 자연 합일임을 이 시는 일깨우고 있다. 그러면서 한편으로는 자연 동화의 꿈은 지니고 있으나 진정한 자연 합일에 이르지 못한 자신에 대한 안타까움까지 드러내고 있다.

이 시는 간결한 서술구조 속에 미묘하고 신비로운 자연 관조의 진수를 포함하고 있어서 시적 함축미의 정점을 보여준다. 특히 평이하고도 소박한 몇 개의 자연 시어를 반복하면서 사색의 깊이를 내면화한 수법은 서정시의 전형적인 특성을 잘 드러낸다. 이러한 자연 귀의의 주제가 복잡한 현대생활을 하는 사람에게 무슨 효용이 있는 것이냐고 반문할지 모른다. 그러나 정신 못 차릴 정도로 번잡하게 전개되는 현대사회의 폐쇄회로 속에서 사람이 사람으로서의 위엄을 유지하기 위해서는 이런 정도의 자연 관조의 자리가 확보되어야 할 것이다. 시에서 잠시 누릴 수 있는 이러한 마음의 여유조차 없다면 인간은 어디에서 위안을 얻을 것인가. 정보사회로의 진입이 가속화될수록 서정적 자연시는 방기될 것이 아니라 계량적 정보 코드의 비인간화와 탈자연화를 막는 보호판으로서 그 의의가 중요하게 부각되어야 한다. 바로 이런 점에서 서정시의 전통적 가치가 새롭게 조명될 필요가 있다.

4. 정신의 영원성과 현실과의 관계

서정시의 또 하나의 특징은 물리적 시간을 초월하는 정신의 영원성을 일깨워준다는 것이다. 인간의 상상력은 유한한 시간의 흐름을 벗어나 과거와 미래의 영역으로 무한한 이동이 가능하다. 이것이 서정시의 특징으로 나타나는 '무시간성', 혹은 '영원한 시간'인데 이러한 정신의 영원성은 정서의 순수성과 통한다. 순수한 마음으로 사물과 인생을 대할 때 가시적인 유한의 세계를 넘어서서 보이지 않는 무한의 세계를 엿볼 수 있는 시야가 트인다. 이것은 사소한 자연 현상을 깊이 있게 관찰함으로써 우주의 기미를 엿보았던 앞의 경우와 상통하는 내용이다. 맑은 감성에 바탕을 둔 미시적 관찰에서 우주의 비밀이 새롭게 포착되듯 순수한 마음으로 명상에 잠기면 시간을 초월하여 영원에 이르는 신비로운 사고의 문이 열린다.

비단 오백 년 종이 천 년을 증명하듯
우리 한지에 쪽물을 들인 감지는 천 년을 견딘다는데
그 종이 위에 금니은니로 우리 사랑의 詩를 남긴다면
눈 맑은 사람아
그대 천 년 뒤에도 이 사랑 기억할 것인가
감지에 남긴 내 마음이 열어주는 길을 따라
경주 남산 돌 속에 잠든 나를 깨우러 올 것인가
풍화하는 산정 억새들이 여윈잠을 자는 가을날
통도사 서운암 性坡 스님의 감지 한 장 얻어
그리운 이름 석 자 금오산 아래 묻으면
남산 돌부처 몰래 그대를 사랑한 죄가
내 죽어 받을 사랑의 형벌이 두렵지 않네
종이가 천 년을 간다는데
사람의 사랑이 그 세월 견디지 못하랴
돌 속에 잠겨 내 그대 한 천 년 기다리지 못하랴.

—정일근, 「紺紙의 사랑」 전문

우리는 이 시에 나오는 "눈 맑은 사람"이라는 구절에 주목할 필요가 있다. 감지에 새긴 천 년의 사랑을 노래하는 전제로 내세운 것이 '눈 맑은' 것이다. 정신의 맑은 물줄기, 영혼의 결곡함이 있어야 영원의 사랑이 가능하다. 그것은 이 시를 쓰고 읽을 사람들의 마음 상태를 미리 전제한 것이기도 하다. 종이가 천 년을 간다는데 사람의 사랑이 천 년을 가지 못하겠느냐고 말할 수 있는 사람은 눈이 맑아야 한다. 세상의 잡티에 물든 사람이 어찌 천 년의 사랑을 꿈꾸겠는가. 천 년의 사랑을 이해할 수 있는 사람도 눈이 맑아야 한다. 세상의 티끌에 싸인 사람이 어찌 천 년의 사랑을 이해할 수 있겠는가.

남산 돌부처 몰래 그대를 사랑한 죄 때문에 나는 경주 남산 돌 속에 갇혀 그대를 기다린다. 사랑 속에 흐르는 천 년의 세월을 견뎌 그대가 오기를 기다린다. 나는 감지에 사랑의 시를 적어 남기고 그대는 천 년 뒤에 "감지에 남긴 내 마음이 열어주는 길을 따라" 돌 속에 잠든 나를 깨우러 온다. 이 생각은 신비주의의 극단처럼 보이기도 한다. 감지에 사랑의 시를 적건, 그래서 천 년의 세월이 흐르건, 천 년 뒤 마음의 길을 따라 돌 속에 갇힌 사랑을 찾아 나서건, 그것은 먹고 사는 현실의 문제와는 아무 관계가 없는 것처럼 보인다.

그러면 이러한 천 년의 사랑에 대한 갈망은 무슨 의미가 있을까. 그것은 먹고 사는 현실 문제를 완전히 떠난 가장 추상적 형태의 사랑, 인간이 생각할 수 있는 최상의 순수성을 추구한다는 의미가 있다. 이 정신의 맑음이 제대로 유지되어야 먹고 사는 문제도 인간에게 가치 있는 것으로 다가온다. 종이도 천 년을 견딘다는데 사람의 사랑이 천 년을 견디지 못하겠느냐는 사실을 절감하며, 그런 절대 사랑의 경지에 오르려고 할 때, 비로소 먹고 사는 일도 보람 있는 일로 다가온다. 그렇지 못한 상태라면, 다시 말하여 정신의 맑은 흐름이 결여된 상태의 먹고 사는 일이라면, 그것은 축생이나 금수의 삶과 별 다름이 없으리라. 현실의 문제와 무관해 보이는 천 년의 사랑 추구가 의미를 갖는 것은 바로 이런 이유에서다. 그런 점에서 현실의 문제와 직접적 관련이 없어 보이는 서정시의 영원성 추구도 유사한 의미 맥락에 놓임을 알 수 있다.

서정시는 먹고 사는 일을 해결하는 데 직접적인 도움을 주지 못한다. 그러나 그렇다고 해서 서정시가 힘이 없고 가치가 없다고 주장하는 것은 사리에 맞지 않는다. 서정시는 현실의 문제와 무관한 듯한 태도를 취하면서 그 무관함을 통하여 현실의 추악함을 드러내고, 현실적 이해관계 저변에 우선적으로 놓여야 할 인간의 고귀한 가치를 묵시적으로 드러낸다.

표면적으로 보면 서정시는 현대사회에서 고립의 길을 걷는 것 같다. 그러나 고립 자체가 서정시에게는 오히려 영광일 수 있다. 그 고립은 서정시 외곽의 현실이 더욱 비인간화되어 가고 있음을 알려주는 증표다. 따라서 서정시의 고립을 보면서 시인들은 고립 때문에 우울해 할 것이 아니라 서정시 외곽의 현실 때문에 우울해 해야 한다. 비인간적 현실로부터 고립되어 가는 것은 오히려 시인에게는 기쁨이고 즐거움이다. 그런 고립의 즐거움을 누릴 줄 아는 사람이 늘어날 때 비인간적 현실의 추악화는 가속의 속도가 줄어들게 된다. 현실의 추악한 육체를 가리기 위해 우리에게 주입되는 쾌락의 미약(媚藥)을 거부하고 자신이 택한 고립의 처소로 발을 옮길 때, 그 순수한 영혼을 위하여 서정시의 휘황한 길이 열린다. 추악한 현실 속에서는 현실에게 버림받는 것이 즐거움이고 행복이다. 서정시는 바로 그 고립의 즐거움, 버림받음의 즐거움이 무엇인가를 우리에게 일깨워준다. 그러나 현실에 만족하고 나날의 삶이 즐겁다고 생각하는 사람에게 서정시는 끝내 무용지물로 남을 수밖에 없을 것이다.

생태학적 상상력과 시교육의 방향

1. 문학과 생명 인식

"막 피어난 꽃과 연초록 잎사귀가 싱그러운 봄입니다"로 시작하는 『문학과 교육』 12호 원고 청탁서를 받고 얼마 안 되어 강원도 동해안 일대에 대형 산불이 일어나 많은 녹지와 산림이 검게 불타 버렸다는 소식을 들었다. 그 얼마 전에는 대륙으로부터 심한 황사가 불어닥쳐 며칠 동안 계속해서 서울 하늘이 안개 낀 듯 뿌옇게 흙먼지로 뒤덮였다. 봄 가뭄 끝에 비가 좀 내려 황사가 씻겨 가는가 했더니, 조금 내린 비를 틈타 어디선가 폐수를 방류하여 중랑천에 물고기가 허연 배를 내밀고 떠오른 일도 있었다. 요컨대 녹색과는 거리가 먼 흑색, 회색, 적색이 우리 주위를 감싸고 있는 상황에서 이 글을 쓰게 되었다.

한 단체의 조사에 의하면 서울의 대기 오염도가 공업단지가 있는 울산보다 2배 정도 더 높다고 한다. 이런 정도면 사람이 정상적으로 생활하기 힘든 상황임에 틀림없다. 그래도 사람을 낳으면 서울로 보내라는 옛말에 따라 사람들은 서울로 몰려들고, 한번 몰려든 사람은 서울은 못살 곳이라고 아우성을 치면서도 서울을 떠나는 일이 없다. 나부터 서울의 주거 환경에 염증을 느끼면서도 서울을 떠날 생각은 하지 않고 있다. 환경 파괴는 암과 같아서 어떤 증세가 일단 발생하면 원상태로의 회복은 불가능하다고 한다. 이미 여러 가지 증후가 나타나고 있는 서울에서 사는 것은 생명의 단축을 재촉하는 것이나 다름이 없다. 그런데도 저마다 이렇게 살아가는 것은 '나 하나는 괜찮겠지' 하는 생각과 '나만 죽나 다 함께 죽는데' 하는 생각이 교차하기 때문이다.

주위의 사람이 병들거나 사고를 당하지만 나는 지금까지 무사했으므로 앞으로도 괜찮을 것이라는 생각만큼 터무니없는 것은 없다. 확률적으로 보면 지금까지 사고가 없었던 사람은 앞으로 사고를 당할 확률이 오히려 더 높다. 또 모두 함께 고초를 겪게 되면 거기서 빠져나갈 묘수가 생기려니 하는 생각도 부질없다. 많은 사람이 곤경에 처하게 되면 거기서 벗어나려는 경쟁이 더 심해지기 때문에 개인적으로는 더 불행한 상태에 빠지기 쉽다. 여하튼 우리가 처해 있는 생태적 상황이 절대로 긍정적이지 않고 그것이 호전될 가능성도 그리 많지 않다는 것은 분명한 사실이다.

환경 문제가 제기될 때 문학이 함께 거론되는 것은, 문학이 함유하고 있는 인간과 생명에 대한 관심, 인간과 세계와의 공존 가능성에 대한 탐구 등 문학이 지켜온 전통 때문이다. 묘하게도 문학은, 동서고금을 막론하고, 자연과 세계는 어떻게 되든 인간만 잘 살면 그만이라든가 자연과 세계는 인간을 위해 봉사해야 한다든가 하는 생각을 독단적으로 내보인 적이 없다. 설사 그런 생각을 나타낸 문학작품이 있다 하더라도 그것은 일회적이고 변태적인 특수한 사례에 국한될 뿐, 정당한 문학의 전통으로 수용된 적이 없다. 문학작품도 인간이 인위적으로 만들어내는 것이지만, 인간과 자연의 합일에 바탕을 둔 신화적 세계관이 창조의 동력으로 작용하기 때문에, 자연을 대상적으로 분석하고 탐구하는 과학과는 판이한 성격을 지닌다. 또 신화적 세계관이라는 공통 기반에서 출발했음에 틀림없는 종교가 세속화의 과정을 밟으면서, 자연과 인간을 분리하고 이교도와 본교도를 구분함으로써 특정 종교 중심의 도그마로 전락해 버렸기 때문에, 인간 문제의 이해와 해석에 있어 문학은 종교보다 더 넓은 보편성과 항구성을 확보하게 되었다. 환경 문제를 거론하면서 종교보다도 문학이 중요하게 다루어지는 이유가 여기에 있다.

근대 과학의 합리성이 인간을 지배하기 이전에 사람들이 지니고 있었던 생명에 대한 인식은 한마디로 말하여 신화적이고 문학적이다. 히말라야 산맥의 여성들은 숲속에 들어가 땔감을 주워올 때 숲의 여신에게 자신들이 땔감을 가져가는 것에 대해 용서를 빌며 꼭 필요한 양만 가져가겠다는 다짐을 한다고 한다. 또 1854년 미국의 대통령이 서부지역에 거주하고 있는 인디언 원주민들에게 땅을 팔라고 제안하자 그들의 추장은 자연의 삼라만상이 모두 인간과 형제임을 주장하며 그 부당함을 피력하였다고 한다.[1] 요컨대 이들은 인간과 자연을 대등한 존재로 보고, 인간에게는 인간의 질서가, 자연에게는 자연의 질서가 있으며 그 둘이 관계를 맺을 때에도 일정한 법도와 예의가 있어야 한다고 생각했다. 나무는 숲에 속해 있는 것이기에 인간이 함부로 벨 수 없는 것이고 숲과 인간은 형제처럼 사이좋게 지내면서도 지켜야 할 관계는 꼭 지키는 대등한 생명의 공간으로 인식했던 것이다.

이와 유사한 생각을 보여주는 설화로 불교의 본생담에 나오는 이야기가 있다. 이것은 필자가 쓴 다른 글[2]에도 소개했던 것인데, 문학교육

1) 정효구, 『우주공동체와 문학의 길』, 시와시학사, 1994, 19쪽 참조.
2) 이숭원, 「생태학적 상상력과 우리 시의 방향」, 『실천문학』, 1996. 가을호. 이 글은 『서정시의 힘과 아름다움』(새미, 1997)에 수록되었다.

평론가 김상욱이 재미있게 윤색한 것이 있어 다음에 인용한다.

히말라야 설산에서 고행을 하던 한 수도승의 이야기가 떠오른다. 어느 어스름, 여느 날과 다름없이 결가부좌하고 묵상에 잠겨 있노라니, 어디선가 작은 새 한 마리 황급하게 누더기 안을 헤집으며 날아들더란다. 작고 차가운 몸뚱어리가 품안으로 파고들자 그 놀란 새의 가슴 팔딱거림이 선연히 가슴으로 전해져 오는데, 뒤이어 야차 하나 눈을 휘둥거리며, '그 새는 내가 저녁 요기로 쫓던 새이니 돌려 달라'고 말하지 않는가. 수도승 파들거리는 까아만 눈 차마 외면하지 못해, '그대에게 필요한 건 끼니지 유독 이 새가 아니지 않은가. 이 새의 무게만큼 내 살을 떼어 주리니, 그렇게 하지 않겠는가?' 라고 했더란다. 야차의 대답 미처 끝나기 전, 어디 천칭 저울이나 있었겠느냐만 저편에는 새를, 또 이편에는 새의 크기 넘는 허벅지 살점 뭉툭 잘라 올렸더랬지. 그런데 웬 걸. 저울 새에게로 기운 채 미동도 하지 않았지. 수도승 다시 그만한 크기 올렸으나, 여전히 그대로였고, 수도승 이제 다리 하나 모두를, 나머지 다리를, 두 팔을 함께 올렸으나, 끝내 이울지 않았겠지. 이윽고 수도승 한소끔쯤 되는 망설임 끝 이켠 저울에 자신의 야윈 몸뚱이 전부를 올렸을 때, 그제서야 저울이 나란해지더란다. 그와 함께 어디선가 청아한 음악 소리 울리며, 그 깊은 계곡 가득 향 냄새 차 오르고, 야차 어느새 여래 되어 미소를 벙글고 섰더란다.

결국 아무리 작고 미미할지라도 그 존재의 생명과 맞바꿀 수 있는 살덩어리란 어디에도 없으며, 다만 전존재의 무게만이 그에 맞설 수 있음을 이 이야기는 전하고 있다. 모든 살아 있는 것에 대한 외경이 감동적으로 들어차 있는 것이다.[3)]

---

3) 김상욱, 『시의 숲에서 세상을 읽다』, 푸른나무, 1996, 134~5쪽.

이 이야기에 대해서는 김상욱 자신이 그 뜻까지 다 말해 놓았으니 더 이상의 설명이 필요없을 것이다. 다음의 이야기는 이규보의 수필「슬견설(蝨犬說)」이다.

어떤 객이 나에게 말하였다.

"어제 저녁, 우락부락한 사내가 큰 몽둥이로 개를 쳐죽이는 것을 보았는데, 몹시 불쌍하였으며, 마음이 아픕디다. 그래서 앞으로 개나 돼지고기를 먹지 않겠다고 다짐했지요."

이에 내가 대꾸했다.

"어제 어떤 사람이 화로에다 이(蝨)를 던져 태워 죽이는 것을 보았는데, 마음이 아파 앞으로 이를 잡지 않겠다고 다짐했어요."

객이 놀라며 말하기를,

"이는 미물이 아닌가요. 나는 큰 생물이 죽는 것을 보고 슬픈 마음이 들어 말했는데, 그대는 이런 식으로 대꾸하니, 나를 놀리는 게 아니오."

이 말을 듣고 나는 다음과 같이 말하였다.

"무릇 생명이 있는 것은, 사람으로부터 소 · 말 · 돼지 · 염소 · 곤충 · 개미에 이르기까지, 삶을 사랑하고 죽음을 사랑하는 마음이 같은 법이라오. 어찌 꼭 큰 생물만이 죽음을 싫어하고, 작은 생물은 그렇지 않다 하겠오? 그렇다고 한다면, 개와 이의 죽음은 동일한 게지요. 그래서 당신의 말에 대해 이(蝨)로써 대꾸한 것이지, 어찌 일부러 당신을 놀리려고 한 말이겠오. 내 말을 믿지 못하겠거든 한번 당신 열 손가락을 깨물어보시오. 어디 엄지손가락만 아프고 그 나머지는 아프지 않습디까? 한 몸에 있는 것이 대소(大小) 지절(支節)을 막론하고 다같이 생명이 있기 때문에 그 아픔이 똑같은 법이지요. 하물며 하늘로부터 제각각 숨과 기(氣)를 부여받은 존재로서, 어느 것은 죽음을 싫어하고 어느 것은 죽음을 좋아할 리가 있겠오? 그대는 물러가서 마음을 고요히 하고 가만히 생각해 보시오. 달팽이뿔을 쇠뿔과 같이 보고 참새와 붕새를 평등하게 보게 된 연후에야 나는 그대와 도(道)에 대해 말할 수 있을 것이오.[4]

이규보의 이 수필 역시 모든 생명이 동일한 존재라는 생각을 전달하고 있다. 앞서 인용한 고대의 설화나 이규보의 한문 수필은 크게 보면 문학에 속한다. 문학은 상상력의 소산이기 때문에 서술 과정에 다소 과장된 점이 있을 수 있다. 또 모든 생명의 무게가 같다는 생각은 인간의 생명마저 가볍게 여기는 요즘의 세태에 비추어 볼 때 지나치게 이상적이라는 지적을 받을지도 모른다. 그러나 여기에는 우리가 결코 소홀히 넘길 수 없는 생명 존중의 사상, 만물에 대한 근원적 인식이 담겨 있다. 자신의 생명과 자연계의 생명을 동일하게 보고 더 나아가 우주 만물을 똑같이 존귀한 것으로 볼 때 우리가 직면한 생태학적 위기에서 벗어날 수 있는 길이 발견될 것이다.

2. 시와 생태학적 상상력

내가 생각하기에 문학 중에서도 특히 시는 본질적으로 자연 친화적이다. 시적 상상력 속에서 자연 만물은 평등하게 수용되고 인간과 대등한 위치에 자리잡는다. 거의 대부분의 시에서 자연은 시상 전개의 중요한 매개 역할을 담당한다. 가장 쉬운 예로 김소월의 「진달래꽃」을 보면, 시적 화자는 떠나는 님의 앞길에 아름다운 진달래꽃을 뿌려드리겠다고 이야기한다. 여기서 진달래꽃이라는 자연물은 화자의 마음을 대신 담아 전하는 인간의 대리물이며 그 점에서 그것은 인간과 대등한

4) 박희병, 「한국 고전문학의 전통과 생태적 관점」, 『창작과비평』, 1995. 겨울호에서 재인용.

가치를 지닌 자연물이다.

또 시에서 비유를 사용할 때 보조관념으로 자연물이 설정되는 경우가 많다. 서정주의 「무등을 보며」의 첫구절, "가난이야 한낱 남루(襤褸)에 지나지 않는다./저 눈부신 햇빛 속에 갈매빛의 등성이를 드러내고 서 있는/여름 산 같은/우리들의 타고난 살결 타고난 마음씨까지야 다 가릴 수 있으랴"를 보면, 우리들의 살결과 마음씨를 눈부신 햇빛 속에 녹음을 드러내고 서 있는 싱그러운 여름 산에 비유하고 있다. 이처럼 시에는 원천적으로 자연과 인간을 대등하게 보는 신화적 사유가 작용하고 있다.

송희복은 생태학적 상상력이 나타난 시를 둘로 나누어 생태학적 문명비판시와 생태학적 서정시로 나눈 바 있다.[5] 생태학적 문명비판시는 파괴된 자연의 모습을 고발하고 환경 오염 실태를 폭로한다든가, 그러한 생태계의 파괴를 유도한 과학문명의 비생명성을 고발한다든가, 더 나아가 세계의 종말을 예언하는 비판적 경향의 시를 포함한다. 생태학적 서정시는 생명의 조화와 환희와 교감을 노래하면서 융합과 순환적 질서의 세계관을 보여주는 시를 의미한다. 그런데 시가 본질적으로 자연과 인간의 교감, 융합과 순환적 질서를 추구하는 신화적 사유에 바탕을 두고 있다는 점을 생각하면 생태학적 서정시라는 분류는 필요없을 것이라는 생각도 든다.

역시 가장 쉬운 예로 우리가 잘 아는 국민적 애송시인 서정주의 「국화 옆에서」를 보자. 이 시를 굳이 생태학적 서정시로 부르는 사람은 아마 없을 것이다. 그런데 1947년에 발표된 이 시에는 요즘 쓰여지는 생태학적 서정시를 훨씬 능가하는 자연 융합의 상상력, 요즘 말로 하면 생태학적 상상력이 작용하고 있다. 한 송이 국화꽃을 피우기 위하여

---

5) 송희복, 『생명문학과 존재의 심연』, 좋은날, 1998, 69쪽.

봄부터 소쩍새는 그렇게 울고, 천둥은 먹구름 뒤에서 또 그렇게 울었나 보다고 상상하는 것부터가 생명을 존중하고 만물을 평등하게 보는 태도의 발로다. 한 송이 국화꽃이 따로 존재하는 것이 아니라 소쩍새의 울음, 천둥의 울음과 관련되어 있고 그러한 시련과 고뇌의 과정 속에 비로소 하나의 생명체가 탄생한다는 인식은 매우 소중한 것이다. 이러한 발상은 비단 서정주 시인에게 깊은 인상을 준 국화꽃만이 아니라 모든 생명체에 확산될 필요가 있다. 들판에 흔들리는 무수한 이름 모를 풀꽃들도 모두 평등한 가치와 오묘한 생명성을 갖춘 존재들이다. 풀잎 사이에 기어다니는 벌레들, 땅에 묻혀 보이지 않는 작은 벌레들까지도 귀중한 생명성을 갖추고 있다. 그 하나하나의 생명체를 만들어내기 위하여 많은 요소들이 질서 있게 결합하고 그 나름의 시련과 고통의 과정을 거쳐 하나의 생명체가 완성된 것이다.

시인은 시련과 고뇌의 과정을 거쳐 탄생한 국화꽃을 자신의 누님에 비유하였다. 그 누님은 그립고 아쉬움에 가슴 조이던 젊음의 뒤안길을 거쳐 이제 자신의 모습을 고요히 돌이켜보는 원숙한 중년 여인이다. 그 누님은 젊음의 방황과 시련을 거쳤기에 세상의 모든 것을 이해할 수 있을 것 같고 웬만한 것은 다 포용할 수 있을 듯하다. 철없는 사랑놀음이나 감정의 소용돌이에 휘말리지도 않을 것이다. 자신을 관조할 뿐만 아니라 세상을 관조하는 평정심을 누님은 지녔을 것이다. 그런 누님과 국화가 동일화된다는 것은 국화를 그런 정신적 가치를 지닌 존재로 인식한다는 뜻이다. 친근하면서도 범접하기 어려운 나의 누님과 동등한 위상에 국화라는 자연물이 놓이게 된다.

넷째 연에서 시인은 국화꽃을 자신의 생활 체험과 관련지었다. 노오란 네 꽃잎이 피려고 간밤엔 무서리가 저리 내리고 내게는 잠도 오지 않았을 것이라는 상상은 우주 만물의 상의성(相依性)과 유관성(有關性)을 다시 한 번 상기시킨다. 하나의 생명이 탄생하는 마지막 순간까지

주의의 존재들은 상호 작용을 한다. 서리 내린 밤과 불면의 밤은 우연히 존재하는 것이 아니라 국화꽃이 피어나는 생명의 비밀스러운 움직임에 동조하고 호응하는 필연적 관계로 맺어진다. 그러면서 서리 내리는 자연 현상과 잠들지 못하는 인간의 일이 국화를 매개로 하여 대등한 자리에 놓인다. 앞의 고대 설화에서 본 천칭 저울의 새와 수도승처럼 자연과 인간은 평형을 이룬다. 깨달음의 눈으로 보면 국화의 꽃핌, 한밤의 서리 내림, 잠들지 못함이 모두 연관되어 있고 대등한 가치를 지닌다.

이처럼 우리는 「국화 옆에서」를 생태학적 관점에서 읽을 수 있다. 문학교사는 이 시 한 편을 가르치면서 시의 아름다움과 더불어 생명의 고귀함과 우주 만물의 평등함에 대한 귀중한 인식을 학생들에게 심어줄 수 있을 것이다. 그것은 시가 지닌 본질적 속성에서 가능하다. 이러한 시교육이 진작부터 철저하게 행해졌다면 자연과 생명을 대하는 우리의 시각이 크게 달라졌을 것이고 환경 파괴에서 오는 부작용도 어느 정도 줄어들게 되었을 것이다.

3. 생태학적 시교육의 가능성

자연과 생명의 소중함을 도외시한 채 개발을 최고의 가치로 여기고 숨가쁘게 달려오는 동안 우리의 생태환경은 처참한 지경에 빠지게 되었다. 사태가 심각해지자 비로소 환경 오염, 자연 파괴를 고발하는 시들이 쓰여졌다. 송희복이 명명한 생태학적 문명비판시가 그것이다. 그런데 이 시들은 시인들이 환경 오염에 무관심하지 않았다는 사실을 알리는 자료로는 의미가 있을지 모르지만 문학교육의 현장에서 활용하기에는 무리가 있다. 다 그런 것은 아니지만 어떤 시의 경우 환경 파괴의 실태를 알린다는 목적의식이 앞선 나머지 시가 유지해야 할 기본구조를 소홀히 하는 사례가 있기 때문이다. 요컨대 사실을 그대로 보고하거나 분노의 감정을 표출하고 있을 뿐 그러한 제재를 '시'로 표현한다는 장르의식이 결여된 사례를 보게 된다.

바다인들 어쩌랴/바다인들 어쩌랴/잔잔하고 푸르렀던 바다인들 어쩌랴//멀리서 임해공단 굴뚝 연기 치솟고/뿌우옇게 흐린 하늘/찜질하는 더위 속에/버글버글 끓어 넘친 폐수들은 흘러든다//바다인들 어쩌랴/바다인들 어쩌랴/아름답던 청정 수역/바다인들 어쩌랴//벌겋게 썩어가는/꼬막 조개 폐사한다/너훌너훌 푸르렀던 미역 다시마 썩어간다//우리 목숨 갯가 목숨/바닷가에 태어나서/미역 뜯고 조개 건져 한평생을 살았거늘//이제는 노 저어도/어패류 간 곳 없고/애써 가꾼 양식장도 거덜이 나버렸다//우리 목숨 갯가 목숨/바닷가에 태어나서/아사하는 조가비와 다를 것이 무엇인지/벌겋게 썩어가는 미역 다시마 다를 건지//배고프면 물질하고/물질하면 배부르던/잔잔하고 푸른 바다/우리 바다 병들었다

—김명수, 「赤潮」 전문

이 작품은 민요의 가락을 빌려 적조로 바다가 황폐되어 가는 현실을 고발한 것이다. 민요의 형식을 차용하였기에 같은 말을 반복하였고 시어도 의도적으로 쉬운 말을 사용하여 어민의 생활 감정이 살아나도록 했다. 그러나 그런 민요적 소박성을 감안한다 하더라도 이 시가 전하는 메시지는 우리가 상식적으로 접하는 상황 인식의 수준을 넘어서지 못한다. 공장이 생기고 폐수가 흘러들어서 조개가 폐사하고 미역이 썩어 간다는 것은 신문 기사나 환경실태 보고서에 그대로 나오는 이야기다. 여기서 시적인 것은 갯가에 사는 어민의 목숨이 조개나 미역과 동일하다는 설정인데, 그 죽음의 인식도 양식장이 거덜나 생업을 망쳤다

는 점에서 보면 경제적 파산을 의미하는 것이기 때문에 생명에 대한 동질적 인식과는 거리가 있다. 같은 제재를 다루는 경우라도, 바다라는 공간과 어우러진 어민들의 생활상을 깊이 있게 점검해 본다든가 환경 파괴의 원인을 인간의 욕망과 관련지어 해부하는 분석적 시각이 동원될 만하고, 바다라는 생명의 공간이 죽음의 공간으로 변해 가는 과정을 점착력 있게 묘사할 수도 있다. 그런데 이 시는 그러한 시적 요소의 구축을 포기하고 '우리 바다 병들었다'는 메시지를 전하고 있을 뿐이다. 따라서 민요의 소박성을 활용한 환경 피해 고발시로서는 의미를 지니지만 문학교육의 제재로 활용하기에는 적절치 못하다.

황해 바다 밀물과 썰물 날마다/드나들며 큰 물 한 자락 멀리서/바라보는 위안을 주던 갯고랑에/둑을 쌓아 물길 막고/땅을 만들어 지도를 바꾸었다/게와 망둥이 숨어 살던 갯벌 사라져 버리고/갈매기 떼 자취 감추고/정유 공장 짙은 연기만 치솟아 오른다/큰 산을 뭉개어 논밭 메우고/마을 뒤 성황당 나무마저 잘라 버리고/벌판에 들어선 아파트 단지/까치집 깃들일 미루나무 한 그루 없고/도로와 공터는 자동차로 뒤덮여/어린이 놀이터조차 없다/간척 지구 담수호에 폐유와 오수가 고여/역겨운 냄새 풍기는 시름의 도시/머지않아 인구 백만을 넘기면/숲도 산도 바다도 모르는 이곳/아이들이 요란스럽게 오토바이 몰고 다니며/주인 없는 폐농 헛간에서 비디오 흉내를 내고/선인(先人)의 사당(祠堂)에 못을 박지 않을지/공시 지가는 해마다 높아지고/바퀴벌레와 솔잎혹파리는 나날이 늘어가고 —김광규, 「시름의 도시」 전문

이 시 역시 개발에 의해 환경이 바뀌면서 생명의 공간이 죽음의 공간으로 변하는 모습을 보여주고 있다. 변화의 실상을 사실적으로 열거하고 앞날에 대한 시인의 우려까지 곁들이고 있기는 하지만 전체의 윤곽

은 이미 우리가 알고 있는 내용이다. 이 시보다 정밀한 환경실태 보고서 한 편을 읽으면 훨씬 더 풍성한 사실을 접할 수 있을 것이다. 그러므로 이 시 역시 환경 변화의 반생명적 실상을 구체적으로 알기 쉽게 서술한 시작품으로서 의미를 지닐 수 있겠지만 문학교육의 제재로 활용되기에는 어려움이 있다. 그러나 다음의 시는 똑같이 쉬운 어법과 제재를 사용하였지만 생명에 대한 새로운 인식을 심어주고 있어서 문학교육의 현장에서 가치 있는 자료로 활용될 만하다.

배추에게도 마음이 있나보다
씨앗 뿌리고 농약 없이 키우려니
하도 자라지 않아
가을이 되어도 헛일일 것 같더니
여름내 밭둑 지나며 잊지 않았던 말
— 나는 너희로 하여 기쁠 것 같아
— 잘 자라 기쁠 것 같아

늦가을 배추포기 묶어주며 보니
그래도 튼실하게 자라 속이 꽤 찼다
— 혹시 배추벌레 한 마리
이 속에 갇혀 나오지 못하면 어떡하지?
꼭 동여매지도 못하는 사람 마음이나
배추벌레에게 반 넘어 먹히고도
속은 점점 순결한 잎으로 차오르는
배추의 마음이 뭐가 다를까
배추 풀물이 사람 소매에도 들었나보다

—나희덕, 「배추의 마음」 전문

식물의 생태를 연구한 실험에 의하면, 똑같은 식물 두 그루를 놓고 한쪽에는 사랑의 감정을, 다른 한쪽에는 증오의 감정을 보내면 사랑의 감정을 받은 식물은 잘 자라고 증오의 감정을 받은 식물은 말라죽는다고 한다. 위의 시의 화자는 배추에게 자신의 신뢰와 소망을 전하였다. 배추에게 잘 자라서 기쁨을 달라는 자신의 소망을 전하였고 배추는 마치 그 마음에 감응한 듯 가을에 속이 꽉찬 튼실한 모습을 보여주었다. '배추에게도 마음이 있나 보다'라는 첫행은 자연물을 대등한 생명 존재로 보고 자연물에도 인간의 마음을 이해하는 측면이 있다는 것을 단적으로 표명하였다. 배추의 성장을 지켜보는 화자의 마음은 생명 사랑의 정신으로 가득 차 있다. 그는 배추포기를 묶으면서도 배추벌레가 이 속에 갇혀 나오지 못하면 어떻게 하나 하고 걱정을 한다. 그러한 생명 사랑의 정신으로 자연물을 대하기 때문에 배추도 그것을 이해하여 푸르른 '순결한 잎'을 사람 앞에 드러내 보인다. 농약을 뿌리지 않았기 때문에 배추벌레가 잎을 많이 뜯어먹었지만 배추는 그것이 자기 잎으로 생명을 살리는 일이라고 생각하는지 아랑곳하지 않고 오히려 속이 찬 모습으로 사람 앞에 자기 자신을 드러내고 있다.

생태학적 상상력을 단순히 시적 상상력의 한 종류로 이해해서는 안 된다. 그것은 인간이 이 땅에 뿌리를 내리고 생활하기 위해서, 다시 말해서 생명의 지속과 보전을 위해서 반드시 갖추어야 할 상상력에 속한다. 시는 예전부터 자연을 즐겨 소재로 삼아 왔고 자연과 인간의 동화를 꿈꾸어 왔기 때문에 시 쪽에서 생태학적 상상력이 활발한 작용을 하였고 그것에 상응하는 표현이 빈번하게 창조되었던 것이다. 시인이 스스로 의도하지 않았다 하더라도 우리는 한 편의 시에서 생태학적 위기에 대처할 수 있는 생의 지혜를 발견할 수 있다. 그것은 시인의 상상력이 본질적으로 생명의 발현과 육성을 기본축으로 삼고 있기 때문이다. 그런 점에서 모든 시는 생명의 문학이라고 해도 과언이 아니다. 다음의 시를 통해서도 그러한 점을 살필 수 있다.

번데기로 살 수 있다면
버드나무 껍질에 세들고 싶다
한겨울에도, 뿌리 끝에서 우듬지 끝까지
줄기차게 오르내리는 물소리
고치의 올 올을 아쟁처럼 켜고
나는 그 숨소리를 숨차게 쟁이며
분꽃 씨처럼 늙어갈 것이다
고치 속이, 눈부신 하늘인 양
맘껏 날아다니다 멍이 드는 날갯죽지,
세찬 바람에 가지를 휘몰아
제 몸을 후려치는 그의 종아리에서
겨울을 나고 싶다, 얼음장 밑 송사리들
버드나무의 실뿌리를 젖인 듯 머금고,
그때마다 결이 환해지는 버드나무
촬촬, 물소리로 울 수 있다면
날개를 달아도 되나요? 슬몃 투정도 부리며
버드나무와 한 살림을 차리고 싶다
물오른 수컷이 되고 싶다

—이정록, 「물소리를 꿈꾸다」 전문

이 시의 제목인 '물소리를 꿈꾸다'에는 벌써 자연과 인간의 동화를 꿈꾸는 시인의 의식이 내포되어 있다. 여기서 물소리란 한 겨울에도 나무의 뿌리에서 가지 끝까지 쉴새없이 움직이는 생명의 기운을 뜻한다. 그것은 아쟁의 쟁쟁거리는 소리에 비유되는가 하면 생명의 근원인

'젖줄'에 비유되기도 한다. 시인은 자신이 벌레의 번데기가 되어 버드나무 껍질에 '세들고' 싶다고 생각한다. 이 생각이야말로 생태학적 상상력의 전형적인 양상을 보여준다. 번데기에서 벗어나 다른 성충으로 변신하기까지 잠시 버드나무 껍질에 세들어 생명의 기운에 동화되어 보겠다는 화자의 생각은 지상의 모든 자연물들이 화해롭게 공생하는 이상 상태를 전제로 하고 있다. 그렇기 때문에 그 생각에는 생물들끼리의 생존 경쟁이라든가 욕망의 대립적 갈등이 전혀 개입하지 않는다. 오히려 생명에게 시련을 가하는 겨울과 대비되는 지점에 물소리 오르내리는 버드나무를 설정하고 거기 생명의 보금자리를 마련한 번데기를 배치함으로써 생명이 깃들이고 숨쉬는 터전이 어떠한 것인가를 섬세하게 보여주고 있다.

이 작품은 겨울의 추위를 견뎌내며 생명의 기운을 지켜가는 버드나무의 내면성을 시인이 깊이 명상함으로써 창조된 것이다. 이 시를 구상하는 과정에서 생태학적 상상력과 관련된 작품을 써서 생태 문제에 대한 관심을 환기해 보자는 시인의 선입견이 작용하지는 않았을 것이다. 여기에는 그저 겨울의 세찬 바람 속에서도 생명의 기운을 지속해 가는 버드나무의 내면을 본받고자 하는 의도 정도가 시작의 촉매로 작용했을 것이다. 그런데 결과적으로 이 작품은 인간과 자연이 공통적으로 누리는 생명의 터전에 대한 관심을 환기하는 데 성공하였다. 시인의 상상력이 생태학적 상상력과 연결되어 있기 때문이고 시를 쓴다는 것 자체가 생명의 옹호에 부합하는 특징을 지니기 때문이다.

우리는 이런 시작품의 교육을 통하여 우주에 존재하는 생명에 대한 평등한 인식, 생명을 대하는 사람 마음의 아름다움, 그것을 표현한 시의 아름다움을 함께 얻을 수 있다. 이 시에 대해 굳이 생태학적 서정시라는 명칭을 붙일 필요가 없다. 훌륭한 서정시는 원천적으로, 또 생래적으로 생태학적 상상력을 자원으로 삼기 때문이다.

도정일은 문학교육의 목적이 생태학적 관심의 제고나 환경운동의 유용성 강화에 놓일 수는 없다고 보지만, 인간과 자연과의 관계를 재점검하여 생명의 전체성이라는 가치를 문학교육의 중심 테마로 삼아야 한다는 주장을 제시하였다.[6] 생명의 전체성이라는 추상적 개념이 지시하는 내용은 바로 위의 시에서 본 것처럼 사람, 배추, 배추벌레, 번데기, 버드나무가 조화를 이루며 대등한 가치를 실현하는 상태다. 그런데 실제적 현실의 차원에서는 인간과 자연이 대등한 관계를 유지하기가 쉽지 않다. 나희덕의 시는 취미삼아 배추를 길러 본 경험을 시로 표현한 것이지만, 배추 재배를 생업으로 삼는 사람의 경우 농약을 쓰지 않는 것은 상상하기조차 어려운 일이다. 알찬 배추도 값을 후려쳐 사 가는 판인데 벌레투성이 배추를 누가 사 간단 말인가. 그러나 자본주의 시장경제의 회로 속에 어쩔 수 없이 몸을 굴리며 살아가는 경우에도 위의 시가 보여준 생명의식을 마음에 담아둔 사람과 그렇지 않은 사람은 행동 양식에 있어 커다란 차이를 보일 것이다. 그리고 그러한 생명의식이 확산될 경우 벌레 먹은 배추를 오히려 당연히 여기며 소중한 생명의 공간으로 수용하는 태도가 수립될지도 모른다.

문학교육은 지금 당장 필요한 실제적 효용성을 목적으로 하는 것이 아니라 미래에 이룩될 이상적 가치 실현을 목적으로 한다. 그렇기 때문에 문학과 문학교육은 목전의 현실에 집착한 사람에게는 구름 잡는 일로 비칠 수 있다. 그러나 구름 너머의 이상을 잡으려는 내적 지향성이 없었다면 삭막한 현실 앞에 인간은 일찍이 자진했을 것이다. 문학은, 특히 시는 기술정보화 시대에도 다음과 같이 구름 잡는 엉뚱한 이야기를 한다. 모내기하는 아버지와 거미줄 치는 왕거미를 두고 “두 분 다 참으로 부지런하시다”고 말하는 엉뚱함, 그 통합적 상상력, ‘생명의

6) 도정일, 『시인은 숲으로 가지 못한다』, 민음사, 1994, 360~3쪽.

화엄적 인식'[7]이 인간을 괴저(壞疽)의 도시에서 구해 준다. 문학교사는 이 점을 목청 높이 강조할 필요가 있다.

날이 밝자 아버지가
모내기를 하고 있다
아침부터 먹왕거미가
거미줄을 치고 있다
비온 뒤 들녘 끝에
두 분 다
참으로 부지런하시다

—정호승, 「들녘」 전문

7) 이숭원, 「화엄 세상의 기쁨과 슬픔」, 『시와시학』, 2000. 여름호.

시적 상상력과 한강의 변용 양상

1. 한강의 상징적 의미

우리가 일반적으로 한강이라고 일컫는 지역은 남한강과 북한강이 합류하는 양수리로부터 김포를 거쳐 서해 바다로 들어가기까지 전개되는 강물의 영역을 말한다. 한강의 본류인 남한강은 강원도 태백시 금대산 북쪽 기슭에서 발원하여 강원도, 충청북도, 경기도를 거쳐 양평으로 흘러들며, 북한강은 강원도 금강산에서 발원하여 화천과 춘천을 거쳐 양수리에서 남한강과 합류한다. 지형적으로 볼 때 한강은 한반도의 중심부에 위치해 있다. 조선이 건국한 후 한양으로 천도하여 한강이 수도를 호위하는 상징적 존재가 된 것은 1394년의 일이지만, 그 이전 삼국시대부터 한강을 차지하기 위하여 고구려, 백제, 신라 세 나라가 끊임없이 싸움을 벌였다. 그것은 한반도의 중심부를 관통하여 흐르는 한강의 지정학적 중요성을 일찍이 간파했기 때문이다. 어떤 나라가 한강을 차지한다는 것은 그 나라가 정치적·군사적으로 우위에 있음을 입증하는 일이며 더 나아가 한반도 통일의 유리한 고지에 올라선다는 사실을 의미한다.

삼국시대 초기에 한강은 백제의 영토였다. 백제는 지금의 한강 유역인 하남 위례성에 도읍을 정하였다. 지금 서울에 남아 있는 몽촌토성이나 풍납토성 혹은 석촌동에 있는 백제왕릉은 백제가 한강을 중심으로 발전해 가던 시기의 유물들이다. 백제는 한성(漢城)을 거점으로 하여 전성기 때인 4세기 중반에 지금의 황해도 지역까지 영토를 확장하고 평양성을 공격하기까지 했다. 그러나 5세기 중엽 이후 고구려 장수왕의 남하정책에 밀려 한강 유역을 고구려에게 내주고 패주하여 475년에 수도를 지금의 공주 지역인 웅진으로 옮기게 된다. 그래서 한강은 고구려의 영역이 된다. 그러다가 551년 백제는 신라 진흥왕과 동맹을 맺고 고구려에 대항하여 한강 유역을 다시 확보하였으나 동맹군이었던 신라의 배신으로 2년 뒤인 553년 한강 유역은 신라가 차지하게 되었다. 이때 서울 지역을 평정한 진흥왕은 스스로 북한산에 올라 영토를 확인하고 비석을 세웠다. 이렇게 한강을 차지한 신라는 삼국 통일의 유리한 고지를 확보하게 된 것이다.

그뿐 아니라 통일 신라 이후 한반도가 다시 삼국으로 분할되었을 때 한강 유역에서 성장한 고려가 후백제와 신라를 꺾고 삼국을 통일하는 데에서도 한강의 지정학적 중요성은 다시 한 번 입증된다. 조선의 건국 이후 한강은 수도를 호위하는 강이자 한반도를 대표하는 강으로서 지금까지 뚜렷한 상징성을 이어오고 있다. 이러한 사실을 볼 때 한강은 지리적으로 한반도의 중심에 있을 뿐만 아니라 역사적으로는 한반도의 힘이 집결되는 상징적 공간으로서의 의미를 지닌다고 말할 수 있다.

나는 거의 매일 한강을 건너다닌다. 아침 햇살에 반짝이는 한강을 건너 출근하고 저녁 빛이 반사되는 한강을 건너 퇴근한다. 한강을 건널

때마다 그 시원하게 트인 모습에 교통 체증의 피로가 씻겨진다. 중부 고속도로를 통하여 서울로 온 사람들은 답답하게 이어지던 차량 행렬이 끝나고 올림픽 대로에 들어서면서 시원하게 펼쳐지는 한강의 아름다움에 가슴이 후련해지는 것을 느낀 적이 있을 것이다. 아차산과 워커힐이 바라보이는 광나루 쪽 한강변에 저녁놀이 반사되는 풍경은 그지없이 아름답다.

세계의 유명 도시들은 거의 대부분 강을 끼고 있다. 파리에는 세느강이 흐르고 런던에는 템즈강, 독일에는 라인강이 흐른다. 그 세 강이 명성은 높으나 한강의 모습에 익숙한 우리들은 실제로 그곳을 가 보고 적지 않게 실망하게 된다. 그 강들은 물의 양이라든가 흐르는 모습에 있어서 한강에 미치지 못하기 때문이다. 서울의 한강은 세계 어디에 내어놓아도 아름다운 강임에 틀림없다. 도도하게 흐르는 한강의 모습을 보면 삼국 시대에 이 지역을 차지하기 위하여 그토록 오랫동안 싸움을 벌였던 까닭도 충분히 이해가 된다.

물은 인간 심리에 있어서 정화와 속죄, 죽음과 재생, 시간의 흐름과 생의 순환을 상징하는 원형성을 지닌다. 물은 더러운 것을 깨끗이 씻어내고 새로운 환경을 만드는 기능을 갖고 있다. 그것은 더러운 것의 죽음과 청정한 육신으로의 부활이라는 상징성을 지닌다. 끊임없이 흐르는 강물의 움직임은 시간의 흐름, 생명의 흐름을 연상시킨다. 아래위로 출렁이는 물결의 파동은 인간의 운명과 생명의 성쇠를 상징한다. 그래서 강물은 예로부터 명상과 관조의 대상으로 존재해 왔다. 흐르는 강물을 보며 명상에 잠기고 거기서 생의 예지를 키우는 모티프는 많은 문학작품에 반복되어 나타난다.

그런가 하면 강물은 유장한 흐름과 출렁이는 물결을 통하여 우리의 마음을 위안하는 속성을 갖는다. 그래서 생의 시련에 직면했을 때 강이나 바다로 가서 마음을 달래는 경우가 많다. 한강은 넓은 강폭과 풍부한 수량으로 우리의 마음을 늘 시원하게 한다. 나도 아침 저녁으로 한강을 건너면서 이 아름다운 강을 매일 보는 것이 대단한 행운이라고 생각한다. 간혹 심란한 일이 있을 때에도 햇살에 반짝이는 물이랑을 보고 있으면 근심 걱정이 어느덧 사라지고 마음이 편안해지는 것을 체험하게 된다.

우리나라를 대표하는 강으로서의 지리적 역사적 상징성과 강물 일반이 갖는 원형적 상징성을 내포하고 있는 한강이 우리 시인들에게 어떻게 수용되고 어떠한 시적 표현을 얻었는가 하는 것은 문학 주제론의 차원을 넘어서서 강물과 관련된 시적 상상력의 발현 양상을 고찰한다는 의의를 지닌다. 한강을 시적 소재로 삼은 여덟 편의 작품을 통하여 각각의 시인들이 한강을 어떻게 받아들이고 어떻게 형상화하였으며 한강에 어떠한 의미를 부여하였는가를 몇 가지 유형으로 나누어 검토해 보겠다.

2. 생의 순환과 생활의 터전

江물이 풀리다니/江물은 무엇하러 또 풀리는가/우리들의 무슨 설움 무슨 기쁨 때문에/江물은 또 풀리는가//기러기같이/서리 묻은 섣달의 기러기같이/하늘의 얼음장 가슴으로 깨치며/내 한평생을 울고 가려했더니//무어라 江물은 다시 풀리어/이 햇빛 이 물결을 내게 주는가//저 밈둘레나 쑥니풀 같은 것들/또 한번 고개 숙여 보라 함인가//黃土 언덕/꽃 喪輿/떼 寡婦의 무리들/여기 서서 또 한 번 더 바래보라 함인가//江물이 풀리다니/江물은 무엇하러 또 풀리는가/우리들의 무슨 설움 무슨 기쁨 때문에/江물은 또 풀리는가 —서정주, 「풀리는 漢江가에서」 전문

지금은 각종 오염물질 때문에 수온이 높아져서 한강이 어는 것을 구경하기 힘들지만 내가 어릴 때만 해도 겨울이면 으레 한강은 얼어붙었고 2월 하순부터 얼음이 풀리면서 다시 본래의 물줄기가 모습을 드러냈다. 얼음이 풀릴 때 강물 위를 떠다니던 얼음덩이도 하나의 장관을 이루었다. 이 시에서 시인은 얼음이 풀리는 한강을 바라보며 강물이 풀리는 이유가 무엇인지를 묻고 있다. 그런데 흥미로운 것은 추위가 가시고 얼음이 풀리는 것을 마땅히 긍정적인 시선으로 바라볼 만하고 따라서 무슨 기쁨 때문에 강물이 풀리느냐고 물어볼 만한데 '무슨 설움 무슨 기쁨' 때문에 강물이 풀리는가라고 물은 점이다. 강물이 풀리는 장면에 기쁨만이 아니라 슬픔까지 개입시킨 이유는 무엇일까?

이것은 힘겨운 역사의 고비를 헤쳐온 한국인의 정한의 맥락과 관련이 있다. 한 많은 사연을 간직한 사람들에게는 결빙의 역사를 지나 화해의 계절이 오는 것 자체가 슬픔일 수 있다. 말하자면 겨울이 지나 봄이 오지만 사람들의 마음에는 아직 봄이 오지 않고 있는 것이며 슬픔과 한의 응어리가 그대로 얼어붙어 있는 것이다. 그래서 화자는 서리 묻은 섣달의 기러기같이 한평생을 울고 가려했다고 말했다. 그것은 다시 뒤에서 '황토 언덕/꽃 상여/떼 과부의 무리들'로 형상화되었다. '황토 언덕'이란 우리나라의 전형적인 언덕의 모습을 지칭한 것이지만 황토의 누런 색감과 흙먼지 이는 언덕의 모습은 생의 신산한 시련을 암시한다. 그리고 '꽃 상여'와 '떼 과부의 무리'는 애통한 죽음과 홀로 남은 여인들의 한을 암시함으로써 6·25 전쟁의 상흔을 자연스럽게 연상시킨다.

전란의 소용돌이 속에 많은 남자들이 죽어 갔고 많은 과부들이 생겨났지만 남은 사람들은 여전히 생을 이어 가야 하고 그러한 고난스런 생의 이어짐을 얼음이 풀리는 한강이 우리에게 보여주고 있다. 한강은 그것만이 아니라 봄을 맞이하여 다시 돋아나는 민들레나 쑥잎 같은 들

풀의 생명력과 햇살에 반짝이는 신생의 물결도 우리에게 보여준다. 이 신생의 풍경은 그것 자체가 기쁨의 표상이지만 가슴에 한을 담고 있는 사람에게는 설움의 표상이기도 하다. 그래서 시인은 '무슨 설움 무슨 기쁨' 때문에 강물이 풀리는 것이냐고 자문한 것이다.

우리는 이 시에서 강물을 우리의 일반적 생의 국면과 관련지어 생각하는 태도를 엿볼 수 있다. 강물이 얼고 풀리는 것을 인생의 전변과 관련지어 생각하며 그것을 다시 희로애락의 감정과 연결짓는 태도는 한강을 단순한 객체로 보는 것이 아니라 사람들이 살아가는 구체적 생활과 밀착된 존재로 보는 것을 의미한다. 따라서 강물 주변의 작은 변화라든가 풀꽃들의 피고 짐도 인간 세상의 전변을 암시하는 것으로 인식된다. 핍박한 세월의 굽이 속에 죽음의 시련을 겪은 사람들도 강물의 변화를 통하여 그 나름의 안식과 위안을 얻으며 그러면서도 사라지지 않는 한의 갈피를 길게 이어지는 강물처럼 마음속에 스며 넣는 것이다.

서정주의 시가 세상살이의 형편과 한강의 흐름을 상관적인 상태로 파악하고 있는 것처럼 김남조의 다음 시도 한강을 이별의 아픔이 응결된 유의미한 대상으로 인식하고 있다. 서정주의 시가 6·25 전쟁이라는 민족의 비극을 바닥에 깔고 있는 데 비해서 김남조의 시는 조금 더 개인적인 기억에 바탕을 두고 있다. 그만큼 김남조의 시는 한강이라는 객체의 대상을 개인적 기억과 주관적 체험의 영역 쪽으로 끌어들이고 있다.

겨울 강이여/너의 악보는 끝이 없구나/오늘은 결빙의 강바닥 아래/암청의 실타래들 누어있음이/무섭고 아름답다/홀려서 저기에 잠겨드는/사람 있으면 어쩌나// 배 한 척 지나갔는지/물살 드러난 언저리 얼음조각 떠 있느니/아마도/탈색한 나룻배였을게야/배에 탄 사람/삭풍에 도포

자락 휘날리고/뱃전엔 얼음 갈리는 소리/서석서걱 울렸으니/"여보세요 여보세요" 외치며/누군가 뒤쫓았을지도 몰라//내 어렸을 때 본/일본영화에선/단도로 가슴을 찌른/유혈의 딸을 업고/"여보게 게 섰거래이/제발 섰거래이……"/배에 탄 젊은이를 부르며 달려가는/백발의 아버지가 있었다//하긴 누구라도/비통하게 떠나 보낸/배 한 척 있었고 말고/"섰거래이 섰거래이……"/울면서 외쳤고 말고//겨울 강이여/한평생의 모든 이별이 /동창회처럼 모여들면 좋겠다/가앙가앙 수월래/윤무의 춤판이면 좋겠다/보름달 떠오르면/더욱 좋겠다 —김남조, 「겨울 한강에서」 전문

이 시의 화자는 얼음이 떠 있는 겨울 한강을 보고 있다. 그런데 결빙의 강바닥을 '끝없는 악보'로 인식하고 있는 점이 이채롭다. 얼어붙은 강바닥에서 끊임없이 어떤 곡조가 흘러나온다고 본 이유는 강물 사이에 무궁무진한 감정의 실타래가 감겨 있다고 보았기 때문이다. 그 감정의 양태는 암청빛 결빙의 정황으로 볼 때 비극적 음영을 지닐 수밖에 없다. 이런 정황에는 다 낡아 탈색한 나룻배에 몸을 싣고 강물에 떠다니는 얼음장을 헤치며 한 사람이 떠나가고 누군가가 무어라 소리치며 그 뒤를 쫓는 그런 이별의 장면이 연상된다.

시인은 슬픈 정황의 한 예로 그의 기억 속에 남아 있는 일본 영화의 한 장면을 제시하였다. 한 남자를 사랑하던 여인이 그 남자와의 사랑을 이루지 못하자 단도로 가슴을 찔러 자살을 기도하고 그 광경을 목격한 늙은 아버지가 피흘리는 딸을 업고 배에 탄 남자를 부르며 달려가는 처절하고 비통한 장면이 그것이다. 기억 속에 남은 영화의 장면 외에 시인은 자신이 실제로 겪은 참담한 이별도 떠올렸을 터인데 자신의 개인사를 드러내지 않고 누구라도 그런 이별이 한 번쯤은 있었으리라는 말로 이별의 정황을 일반화시켰다. 요컨대 일본 영화의 그 장면은 수많은 이별의 한 예에 해당하고 그와 비근한 비통한 이별이 이 강

을 중심으로 이어졌을 것이라는 생각이다. 그러기에 강은 수많은 비통한 이별을 암청의 실타래로 감아 바닥 깊이 감추고 있는 것이다.

시인은 마지막 연에서 그 모든 이별이 동창회처럼 모여들어 윤무의 춤판을 벌이고 환한 보름달로 떠오르면 좋겠다고 기원한다. 이것은 이별에 내재한 비통함이 겨울 강의 결빙의 강심 위에 응결되었다가 아름다움과 화해로 승화되기를 바라는 기원이다. 여기서 겨울 한강은 생의 비애를 간직한 강이자 비애를 풀어주는 해한(解恨)의 강으로 전환한다. 이것은 앞의 서정주의 시에서 강물이 풀리는 것을 설움과 기쁨의 이중주로 본 것과 유사한 논리다. 암청의 실타래로 묶인 결빙의 강이 다시 정겨운 동창회, 윤무의 춤판으로 녹아드는 이중적 전환은 강물이 본질적으로 지니고 있는 원형 심상의 이중성과 상통한다. 물은 죽음과 재생이라는 상반된 의미를 원형 심상으로 지니고 있는 것이다. 이처럼 한강은 슬픔과 기쁨이 마주치며 이별과 해후가 교차하는 순환의 강으로 자리잡는다.

> 江에서 사는 사람들은 江을 닮아간다/그물을 올리며 그들은 자기 가슴에 남은 양식을 확인한다/인자한 아버지처럼 칭얼대는 물의 투정 위에 돛대를 풀어 놓고/말없이 강바닥을 넓혀 가는 그들//그물을 따라 자주 세월의 아픈 흔적도 따라 올라와/멀리 流轉하는 구름 한번 바라보며 고개 숙이면/사무친 물 속 깊이 올라오는 물방울들은/무슨 말을 하고 싶은 것일까/철없는 물고기떼 무심히 지나갈 때/홀연 슬픔이 많은 모습으로 저녁 햇살은 떨어지고/물살에 입술 부비는 노을 애태우지 않아도/알지 내 알어, 고개 끄덕이며 자기 가슴에 묻고/지금 살아 있는 것들/무수히 파닥이는 것들 다스리며 돌아오는 그들//그윽한 깊이 감추며 後光에 비치는 붉은 얼굴/모두들 쳐다볼 때/허, 손 한번 흔들어 물 속에 어우러지는 그들/햇빛에 탄 팔뚝은 푸드득 튕기는 한 마리 잉어처럼/그물

을 펼쳐 생기찬 양식을 풀어 던질 때/물풀같이 미끄러운 女子들의 손가락/물의 깊이를 헤아려/가슴에 江이 흐르는 女子는 얼마나 따뜻할까/젖은 몸 푸릇한 내음 풍기며/낮게 낮게 가라앉는 풀잎/멀리 눈을 들어 젖은 머리카락 돌아서는/물푸레나무 그림자 길게 드러눕고/어슴푸레 질어 오는 어둠 속으로 일찍 돌아가는 그들//알고 있는 것일까/두 갈래의 물이 만나는 슬픔/어우러져 한데 흘러가야 할 세월/밤이 되자 물새알 같은 달이 부풀고/江의 아픈 늑골로부터 피어오르는 안개, 안개/물의 조상으로부터 받은 계시/그들의 法으로 잠든 밤 이 밤에 벌어질 반란을/절룩거리며 절룩거리며 수없이 밀려오는 강의 역사를/안개의 아픈 목소리를 듣고 있는 것일까/고요와 적막에 묻혀 물 뒤척이는 소리 깊은 밤/그래 알지 알어 꿈속에서도 물과 함께 어우러져/江에서 사는 사람들/江이 흘러가야 할 세월을 다스린다 —권대웅, 「兩水里에서」 전문

권대웅의 시는 앞의 두 편보다 더 생활의 국면으로 내려와 있다. 그는 추상의 차원에서 생의 기쁨과 슬픔을 말하는 것이 아니라 한강과 더불어 살아가는 구체적인 생활의 국면에 관심을 갖는다. 강에서 사는 사람들은 강에 그물을 던져 물고기를 잡아올리기도 하고 강물에 배를 띄워 삶의 영역을 넓혀 가기도 한다. 그들은 강을 생활의 터전으로 삼기에 그들의 겉모습이나 살아가는 자세도 강을 닮아 간다. 칭얼대는 아이를 달래는 의젓한 아버지의 풍모를 갖는 것이다. 이것은 앞의 두 편의 시에서 한강을 삶과 관련된 대상으로 바라보는 태도와는 구별되는 인식 방법이다. 한강은 객체적 인식의 대상이 아니라 생활의 터전이자 삶과 혼융된 공간이 된다. 그러기에 그물을 따라 세월의 아픈 흔적이 올라오는가 하면 물 속에서 솟아오르는 물방울들도 사람들에게 하고 싶은 말이 있는 것처럼 소리를 낸다.

하루의 일을 끝내고 노을이 물드는 강물을 지켜보다가 그 속에 웅어

리져 있는 크고 작은 슬픔들도 모두 가슴에 껴안고 고개 끄덕이며 어둠 속으로 돌아가는 그들의 모습은 세상의 아픔을 내면으로 포용하며 생의 고비를 헤쳐 가는 의연한 남성의 이미지로 형상화된다. 더군다나 이 사람들이 살고 있는 곳은 남한강과 북한강이 합쳐지는 양수리다. 그들은 두 갈래의 물이 만나고 어우러져 하나로 흘러가야 한다는 것을 누구보다 잘 알고 있다. 물이 그러한 것처럼 사람도 슬픔과 아픔을 지닌 채 서로 만나고 그렇게 어울려 한 세상을 살아야 한다는 것을 알고 있다. 강과 동화되어 있기에 강이 흘러가야 하는 세월까지 다스리는 그들은 언제나 물과 더불어 살기에 꿈 속에서도 물과 어우러져 지낸다.

한강을 단순히 관찰하는 사람과 그 속에서 생활하는 사람이 한강을 대하는 태도가 이렇게 다르다는 사실을 우리는 이 시에서 발견한다. 강물을 그냥 생의 순환 과정으로 보는 것은 추상적인 것이기에 생의 구체적 실상은 제시되지 않는다. 그것은 그냥 슬픔이나 기쁨, 혹은 죽음이나 재생의 의미로 떠오를 뿐이다. 그런 경우 강은 황토 언덕의 꽃상여에서 얼음 풀리는 햇살의 이미지로, 암청의 실타래에서 윤무의 춤판이나 환한 보름달의 이미지로 전환한다. 그러나 강을 생활의 공간으로 보게 되면 그것은 목숨 가진 존재가 생명을 이어 가면서 끝없이 대면하게 되는 활동의 터전으로 자리잡는다. 그래서 일용할 양식으로서의 강, 어우러져 흘러가야 할 세월의 이미지로서의 강이 나타난다. 생활의 터전으로서의 한강은 하류의 모습에서는 나타날 수 없다. 적어도 양수리 상류의 남한강이나 북한강이 그 대상이 될 것이다.

3. 위안과 정화의 기능

보편적 삶의 공간으로 강이 설정될 때 그것은 생의 순환 같은 추상적 차원을 상징하는 경우도 있지만 개인적 정서의 반응 차원에서 한강을 바라보는 경우가 있다. 개인적 좌절을 겪었을 때 그것을 달래주는 강이라든가 마음이 답답할 때 막힌 가슴을 풀어주는 강의 모습이 그것이다.

> 하늘이 이마 가까이 내려온 날/江이 풀리는 걸 보았다./깊은 시절의 어둠에 좌초하여/굳게 結氷한 그대 진실,/흐린 역두의 하늘 아래 전송하고/漢江을 지나올 때/내 눈이 자꾸만 투명한/봄 안개밭 속에 빠지고/목숨 있는 것의 이/끝없는 迷惑 속에 헤맬 때/굳은 강자락을 일으키는/한줄기 바람을 본다./우리 진실의 흰 뼈 흩어 물살에 섞고/사랑의 살 모두 헐어내어/종적없는 바람에 띄우면/강은 저렇게 풀어져서 순연한 사랑을/사랑인 채로 흐르게 하는 것을./마음 무거운 봄날 아침/한줄기 바람 아래 江이 풀린다. —김은자, 「한강을 건너며」 전문

이 시 역시 추위가 풀리는 봄철의 한강을 소재로 하고 있지만 서정주의 경우처럼 한국인 일반의 보편적 생의 국면을 문제삼지는 않는다. 그보다는 시인 자신의 개인적 감정 문제를 푸는 데 한강이 매개 역할을 하고 있다. 이 시에는 젊음의 열정과 그 열정 때문에 좌절을 맛보는 민감한 자아의 어두운 내면이 "깊은 시절의 어둠에 좌초하여"라든가 "흐린 역두의 하늘 아래 전송하고"라는 어구로 표현되었다. 사랑이라든가 진실 같은 추상적 명사 때문에 쉽게 상처받고 좌절하는 것은 젊은이에게 부여된 특권인지 모른다. 이 시의 화자도 그러한 사연 때문에 아픔을 겪고 있다.

역에서 그대를 전송하고 돌아오는 길에 한강을 건넌다. 눈은 떴으나 너무도 막막하여 안개밭을 헤매는 것 같고 발길은 끝없는 미혹 속에 허방을 디디는 것 같다. 낙담과 좌절의 극점에서 문득 강자락을 스치는 한 줄기 바람을 본다. 바람은 눈으로 볼 수 없으니 바람이 강자락에 파문을 일으키는 것을 보았을 것이다. 그 바람은 얼음과 잔설이 남아 있던 굳은 언덕에 생명의 기운을 전해 주는 듯하다. 우리가 그것 때문에 고통스러워하고 조바심 내던 진실이니 사랑이니 하는 것도 관념의 울타리를 벗어나 물살에 섞고 바람에 띄우면 결국은 저렇게 자연스러운 모습으로 강물처럼 흐르고 바람처럼 불어갈 것이다. 시간이 지나면 추위가 풀리고 강물이 저절로 흐르듯이 순연한 사랑은 그것대로 자연스럽게 흐르게 될 것이다. 따라서 잠깐의 이별 때문에 좌절한다든가 조바심을 내는 것은 부질없는 일이다. 끝없는 미혹이라든가 결빙의 이별은 한 줄기 따뜻한 바람만 불면 모두 눈 녹듯 사라질 한시적인 것들이다. 한 줄기 바람으로 결빙이 풀리는 한강을 보며 시인은 이러한 생의 진실을 깨닫고 마음의 위안을 얻는다.

마음이 하수구처럼 꾸룩거릴 때/습관처럼 중얼거렸다, 그곳에 가야지//나를 씻어줄 강물 있는 곳/물줄기도 즈이들끼리 만나는 그곳//어느날 내 발목을 끌러 마실 간다/양평장날에 왔던 아낙들/봉다리 몇개씩 들고 올라타자/버스는 강을 따라 시원스럽게 달린다//플라스틱 도시락, 설탕 한 포, 북어포,/그런 걸 사려고 강 따라 머리 날리며/그들은 마실을 나왔나/양수리에도 있을 그런 것들을//나는 못견뎌 양수리로 가는데/그 양수리에는 어떤 못견딤이 있어/이 버스 안, 조는 얼굴로 만나는가//급정거할 때마다/내 안에 출렁거리던 물결/창틀에 부딪혀 쏟아질 듯하고//양수리, 마실 나온 마음들이 스치는 곳/삶보다는 강물이 길게 흐르는, 그곳 —나희덕, 「내가 마실 갈 때」 전문이 시에도 강물을 통하여 마음의 위안을 얻는 자세가 나타난다. 마음이 답답하고 어수선하게 얽힌 상태를 "마음이 하수구처럼 꾸룩거릴 때"라고 표현하였다. 하수구처럼 꾸룩거리는 마음은 하수구의 더러움과 하수구가 막혀서 물이 넘치고 소리를 내는 정체 현상을 동시에 암시한다. 그렇게 마음이 막히고 부패한 냄새를 풍길 때 그 마음을 씻어줄 강물을 찾아 시인은 길을 떠난다. 그것은 "물줄기도 즈이들끼리 만나는" 양수리다. 앞의 권대웅의 시에서도 보았듯 두 줄기 물이 하나로 합쳐지는 것은 상징적 의미를 갖는다. 양수리의 상징성은 갈라진 물이 하나가 되듯 더러워지고 막힌 마음도 하나로 뚫릴 수 있으리라는 생각을 갖게 한다. 더군다나 그곳에 가면 양평장에 나왔던 소박한 아낙네들도 만날 수 있다. 그들도 나처럼 "어떤 못견딤이 있어" 이곳에 나온 것일까. 시인은 그들과의 동질감을 느끼며 양수리의 물길을 달린다. 양수리의 물길 속에 마음 막힌 이들이 하나 되어 흐르는 아름다운 풍경을 우리는 이 시에서 본다.

4. 역사적 상징으로서의 한강

한강은 조선조 이래 수백 년 동안 한민족의 중심부에 위치한 수도의 강으로 민족정신의 상징이자 민족사의 증인 역할을 해왔다. 갖가지 시련이 겹친 근세 백 년의 역사 속에서 한강은 민족의 아픔과 부끄러움을 그대로 간직한 역사의 상징이자 어떠한 시련 속에서도 면면히 이어 흐르는 한민족의 끈기와 생명력을 상징하는 존재로 그 의미가 부여되었다. 그래서 많은 문학작품에 한강이 중요한 소재로 등장하였고 시작품에도 개인적 문제보다는 민족사적 의미가 형상화된 것이 많다.

친구여 오늘, 그 강가에서/그처럼 한 시대의 어두운 암벽을 기어오르며/날마다 비에 젖던 생애의 아침들을/지체 없이 실어내고 실어오던 그 강가에 서서/물에 어린 그림자도 아름다운/한 그루 미루나무로 서서/잠시 이 세상 흘러가는 강물 따라/흐르는 강물이 되어보는 넉넉함을/이제는 우리에게 허락해도 될까/무성한 가지며 잎을 흔드는/아직은 드센 하늬바람, 서북풍을/오늘은 한 소절 음악으로 들어도 될까/어느 날 우리 이 강기슭에 아름다운 목숨 받아/수난과 시련의 짙푸른 미루나무 또는/백양으로 자란 서러운 내력을/이제는 자랑스레 말해도 될까/여한없이 후세에 전해도 될까/흐르는 물은 썩지 않는다 흐르는 한강은 죽지 않는다/외쳐도 될까 우리 믿음을 —홍윤숙, 「한강3」 전문

이 시에도 "한 시대 어두운 암벽", "수난과 시련" 등의 말이 바로 그러한 맥락을 담아낸다. 한강은 한 시대의 어두운 암벽을 거쳐 수난과 시련에도 끄떡없이 면면히 흐르는 넉넉함을 보인다. 그러한 의연함과 넉넉함을 우리 모두의 것으로 나누어 가져도 될지 시인은 조심스럽게 묻고 있다. 시인이 정작 말하고자 한 것은 흐르는 물은 죽지 않고 흐르는 한강은 죽지 않는다는 믿음이다. 한강이 영원히 흐르듯이 우리 민족의 삶도 수난과 시련에도 불구하고 영원히 이어지리라는 믿음이다. 그것을 처음부터 직접 말하지 않고 친구에게 묻는 형식으로 조심스럽게 표현하였다. 우리 민족에게 닥쳤던 엄청난 시련을 누구보다도 민감하게 느끼고 있는 시인이기에 섣부른 희망을 먼저 말할 수 없었기 때문이다. 그래서 '말해도 될까', '전해도 될까'라는 의구적 표현을 선택하였다. 그러한 조심스러운 어법이 시인의 간절한 소망과 희구를 오히려 진실하게 드러낸다.

그대 안에는/아무래도 옛날 우리 어머니가/밤마다 부뚜막에 찬물 떠

놓고 빌던/그 조왕신이 살고 있나 보다.//사발마다 가득히/한 세월의 피와/한 세월의 기도를/그 빛나는 말들로 채워/손바닥이 닳도록/빌고 또 빌던/그 물들이 모여//그대 안에/번쩍이는 비늘을 단/용과도 같은/거대한 것으로 살아 숨쉬고 있나보다.//그래서 그대 안에/우리의 조급한 욕심과/시커먼 거짓과/저 서구의 쇳물이 서릴 때는/어린 물고기들이 흰 배로/까무러치고/심청이의 옷자락과도 같은/수초들이 썩어내려/나는 아침에도 저녁에도/그대를 바라보며/먹탕물 같이 진한 한숨을 뱉었나 보다.//우리가 우리의 어린것들에게/가혹한 짐승의 숨소리를 들려줄 수가 없듯이/번드르한 비단 홑껍데기 이불을/씌워줄 수가 없듯이//참으로 물 밑바닥이 말갛게 내비치는 하늘과/그 수심만을 남기고 싶었듯이/모든 아닌 것들을 아니라고/속시원히 말하고/너의 힘찬 물살에/자류로이 헹구어//번쩍이는 비늘을 단/용과도 같은/거대한 것으로 살아 숨쉬는/말간 천년의 내면을 보고 싶었다./남한강이여

—문정희, 「남한강을 바라보며」 전문

이 시에서는 남한강을 조왕신이 사는 공간으로 상상하였다. 조왕신은 원래 우리의 민간신앙에서 부엌에 살면서 사람의 길흉을 판단한다는 신이다. 부엌에 살고 있기 때문에 사람의 실제적 삶과 가장 밀착되어 있고 그렇기 때문에 조왕신이 관장하는 길흉의 구분도 매우 현실적이고 직접적이라고 믿었다. 조왕신에게 복을 빌기 위하여 어머니나 할머니는 맑은 물을 떠 놓고 기원하였다. 그 많은 축원과 소망이 담긴 물들이 모여 "번쩍이는 비늘을 단 용" 같은 존재가 되고 그것이 남한강의 내부에 숨쉬고 있다고 시인은 상상한다. 그래서 조왕신이 길흉을 구분하여 복과 벌을 내리듯이 인간의 탐욕과 거짓에 대해 강물 오염의 징벌을 내리는 것으로 보았다. 우리가 후손들에게 맑은 하늘과 수심을 남겨주기 위해서는 "모든 아닌 것들을 아니라고 속시원히" 말할 수 있

어야 한다. 탐욕과 거짓을 몰아내고 서구문명의 쓰레기를 과감히 부정해 버려야 한다. 그럴 때 "번쩍이는 비늘을 단 용" 같은 존재가 비로소 맑은 제 모습을 드러낼 것이라고 시인은 생각한다. 말하자면 이 시는 한강의 역사성을 고려하면서도 그것을 현실적 오염 문제와 결부지어 생각하는 문명사적 시각까지 포함시켰다.

이름도 알 수 없는 간밤의 수많은 간이역들을 깨우고 달려온 목포발 보통열차가 막 철교를 통과하여 용산역으로 들어가던 오늘 아침,
그보다 빠른 속도로 그 옆을 먼저 비켜 달려간 성북행 전철이 러시아워대의 지하 서울로 기어들어가던 오늘 아침,
그리고 신경질나게 느린 속도로 사육신 묘지 앞을 지나 밀리고 밀린 제 1한강교로 들어서는 오늘 아침,
나는 보았다 출근길 시내버스 속에서, 남자 여자 할 것 없이, 얼굴도 알 수 없는 사람들의 둔부와 치골이, 치골과 둔부가, 둔부와 둔부가, 치골과 치골이 서로 곤두서게, 빽빽하게 맞닿은 사이에서
나는 보았다
제 1한강교 철제 아치 사이로 날아든 갈매기 한 마리를 나는 보았다 보았는데
서울역, 갈월동, 남영동 미 8군 본부 앞에서부터 노량진까지 차량이 밀려 있는
인내와 순종과 관용과 무관심과 체념과 적응력의 이 긴 대열 속에서
이 연체의 시간 속에서
일천구백오십년 북으로부터 남하하기 시작한 피난민들과
일천구백육십일년 남으로부터 북상했던 해병 제공공사단 병력들이
내려오고 올라갔던 제 1한강교, 철제 아치 위를 유유히 지나 동부 이촌동과 반포 아파트 쪽으로 가고 있는 갈매기 한 마리를

보았는데, 나는 그것이
곡 그의 죽음의 자기 예고의 풍향과 관계가 있다고는 생각지 않았지만
저도 먹고 살려고 바둥대다 보니까 여기까지 왔겠지, 라고만 생각했지만
그는 잘못 날아가고 있었다
그는 잘못 날아왔었다
그는 잘못 날아가고 있었다
그는 잘못 날아왔었다
아, 이렇게 정지된 순간에, 제 1한강교에서 반포 아파트 쪽으로 바라본 한강은
얼핏보면 바다 같고
자세히 보면 사이비 바다다
장산곶, 백령도 용기포, 대청도, 장자도, 소연평도, 주문도, 교동도……
혹은 어청도, 궁시도, 흑도, 가덕도, 백아도, 선미도, 소야도, 장봉도……
혜화동 영세 출판사 사무실에 붙은 백만분지 일 우리나라 지도에서 나는 그의 海圖를 찾는다.

—황지우, 「제1한강교에 날아든 갈매기」 전문

이 시는 매우 독특한 어법을 보여준다. 그 독특한 어법 속에 한국 현대사를 조감하고 한국인의 위상을 성찰하는 사회사적 시각이 자리잡고 있다. 시의 첫부분은 일상의 디테일을 장황하다 싶을 정도로 열거한다. 그 상세한 디테일의 드러냄은 일상인들의 실제적 삶을 사실 그대로 드러내면서 일상인의 위상과 한강에 잘못 날아든 갈매기의 존재

성이 상응하고 있음을 드러내려는 전략이다. 인내, 순종, 관용, 무관심, 체념, 적응력 등의 추상어는 이 일상인들이 살아가는 구체적 삶의 양태를 드러내는 역할을 한다. 그러면서 그것은 다시 한강에 잘못 날아든 갈매기의 존재론적 위상을 규정하는 개념으로 이행한다. 그러한 이행 중간에 제1한강교를 내려오고 올라갔던 1950년 6·25 때의 피난민과 1961년 5·16 때의 혁명군이 제시된다. 이들 역시 길을 잘못 든 갈매기와 유사하다는 역사적 판단이 이 부분에 은밀하게 스며든다. 이 모든 길 잘못 든 존재들은 "먹고 살려고 바둥대다 보니까 여기까지" 온 것이다. 그러나 먹고 사는 일이 중요하다고 하더라도 이 모든 존재들은, 다시 말하여 한국인들은 지금까지 잘못 살아왔으며 지금도 잘못 살아가고 있다. 그리고 그들의 생활의 터전인 한강은 '사이비 바다'에 불과하다. 이것은 진정한 삶의 공간이 아니라 왜곡된 삶의 공간이라는 뜻이다. 이 시는 이처럼 한국인의 오도된 역사적 삶을 한강에 잘못 날아든 갈매기로 비유하여 표현하였다.

요컨대 한강은 수난과 시련에도 계속 흐르는 역사적 유구성이라든가 한국인의 운명을 관장하는 신성성의 상징으로 표현되는가 하면 한국인의 왜곡된 역사성을 상징하는 부정적 형상으로 돌출되기도 한다. 왜곡된 역사성을 드러내는 경우에는 현실에 대한 비판적 시각이 전제된다. 현실을 부정적으로 보기 때문에 현실의 타락에 무관한 듯 흐르는 한강은 맹목의 형상으로 인식되는 것이다.

여기까지의 내용을 요약하면, 한강은 크게는 생의 순환을 상징하거나 생활의 터전으로서의 공간적 의미를 지니는가 하면, 작게는 개인적인 정화와 위안의 의미를 지니고 시에 나타난다. 그리고 한강의 유구한 흐름이 갖는 역사성은 한민족의 시련과 시공적 지속성을 암시하는 것으로 나타난다. 보편적인 생의 인식에서 개인적인 정한 표현을 거쳐 거시적인 민족 역사의 표징에 이르기까지 한강의 시적 형상은 매우 다양한 의미의 진폭을 보인다. 그러한 의미의 파장 속에 역시 하나의 뚜렷한 흐름을 보이는 것은 국토의 허리를 가로지르는 민족적 동맥의 표상이다. 개인적 비애나 상실의 감정을 드러내는 경우에도 한강이 갖고 있는 역사적·지리적 상징성 때문에 그 개인적 정감은 어느새 시대적인 문제나 민족적인 문제와 연계된다. 그렇기 때문에 아름답고 장쾌한 한강의 흐름을 순연한 미적 대상으로 조명한 작품은 극히 드물었다. 앞으로 이 미지의 부분을 향해 시인의 상상력이 움직여 볼 만하다.

서정시의 전개와 현재의 위상

1. 서정시를 위한 변명

편집진에서 나에게 요구한 이 글의 제목은 '서정주의시의 발자취와 거듭나기의 시련'이었다. 이 제목에는 편집자가 생각한 몇 가지 생각이 담겨 있는 듯하다. 서정시라는 말 대신 굳이 서정주의시라는 말을 쓴 데에는 그 나름의 이유가 있을 것이다.

80년대 후반의 시적 상황을 정리하는 글들은 대부분 당시의 시적 상황을 민중시, 해체시, 전통서정시로 구분하였다. 이 세 경향을 일반론적인 문학용어로 바꾸면 리얼리즘시, 모더니즘시, 서정주의시로 표시된다. 말하자면 서정주의시라는 말은 리얼리즘시나 모더니즘시와 대응되는 용어로, 20세기에 전개된 다양한 시적 변화의 과정을 거치지 않은, 그래서 과거의 양식적 틀을 그대로 유지하고 있는 전통적이고 보수적인 시의 경향을 지칭하는 개념이다. 그러나 내가 생각하기에 서정주의시는 리얼리즘시나 모더니즘시와 대등한 위치에 놓일 말이 아니다. 모더니즘시나 리얼리즘시라는 용어는 창작방법이나 시정신을 중심으로 시를 구분하는 개념이지만, 서정주의시라는 말은 사실은 서정시와 동일 개념이고 따라서 시 일반을 통칭하는 개념에 해당한다. 그렇다면 서정주의시, 다시 말하여 서정시는 모더니즘시나 리얼리즘시보다 상위의 범주에 놓인다. 리얼리즘시와 모더니즘시는 서정시의 울타리에서 벗어나 그 나름의 미적 근대성을 추구한 작업으로 평가받는다. 그러나 리얼리즘시라는 용어가 적합한가, 모더니즘이라는 사조의 명칭이 시의 유형을 지칭하는 용어로 일반화될 수 있는가 하는 데 대한 논란이 끊임없이 제기된다. 차라리 현실 지향의 시, 실험 지향의 시 등으로 부르는 것이 좋을지 모르고, 그렇게 된다면 리얼리즘시, 모더니즘시, 서정주의시의 병렬 관계는 완전히 허구적인 것이 된다.

20세기에 들어와 소위 미적 근대성을 추구하는 작업이 다채롭게 펼쳐졌다. 그러나 외형적으로건 내용면에 있어서건 전통적인 양상을 변함없이 유지하고 있는 서정시는 문명사의 변이를 맞이하게 될 현시점에서 관심의 변방으로 소외될 운명에 처해 있는지 모른다. '거듭나기의 시련'이라는 말 속에는 그러한 함의가 가로놓여 있다. '거듭난다'고 했으니 서정시는 과거의 어느 시점에 죽었다는 뜻이 내포되어 있고 '시련'이라고 했으니 거듭나기가 어렵다는 뜻이 함축되어 있다. 과연 서정시는 어느 시점에 소멸되었고 이제 고통스럽게 거듭나야 할 운명에 처해 있는가? 그러나 매달 간행되는 여러 문학지의 시란을 보면 리얼리즘시나 모더니즘시로 분류될 수 있는 작품보다 서정시에 소속될 작품이 월등히 많은 것을 볼 수 있다. 나타난 현상으로만 보면 서정시는 소멸된 것이 아니라 리얼리즘시나 모더니즘시의 도전 속에서도 여전히 시의 중심 자리를 지키고 있는 것이다.

그러면 문예지에 발표되는 시 중에 현실 문제를 다룬 시나 실험적 경향의 시는 작품으로서의 성취도가 높고 서정시는 그렇지 못한가 하면 그것도 아니다. 어떤 경우를 보더라도 서정성을 풍부하게 지닌 시가 문학적 성취도를 높게 평가받으며 독자에게 미치는 감동의 폭도 크다. 사정이 이러한 데도 불구하고 서정시가 늘 뒷전에 놓이는 이유는 무엇일까. 이것은 미적 근대성의 문제와 관련이 있을 것으로 보인다. 사회 모든 현상이 근대적인 것을 향해 변해 가는 마당에 문학만이 과거의 양식을 그대로 답습한다는 것은 시대착오적인 것으로 비치기 쉽다. 근대성의 문제와 관련지어 본다면 시양식 내부에서도 무언가 새로운 변화가 일어나야 한다는 의식이 형성된다. 근대성을 선취해야 한다는 의식이 전면화될 때 새로운 스타일의 추구가 나타난다. 리얼리즘시와 모더니즘시는 자본주의 발전에 따른 미적 근대성의 추구라는 문제와 연결되어 있다.

그런데 우리가 흔히 고루하다고 생각하는 서정시가 과연 전근대적이고 복고적인지 한번 냉철하게 재고해 볼 필요가 있다. 예를 들어 1920년대의 김소월이나 이상화, 한용운의 시는 서정적 정감을 상당히 내포하고 있는 작품들인데 지금의 안목으로 볼 때 그 시들이 어느 정도 옛스러운 감정의 유로를 보여주는 것은 사실이다. 그러나 그 시에 내포되어 있는 서정적 정감이 전적으로 전근대적이고 복고적인가 하면 그렇지는 않다. 오히려 그 시편에는 전근대적이라든가 복고적이라고 규정하기 어려운, 시대를 초월한 보편적 정서와 보편적 사유가 내재해 있음을 보게 된다. 이것은 요즘 쓰여지는 서정시에서도 그대로 나타나는 현상이다.

요컨대 서정시건 어떤 새로운 유형의 시건 간에 그것이 독자에게 공감을 주고 문학사적 의미를 견지하려면 시간적 공간적 제약을 벗어난 의미의 보편성이 상당 부분 확보되어 있어야 한다. 그러한 보편성이 확인되고 그것이 문학적 감동의 작동 인자로 뚜렷이 작용하며 근대 이후의 삶을 살아갈 사람에게도 의미 있는 요소로 기능한다면 그것을 내포하고 있는 시는 현재의 시점에서도 충분히 의미 있는 시로 평가받을 수 있다. 이제 서정시의 발자취를 더듬어 보면서 그러한 기능적 요소를 검출해 보려 한다. 그리고 그것을 통하여 서정시가 현재의 상황에서도 유의미한 가치를 실현할 수 있는지를 검증해 보려 한다.

2. 김소월·한용운 시의 정서와 시대정신

김소월 시의 대부분은 님과의 이별 때문에 괴로워하고 떠난 님을 돌아오게 하지 못하면서도 님에 대한 그리움을 떨쳐 버리지 못하는 자아의 심정을 나타낸다. 님이 돌아올 가능성도 없는 상태에서 어떤 결단을 내리지 못한 채 괴로움만 이어 가는 것은 근대의 합리주의적 삶의 태도로 볼 때 비논리에 속하며 전근대적인 감정의 유로로 비칠 수 있다. 그런데 김소월이 살았던 1920년대의 시대 공간에서 대부분의 사람들은 무엇을 결단하기도 어렵고 포기하기도 어려운 미정형의 감정적 유동 상태에 놓여 있었다. 따라서 우유부단한 처지에서 무의미한 망설임을 되풀이하는 김소월 시의 화자의 태도는 그 시대를 살았던 많은 사람들의 의식을 대변하는 것이라고 규정할 수 있다.

예를 들어 「초혼」에서 사라진 님을 애타게 부르며 선 자리에 그대로 돌이 되어도 부르는 행위를 멈추지 않겠다는 생각은 분명 비합리적이고 전근대적인 사고방식처럼 보인다. 또 「가는 길」에서 님에 대한 미련 때문에 길을 떠나지 못하고 계속 머뭇거리고만 있는 자아의 모습도 그러한 지적을 면할 길이 없다. 그런데 바로 그러한 비합리적이고 비논리적인 마음의 움직임이 그 시대를 살아간 많은 사람들의 내면을 반영한다는 데 문제의 중요성이 있다. 즉 일제 강점기의 상황 속에서 대다수의 한국인은 자신의 갈 길을 찾지 못하고 방황하고 있었으며 설사 자기 길을 택한 사람이라 하더라도 선택의 정당성에 대한 확신을 갖지 못한 상태에 있었다. 저마다 망설이고 번민하고 방황하는 갈등의 내면성을 대다수의 한국인들이 공유하고 있었던 것이다. 김소월의 시는 바로 그러한 내면적 태도와 공유되는 부분을 충분히 확보하고 있다. 시대적 상황에 대한 민감한 자의식은 한편으로 당대의 현실적 조건에 대한 관심을 갖도록 유도한다. 그래서 다음의 시처럼 현실 문제를 암시하는 작품도 쓰여지게 된다.

공중에 떠다니는
저기 저 새여
네 몸에는 털 있고 깃이 있지.
밭에는 밭 곡석
논에 물벼.
눌하게 익어서 수그러졌네.
楚山 지나 狄踰嶺
넘어선다.
짐 실은 저 나귀는 너 왜 넘늬?

—「옷과 밥과 자유」 전문

이 시는 『白雉』 1928년 7월호에 실린 것이다. 우선 이 시의 제목인 '옷과 밥과 자유'라는 말은 자유를 빼앗기고 일상생활의 기본 조건인 의식주도 해결하지 못한 상태에서 집을 잃고 떠도는 유랑 농민의 처지를 암시한다. 공중에 떠 다니는 새를 보고 너에게는 털과 깃이 있다고 말하는 것은 나에게는 추위를 가릴 변변한 옷도 없다는 뜻의 반어적 표현이다. 또 누렇게 익어서 수그러진 밭 곡식과 벼 이삭 역시 그것이 보기에는 좋지만 나와는 무관한 것이라는 사실을 암시하고 있다. 적유

령은 평안북도 회천과 강계 사이에 있는 고개인데 초산을 지나 적유령을 넘는 짐 실은 나귀는 고향을 등지고 만주나 봉천 쪽으로 이주해 가는 유랑 농민의 모습을 암시한다. 그러한 암시가 가능한 것은 같은 지면에 실린 「나무리벌 노래」에 신재령 나무리벌은 물도 많고 땅 좋은 곳이고 '만주 봉천은 못 살 곳'이라는 구절이 나오기 때문이다. 신재령 나무리벌의 비옥한 땅을 두고서도 그것을 경작할 권리를 잃어버린 농민들은 결국 적유령을 넘어 만주 봉천 지역으로 이주해 갈 수밖에 없었던 것이다. 적유령을 넘는 나귀는 넘지 않으면 안 되는 현실의 절박한 조건 때문에 넘는 것인데 그러한 사정을 누구보다도 잘 아는 시인은 짐짓 모르는 척 의문의 어사를 던져 현실의 비극성을 우회적으로 드러내고자 했다.

이처럼 김소월의 시는 1920년대의 시대 공간 속에서 당대인들의 내면에 동화될 수 있는 시를 창작함으로써 슬픔으로 슬픔을 위무하는 일종의 정화의 기능을 수행했다. 그 시가 현실적 고통을 타개할 수 있는 돌파구를 마련하지는 못했으나 삶의 고통이 우리 앞에 현존하고 있음을 일깨워주고 그 고통을 함께 겪는 사람들이 많다는 사실을 알려줌으로써 현실의 비애와 고통에 대처할 수 있는 마음의 행로를 마련해 준 것은 사실이다.

한용운의 시는 김소월의 시보다 현실에 대해 훨씬 적극적인 대응을 보였다. 한용운이 『님의 침묵』의 원고를 준비한 것은 1925년의 일로 그의 나이 마흔일곱 살 때였다. 40대 중반을 넘어선 승려가 88편의 시를 집중적으로 써서 서둘러 발표한 것은 결코 예사로운 일이 아니다. 더군다나 그 시들이 님에게 그리움을 호소하고 연정을 하소연하는 연가의 형식을 취하고 있다는 점도 특이한 일이다. 여기에는 대중들에게 친숙한 어법을 통하여 자신의 생각을 전하고자 하는 만해의 간절한 염원이 담겨 있는 것으로 보인다.

만해는 사랑의 노래를 통하여 대중들에게 자신의 생각을 전달하고자 했다. 그의 생각은 불교적 사유에 기반을 둔 것이긴 하지만 불교적 사유의 전달을 목표로 한 것은 아니었다. 그는 대중들이 세상을 올바로 보고 세상의 난관을 돌파할 수 있는 힘을 갖게 되기를 희구했을 뿐이다. 그러한 불교적 사유는 올바른 인식과 정당한 힘을 갖기 위한 도구와 같은 것이라고 생각하였다. 민족을 위해 철저히 헌신하고 민족을 위한 사랑을 불태우는 것이 종교적 해탈에 이르는 것이나 마찬가지라고 생각하였다. 그래서 그는 「禪師의 說法」에서 "大解脫은 束縛에서 얻는 것입니다"라고 설파한 것이다. 요컨대 그는 당시의 상황에서 대중에게 닥친 가장 절박한 문제가 나라 잃은 민족의 고통이라고 보고, 그러한 민족 현실을 날카롭게 인식하고 정신적으로 그 난관을 극복할 수 있는 길을 불교에서 찾아 제시하려고 한 것이다. 그것을 제시하되 대중들이 익히 아는 사랑의 감정을 통해 표현하고자 한 것이다.

시집의 표제시이자 시집의 첫머리에 놓인 「님의 침묵」을 보면 한용운 시의 성격이 김소월의 그것과 어떻게 다른지 쉽게 알 수 있다. 김소월은 떠난 님의 이름을 소리쳐 부르며 선 채로 돌이 되어도 부르다가 내가 죽을 이름이라고 절규하였다. 그러나 한용운은 님은 떠났지만 언젠가는 반드시 다시 만날 것이며 따라서 나는 님을 보낸 것이 아니라고 분명히 단언하였다. 님은 지금 침묵하고 있지만 억제할 수 없는 사랑의 노래가 님의 침묵을 휩싸고 돈다고 말하기까지 했다. 이러한 사랑의 태도는 분명 상실의 고통을 이겨내게 하는 추동력으로 작용한다. 김소월이 상실감을 통해 시대의 상실을 달래는 형식을 취했다면 한용운은 마음의 다짐에 의해 상실을 극복하게 하는 길을 택했다. 그런 점에서 한용운은 서정적 문맥 속에 강인한 의지와 정신의 견인력을 불어넣은 것이다.

그러한 정신의 힘은 「타골의 詩(GARDENISTO)를 읽고」 같은 시에서 타골의 한계를 비판하며 자신의 정신적 태도를 강변하는 자세로 나타나기도 한다. 꽃을 잃고 우는 가련한 자아의 모습이 타골의 시에 담겨 있다고 본 한용운은 그러한 감상적 정조를 거두어들이라고 당부한다. 아무리 사랑을 갈구하고 울어도 울음은 사랑을 돌이키지 못하므로 차라리 눈물을 꽃나무 밑의 티끌에 뿌리라고 말한다. 지나간 사랑에 미련을 가지고 눈물만 흘릴 것이 아니라 자기가 사랑하는 대상을 위해 무엇인가를 해야 한다고 역설하는 것이다. 과거의 사랑에 집착하여 눈물만 흘리는 것도 온당하지 못하며 초월의 세계에 몰입하여 현실의 고통을 잊으려 하는 것도 올바른 태도가 못 된다. 현실의 삶이 괴롭다고 해서 초월의 세계에 탐닉하는 것은 결국 현실을 망각하거나 왜곡하게 한다. 그것은 무덤을 황금의 노래로 장식하는 것 같은 거짓된 행동이다. 무덤은 어디까지나 죽음의 공간이지 그것이 아름다움의 공간이 될 수는 없다. 차라리 무덤을 죽음의 공간으로 직시하고 현실의 고통에 정면으로 맞서서 돌파구를 찾는 것이 의연하고 올바른 행동이다.

그래서 만해는 '무덤 위에 피묻은 깃대를' 세우라고 떳떳이 말했다. 그의 시작 활동은 바로 무덤 위에 피묻은 깃대를 세우는 행위였다. 무덤 위에 피묻은 깃대를 세우며 님의 침묵을 노래할 때, 비로소 죽은 대지가 살아 움직인다는 것을 그는 굳게 믿었다. 훼손된 현실을 정확히 인식할 때 문제를 해결할 수 있는 길이 열린다고 그는 믿었던 것이다. 그의 시는 바로 그런 모색과 추구의 결과였다. 그런데 그러한 정신의 자세가 관념적인 상태로 제시된 것이 아니라 서정적 정감의 윤기를 머금고 제시된 데 특징이 있다. 다음의 작품은 그러한 한용운 시의 성격을 잘 보여준다.

> 내가 당신을 사랑하는 것은 까닭이 없는 것이 아닙니다
> 다른 사람들은 나의 紅顔만을 사랑하지마는

당신은 나의 白髮도 사랑하는 까닭입니다

내가 당신을 기루어하는 것은 까닭이 없는 것이 아닙니다
다른 사람들은 나의 미소만을 사랑하지마는 당신은 나의 눈물도 사랑하는 까닭입니다

내가 당신을 기다리는 것은 까닭이 없는 것이 아닙니다
다른 사람들은 나의 건강만을 사랑하지마는 당신은 나의 죽음도 사랑하는 까닭입니다

—「사랑하는 까닭」 전문

여기서 홍안, 미소, 건강과 대립된 백발, 눈물, 죽음은 일상적 사랑의 기준으로 볼 때 부정적인 요소다. 사람들은 젊음을 사랑하고 미소와 건강을 사랑한다. 그러나 진정한 사랑은 상대방의 결점까지 포용할 때 완성된다. 백발과 눈물을 거쳐 죽음까지 사랑할 때 한용운의 사랑은 완성되는 것이다. 이러한 정신의 경지가 쉽게 마련되는 것은 아니다. 그러나 편안한 사랑의 어법을 통하여 정감의 영역에서 이러한 사유에 접근해 갈 때 독자들은 자기도 모르게 그러한 경지에 근접하는 체험을 소유하게 된다. 한용운의 시는 그러한 유도의 견인력을 갖는다. 그리고 그 힘은 비단 1920년대라는 시대 공간에서만 의미를 지니는 것이 아니다. 그것은 오늘을 사는 우리들에게도 통용되는 진리의 개현이다. 근대가 되건 근대 이후가 되건 백발, 눈물, 죽음까지를 사랑하는 경지는 인간이 추구해야 할 궁극의 경지로 남을 것이기 때문이다. 이런 점에서 김소월의 시보다 한용운의 시가 의미의 진폭이 크다고 말할 수 있다.

3. 김영랑 시의 정서와 현실 대응 방법

김영랑의 시는 순수 서정시의 전형적인 예로 꼽힌다. 그의 시가 시적 자아의 내향성에 기울어 있기 때문에 아름답고 여린 정서에 집착하게 되고 역동적인 현실에 대해서는 맹목인 채 정태적인 삶의 모습을 나타낼 수밖에 없었다는 비판을 받기도 한다. 김영랑의 시에 그런 면이 없다고는 말할 수 없다. 그러나 김영랑의 시가 내면적 순수성을 추구했기 때문에 현실과는 무관한 자리에 놓인다는 지적은 재고해 보아야 한다.

김영랑의 시에는 인생과 사회에 대한 직접적인 발언이 거의 드러나지 않는다. 표면적으로만 보면 우리들이 살아가는 문제에 대해 깊이 있는 성찰을 보인 것도 거의 없다. 이 때문에 현실주의적 시각을 가진 사람은 김영랑의 시에서 우리가 얻는 것은 언어의 아름다움밖에 없다고 비판한다. 그의 많은 작품들이 자연의 정경을 묘사하는 것으로 일관해 있어서 그런 지적을 받을 만하다. 그러나 인생과 사회에 대한 직접적인 발언만 우리의 삶에 도움을 주는 것이 아니다. 그것과는 관련이 없는 듯한 자연에 대한 상상도 우리의 감정을 풍요롭게 하며, 새로운 비유와 표현의 구사도 언어 사용의 폭을 넓힘으로써 실제의 삶을 윤택하게 만드는 방법이 될 수 있다. 자연을 새로운 시각으로 바라보고 언어 구사의 능란함을 한 전례로 남겨 주었다는 사실만으로도 김영랑 시의 가치는 충분히 인정될 수 있다. 시는 인생과 사회에 무관한 듯한 담론을 통하여 역으로 삶의 확충에 기여하는 특이한 진술 형식이다.

김영랑의 시가 의미의 보편성을 지니고 있고 그 나름의 시대적 가치를 지니고 있는 것은 그의 대표작인 「모란이 피기까지는」을 통해서도 확인된다. 이 시는 기다림의 정조를 표현하고 있는데 음성구조와 의미구조가 절묘하게 호응하면서 서정시의 거의 완벽한 모습을 직조해내고 있다. 그리고 기다림이라는 주제는 의미의 보편성을 충분히 확보하고 있다. 사람은 누구든 자신의 온몸을 던져 이루려 하고 그것에서 보람을 찾으려 하는 어떤 추구의 대상을 지니고 있다. 그러나 자기가 원하던 바를 이루지 못하고 추구의 대상이 허망하게 사라져 버리는 경우도 얼마든지 있다. 그때 갖는 비탄의 감정은 마치 세상이 전부 끝나 버린 듯한 절망감으로 바뀌기 쉽다. 실제로 자신의 온몸을 바쳐 추구하던 대상을 상실한 사람에게는 이 시의 마지막 부분에 제시된 내용이 한치의 과장이 없는 사실 그대로로 다가올 것이다. 사람들은 자신이 바라는 것이 사라져 버리면 엄청난 절망에 부딪치리라는 사실을 알면서도 자신이 추구하는 목표를 포기하지 않는다. 비록 그것이 사라진 다음 형언할 수 없는 상실감이 몰아닥친다고 해도 찬란한 어느 한순간을 기다리며 사는 것이 우리 인생이다. 삶이란 이렇듯 모순된 것이다.

인간이 이루고 싶은 세계가 저마다 쉽게 이룩되고 한 번 이룩된 세계는 철옹성처럼 영구불변하다면 「모란이 피기까지는」 같은 시는 나오지도 않았을 것이고 설사 나왔다 하더라도 별다른 감흥을 일으키지 못했을 것이다. 곰곰이 생각해 보면 인간 범사에 있어 우리가 하는 모든 일이 기다림과 안타까움의 수없는 반복으로 채워져 있다는 것을 발견하게 된다. 영랑의 이 작품은 모란과 봄이라는 지극히 단순한 소재를 통하여 인간의 보편적 감정과 삶의 보편적 현상을 드러냈다. 그래서 이 시는 언제 읽어도 좋고 읽는 사람에게 감동을 주며 그와 유사한 고통을 겪고 있는 사람에게 위안을 주기도 한다. 그것은 영랑이 살았던 그 때에도 그러했고 지금도 그러하며 앞으로도 그러할 것이다. 시가 역사보다 진실하다는 것은 바로 이것을 일컬은 것이었다.

김영랑 시에 나타난 여리고 고운 정조에 대한 비판이 없는 것이 아니다. 그러나 여성적인 것처럼 보이는 그 정조는 파시즘으로 대표되는 남성지배사회의 폭력성에 맞서는 대타적 의미를 획득할 수 있다. 아름다운 정경을 아름다운 말로 드러내는 것, 역동적 현실에서 이탈하여 곱고 부드러운 정조에 집착을 보인 것, 이것은 현실의 논리에 비추어 보면 무의미한 행위로 논단될 수도 있다. 그러나 대수롭지 않아 보이는 이 언어의 운용이 현실의 황폐함에 맞서는 순수의 힘으로 작동하는 역설적 진실을 우리는 영랑의 시에서 목격하게 된다. 그 순수의 힘은 내면적 순결성의 유지에 의해 획득된다. 그러한 내면적 순결성의 추구가 현실의 추악함에 맞서는 힘으로 작용할 수 있는 사례를 보여주는 작품이 김영랑의 「독을 차고」이다.

내 가슴에 毒을 찬 지 오래로다
아직 아무도 害한 일 없는 새로 뽑은 毒
벗은 그 무서운 毒 그만 흩어버리라 한다
나는 그 毒이 벗도 선뜻 害할지 모른다 위협하고,

毒 안 차고 살어도 머지않어 너 나 마주 가버리면
屢億千萬 世代가 그 뒤로 잠잣고 흘러가고
나중에 땅덩이 모지라져 모래알이 될 것임을
'虛無한듸!' 毒은 차서 무엇하느냐고?

아! 내 세상에 태어났음을 원망않고 보낸
어느 하루가 있었던가, '虛無한듸!' 허나
앞뒤로 덤비는 이리 승냥이 바야흐로 내 마음을 노리매
내 산 채 짐승의 밥이 되어 찢기우고 할퀴우라 네 맡긴 신세임을

나는 毒을 품고 선선히 가리라.

마금날 내 깨끗한 마음 건지기 위하야

―「毒을 차고」 전문

이 작품은 1939년 11월 『문장』지에 발표되었다. 이때는 일본 제국주의의 탄압이 극에 달했던 시기로서 그 상황은 더할 수 없이 참담하였다. 그러한 상황에 대처하여 내면적 순결성을 견지하던 서정적 자아는 위와 같은 자기 다짐의 결의를 시로 표현하게 된다. 이 시는 해방 후 『영랑시선』(중앙문화사, 1949)에 수록될 때 마지막 행의 '깨끗한 마음'이 '외로운 魂'으로 수정되었다. 말하자면 영랑에게는 깨끗한 마음과 외로운 혼이 거의 동질적으로 인식되었던 것이다. 혼탁한 현실에서 깨끗한 마음을 유지하기 위해서는 세계의 더러움에 물들지 않으려는 고립의 결벽성을 가져야 하며 그 결벽성이야말로 세계의 부패와 타락에 대해 그리고 현실의 광포한 힘에 대해 수세하는 자리에 놓인 자아의 방어기제라는 점을 알아차릴 수 있다.

이 시에 나오는 가슴에 독을 찬다는 행위는 바로 그 고립의 결벽성을 유지하겠다는 내적 결의를 의미한다. 고립의 결벽성을 추구하기 때문에 세상이 허무한데 독은 차서 무엇하겠느냐는 친구의 의견도 묵살된다. 이리 승냥이가 위협하는 폭압의 상황 속에서 허무주의에 침몰하는 것은 스스로를 노예나 시녀로 전락시키는 꼴이 된다. 노예나 시녀가 되지 않으려면 온몸으로 현실과 맞서 싸우거나 자신의 순수성을 지키기 위한 최소한의 방책을 마련해야 한다. 영랑은 자신의 순수성을 지키기 위한 방법으로 독을 차는 길을 택하였다. 그것은 현실의 악을 물리칠 수 있는 길은 아니지만 적어도 자신의 깨끗한 마음은 지킬 수 있는 길이다.

우리는 여기서 자연의 아름다움을 흡수하며 내면의 순결성으로 치닫던 영랑의 의식이 현실과 부딪치면서 현실 속에서 자신의 순결성을 지키겠다는 의지로 선회하는 장면을 보게 된다. 이것이 바로 서정시가 갖는 현실 대응 방법의 하나다. 혼탁한 세파에 어울려 사는 것이 정도로 인정받는 세상에서 외로이 순결의 심혼을 추구해 간 것, 오욕된 세계 속에서도 황홀스런 미의 세계를 꿈꾸어 본 것, 이것이 영랑의 시였다. 그리고 현실과 무관해 보이는 듯한 순결성과 황홀미의 추구는 현실의 추악함을 역으로 드러냄으로써 어느 사이에 현실적 의미를 획득하게 된다. 이것은 비단 영랑의 시만이 아니라 대부분의 서정시가 갖고 있는 본질적 속성이다.

4. 전후시의 내면적 순결성 탐구

6·25 전쟁 이후 한국의 시문학은 사상적 성향이라든가 현실에 대한 관심이 위축되고 내면세계의 순수성에 대한 강한 편향을 보인다. 좌익과 우익의 대립이 정당한 지양의 과정을 밟지 못한 채 두 개의 국가로 분열되고, 그 분열이 대외적 변수에 의해 동족간의 처절한 싸움으로 귀결되어 버린 후, 전쟁의 참화를 겪은 대부분의 시인들은 사상이나 이데올로기에 대한 기피증을 갖게 되었으며 눈에 보이는 현실세계보다 눈에 보이지 않는 내면세계에 관심을 갖게 되었다.

전쟁의 포연이 아직 가시지 않은 이 땅의 현실은 검게 그을린 폐허로 인식되었다. 새까맣게 말라 죽어 버린 현실은 바라보는 것조차 괴로운 일이었고 현실의 부조리함을 비판하는 것도 덧없는 일이었다. 또한 그 폐허의 현실을 바라보는 나 자신이 이미 황폐해 있었으므로 현실에 대해 정당한 비판을 가한다는 것도 생각하기 어려운 처지였다. 이런 상황 속에서 시인의 의식은 보이는 것과 보이지 않는 것에 대한 이원적 태도를 드러내게 된다. 즉 보이는 것은 모두 부정적으로 인식되고 보이지 않는 것은 그것과 대비되어 긍정적으로 인식된다. 가시적인 생활의 단면이나 구체적인 삶의 현장에 대해서는 대체로 무관심한 태도를 보였고, 굳이 그것을 떠올리는 경우에는 환멸의 대상으로 인식하였다.

이런 이유 때문에 현실의 어느 특정한 국면이 시의 소재로 등장하는 일은 거의 없었다. 현실에 관심을 보이는 시가 등장하는 것은 1950년대 후반의 일이고 그것이 본격적으로 전개된 것은 60년대 이후의 일이다. 처참하고 비속한 현실을 대상으로 시를 쓴다는 것은 당시 시인에게 참으로 괴로운 일이었을 것이다. 결국 그들은 눈에 보이지 않는 내면의 세계를 시로 다룰 수밖에 없었다. 이데올로기 역시 눈에 보이지 않는 영역이었지만, 사상을 앞세운 동족상잔의 전쟁은 이데올로기에 대한 극도의 기피증을 남겨 놓았기 때문에 그것은 시에 수용되지 못하였다.

전후 순수 서정시의 이론적 기반 역할을 한 것은 조지훈의 『시의 원리』이다. 그가 책의 서문에서 "해방 직후 시단의 혼미에 대한 계몽과 당시 횡행하던 유물사관의 횡포에 대한 비판을 겸한 이 소저(小著)의 의의는 적지 않았다"(신구문화사, 1959)라고 당당히 밝힌 것처럼, 이 책은 좌익 문학의 사상적 경향에 맞서 시의 순수성을 지키고자 한 의도를 강하게 드러낸다. 조지훈이 생각한 순수시란 감성에 바탕을 둔 서정적 표출의 시를 말하는데 그것은 순수한 시정신에서 발현된다고 보았다. 그는 이런 주장을 이미 전쟁 전부터 강하게 내세웠는데, 순수시의 기본이 되는 시정신이 "시류의 격동 속에서 흔들리지 않는, 변하면서도 변하지 않는 영원히 새로운 것"(『백민』, 1947. 3, 169쪽)이라고 주장하였다. 사실 이러한 생각은 조지훈만이 아니라 순수 서정시 계열의 시를 쓴 대다수 시인들이 공유하고 있었을 것이다. 요컨대 순수 서정시는 가시적 세계의 황폐함과 대비되는 내면세계의 순결성에 관심을 가졌으며 변하는 세계 속에 변하지 않고 있는 정신의 고귀함을 중시했던 것이다.

서정주의 일제 강점기의 시들은 비록 암시와 비유의 방법을 통해서지만 자신의 현실적 삶의 단면을 부분적으로 드러내 보였다. 그런데 1956년에 간행된『서정주 시선』에 실린 대부분의 작품들은 현실과 거리를 두고 마음의 차원에서 현실적 문제를 해결하려는 경향을 보인다. 현실의 문제를 현실의 차원에서 해결할 수 있는 전망이 보이지 않는 시대에 가능한 방법은 마음의 영역내에서 문제 해결책을 찾는 것이다. 이러한 경향을 선명하게 드러내는 예의 하나가「無等을 보며」다.

가난이야 한낱 襤褸에 지나지 않는다.
저 눈부신 햇빛 속에 갈매빛의 등성이를 드러내고 서 있는
여름 산 같은
우리들의 타고난 살결 타고난 마음씨까지야 다 가릴 수 있으랴

靑山이 그 무릎아래 芝蘭을 기르듯
우리는 우리 새끼들을 기를 수밖엔 없다.
목숨이 가다 가다 농울쳐 휘어드는
오후의 때가 오거든
내외들이여 그대들도
더러는 앉고
더러는 차라리 그 곁에 누워라
지어미는 지애비를 물끄러미 우러러보고
지애비는 지어미의 이마라도 짚어라

어느 가시덤불 쑥굴헝에 놓일지라도
우리는 늘 옥돌같이 호젓이 묻혔다고 생각할 일이요

靑苔라도 자욱이 끼일 일인 것이다.

—「無等을 보며」 전문

이 시는 시인이 전쟁 중 광주로 피난하여 가난과 굶주림의 나날을 보낼 때 쓴 것이라고 한다. 1연에서는 우리가 처한 가난이라는 상황과 우리의 마음씨가 대비적으로 설정되어 있다. 가난은 겉에 걸친 헌옷에 지나지 않고 우리의 마음씨는 푸른 여름산처럼 맑고 깨끗하다는 것이 이 부분의 의미 내용이다. 물론 우리는 이러한 생각에 대해 얼마든지 반론을 제기할 수 있다. 과연 가난이라는 상황이 벗어서 내던지면 그만인 헌옷처럼, 그렇게 쉽게 벗어날 수 있는 것인가. 또 우리의 마음이 정말 그렇게 맑고 깨끗한 상태로 남아 있는가 하는 의문을 제기할 수 있다.

이와 같은 의문은 그 다음 대목에서도 똑같이 제기된다. 2연과 3연에서는 고통스러운 상황을 극복하는 방법이 부부간의 위안과 화합으로 제시되었는데, 부부간의 위안과 화해가 그렇게 큰 의미를 지닌 것인가도 문제이며, 4연에서 가시덤불 쑥굴헝에 놓이더라도 옥돌같이 호젓이 묻혔다고 생각하라는 것도 고통의 극한에 빠진 사람에게 현실적으로 도움을 줄 만한 내용인지 의문이다. 당장 목숨이 위협받을 정도의 고통에 시달리는 상황에서 어떻게 지아비의 얼굴을 물끄러미 우러러보며 스스로 옥돌같이 묻혔다고 생각할 수 있단 말인가.

논리적으로 따지면 이러한 의문이 계속 발생할 터인데, 우리가 생각의 각도를 조금 바꾸면 시의 의미 내용에 공감할 수 있는 여지가 생긴다. 이 시의 바탕에는 앞에서 설명한 변하는 세계와 변하지 않는 세계, 보이는 세계와 보이지 않는 세계의 이분법이 내재해 있다. 즉 눈에 보이는 현실세계는 남루하고 가변적이지만 눈에 보이지 않는 내면세계는 아름답고 변함이 없다(혹은 변함이 없어야 한다). 이러한 이분법을 수용한다면 우리는 남루와 같은 가변적 현실세계에 물들지 말고 영원히 지속될 우리의 마음을 순수하게 보존해야 한다는 결론에 도달한다.

6·25의 참상을 목도하면서 자신을 포함한 많은 사람들의 굶주림을 체험하면서 시인의 마음은 착잡하였을 것이다. 그에게 현실 문제를 해결할 힘이 있다면 고통스런 현실을 변혁할 수 있는 방법을 모색하였을 것이다. 그러나 그는 정치가도 경세가도 아닌 적수공권 백수의 시인일 뿐이었다. 그의 힘으로는 현실의 문제들을 해결할 도리가 없었다. 현실적으로 가난과 고통을 해결할 방도가 없을 때에는, 마음의 영역에 의존하여 내면적 순결성이라도 유지하는 것이 차선의 방책이 된다. 바로 이것이 이 시의 기본적 성격이며 그것이 지닌 정신적 가치의 실상이기도 하다. 그리고 그것은 곧 서정시의 본질적 속성이기도 하다.

5. 서정성으로의 회귀

70년대를 넘어서면서 유신체제가 성립되고 산업화의 양상이 가속화되면서 개발독재의 모순과 자본주의의 모순이 복합적인 양태로 모습을 드러내게 된다. 정부에서는 경제개발을 최우선의 과제로 내세우면서 우선 먹고 사는 문제를 들고 나오고 문학 쪽에서는 그것에서 파생되는 현실적 문제들을 비판하는 데 힘을 기울인다. 사회 전체가 인간의 현실적 삶의 문제에 매달려 옳고 그름을 놓고 싸움을 벌이는 판에 현실과 직접 관련이 없어 보이는 전통서정시는 발붙일 곳을 잃게 된다. 그래서 70년대 이후 서정시는 소외와 퇴조의 길을 밟는다. 현실 비판과 민주화의 열망이 문학이론과 창작의 중심부를 구성한다. 80년대에 들어와서 민중문학이 발흥하면서 이러한 양상은 더욱 극대화된다. 80년대에 서정시는 70년대보다 더욱 처참한 몰락의 길을 걷는다. 그러다 80년대 후반에 이르러 민중문학이 퇴조하고 해체시적 경향이 대두하면서 해체시에 맞서는 시의 정통성 옹호의 주장에 의해 전통서정시가 부활하게 된다. 그리고 90년대에 들어와서 정신주의시, 자연 서정시, 생명시 등 자본주의적 근대성에 반성을 촉구하는 이론적 논의에 힘입어 서정시는 다시 시의 정통의 자리로 복귀한다. 본 발표의 원래 제목인 '거듭나기의 시련'이라는 말은 바로 이러한 문화적 현상을 지칭한 것으로 판단된다.

도시화, 산업화가 가속화되고 기술문명의 비인간화가 극대화되는 상황 속에서 인간과 세계의 해체에 맞서 근원적 통합을 이룰 수 있는 가능성으로 시의 서정성이 새롭게 논의되기 시작한 것이다. 그래서 서정시의 유토피아 지향성이 존재론적 차원에서 제기되기에 이른다. 서정시의 현재적 위상과 탈근대적 가치와 관련된 논의가 최근 간행된 『서정시의 본질과 근대성 비판』(다운샘, 1999)에 집약되어 있어서 그 동안의 논의 과정을 한눈에 파악할 수 있다. 논의의 핵심은 인간과 인간의 소외, 인간과 자연의 분열로 특징지워지는 고도기술문명, 정보산업 사회에서 유기적 통합의 가능성으로 시의 서정성이 의미를 지닌다는 것이다. 이 논의를 여기서 다시 지루하게 되풀이할 필요는 없다. 그 대신에 순수 서정시의 성격을 잘 보여주는 작품을 예로 들어 수천 년의 전통을 지닌 서정성의 어떤 요소가 우리에게 통합의 힘으로 작용하는가를 제시해 보겠다.

교외선 기차에서 내린 딸은
코스모스꽃을 향해 달려간다.
코스모스꽃의 허리를 가진 딸은
꿀벌의 물빛 날갯짓에도 흔들린다.

아들은 염소처럼 매해해 운다.
염소의 선량한 뿔이 되고 싶다는 아들.
그 뿔에 들꽃이 걸린다.

하늘빛 챙이 달린 모자를 쓴 아내는
낯선 집 장독대에 핀 맨드라미를 보고
마당이 넓은 집에서 살고 싶다고 한다.

장독대 위 낮달의 손톱에,
여름에 물들인 봉숭아꽃물이
아직도 엷게 남아 있다.

길가에 알밤이 떨어져 있다.
아들은 알밤을 주우며
이 알밤도 우리 가족이야, 하고 말한다
저 가을 하늘 울타리가 파랗다.

—「가족, 가을 나들이」 전문

제갈공명이 쓴 「출사표」를 읽고 울지 않으면 충신이 아니라고 한다. 그것처럼 이준관의 이 시를 읽고 생명의 아름다움을 느끼지 못하는 사람은 시인이 아니라고 나는 말하고 싶다. 이 작품의 아름다움과 가치를 매우 당당하게 강조하고 싶은 것이다.

이 시에는 자연과 완전히 하나가 된 가족이 등장한다. 한 가장이 그의 아내, 아들, 딸을 데리고 교외로 나간다. 교외선 기차를 타고 가다가 어느 한적한 들녘에 내려 가족들과 들길을 걷는다. 딸은 코스모스를 향해 달려가고 아들은 염소를 보자 염소 우는 시늉을 한다. 아내는 장독대에 핀 맨드라미를 보고 마당이 넓은 집에 살고 싶다는 소박한 꿈을 이야기한다. 이 가족의 일거일동은 자연의 모습과 움직임에 그대로 동화되어 있다. 자연과 인간의 정연한 일치가 이루어지는 것이다.

코스모스를 향해 달려간 딸은 코스모스처럼 가는 허리를 가졌다. 꿀벌의 날갯짓에 코스모스꽃이 흔들리듯 섬약한 딸아이도 '꿀벌의 물빛 날갯짓에도 흔들릴' 정도다. 염소의 울음소리를 흉내냈던 아들은 염소처럼 선량하게 살고 싶다는 생각을 한다. 물론 이런 대목을 두고 개인적인 차원에서 가족을 미화했다고 말할 사람도 있겠지만 나는 이 시행에 담긴 자연 친화의 정신, 그 꾸밈없고 천진한 화해의 자세를 강조하고자 한다. 맨드라미를 보고 마당 넓은 집에서 살고 싶다고 말한 아내는 '하늘빛 챙이 달린 모자를' 썼다. 이것은 아내의 희망이 넓은 토지를 소유하고 싶은 것이 아니라 자연과 어울리는 생활을 하고 싶다는 뜻임을 알려준다. 그러한 자연과의 어울림에 대한 소망은 마지막 연에서 아들이 한 말에 단적으로 집약된다. 아들은 떨어진 알밤을 주우며 "이 알밤도 우리 가족이야"라고 말한다.

이 마지막 장면이 작위적인 것으로 비치지 않을까 염려한 시인은 그 바로 앞 연에 자연 쪽에서 인간에 접근하는 비유적 매개물을 설정하였다. 장독대 위에 떠 있는 낮달을 손톱으로 보고 그 손톱에 여름에 물들인 봉숭아꽃물이 엷게 남아 있다는 시구를 엮어 놓았다. 이것은 자연을 인간화하여 인간이 자연에 접근할 수 있는 통로를 마련해 놓은 것이다. 이 통로를 통하여 가을 들판에 노니는 네 명의 가족은 가을 하늘의 파란 울타리를 넘어 자연과 하나가 된다. 이렇게 아름다운 가족의 모습을 아직 나는 다른 시에서 보지 못하였다. 인공낙원의 간교한 쾌락이 우리 입맛을 길들여 마비시키고 있는 상황에서 이렇게 아름다운 자연의 가족을 만나게 된 것은 분명 행운이다. 정신이 걸레가 되어 가는 시대에 한 줄의 시를 읽을 수 있는 것은 눈물겨운 기쁨이라고 옛날에 어느 시인이 말했다. 그런 눈물겨운 기쁨을 나는 이 시에서 맛본다.

그 기쁨은 인간과 인간이 통합되고 인간과 자연이 합일된 공간으로 우리를 이끈다. 이것은 차디찬 논리의 세계가 아니라 온화한 감성의 공간이다. 온화한 서정성의 힘이 어떤 논리보다 강력하게 우리를 융합의 세계로 이끈다. 사실 그 통합의 힘은 비단 오늘의 시점에서만 의미를 지닌 것이 아니라 과거로부터 현재에 이르기까지 인간에게 의미 있는 요소로 작용해 왔다. 인간은 유사 이래 수천 년 동안 서정시가 지닌 융합적 상상력의 혜택을 입어 오면서도 분열과 해체를 심각하게 체험하지 않았던 지난 시대에는 그 힘의 고마움을 몰랐던 것이다. 분열과 해체를 목전에 체험하면서 우리는 새삼스럽게 서정성으로의 복귀를 역설한다. 그러나 엄밀히 말하면 그것은 '거듭나기의 시련'이 아니라 자연스러운 회귀이며 원래 있었던 그곳으로 돌아가는 일이다. 불교식으로 말하면 "萬法歸一인데 一歸何處인가." 그곳은 뜰 앞의 잣나무, 파란 가을 하늘 울타리의 자리일 것이다.

현대시 교육의 반성

1. 시교육의 문제점과 지향점

시를 가르치기가 어렵다는 지적이 많이 나오는데 이것은 학습하는 학생의 입장에서도 마찬가지다. 학생들은 시란 어려운 것이라는 선입견을 가지고 있다. 그런데 이렇게 시가 어렵다고 생각하는 학생들도 초등학교 시절 동시나 동요를 배울 때는 어렵다는 생각을 하지 않고 오히려 거기에 흥미를 느낀 적이 있었을 것이다. 중학교 이후의 과정에서 시의 수준이 높아지자 학생들은 이해에 어려움을 느끼게 되고, 더군다나 문학의 전문 술어가 동원된 시에 대한 해설을 접하면서 시는 학생들의 생활 현장과는 동떨어진 이상야릇한 언어 구성물로 인식되기 시작한다.

교사의 입장에서는 몇 줄 안 되는 짧은 시를 가지고 한 시간 수업을 하는 것이 부담스러운 일이다. 소설이라면 줄거리를 비롯해서 여러 가지 설명할 내용이 많을 텐데 시는 그런 부수적 설명 내용이 별로 없어서 부담이 된다. 그러다 보니 참고서에 나와 있는 설명에 의존하여 시의 형태, 심상, 비유, 주제 등을 정리해 주는 것으로 수업을 진행하는 경우가 많다. 이렇게 되면 학생들은 시를 더욱 어려운 것으로 생각하게 되고 결과적으로 시에서 점점 멀어지게 된다.

시를 가르치는 일이 어려운 것은 시 장르 자체의 속성과도 관련된다. 시는 짧은 형식 속에 많은 것을 함축하고 겉으로 표명되지 않은 많은 의미가 그 속에 잠재되어 있기 때문에 어렵게 느껴진다. 흔히 시를 감정의 표현이라고 규정하는데 시의 가장 원초적인 형태는 간단한 감탄의 어구였을 것이다. 감정이란 순간적으로 일어나는 마음의 움직임이기 때문에 그것을 표현하는 시는 짧은 형식을 취하게 된다. 이 짧은 형식은 우리에게 선명한 인상을 부여하며 거기 담긴 감정의 파문이 그대로 전달되게 하는 강점을 지닌다. 그런데 우리의 감정이라는 것이 그렇게 단순 명쾌하지가 않다. 상당히 복합적이고 미묘하며 분명한 실체를 파악하기 힘든 것이 우리의 감정이다. 이러한 감정을 표현하는 시도 그러한 속성을 지니게 되는 것은 어떻게 보면 당연한 일이다.

그런데 교육이라고 하는 것은 모르는 사람들에게 지식을 전달하여 사실을 알게 하는 것이 목적이다. 그렇기 때문에 교육은 분명하고 논리적인 설명을 요구한다. 여기서 시와 교육이 충돌하는 문제가 발생한다. 특히 학생들은 시험을 염두에 두고 명쾌하고 계량적인 설명을 요구하게 되는데 시라는 것은 이상야릇하고 애매모호해서 그러한 설명에 부합되지 못하는 면이 많다. 그렇다고 시의 교육을 포기할 수는 없다. 시는, 명쾌하고 계량적인 사고만이 능사가 아니며 그것 외에 또 다른 중요한 영역이 있다는 점을 우리에게 깨닫게 한다. 시를 가르치는 의의는 바로 그런 데서도 찾을 수 있다.

시를 가르치기 위해서는 가르치는 목적을 분명히 해둘 필요가 있다. 우리가 시를 읽는 목적은 인간이 어떤 상황에서 어떠한 감정을 가지게 되며 그것을 어떠한 방식으로 표현하였는가를 이해하기 위해서다. 시를 가르치는 목적도 거기서 크게 벗어나지 않는다. 시를 가르치는 것은 시인이 시에 담아 놓은 생각과 표현방식을 학생들이 순조롭게 이해할 수 있도록 유도해 가는 과정이다. 어떤 상황에 의해 환기된 감정을 하나의 시작품으로 형상화하는 능력을 상상력이라고 한다. 시적 상상력은 본질적으로 계량적 명확성과는 거리가 멀다. 그러나 그것은 우리의 메마른 삶에 생기를 주고 허무의 사막과 암흑의 동굴을 의미 있는 삶의 터전으로 바꾸어 놓는다. 우리는 시작품을 통하여 시인의 상상력을 발견하고 그것을 우리의 것으로 수용한다. 따라서 문학적 상상력이 나타난 양상을 이해하고 그것을 순조롭게 받아들이기 위해 감수성을 심화·확대해 나가는 것이 문학교육의 목표라 할 수 있다.

시에 나타난 상상력의 작용이라든가 시적 정서의 기능은 작품마다 각기 다르다. 시를 가르치는 사람은 해당 작품의 특징에 알맞는 교수 방법을 구사해야 한다. 심각한 주제의식보다 언어나 심상의 아름다움에 주력한 작품이라면 그것에 합당한 설명을 해야 할 것이고 표현의 면보다 시인의 의식이 부각되는 경우라면 그것이 우리에게 주는 새로운 인식이라든가 깨달음 같은 것을 중시해야 할 것이다. 이러한 차별성이 혼란을 보이면 해석상의 오류가 나타나고 결과적으로 시교육의 심각한 문제가 야기된다. 예를 들어 박목월의 「나그네」는 유장하게 흐르는 언어의 율동감을 나그네의 낭만적 유랑의 모습과 병치시킨 작품이다. 따라서 우리는 이 시를 유성음이 반복되는 운율의 아름다움과 낭만적 정취에 초점을 맞추어 가르칠 필요가 있다. 그런데 일제 말의 현실을 느닷없이 끌어와서 이 시가 초근목피로 연명해 가던 일제 말의 궁핍한 현실을 왜곡한 것이라고 해석하고 또 그렇게 가르친다면 이것은 분명 작품 자체를 왜곡한 교육이 되고 마는 것이다.

그런데 시교육 현장에서 부딪치는 오류는 비단 교사의 교수 방법이나 학생의 학습 방법에서만 발생하는 것은 아니다. 때로는 교과서에 수록된 텍스트 자체가 문제를 내포하는 경우가 있다. 시교육의 현장에서 교과서에 수록된 시는 교사에게 일방적으로 던져진 교육의 제재이다. 교사가 다양한 시 수업 자료를 준비한다 하더라도 일차적 자료는 교과서 수록 시의 테두리를 벗어날 수 없다. 그런 의미에서 교과서에 수록된 시는 교사와 학생 간에 소통될 수 있는 의미의 기본축으로 작용한다고 볼 수 있다. 따라서 교과서에 시가 잘못 선정되었을 때에는 교수·학습의 기본축이 제 구실을 못하는 결과를 가져온다.

2. 교과서 수록 시의 위상

우리가 학교에서 시를 배운 것은 초등학교 시절부터다. 초등학교 교과서에는 동시가 실려 있는데 동시도 시에 속하니까 우리는 아주 어린 시절부터 시를 접하며 살아온 셈이다. 그런데 이상하게도 초등학교 때 배운 시는 거의 기억에 남아 있지 않고 중학교 이후 배운 시는 기억에 꽤 선명하게 남아 있다. 그리고 또 이상한 것은 초등학교 교과서에는 시를 지은 사람의 이름이 나와 있지 않은데 중학교 이후의 시에는 시인의 이름이 밝혀져 있다는 점이다. 이것은 초등학교와 중등학교의 교육 내용이 다르기 때문에 나타난 현상일 텐데 그 차별성이 무엇인지 나는 아직 정확히 알지 못하고 있다.

그런데도 나는 이 두 사실 사이에 어떤 상관관계가 있지 않나 혼자 생각하고 있다. 말하자면 시인의 이름이 제시된 시를 배울 때 비로소 우리는 그 시를 하나의 작품으로 받아들이는 것이 아닐까 생각하는 것이다. 물론 초등학교를 지나 중학생이 되면서 학습자가 더 성숙해졌고 감수성이 확대되었기 때문에 시를 더 잘 기억하게 되었겠지만, 그렇다 하더라도 시인의 이름이 제시된 시와 그렇지 않은 시는 기억의 강도에 있어 차이를 보인다는 것이 내 생각이다. 이것은 교과서에 실린 문학 작품의 경우 학생들에게는 그 작품만이 아니라 작가의 이름도 중요성을 지닌다는 사실을 반증한다. 말하자면 학생들은 시인의 삶을 통하여 작품에 접근하는 태도를 완고하게 유지하고 있다.

중·고등학교 시절 문학에 관심을 가진 소수 학생의 경우를 제외하면 우리가 시를 접할 수 있는 기회는 국어 교과서 외에는 없었다. 그리고 교과서에 실린 시는 반드시 시험에 출제되었고 우리는 시험에서 좋은 성적을 따야 했기에 교과서의 시를 거의 암송하다시피 했다. 최선의 경우 문학적 감수성을 잠재적으로 지닌 학생에게 교과서에 실린 시가 그 학생의 잠재력을 자연스럽게 이끌어낼 수 있는 촉매 역할을 하기도 했다. 중학교 시절 김소월의 「진달래꽃」과 윤동주의 「서시」를 접했을 때의 감동을 나는 지금도 잊지 못한다. 교과서에 실린 시는 우리에게 거의 절대적인 의미를 지니고 있었다. 이러한 사정은 지금도 크게 달라지지 않았을 것이다.

이런 이유 때문에 교과서에 시를 수록할 때에는 작품의 수준이라든가 그 작품을 쓴 시인의 문학적 위상뿐만 아니라 각 학년별 제재의 교육적 효과라든가 단원별 연계성, 학습자의 반응 등 여러 가지 측면을 고려하는 것으로 알고 있다. 이렇게 여러 가지 측면을 고려해서 작품을 선정한다 하더라도 사람의 일에는 언제나 문제가 뒤따르기 마련이다. 중학교부터 고등학교까지 교과서에 수록된 시와 거기 첨부된 학습 활동을 검토해 보면 역시 크고 작은 문제들이 검출되는 것을 볼 수 있다.

나는 여기서 교과서에 수록된 모든 시의 크고 작은 문제를 일일이 검토할 겨를이 없다. 우선 많은 사람이 시급히 그 문제를 공유하고 다시는 이런 잘못이 되풀이되어서는 안 되겠다고 결심해야 될 두 가지 사례만을 골라 그것이 지닌 교수·학습상의 문제점을 제시해 보려 한다. 하나는 교과서에 제시된 학습활동이 시의 해석을 오도하게 되는 경우이고, 또 하나는 교과서에 작품 선정이 잘못되었을 때 나타나는 문제점에 대한 것이다. 이것은 공연히 시비를 일으켜 문제를 복잡하게 만들자는 것이 아니라 복잡한 문제의 재현을 막기 위해 시비를 가리자는 뜻이다. 그리고 여기에는 중·고등학교 학생들에게 시의 정당한 모습을 보여주어 시에 대한 관심을 높이려는 의도도 포함되어 있다. 문학이 무엇인지 잘 모르는 학생들에게 시는 이상야릇하고 어려운 것이라는 선입견을 심어줄 필요는 없다. 그런 의미에서 교과서에는 아름답고도 쉬운 작품, 학생들의 문학적 흥미를 고양시킬 수 있는 작품이 선정되어야 할 것이다.

3. 해석의 오류

중학교 3학년 2학기 국어 교과서에는 '시의 표현'이라는 큰 단원이 있고 거기에 조지훈의 「승무」가 소단원의 하나로 설정되어 있다. 이 작품은 교과서에 실린 연조가 상당히 오랜 작품이다. 과거에는 고등학교 교과서에 실렸던 것이 지금은 중학교 3학년 교과서로 이동되었다. 지금의 중학교 3학년 학생이라면 충분히 이해할 수 있으리라고 생각해서 중학교 3학년 교과서에 수록했을 것이다. 교과서에 이 시에 대한 학습활동으로 제시된 내용은 다음과 같다.

1. 이 시에서 비유적인 표현을 찾아보고, 그 효과에 대하여 말해 보자.
2. 이 시의 앞과 뒤에 쓰인 "얇은 사(紗) 하이얀 고깔은 고이 접어서 나빌레라"의 표현 효과에 대하여 말해 보자.

3. "세사(世事)에 시달려도 번뇌(煩惱)는 별빛이라"에 담긴 뜻을 말해 보자.

「승무」의 언어 표현은 중학교 3학년에 다니는 보통 수준의 학생이라면 어느 정도의 보충 설명에 의해 그 뜻을 대부분 파악할 수 있을 것이다. 그러나 학습활동 세 번째 항목으로 제시된 "세사에 시달려도 번뇌는 별빛이라"라는 시행은 난해구에 속해서 시를 전공하는 사람들도 아직 그 내포적 의미에 대해 확정을 내리지 못하고 있다. 그런데 교과서에서는 중학교 3학년 학생들에게 그 구절의 뜻을 말해 보라고 권유하고 있다. 어느 면에서는 중학교 학생들의 감수성이 어른을 능가하는 경우도 있으니까 이런 질문도 괜찮지 않겠느냐고 생각할지 모르지만, 이 시구의 의미는 청소년의 순박한 감수성으로 해명될 성질의 것이 아니다. 더군다나 심각한 것은 많은 참고서들이 이 시구의 뜻에 대한 설명을 난해하고 관념적인 내용으로 채우고 있다는 사실이다.

이 구절의 뜻을 말해 보라고 학습활동으로 제시한 이유는 충분히 이해가 간다. 그것은 이 구절이 바로 시의 주제를 내포하고 있는 핵심적인 구절이라고 생각했기 때문이다. 그러나 그 의미가 뚜렷이 해명되지 않은 상태인데 어떻게 그것이 주제를 담은 시구라고 단정할 수 있겠는가. 그러면 주제는 도대체 무엇이란 말인가. 교사용 지도서나 참고서에는 천편일률적으로 이 시의 주제가 '세속적인 번뇌의 초극'이라고 제시되어 있다. 과연 이 시는 '세속적인 번뇌의 초극'이라는 심각한 철학적 주제를 다루고 있는 작품인가? 단순히 승무를 추는 정경을 감각적인 표현과 의고적이고 환정적인 시어로 형상화한 것은 아닌가?

이 시는 1939년 12월 『문장』지에 발표된 것인데 그때 조지훈의 나이는 스무 살이었다. 시인 자신의 말에 의하면 승무를 시화하겠다는 생각을 가진 것은 열아홉 살 때였다고 한다. 그리고 승무를 통해 그가 나타내고자 한 것은 '인간의 애욕 갈등', '관능의 정화', '생활고의 종교적 승화' 정도였다. '관능의 정화'라든가 '생활고의 승화'라는 소박한 주제가 '세속적인 번뇌의 초극'이라는 심각한 주제로 바뀐 데에는 시 연구자들의 현학적 언술이 많이 작용한 것이 사실이다. 그러나 그 현학이 중학교 시교육에 그대로 수용되어서는 안 된다. 사정이 어떻든 간에 일단 이 시가 교과서에 수록되어 있으니 가장 타당한 해석을 모색해야 할 것이다. 교과서에 실린 시는 다음과 같다.

얇은 사(紗) 하이얀 고깔은 고이 접어서 나빌레라.

파르라니 깎은 머리 박사(薄紗) 고깔에 감추오고,
두 볼에 흐르는 빛이 정작으로 고와서 서러워라.

빈 대(臺)에 황촉(黃燭)불이 말없이 녹는 밤에
오동잎 잎새마다 달이 지는데,

소매는 길어서 하늘은 넓고,
돌아설 듯 날아가며 사뿐히 접어 올린 외씨보선이여.

까만 눈동자 살포시 들어
먼 하늘 한 개 별빛에 모두오고,

복사꽃 고운 뺨에 아롱질 듯 두 방울이야
세사(世事)에 시달려도 번뇌(煩惱)는 별빛이라.

휘어져 감기우고 다시 접어 뻗는 손이

깊은 마음 속 거룩한 합장(合掌)인 양하고,

이 밤사 귀또리도 지새우는 삼경(三更)인데,
얇은 사(紗) 하이얀 고깔은 고이 접어서 나빌레라.

이 시는 어떤 젊은 여승이 승무를 추는 모습을 묘사한 것이다. 승무를 추는 여승이 젊다는 것은 "두 볼에 흐르는 빛이 정작으로 고와서 서러워라"라든가 "까만 눈동자", "복사꽃 고운 뺨" 등의 시구에서 알 수 있다. 어떤 참고서에는 '두 볼에 흐르는 빛'이나 '녹는 황촉불'을 눈물의 심상으로 본 것이 있는데 이것은 잘못된 것이다. 이렇게 보면 이 시는 승무를 추는 여승의 비애를 그린 것으로 잘못 해석되고 만다. 이 시는 서러움을 머금은 승무의 아름다움에 초점을 맞춘 작품이지 여승의 비애에 초점을 둔 작품이 아니다. 그냥 아름다운 춤이 아니라 슬픔을 머금은 아름다운 춤, 번뇌를 포함한 아름다운 춤, 젊은 여인의 관능과 신앙과의 갈등이 배어 있는 춤, 그 춤의 이중성에 시인의 시선이 모아져 있다.

그러면 "세사에 시달려도 번뇌는 별빛이라"를 어떻게 이해해야 할까. 이 시구를 이해하려면 우선 5연의 '별빛'의 의미부터 제대로 파악해야 할 것이다. 5연은 4연에서 자락을 떨쳐 펴며 춤추던 동작이 잠시 정지하는 순간의 묘사다. 까만 눈동자를 살며시 들어 먼 하늘 별빛을 바라보는 것처럼 응시하는 동작을 나타냈다. 여기서 '별빛'을 여승이 종교적으로 도달하려는 염원의 세계를 표상한 것으로 보는 해석이 있다. 그것은 '먼 하늘 한 개' 별빛이라는 구절로 볼 때 타당한 해석이라 할 수 있다. 먼 하늘 한 개의 별빛에 자신의 시선을 집중할 때에는 그 응시의 대상이 예사로운 것은 아닐 것이다. 여승은 수행과 춤으로도 세속의 번뇌가 떨쳐지지 않아 괴로워하며 다시 한 번 먼 하늘 한 개 별빛에 눈을 모으며 자신의 염원을 발원하는 것이다.

그렇게 번뇌에서 벗어나려는 간절한 발원을 하는 순간 자신도 모르게 뺨에 눈물이 맺힌다. 그런데 그 뺨은 싱싱하게 젊은 여인의 뺨, 즉 '복사꽃 고운 뺨'으로 되어 있다. 이 아름다운 뺨에 눈물이 맺힌다는 사실 자체가 바로 이중적이다. 그것이 바로 서러움을 내포한 아름다움이다. 그리고 눈물도 이중적인 의미를 담고 있다. 그것은 번뇌에서 벗어나려는 단호한 의지와 그러한 발원에도 불구하고 발끝을 잡아채는 번뇌의 집요함 사이의 갈등을 나타낸다. 번뇌에서 벗어나려고 몸부림치지만 결국 번뇌에서 벗어날 수 없는 것이 아닌가 하는 생각이 들 때 눈물이 맺혀질 것이다. 그렇게 눈물이 비치는 모습을 보고 시인이 한 발언이 "세사에 시달려도 번뇌는 별빛이라"이다. 즉 '아무리 세상의 일에 시달린다고 해도 당신의 번뇌는 별빛처럼 찬란하고 아름다운 것이 아니겠는가' 이런 뜻을 시인은 담아낸 것이다. 그 다음 7연에서 춤은 다시 움직임으로 이어지면서 거룩한 합장과 같은 손동작으로 변화한다. 여기서 비로소 종교적 전심(傳心)을 통해 자신의 염원을 실현하려는 여승의 마음이 표현된다. 그리고 8연에서 깊은 밤 승무를 추는 정경이 다시 제시되면서 시가 종결된다.

이렇게 볼 때 다른 연이 춤의 동작을 묘사하고 있음에 비해 6연은 춤의 한 동작에 대한 시인의 연상과 해석을 제시한 것임을 알 수 있다. 우선 한 개 별빛에 시선을 고정시킨 여승의 검은 눈동자를 보고 거기서 다시 눈물이 비치는 듯한 연상을 하였다. 그 눈물은 세속의 번뇌를 다 떨치지 못해서 흘러나온 것이다. 저렇게 아름다운 뺨에 아롱지는 눈물 방울도 아름답고 여승의 내면에 담긴 번뇌를 떨치려는 의지도 아름답다. 그래서 당신의 뺨에 눈물을 맺히게 할 정도로 당신을 괴롭히는 세속의 번뇌도 별빛처럼 아름다운 것이 아니겠는가 생각한 것이다. 바로 이것이 이 시가 수미일관하게 시상의 축으로 삼고 있는 아름다움의 이중성이다. 세사에 시달리는 여승의 번뇌도 슬픔을 내포한 아름다움 즉 '별빛' 으로 인식되었던 것이다.

따라서 '번뇌' 는 현실적·지상적 상황을 지칭하고 '별빛' 은 천상적·초월적 세계를 나타낸다는 설명은 이 시를 아주 관념적인 것으로 변질시켜 버린다. 바로 그런 설명에서 이 시의 주제가 세속적 번뇌에서 벗어나 영원의 세계로 초극하려는 여인의 의지를 형상화한 것이라는 주장이 나온 것인데 그런 주제 파악도 시의 문맥에서 상당히 벗어난 것이다. 또 진심은 번뇌 속에 있어도 번뇌에 물들지 않는다든가, 마음속의 번뇌를 오히려 고맙게 여기라는 불교의 가르침을 이 구절과 관련시키는 수도 있는데 "세사에 시달려도 번뇌는 별빛이라" 라는 은유적 언술이 그러한 의미 내용을 아무 무리 없이 포용하지는 못한다.

따라서 '인간 고뇌의 종교적 승화' 라든가 '세속적인 번뇌의 초극' 이라는 주제 규정은 이 시구를 관념적으로 확대 해석한 데서 나온 것임을 알 수 있다. 이 시의 불교적 색채는 오히려 7연의 "깊은 마음 속 거룩한 합장인 양하고" 에서 더 자연스럽게 우러나는 것을 볼 수 있다. 이러한 해석의 오류가 나타나게 된 데는 한 편의 시에서 무언가 오묘한 진리라든가 그럴듯한 주제의식을 찾아내려는 심리가 작용한 듯하다. 그러나 열아홉의 젊은이가 쓴 시에 그렇게 깊은 철학적 내용이 담겨 있으리라고 기대하는 것부터가 무리다. 우리는 우선 한 편의 시를 그냥 한 편의 시로, 다시 말하면 독특하게 변형된 정서적 언술로 이해하는 자세를 가져야 할 것이다. 그리고 교육의 차원에서도 그러한 사고방식이 적극적으로 실현될 필요가 있다.

4. 제재 선택의 오류

고등학교 국어 교과서 하권에는 '문학과 문화'라는 대단원이 있고 거기에 현대시 작품으로 한용운의 「논개의 애인이 되어서 그의 묘에」가 수록되어 있다. 이 작품은 만해 시 중 난해한 작품으로 알려져 있다. 국어 교과서 하권은 고등학교 2학년이나 3학년 때 이수하게 되어 있는데 다소 어려운 시작품도 공부해 보아야 한다는 의도로 이 작품이 선정되었다 하더라도 작품 선정에 무리가 있었다는 비판은 피할 도리가 없다. 앞에서도 말했듯이 교과서에 실린 작품은 학생들에게 최고의 절대성을 갖는다. 교과서에 실린 작품은 교과서에 실렸다는 바로 그 이유 때문에 한 시인의 작품세계를 대표할 뿐만 아니라 어느 시대의 문학적 전통과 규범을 대표하는 정전(正典)으로서의 자격을 소유한다. 그러나 과연 한용운의 이 작품이 그러한가에 대해서는 부정적인 답변이 도출될 수밖에 없다.

그러면 이 작품이 교과서에 제재로 선정된 이유는 무엇인가? 이 작품이 포함되어 있는 대단원의 이름은 '문학과 문화'이며 그러한 표제 아래 문학을 생활문화와 예술문화의 두 측면에서 이해·감상하려는 것이 단원 설정의 이유이다. 생활문화의 측면에서 볼 때, 이 작품은 논개라는 역사적 인물을 추모하면서 그 인물의 뛰어난 점을 계승하려는 정신을 나타내고 있다. 역사적 인물을 통해 교훈을 얻으면서 현재의 난관을 극복하고자 하는 것은 우리의 전통적인 생활문화의 특징인데 이 작품이 바로 그러한 면을 담고 있기 때문에 제재로 선정된 것이다. 또 예술문화의 측면에서 볼 때, 이 작품은 역설의 어법을 구사하고 있으며 나라를 위해 목숨을 버린 논개의 행동 및 그것을 추앙하는 화자의 태도에서 비장미가 발현된다. 역설의 언어 표현과 비장미라는 미의식은 예술문화가 갖는 여러 특징의 하나다. 이 작품은 바로 이런 생활문화와 예술문화의 두 가지 특성을 함께 갖추고 있다고 판단되었기 때문에 '문학과 문화'라는 대단원의 소단원 제재로 선정되었을 것이다.

그러나 우리 현대시의 유산 중에서 이 두 가지 측면을 공유하고 있는 작품이 과연 이 작품밖에 없는지 반성해 볼 필요가 있다. 작품의 범위를 한용운의 시에 국한시킨다 하더라도 이 작품이 생활문화와 예술문화의 두 측면을 함축적으로 보여주는 훌륭한 작품인지 냉정하게 반문해 보아야 한다. 이 작품은 우리 현대시사를 구성하는 다양한 작품들에 비할 때 그 시적 수준이 현저히 떨어지며 한용운의 시 중에서도 그렇게 우수한 작품이라고 하기는 어렵다. 한마디로 말하여 이 작품은 한용운의 대표작이라거나 한국 현대시의 전범으로 삼을 만한 작품이 못 된다. 필자의 말이 결코 과장이 아니라는 것은 이 시를 읽어 보기만 하면 저절로 드러난다. 교과서에 실린 작품 전문을 옮겨 보겠다.

날과 밤으로 흐르고 흐르는 남강(南江)은 가지 않습니다.

바람과 비에 우두커니 섰는 촉석루(矗石樓)는 살 같은 광음(光陰)을 따라서 달음질칩니다.

논개(論介)여, 나에게 울음과 웃음을 동시(同時)에 주는 사랑하는 논개여.

그대는 조선의 무덤 가운데 피었던 좋은 꽃의 하나이다. 그래서 그 향기는 썩지 않는다.

나는 시인으로 그대의 애인이 되었노라.

그대는 어디 있느뇨. 죽지 않은 그대가 이 세상에는 없고나.

나는 황금의 칼에 베어진 꽃과 같이 향기롭고 애처러운 그대의 당년(當年)을 회상(回想)한다.

술 향기에 목맺힌 고요한 노래는 옥(獄)에 묻힌 썩은 칼을 울렸다.

춤추는 소매를 안고 도는 무서운 찬바람은 귀신 나라의 꽃수풀을 거쳐서 떨어지는 해를 얼렸다.

가냘핀 그대의 마음은 비록 침착하였지만 떨리는 것보다도 더욱 무서웠다.

아름답고 무독(無毒)한 그대의 눈은 비록 웃었지만 우는 것보다도 더욱 슬펐다.

붉은 듯하다가 푸르고 푸른 듯하다가 희어지며 가늘게 떨리는 그대의 입술은 웃음의 조운(朝雲)이냐 울음의 모우(暮雨)이냐 새벽달의 비밀이냐 이슬꽃의 상징(象徵)이냐.

빠비 같은 그대의 손에 꺾이우지 못한 낙화대(落花臺)의 남은 꽃은 부끄럼에 취(醉)하여 얼굴이 붉었다.

옥 같은 그대의 발꿈치에 밟히운 강 언덕의 묵은 이끼는 교긍(驕矜)에 넘쳐서 푸른 사롱(紗籠)으로 자기의 제명(題名)을 가리었다.

아아, 나는 그대도 없는 빈 무덤 같은 집을 그대의 집이라고 부릅니다.

만일 이름뿐이나마 그대의 집도 없으면 그대의 이름을 불러 볼 기회가 없는 까닭입니다.

나는 꽃을 사랑합니다만 그대의 집에 피어 있는 꽃을 꺾을 수는 없습니다.

그대의 집에 피어 있는 꽃을 꺾으려면 나의 창자가 먼저 꺾어지는 까닭입니다.

나는 꽃을 사랑합니다만 그대의 집에 꽃을 심을 수는 없습니다.

그대의 집에 꽃을 심으려면 나의 가슴에 가시가 먼저 심어지는 까닭입니다.

용서하여요 논개여, 금석(金石) 같은 굳은 언약을 저버린 것은 그대가 아니요 나입니다.

용서하여요 논개여, 쓸쓸하고 호젓한 잠자리에 외로이 누워서 끼친 한(恨)에 울고 있는 것은 내가 아니요 그대입니다.

나의 가슴에 '사랑'의 글자를 황금으로 새겨서 그대의 사당에 기념비를 세운들 그대에게 무슨 위로가 되오리까.

나의 노래에 '눈물'의 곡조를 낙인(烙印)으로 찍어서 그대의 사당에 제종(祭鐘)을 울린대도 나에게 무슨 속죄가 되오리까.

나는 다만 그대의 유언대로 그대에게 다하지 못한 사랑을 영원히 다른 여자에게 주지 아니할 뿐입니다. 그것은 그대의 얼굴과 같이 잊을 수가 없는 맹세입니다.

용서하여요 논개여, 그대가 용서하면 나의 죄는 신에게 참회를 아니 한대도 사라지겠습니다.

천추(千秋)에 죽지 않는 논개여,
하루도 살 수 없는 논개여,
그대를 사랑하는 나의 마음이 얼마나 즐거우며 얼마나 슬프겠는가.
나는 웃음이 겨워서 눈물이 되고 눈물이 겨워서 웃음이 됩니다.
용서하여요 사랑하는 오오 논개여.

한용운의 시라고 해서 모든 작품이 다 명작은 아니다. 『님의 침묵』의 각 시편을 보면, 감각적 비유가 아름다움을 자아내기도 하고 역설적 어법이 새로운 깨달음을 전해 주는 것이 사실이다. 그러나 그러한 비유와 역설의 독특함이 한 편의 시작품으로서의 완성도를 그대로 보장해 주는 것은 아니다. 사실 『님의 침묵』에서 그 주제와 표현과 형식이 긴밀하게 결합되어 한 편의 시작품으로 성공한 사례는 그렇게 많지 않다. 각 시편에 담긴 정신은 참으로 거룩하고 매 시편마다 보이는 역설적 표현도 시대를 앞선 탁월함을 보이지만 그것이 서로의 호응을 이루지 못하고 한 편의 작품 속에 긴밀한 짜임을 맺지 못한 것은 만해 시의 어쩔 수 없는 한계다. 우리가 만해의 시를 제대로 암송하지 못하는 것은 그 산문적 호흡에만 원인이 있는 것이 아니라 시상 전개의 불합리성에도 원인이 있는 것이다.

이 시에서도 우리는 많은 불합리한 요소를 발견할 수 있다. 우선 어조가 경어체로 시작해서 갑자기 평어체로 바뀌었다가 다시 경어체로 바뀌고 경어체 사이에 다시 평어체가 끼어드는 것을 볼 수 있다. 한 작품 속에서 이렇게 어조가 바뀌는 것은 『님의 침묵』 시편 중 유일한 예인데, 각각의 어조의 변화가 일어나는 필연적 근거를 시의 문맥 속에서 찾아내기 힘들다. 자율학습이 가능하도록 만들었다는 교과서에도 그것에 대한 언급은 없고 시중의 참고서에도 이것을 설명한 부분은 없다. 이렇게 어조 변화의 뚜렷한 동기가 발견되지 않기 때문에 이 시를 읽으면 무언가 어색하고 산만하다는 느낌을 갖게 된다.

또 이 시에는 '당년', '무독한', '조운', '모우', '교궁', '사롱', '제종' 등 생경한 관념어라든가 우리말로 바꾸어 표현해도 좋을 한자어들이 여러 곳에 쓰였다. 이러한 관념적 한자어는 시상의 자연스러운 흐름을 차단하며 우리말이 지닌 운율과도 조화를 이루지 못한다. 이것 역시 사십대 후반의 불승(佛僧)인 만해의 한계라 볼 수 있는데, 그렇다 하더라도 만해의 시에서 고유어를 능숙하게 구사해서 성공을 거둔 작품이 여러 편 있는 것을 보면 이 시는 언어 조직의 면에서 실패한 작품이라는 비판을 면하기 어렵다.

그뿐 아니라 이 시에는 역설적 표현이 너무 많이 사용됨으로써 역설적 표현이 갖는 본질 통찰의 기능이 희석되거나 마비되어 버렸다. 그래서 이 시의 어법은 진실을 드러내는 역설의 신비로움을 잃어버리고 거의 말장난에 가까운 관용적 역설의 차원으로 전락해 버렸다. 거기에 비유가 중첩되고 상징에 상징이 덧붙음으로써 전달해야 할 기본적인 의미 내용조차 모호하게 희석되어 버렸다.

세부적인 표현의 면에 있어서도 문제삼을 부분이 적지 않다. 두 가지 예만 들면, 둘째 연의 각 행에서 '노래', '찬바람', '마음', '눈', '입술', '손', '발꿈치' 등을 열거하며 서술하였는데 이 부분은 유사한 말이 반복되고 중첩되면서 의미가 다변화되어 시로서의 간결성을 상실하고 말았다. 또 넷째 연에서 화자는 여러 번 용서하라는 말을 반복하면서 논개의 고결한 뜻을 따르지 못한 자신을 자책하고 있다. 그 자책은 일제의 강압 속에 무력하게 그날그날을 영위하고 있는 나약한 인간 군상에 대한 책망의 뜻을 담고 있기도 할 것이다. 그런데 그 다음에 화자는 자신이 할 수 있는 일이 "그대에게 다하지 못한 사랑을 영원히 다른 여자에게 주지 아니할 뿐"이라고 말하고 있다. 이것은 일편단심의 충절을 보이겠다는 뜻으로 읽힌다.

그러나 논개가 보여준 것은 단순한 절개를 지키는 차원이 아니라 적장을 죽이고 목숨을 버리는 자기 희생의 저항 행위였다. 적어도 논개의 애인이 되고자 하고 논개 앞에 부끄러워하며 용서를 구하는 마당이라면 논개가 보인 행동의 십분의 일이라도 실천하는 모습을 보여주어야 옳았을 것이다. 그런데 그저 당신만을 사랑하겠다는 내용을 토로하는 것은 앞에서 간절하게 용서를 빈 행동과 전혀 어울리지 않는 행동이다. 그 다음 행에서 당신이 용서하면 나의 죄는 신에게 참회를 하지 않아도 사라질 것이라고 말하는 것도 어처구니없는 논리의 당착에 속한다.

이처럼 이 시는 여러 가지 측면에서 모순을 보이고 있다. 그 모순은 현대시의 속성에 해당하는 애매성도 아니며 역설의 어법 때문에 겉으로 드러나는 논리의 모순도 아니다. 그것은 시인 자신의 생각이 정리되지 않았기 때문에 나타난 결과다. 생각이 정리되지 않았기 때문에 그것에 상응하는 적절한 표현도 얻지 못한 것이다. 요컨대 이 시는 『님의 침묵』에 수록된 시편 중 완성도가 크게 떨어지는 작품에 속한다. 문학과 문화의 관계를 설명할 여러 가지 제재 중 굳이 이런 시를 택하여 교육에 혼란을 초래하는 것은 참으로 커다란 지성의 낭비다.

5. 교수·학습 방법의 모색

그러면 이렇게 문제점을 안고 있는 두 제재를 교사는 어떻게 가르쳐야 하며 학생들은 이것을 어떻게 학습해야 할까.

우선 「승무」의 경우는 문제가 조금 간단하다고 할 수 있다. 교사가 학생들에게 그 시구의 의미를 물어보고 만일 학생들이 참고서에 나와 있는 대로 대동소이한 대답을 한다면 그것이 지닌 문제점을 지적한 다음 교사의 의견을 제시하면 될 것이다. 물론 교사의 의견을 제시한 다음에 다시 학생들에게 자신의 설명에 대한 의견을 물어보고 더욱 발전된 토론을 유도해 갈 수도 있다. 그러는 과정에서 "세사에 시달려도 번뇌는 별빛이라"에 대한 새롭고도 적절한 해석의 길이 열릴지도 모른다.

이러한 과정에서 학생들이 5연의 "먼 하늘 한 개 별빛에 모두오고"의 '별빛'과 6연의 '별빛'이 어떻게 다른지 질문할 수도 있다. 왜냐하면 많은 참고서에 이 두 시어의 차이점을 묻는 문제가 나와 있기 때문이다. 5연의 별빛은 춤추는 여승의 입장에서 눈동자를 들어 무엇인가를 응시했을 때 그 대상이 무엇인가를 제시한 것이고 6연의 별빛은 여승의 뺨에 아롱지는 눈물 방울을 보고 시적 화자 자신이 생각한 내용을 표현한 것이다. 따라서 5연의 별빛이 여승이 추구하는 염원의 세계를 나타낸 것이라는 설명은 타당하다. 그러나 앞에서 설명한 대로 6연의 별빛을 해탈이나 초극의 표상으로 해석하는 것은 타당하지 못하다. 6연의 별빛에는 대상을 바라보는 시적 화자의 감정이 투영되어 있음을 학생들에게 인식시킬 필요가 있다. 그리고 여승의 번뇌를 별빛처럼 아름답고 찬란한 것으로 받아들인 시인의 마음의 움직임을 설득력 있게 설명해야 할 것이다.

한편 「논개의 애인이 되어서 그의 묘에」의 경우는 문제가 간단치 않다. 먼저 결정해야 할 문제는 교과서에 실린 시라고 해서 다 잘된 시는 아니라는 언급을 함으로써 학생들이 가지고 있는 교과서 시에 대한 절대적 의존성을 깨뜨릴 필요가 있다. 더 나아가 교사가 먼저 학생들에게 이 시의 모순점이라든가 불합리한 요소를 찾아내게 할 수도 있다. 그런 다음 그 불합리한 요소에 대한 교사의 의견을 학생들에게 이야기해 준다. 이 경우 교사는 양시·양비론적 태도를 가지는 것이 필요할지 모른다. 가령 어느 학생이 이 시에 나타난 어조의 변화를 지적하며 왜 이렇게 어조를 바꾸었는지 도무지 이해가 안 된다고 하면, "표면적으로 볼 때 어조에 일관성이 없는 것은 사실이다. 그러나 단순히 사실을 서술할 때는 평어체를 사용하고 탄원하고 추앙하는 뜻을 나타낼 때는 경어체를 사용했다고 볼 수 있지 않겠느냐" 이런 식으로 설명할 수 있다.

다른 불합리한 부분에 대해서도 이러한 설명 태도를 유지할 수 있겠지만 그런 것 자체가 교사에게는 여간 고역이 아닐 것이다. 가령 어떤 학생이 "저는 시적 화자가 논개에 대해 어떤 태도를 갖고 있는지, 논개의 행동을 통하여 자신의 어떤 점을 부끄러워하고 무엇을 반성하고 있는지 도저히 파악할 수 없습니다"라고 고백한다면 교사는 어떻게 시원스런 대답을 해줄 수 있을 것인가. 교사 자체가 신이 나서 가르칠 수 없다면 그 수업은 실패한 것이나 다름없다. 따라서 이 단원에 관한 한 교과서 집필자들이 기대한 학습활동이 제대로 전개되지 못할 것이며 학습목표의 도달도 미완인 채 끝나기 십상이다. 그러나 절대로 이 책임을 교사나 학생에게 떠넘길 수는 없다. 그 근본 원인은 제재 선정의 잘못에 있기 때문이다.

자세한 사정을 모른 채 교과서에만 매달리는 학생들은 한용운이 이렇게 골치아픈 시를 쓴 사람이라고 오인할 것이며 훌륭한 시인이라는 한용운이 이 정도면 다른 한국 시인의 시는 읽어 보지 않아도 뻔한 일이라고 생각할지 모른다. 더 나아가 시는 결국 몽롱한 언어를 조종하여 의미도 통하지 않는 모순에 가득 찬 소리를 늘어놓는 것이라고 오해할지 모른다. 이렇게 되면 이 시의 교육이 가져오는 폐해는 보통 큰 것이 아니다. 시교육이 시에 홍미를 갖게 하기는커녕 시에 혐오를 갖게 한다면 차라리 시를 가르치지 않는 것이 더 나을지 모른다. 교과서에 수록할 시의 선정에 신중을 기해야 할 이유가 바로 여기에 있는 것이다.

제2부

시인의 정신과 감각

환상의 지도에서 존재의 탐색까지

—박목월론

1. 박목월 시의 기본구조

박목월의 초기시가 자연을 중심 소재로 삼았다는 점은 이미 많은 사람이 지적한 사실이다. 그 자연은 객체로 실재하는 대상이 아니라 시인의 주관에 의해 변형되거나 재구성된 자연이다. 그것은 시인의 심정과 긴밀하게 연결되어 있다. 그의 초기시에는 가늘게 사라지는 길의 영상이 많이 보이는데 이것은 그의 심정 양태를 그대로 반영한다. "길은 외줄기/남도 삼백리"(「나그네」)라든가, "가느른 가느른 들길에/머언 흰 치마자락"(「가을 어스름」), "아지랑이 어른대는/머언 길을"(「春日」) 등 그의 초기시 어느 시편에서나 가늘게 사라지는 길의 영상을 쉽게 찾아볼 수 있다.

가늘게 사라지는 것, 멀리 홀로 떨어져 있는 것, 그러한 자연 정경이 시인에게 포착되었다는 것은 그의 내면이 바로 그러하다는 것을 단적으로 드러낸다. 그는 자신의 내면을 대변할 수 있는 정경만을 선별하고 그것을 재조정하여 그의 시에 투입하였다. 그의 심정이 이렇게 유약하게 소멸하는 모습으로 위축된 것은 시인이 처한 상황의 중압감 때문일 것이다. 말하자면 현실의 광포한 힘에 대처할 길 없는 자아는 그의 내면을 가늘게 사라지는 길의 영상으로 대치한 것이다.

자아의 유약성과 고립성으로 요약될 수 있는 내면적 특징은 그의 후기시에까지 지속적으로 나타난다. 일제 강점기의 시대적 중압감은 해방 후 사라졌지만 전쟁의 혼란을 거치고 경제적 난관을 헤쳐가야 하는 가장으로서의 의무감, 각박한 삶 속에서도 자기 자리를 지켜야 한다는 시인으로서의 결벽성은 언제나 시인을 둘러싼 외부 상황을 억압적 힘으로 생각하게 했으며 현실의 중압감에 대처하기 힘든 자아는 늘 자신을 약하고 외로운 존재로 생각했던 것이다. 흔히 그의 시가 초기에는 자연을 대상으로 하다가 그것이 가족과 자신의 삶에 대한 관심으로 변하고 후기에는 내면의식이나 인간 존재에 대한 탐구로 변화하였다고 보는데, 그러한 변화의 과정 속에서도 그대로 지속된 것은 바로 스스로의 나약함과 외로움을 민감하게 의식하는 태도였다.

초기시의 경우 외롭게 떨어져서 가늘게 사라져 가는 자연 심상들은 풍족하고 충만한 근원의 상태에서 멀리 떨어진 것이기 때문에 그것은 정신의 갈증을 불러일으킨다. 이 정신의 갈증이 심화될 경우 그것은 공백감을 메우기 위한 환상의 창조로 전환된다. 그것은 그의 초기시에서 보랏빛 석산에 청노루와 암사슴이 깃들여 사는 자연의 신비로운 한 정점을 환상하는 것으로 현현되었다. 이 세계는 그야말로 "잡답(雜沓)한 인총(人叢)이나 생활의 현장과는"(김용직, 『正名의 美學』, 지학사, 1986, 199쪽) 멀리 떨어져 있는 내면적인 공간이다. 후기시에서 자신의 가족과 생활과 존재에 관심을 갖게 되자 자연의 신비경이 시에 계속 등장할 수는 없는 일이다. 그럴 때 후기시에서 내면의 공백감을 메우기 위한 장치로 선택된 것이 정밀한 시 구조와 함축적 어휘 선택의 방법이다. 말하자면 그는 작품으로서의 시, 예술로서의 시를 쓴다는 생각으로 자연의 신비경에 대응되는 환상을 창조하려 한 것이다. 예술로서의 시라는 환상 역시 잡답한 인총이나 생활의 현장에서 멀리 떨어진 것은 마찬가지다. 이것 역시 생활의 현장이 늘 그를 억압하는 힘으로 작용했다는 사실을 반증한다.

이제 그의 시 변화에 중요한 계기를 보여주는 몇 작품을 분석하면서 내면적 특성과 시 구조의 변화 양상을 검토해 보겠다.

2. 음악성 혹은 음성적 효과

강나루 건너서
밀밭 길을

구름에 달 가듯이
가는 나그네.

길은 외줄기
南道 三百里

술 익는 마을마다
타는 저녁 놀.

구름에 달 가듯이
가는 나그네.

—「나그네」 전문

이 시에 대해, 일제 말기에 쓴 것인데도 불구하고 그 당시 농촌의 피폐한 모습을 드러내지 않고 '술 익는 마을마다/타는 저녁놀'이라고 미화한 것은 당시 현실을 왜곡한 표현이라고 비판을 하는 경우가 있다. 초근목피로 연명하는 것이 그 당시 농촌의 실상이었을 텐데 어디에 술 익는 마을의 풍요로움이 있었겠느냐는 것이 비판의 골자다. 이것에 대한 반론으로 모방의 대상은 눈앞에 존재하는 일상적 현실만 있는 것이 아니라 이상적 현실도 있을 수 있다는 주장이 제기되기도 한다. 즉 「나그네」는 실제로 존재하는 현실을 모방한 것이 아니라 시인의 머릿속에 떠오른 당위적 현실의 모습을 담아 놓은 것이라는 해석이다.

그러면 과연 「나그네」는 일상적 현실이 아니라 이상적 현실의 모습을 모방한 것인가. 「나그네」의 전체 시행도 그렇고 마지막 구절도 그렇고 그것을 당위적 현실의 모습으로 보기에는 무리가 있다. 외줄기 길을 표표히 걸어 구름에 달 가듯이 가는 나그네의 모습, 그 나그네가 걸어가는 저녁 무렵의 노을과 무르익은 술 등이 낭만적 정취를 풍기기는 하지만 그것이 마땅히 그렇게 되어야 할 이상적 세계의 모습이라고는 생각되지 않는다. 이렇게 남도 삼백 리를 유랑이나 하면서 술잔이나 기울이는 것이 어떻게 이상적이고 가치 있는 삶이란 말인가. 이 시의 정경은 단지 암울한 시대를 살아간 시인 자신이 한순간 떠올렸던 낭만적인 상상으로 해석하는 것이 좋을 것이다. 아무리 참담한 상태에서도 사람은 아름다운 꿈을 꿀 권리가 있고 낭만적인 몽상을 즐길 권리가 있다. 그리고 그러한 상상이 현실의 고통을 조금 덜어주기도 한다. 현실이 고통스럽다고 신음으로 가득한 시만 쓴다면 그것 또한 얼마나 살벌할 것인가. 그러므로 진정으로 「나그네」를 옹호하고자 한다면 모방론의 관점에서 벗어나서 다른 관점을 취하는 것이 바람직한 일이다.

이 시는 단적으로 말해서 음악성을 추구한 시이다. 박목월이 자신의 초기 시작 과정을 밝힌 「內省的 思慕」라는 글을 보면, 그는 하나의 선명한 이미지나 한 줄의 시상을 설정해 놓고 운율미와 음악적 효과를 고려하여 전체 시를 구상했음을 알 수 있다. 목월은 시를 퇴고할 때마다 "서정시에서 말 한개 밉게 놓이는 것은 용서할 수 없다"는 지용의 추천사가 생각났다고 술회하였는데, 바로 이것이 시어와 운율에 대한 강박관념으로 작용했던 것이다.

위의 시 「나그네」를 지배하는 것도 바로 시어와 그것의 음악적 효과에 대한 관심이다. 여기 나오는 시어들을 보면 거의 모든 시어가 유성음으로 되어 있다. '익는'처럼 자음이 나오는 경우에도 발음할 때는 유성음으로 동화되고 앞에 '술'이 연결되면 이 대목의 음악적 울림은 더욱 고조된다. 격음은 '타는'에 딱 한 번 나오는데 이 말은 저녁놀이 붉게 물드는 정경을 강하게 나타내야 했기에 선택되었을 것이다. 이처럼 이 시는 의미구조보다 음성구조가 더 상위에 놓인 작품이다. 따라서 이 시를 비판하려면 주제의식보다 음성적 효과를 더 많이 고려한 작시법 자체를 문제삼아야지 일제 말 현실이 궁핍했는데 왜 현실을 외면했느냐고 비판하는 것은 범주를 혼동한 것이다.

요컨대 이 시는 유성음의 연속에 의해 유유한 흐름을 보이는 음악적 선율과 나그네의 유유한 유랑의 모습이 정연한 일치를 보이도록 구성한 심미적 구조에 중점이 놓인다. 시어 하나 하나는 음악적 울림을 충분히 함유하면서 그것을 적절히 분출하고 있다. 그래서 이 시의 단어 하나라도 다른 것으로 바꾸면 시의 가치는 반감되고 만다. 예를 들어 '강나루'를 '강언덕'으로 바꾸거나 '밀밭'을 '뽕밭'으로 바꾸어 보라. 시가 아주 이상해지는 것을 느낄 수 있을 것이다. 그만큼 이 시는 음악적 효과에 초점을 맞춘 것이다.

이뿐만 아니라 그의 초기시에 사용된 대다수의 시어들이 의미보다는 음악성에 비중을 두고 선택된 것들이다. 예를 들어 「청노루」의 마지막 구절, "청노루/맑은 눈에//도는/구름"에서 '청노루'도 푸른 빛깔보다는 '청'이라는 말이 갖는 음악적 울림 때문에 선택되었을 것이고 '도는 구름' 역시 형상보다는 말의 아름다움 때문에 선택되었을 공산이 크다. 「청노루」의 "머언 산 청운사", 「산도화 1」의 "산은/구강산", "사슴은/암사슴" 같은 구절도 음악적 효과를 노리고 구성된 구절임이 틀림없다.

그러면 이러한 음악적 울림을 통해 시인이 보여주고자 한 궁극의 것은 무엇인가? 그것은 앞에서 말한 대로 현실과 절연된 환상 세계의 신비로운 아름다움이다. 환상의 아름다움을 그려내기 위해 현실 반대편에 있는 자연이 시의 소재로 선택된다. 따라서 박목월 초기시의 자연은 대부분 가상의 공간으로 설정된다.

머언 산 青雲寺
낡은 기와집

山은 紫霞山
봄눈 녹으면

느릅나무
속ㅅ잎 피어나는 열두 굽이를

青노루
맑은 눈에

도는
구름

—「青노루」 전문

이 시에서 멀리 떨어진 청운사의 낡은 기와집이 배경으로 제시되는데 멀리 떨어진 절의 기와가 낡은 것인지 어떤 것인지 멀리서는 알 수가 없다. 여기서 낡은 기와집은 퇴락한 절의 고적한 분위기를 연상시킨다. 그것은 시간적으로 공간적으로 현실의 삶에서 멀리 떨어진 격절의 공간을 의미한다. 그곳에 봄이 와서 눈이 녹자 열두 굽이 온 골짜기마다 느릅나무에 속잎이 피어난다. 청운사와 자하산에 머물던 화자의 시선은 갑자기 공간적으로 확대된다. 문맥에는 생략되었지만 화자의 시선은 열두 굽이 골짜기에 피어나는 신생의 잎새만이 아니라 봉우리 위에 떠도는 구름에까지 펼쳐졌을 것이다. 그리고 그 확대된 시선은 다시 갑자기 한 마리 청노루의 눈동자로 축소되면서 그 눈동자에 구름이 돈다고 말한다. 원경에서 근경으로 넓은 곳에서 좁은 곳으로 이동하는 공간의 전이 과정은 그야말로 환상적이다. 그 환상의 세계 속에 비로소 깨끗한 아름다움이 존재한다. 청노루의 눈이 '맑은 눈'인 것은 당연한 일이다.

이러한 설명은 「산도화 1」에 그대로 적용될 수 있다. 「산도화 1」에서는 시야가 확대되지 않고 보랏빛 석산에 산도화가 두어 송이 버는 것으로 고정되었다. 새봄을 맞은 신생의 공간에 '옥 같은 물'이 흐르고 그곳에 암사슴이 발을 씻는다. 현실과 절연된 환상의 공간이기에 비로소 '옥 같은 물'이 존재하는 것이고, 그곳에서 발을 씻을 수 있는 존재는 신생과 순수의 표상인 '암사슴'뿐이다. 이 암사슴의 이미지는 청노루와 통하고 「삼월」에 나오는 '암노루'하고도 통한다.

「윤사월」에 나오는 '눈먼 처녀'도 이와 유사한 의미를 지닌 것이다. 여기서의 눈먼 처녀를 육신의 눈이 먼 대신 본질을 포착하는 능력을 획득한 존재로 해석한 경우도 있는데(오세영, 『한국현대시 분석적 읽기』, 고려대학교 출판부, 1998, 436쪽) 이 눈먼 처녀가 엿듣는 것은 고적한 가운데 들리는 꾀꼬리 소리일 따름이지 그 이상도 이하도 아니다. 그녀는 이 아름다운 소리가 도대체 어디서 나나 하고 문설주에 기대서 꾀꼬리 소리를 듣고 있는 것이다. 지금 펼쳐진 정경은 봄에서 여름으로 넘어가는 윤사월의 적막하고 무료한 정경이다. 사람이라고는 없고 외딴 봉우리에 송화가루 날리고 꾀꼬리만 울고 있다. 그때 그 소리를 듣는 사람이 눈먼 처녀다. 이 눈먼 처녀는 현실과 단절되어 있다는 점에서 '암사슴', '청노루'와 통한다. 그런 점에서 그는 순결성을 간직하고 있는 내성적 존재다. 그러기에 방문을 열어 젖히고 당당히 듣는 것이 아니라 문설주에 귀를 대고 엿들을 뿐이다. 이 대목은 현실과 단절된 순결한 존재가 보여주는 신비로운 행동의 묘사이기도 하지만 한편으로는 자아의 유약성과 고립성을 암시하는 장면이기도 하다.

3. 이미지 조성과 경상도 방언

박목월의 실제적인 두 번째 시집인 『蘭·其他』(신구문화사, 1959)에 수록된 시편들은 초기의 시편과는 확실히 다른 양상을 보인다. 사람은 현실과 부딪치면서 살기 마련인데 언제까지나 현실과 절연된 환상적 자연의 모습을 계속 시로 보여줄 수는 없는 노릇이다. 따라서 『산도화』(1955) 이후의 시편들은 그의 실제 체험이 반영된 경향을 보여준다. 그 중에는 아우의 죽음을 체험하고 쓴 「下官」 같은 시도 있고 가장으로서의 실생활이 투영된 「층층계」, 「당인리 근처」, 「冬庭」 같은 시도 있다. 이렇게 생활과 부딪치면서 그의 시는 중요한 변화를 겪게 되는데 그것은 음악적 효과에 대한 관심이 약해지면서 이미지에 관심이 기운다는 점이다. 시인 자신도 자작시 해설에서 '이미지가 가락보다 소중함을' 깨달았다고 고백한 바 있다(『보라빛 소묘』, 신흥출판사, 1958, 71쪽). 다음의 작품은 이미지의 실험을 보인 작품으로 그의 시가 음악성의 단계에서 벗어나는 모습을 잘 보여주는 예이다.

> 그는/앉아서/그의 그림자가 앉아서//내가/피리를 부는데/실은 그의/흐느끼는 비오롱 솔로//눈이/오는데/옛날의 나직한 종이 우는데//아아/여기는/明洞/寺院 가까이//하얀/돌층계에 앉아서/추억의 조용한 그네 위에 앉아서//눈이 오는데/눈 속에/돌층계가/잠드는데//눈이 오는데/눈 속에/여윈 薔薇 가난한 가지가/속삭이는데//옛날에/하고/내가 웃는데/하얀 길 위에 내가 우는데//옛날에/하고/그가 웃는데/서늘한 눈매가 이우는데//눈 위에/발자국이 곱게 남는다/忘却의 먼/地平線이 저문다.
>
> —「廢園」 전문

이 시는 6·25 전쟁이 끝난 후 서울에 올라와 파괴된 거리와 폐허가 된 이화여고 교정을 보면서 자신의 쓸쓸하고 서글픈 심정을 노래한 작품이라고 한다. 전체적인 형식은 초기시의 절제된 압축미를 그대로 유지하면서 다각적인 이미지를 통하여 자신의 감정을 은밀히 풀어 넣는 방법을 취하고 있다. 이 시의 기본적 정서를 이루는 것은 회상인데 그 회상은 눈에 보이지 않는 것과 눈에 보이는 것, 과거와 현재, 환상과 현실을 이어주는 가교 구실을 한다. 그리고 그 정조는 예외 없이 모두 이미지로 구체화된다. '그, 그의 그림자, 피리, 비오롱, 종, 돌층계, 그네, 눈, 장미 가지, 하얀 길, 서늘한 눈매, 발자국, 망각의 지평선'으로 이어지는 이미지의 연쇄는 과거와 현재, 환상과 현실을 이어 주면서 화자의 정서를 드러낸다. 이 시에도 음악적 요소는 물론 들어 있고 그것도 그 나름의 기능을 충분히 수행하지만 이미지가 더 중심적인 위치에서 시를 주도하고 있는 것이다. 그리고 현실과 절연된 환상의 아름다움보다는 실제의 삶에서 오는 짙은 상실의 감정이 전면에 드러난다. 그만큼 삶의 문제가 시인의 의식을 깊이 타격한 것을 짐작할 수 있다.

이 시기의 작품인 「蘭」도 음악성에 대한 고려는 거의 하지 않은 상태에서 자신의 내면을 이미지로 드러내려는 특징을 보인다. 이것은 『晴暈』(1964)의 시편인 「우회로」, 「가정」, 「나무」 등에 이르기까지 그대로 이어진다. 그런데 참으로 묘한 것은 『경상도의 가랑잎』(1968)에 이르러 경상도 방언과 결부되어 음악성이 다시 살아난다는 점이다. 이것은 그의 초기시를 지배하던 음악적 효과에 대한 관심이 내면 깊이 잠복해 있다가 되살아난 것이라 할 수 있다. 그것은 유약하고 고적한 자아의 심경과 짝을 이루며 소멸되지 않을 요소로 자리잡는다. 그만큼 한 시인이 자기 초기시의 영역을 벗어난다는 것은 어려운 일인지 모른다.

아배요 아배요
내 눈이 티눈인 걸
아배도 알지러요.
등잔불도 없는 제삿상에
축문이 당한기요.
눌러 눌러
소금에 밥이나마 많이 묵고 가이소.
윤사월 보리고개
아배도 알지러요.
간고등어 한손이믄
아배 소원 풀어드리련만
저승길 배고플라요
소금에 밥이나마 많이 묵고 묵고 가이소.

여보게 萬述 아비
니 정성이 엄첩다.

이승 저승 다 다녀도
인정보다 귀한 것 있을락꼬,
亡靈도 應感하여, 되돌아가는 저승길에
니 정성 느꺼느꺼 세상에는 굵은 밤이슬이 온다.

—「만술아비의 祝文」 전문

「만술아비의 祝文」, 「이별가」, 「노래」, 「月色」 등의 시에 나타난 경상도 방언은 한동안 그의 시에 이미지 뒤로 가라앉았던 음악성을 다시 되살려준다. 동시에 이 방언은 박목월의 시적 탐구가 여러 가지 방향으로 지속되고 있음을 알려주는 징표이기도 하다. 이 시들은 지방적이고 토속적인 정서를 드러내며 그것에 상응하는 시어와 가락을 구사하고 있다. 경상도 방언은 부분적으로 시에 도입되었을 뿐 적극적인 차원에서 시어로 등장한 예가 그때까지 없었다. 그런데 박목월은 그때까지 주변적이라고 생각해 온 지방어를 과감하게 시의 중심부로 끌어들임으로써 어조의 면에서만이 아니라 주제의 면에서 새로운 경지를 열어 보인 것이다. 그리고 박목월 개인으로서는 이러한 작업을 통하여 그의 삶의 뿌리를 확인하고 살아간다는 것의 의미를 새롭게 인식하려고 했는지 모른다.

「만술아비의 祝文」에서 경상도 방언은 이 말을 하는 화자의 성격을 단숨에 드러낸다. 투박한 경상도 말을 그대로 토로하는 화자는 분명 못 배우고 가난한 농촌 사람일 것이다. 그러면서도 그는 자기 생각과 감정을 소박하게 드러내는 진솔성은 지닌 인물이다. 이러한 화자의 성향은 '내 눈이 티눈'이라는 언술 내용과 절묘하게 부합된다. 이 만술아비의 육성을 사실적으로 복원한 첫 세 행은 일순간에 독자들을 경상도 어느 시골 마을의 가난한 제사상 앞으로 이동시키는 놀라운 효과를 가져온다. 만일 '아버지 아버지/제가 문맹인 걸/아버지도 아시지요'라고

썼다면 그러한 효과는 전혀 기대할 수 없게 되었을 것이다. 마찬가지로 「노래」 같은 시의 방언도 가난과 고통으로 얼룩진 삶의 국면을 암시하며 각박한 삶 속에서도 생의 의지를 굽히지 않았던 고모의 생활 태도를 떠올리게 한다. 그것은 "皮紙 같은 얼굴들이/히죽히죽 웃는"(「皮紙」) 생토(生土)와 같은 고향의 모습으로 집약된다.

앞의 「폐원」에서 보던 서구적이고 이국적인 이미지와 시어들이 여기서는 토속적인 방언으로 180도 방향 전환을 보이고 있다. 그는 도시적 지성에서 눈을 돌려 고향의 토속적 삶 속에서 자신의 실존의 위상을 확인하려 한 것이다. 그 확인과 탐색의 궤적이 이들 시편으로 결정되어 나타났던바, 이것은 박목월 시의 한 진경이자 우리 시의 이채로운 성취였다. 그러나 박목월이 토속성, 그리고 음악성과 결부된 경상도 방언의 시들만 집중적으로 쓴 것은 아니다. 그는 그것과는 별도로 이미지의 탐구, 내면의 탐색, 존재에 대한 명상을 계속해 갔다. 『경상도의 가랑잎』 시기에 이미 또 하나의 기둥으로 자리잡고 있었던 이미지와 존재의 탐구가 「砂礫質」 연작으로 이어지고 시집 『無順』의 시편으로 결정되어 나타나는 것이다.

4. 존재의 인식과 탐구

갈밭 속을 간다.
젊은 詩人과 함께
가노라면
나는 혼자였다.
누구나
갈밭 속에서는 일쑤

同行을 놓치기 마련이었다.
成兄
成兄
아무리 그를 불러도
나의 음성은
내면으로 되돌아오고
이미
나는
갈대 안에 있었다.
바람이 부는 것도 아닌데
갈밭은
어석어석 흔들린다.
갈잎에는 갈잎의 바람
白髮에는 白髮의 바람
젊은 詩人은
저편 기슭에서 나를 부른다.
하지만 이미 나는
응답할 수 없었다.
나의 음성은
내면으로 되돌아오고
어쩔 수 없이 나도
흔들리고 있었다.

—「同行」 전문

이 시는 「이별가」가 보여주던 주제를 경상도 방언을 배제하고 사색과 이미지를 통하여 반복한 것이라 할 수 있다. 『경상도의 가랑잎』에는 이처럼 「이별가」의 세계와 「동행」의 세계가 병존하고 있다. 「이별가」에서는 저승을 향한 너와 이승에 남은 나 사이에 소리가 전달되지 않는다. 오직 바람만이 갈밭 사이를 지나 이승과 저승을 오갈 뿐이다. 그리고 바람 같은 인연이 이승과 저승을 넘어 이어질 뿐이다. 이처럼 이 시는 죽음의 문제와 존재의 문제에 관심을 보이고 있다. 그러나 '니 뭐락카노'로 이어지는 사투리의 음악성이 너무 커서 거기 담긴 의미는 희석되고 있는 형국이다. 거기에 비해 사투리가 배제된 위의 시는 시인이 말하고자 하는 의미를 비교적 뚜렷하게 드러내고 있다.

시인은 젊은 시인과 더불어 갈밭을 걷고 있다. 여기서의 갈밭은 실제의 갈대밭으로 보기보다는 「이별가」에 설정된 대로 우리들이 살아가는 삶의 공간을 암시하는 것으로 보는 것이 자연스럽다. 생의 공간 속에서는 누구나 동행을 놓치기 마련이며 젊은 시인과의 동행이 아니라 하더라도 모든 사람은 결국 혼자 남을 뿐이다. 그러기에 아무리 상대방을 불러도 그 음성은 상대방에게 전달되지 못하고 자신의 내면으로 되돌아온다. 모든 존재가 고립되어 있다는 인식이야말로 그의 초기시부터 계속 이어져 오던 내면적 특성이다. 그리고 모든 존재는 죽음 앞에, 혹은 생의 냉엄한 이법 앞에 무력할 따름이다. 유약하고 고립된 자아의 모습이 이 시에도 그대로 나타난다. 바람이 불지도 않는데 갈밭이 흔들리는 것처럼 갈밭의 일부가 되어 버린 나 역시 흔들린다. 모든 존재는 고립된 상태로 어디에 의지할 곳 없이 삶의 세파에 흔들릴 뿐이다. 젊은 시인이 저편에서 나를 부르지만 나는 응답하지 못한다. 젊은 시인은 젊은 시인대로 나는 나대로 바람에 흔들리며 홀로 있을 뿐이다.

이 시에 반복되는 구절들, 즉 '나는 혼자였다', '나의 음성은 내면으로 되돌아온다', '나도 흔들리고 있다'는 시구는 인간과 인간의 단절, 젊음과 늙음의 단절, 삶과 죽음의 단절을 함축적으로 드러낸다. 「만술아비의 축문」에서 이승 저승 다 다녀도 인정보다 귀한 것이 없다며 망자와 생자 사이에 교감이 일어나던 토속적 융합의 장면은 이 시에서 찾아볼 수 없다. 일방적으로 부르고 스스로 흔들리는 이미지가 인간의 고립과 단절을 환기할 뿐이다. 이처럼 음악성이 배제된 이미지의 조합은 토속성과는 아주 다른 현대적 시구조의 완성으로 이어진다. 이것은 어느 면에서 인간의 의미가 배제된 냉정하고 견고한 결정물의 창조이기도 하다. 다음의 시는 '싸늘한 질서'로 표상되는 이미지 구사에 의해 현대성이 더욱 철저하게 획득된 예다.

시멘트 바닥에
그것은 바싹 깨어졌다.
中心일수록 가루가 된 접시.
정결한 玉碎(터지는 梅花砲)
받드는 것은
한 번은 가루가 된다.
外廓일수록 原型을 意志하는
그 싸늘한 秩序.
破片은 저만치
하나.
냉엄한 絶叫.
모가 날카롭게 빛난다.

—「砂礫質 I 하나」 전문

사력질이란 말은 자갈밭 같은 모습이란 뜻이다. 이것은 시인이 살아온 세상이, 그리고 앞으로 걸어갈 죽음까지의 길이 자갈밭 같은 모습이라고 생각하고 생에 대한 시인의 사색을 표현하려는 생각에서 연작시 제목을 정한 것으로 추측된다. 생에 대한 사색의 표현을 '사력질'이라는 난해한 단어로 내세운 것에서부터 새로운 시를 써보겠다는 기획 의도를 엿볼 수 있는데 그 연작의 첫 작품이 견고한 이미지로 구성된 위의 작품이다.

이 시에는 목월의 시에 그토록 빈번하게 모습을 드러내던 화자 '나'가 감추어져 있다. 중립적 화자의 위치에서 대상의 외곽만을, 그 이미지만을 제시할 뿐이다. 목월의 시는 한자어를 적재 적소에 배치하여 의미의 함축을 꾀하는 경우가 많은데 위의 시에서도 한자어는 그 자체의 형상성과 더불어 다양한 의미를 포괄하는 압축적 이미지의 구실을 충분히 감당하고 있다. 예를 들어 「比喩의 물」 같은 시에서도 順理, 進路, 潛跡, 現身 등의 한자어를 적절히 구사하여 하나의 시어 속에 다층적 의미를 엮어 넣었는데 위의 시도 玉碎, 外廓, 原型, 絶叫 등의 시어가 단어 자체의 뜻을 넘어서는 시적 의미를 실현하고 있다. 그것은 초기시에서 추구하던 음악성의 대치물이자 시각적 이미지의 단순성을 넘어선 어떤 관념적 이미지의 집적물이라고 볼 수 있다.

이 시는 사물의 사물다움을 추구하기 위해 대상의 일상적 디테일을 제거하고자 했던 인상파 화가의 묘사법을 연상시킨다. 깨어진 접시의 일상적 의미를 제거해 버리고 그것을 하나의 사물로 볼 때 비로소 '정결한 옥쇄'라는 말을 얻을 수 있다. '옥쇄'는 원래 옥이 부서진다는 뜻인데 일상적 표현에서는 절의를 지키고 공명을 세우기 위해 생명을 버린다는 뜻으로 전의되어 사용된다. 이 시에서는 절의나 공명과는 관련이 없고 다만 질서 있고 깨끗한 모습으로 존재를 마감하였다는 뜻으로 사용되었다. 중심 부분은 가루가 되고 가장자리 부분은 원래 모습을 어느 정도 유지하면서 깨어지는 모습이 질서가 있고 정결하다는 뜻이다. 중심과 외곽이 뒤바뀌거나 무질서하게 깨어진다면 그것은 시인의 관심 대상이 못 되었을 것이다. 여기에는 사람의 마지막 모습도 이렇게 정결하고 질서가 있어야 할 것이라는 의식이 깔려 있다. 말하자면 탈인간적으로 보이는 이미지의 창조 배면에 인간적인 정감이 어느 정도 감추어져 있는 것이다.

그러나 이러한 표현의 배면에 인간적 정감이 드리워져 있다 하더라도 그것이 구강산 옥 같은 물에 발을 씻던 암사슴의 이미지나 청노루 맑은 눈에 도는 구름의 이미지와 커다란 거리를 지니는 것은 사실이다. 여기에는 누구든지 공유할 수 있는 환상으로서의 아름다움이 제거되어 있다. 다만 '정결한 옥쇄'와 '싸늘한 질서'로 표상되는 기하학적 미의식이 작용하고 있을 뿐이다. 현실과 단절된 상태에서 맑고 깨끗한 상태를 추구한다는 것은 동일하지만, 환상임을 드러내어 현실로 돌아올 문을 열어 놓았던 자연미의 세계와는 달리, 깨어진 접시가 갖는 기하학적 미의 세계에는 싸늘하고 정결한 대상만이 있을 뿐 현실로 통하는 문은 닫혀져 있다. 모가 날카롭게 빛나는 파편 하나가 실존의 냉엄함을 표상하고 있을 뿐 인간적 훈기는 찾아보기 힘들다. 이것이 「無限落下」, 「빈 컵」, 「砂礫質」 계열의 시가 갖는 특징이다.

여기서 박목월 일생의 시작을 돌이켜볼 때 삶의 현장으로 가장 가까이 다가왔을 때 쓴 작품이 가장으로서의 힘겨움을 표현한 가족애적 작품군과 경상도 방언을 사용한 토착적 정서의 작품들임을 알 수 있다. 그리고 그런 경우에도 박목월 시인이 자신의 울타리를 벗어나 타인의 삶에 별로 관심을 기울이지 않았음도 감지하게 된다. 십구문반의 신발을 신고 눈과 얼음의 길을 걸어, 굴욕과 굶주림과 추운 길을 걸어 아버지가 왔다고 고백하며 강아지같이 어린 자식들에게 다사로운 애정을 표현한 작품은 여럿 있지만, 그 시대의 다른 아버지들이 어떤 고생을 하며 살고 다른 아이들이 어떻게 커 가는지 그의 시에 표현된 예는 없다. 향토적 친밀감을 자아내는 토착어를 사용하여 토착적 정서를 드러내긴 했지만 본인과 무관한 한국인의 삶의 모습이 시에 표현된 예도 거의 없다. 그렇기 때문에 그의 방언 사용도 시를 쓰기 위한 방법적 탐구의 결과가 아니었나 하는 생각까지 든다. 그것은 토속어의 사용 역시 '싸늘한 질서'로 표상되는 예술적 창조의 방법론으로 볼 수 있지 않겠느냐는 이야기다. 그렇다면 그의 시세계는 가족에 대한 사랑과 가장으로서의 고민을 표현한 몇 편의 작품을 제외하면 삶의 현장에서 유리된 유미주의적 세계에 집중되었다는 결론에 도달한다.

얘기가 여기까지 이르면 앞에서 소개한, 「나그네」가 당대 현실을 왜곡했다는 비판보다 더 본질적인 비판을 제기한 것이 아니냐고 반문할지 모른다. 그리고 앞에서는 「나그네」의 음악적 아름다움을 들어 그 비판의 부당함을 비판하더니 끝에서는 박목월 시의 유미주의적 고립성을 지적하는 것은 앞 뒤가 모순되는 것이 아닌가 반문하는 사람도 있을 것이다. 여기에 대해 비평가적 양심을 걸고 정확히 말하면 사정은 이렇다.

「나그네」 한 작품을 보면 그것은 분명 아름다운 작품이고 당대 현실을 몰각한 점이 있다 하더라도 그 아름다움은 결코 사상되지 않는다. 그러나 박목월 전체 시작업을 놓고 볼 때, 그가 유미주의의 자기 중심적 세계에 사로잡혀 구체적인 인간 현실에 대해 진지한 관심을 기울이지 않았다는 점은 충분히 비판받을 만하다. 그런데 여기서 더욱 중요한 것은 박목월에 대한 그런 비판적 시각에도 불구하고 그것이 「나그네」나 「윤사월」의 아름다움을 조금도 감소시키지 않는다는 점이다. 인간 현실을 떠난 아름다움도 얼마든지 존재하기 때문이다. 이 점을 혼동하는 것이야말로 범주 오류라 할 것이다.

김수영 시정신의 이원성과 그 계승

—김수영론

1. 김수영 논의의 등차

일정한 운율과 형식에 의거해서 시인의 감정을 표현해 온 서정시의 연원은 매우 오래되었다. 처음에는 악기를 연주하면서 시를 음송하다가 예술이 분화되면서 시는 음악으로부터 분리되어 정서를 표현하는 독자적 양식으로 정착되었다. 유럽의 서정시는 19세기 낭만주의 시대에 이르기까지 문학의 꽃으로 추앙받으며 도도한 위세를 자랑하였다. 20세기에 들어서면서 유럽 사회는 자본주의 성숙기를 맞게 되고 그에 따라 다채로운 변화의 징후를 드러낸다. 이것은 문화와 예술 방면에도 큰 영향을 끼쳐 문학의 영역내에서도 커다란 변화가 일어나기 시작했다. 20세기에 들어와서 시도되고 형성된 문학계의 새로운 움직임을 통틀어 넓은 의미의 모더니즘이라고 부른다. 현대성을 추구하는 전위적이고 혁신적인 시의 조류는 기존 서정시의 틀을 뒤바꿔 놓을 정도로 놀랄 만한 변화를 일으켰다. 현대사회의 변화 양상에 따라 시의 스타일도 변하면서 그것에 대응하는 논리적, 미학적 기반을 구축하려는 이론화의 과정을 거치게 된다.

문학사에서는 20세기에 들어와 시도된 새로운 스타일의 시 경향을 미래주의, 다다이즘, 초현실주의, 주지주의, 이미지즘 등의 용어로 구분하여 설명한다. 이러한 새로운 근대적 시양식의 실험에 놓인 논리의 기저에는 기존 서정시의 보수적 전통에 대한 거부와 근대 문명사회에 대한 비판이라는 두 개의 중심축이 자리잡고 있다. 말하자면 이것은 시가 현대성을 수용하고 사회성을 끌어들여 새로운 단계의 문화생산물로 도약하려는 의지의 몸부림이었다. 이러한 도약의 의지가 형성된 데에는 시가 예전과 같은 정서 표현의 도식성에 빠져 있는 한 현대사회의 복잡성을 감당하지 못하게 되고 결국 시는 자멸하게 될 것이라는 위기의식이 작용한 것으로 보인다. 그런 점에서 20세기 유럽 시는 기존 서정시로부터의 이탈, 현대적이고 전위적인 새로운 시양식의 탐구, 주제의식 및 사상 면에서 사회비판정신의 적극적 수용 등 몇 가지 공통된 변화의 특징을 보이게 된다.

1930년대 모더니즘은 물론이고 해방 이후 50년대까지 우리나라에서 시도된 모더니즘적 시창작의 방향은 유럽에서 전개된 위와 같은 문학적 경향을 상당 부분 이식하고 차용한 것이었다. 물론, 모더니즘이라는 프리즘을 들이대지 않고 이상이나 김기림, 박인환, 조향, 김경린의 작품을 읽어 보면, 거기에는 한국문단의 나른한 보수적 기풍을 뚫고 새로운 전위성을 추구하려는 욕구를 발견할 수 있고, 전근대적 문학에 결코 자족할 수 없다는 전투적 작가의식 같은 것도 찾아낼 수 있다. 그러나 표면적으로 드러나는 새로움과 전위적 지향성을 유럽 모더니즘의 난만한 창작 경향 및 그 근저에 놓인 이데올로기적 지향과 비교해 보면, 우리의 것은 아류고 이식이고 차용에 불과하다는 결론에 도달하지 않을 수 없다. 그 이유의 하나는 모더니즘이 일정한 문화의 산물이라는 점 때문이다. 낭만주의적 시정신의 전통이 우뚝한 문화적 상황 속에서 그것에 대한 미학적 반발이 비판적 논리에 바탕을 두고 강렬한 양상으로 폭발된 것이 유럽 모더니즘이었다. 그러나 우리에게는 반발할 만한 서정시의 우람한 전통도 없었고 자본주의 성숙기의 모습을 대변하는 문명 사회의 단면도 없었을 뿐만 아니라 문명 비판이라든가 사회비판으로 나아갈 기본적 토대조차 마련되지 못했던 것이다. 따라서 그들의 노력은 기성 시단의 보수적 기풍에 약간의 지류를 형성하거나 우회로를 만드는 정도의 역할에 머무르게 되었다.

이처럼 불리한 문학적 상황 속에서 모더니즘에 발을 들여놓았다가 그것의 정체를 인식하기 위해서 여러 차례의 지적 모험을 벌이고 변화를 거치면서 그 나름의 독자적 시세계를 펼쳐간 사람이 김수영이다. 그는 분명 모더니스트이면서도 그것을 극복하려 했고 새로운 시를 모색하면서 그 안에 정치적 감각과 사회 문화적 인식을 포함시키려고 했다. 그뿐 아니라 비록 사후의 일이지만 후진들에 의해 그의 문학적 업적이 재평가되면서 70년대 이후 가장 영향력이 큰 시인으로 부상하는 문학사적 영예도 누리게 되었다. 요컨대 근대사회로 진입하여 여러 가지 변화와 혼란을 드러내는 한국사회 속에서 그 혼란에 대한 자의식을 누구보다도 민감하게 드러낸 시인으로 그의 위상이 확고해진 것이다.

이러한 김수영에 대한 평가는 대개 긍정적인 방향으로 기울어져 있지만, 그 긍정적인 방향 속에서도 전폭적인 지지를 보내는 쪽과 부정적인 견해를 내비치는 쪽이 있다. 대부분의 논자들은 김수영이 모더니티의 본질을 이해하고 그것을 비판적으로 다루어 보려고 했다는 데 동의한다. "그는 그 시절 유행하던 일부 모더니스트들의 표피적인 감각이나 관념, 서구 모더니스트들을 흉내낸 어설픈 포오즈 등을 배격한 대신, 구체적인 생활 현실 속에서 모더니티 자체의 본질을 새롭게 이해하고, 스스로의 문학을 통해 이를 비판적으로 다루어보고자 노력했다"[1]는 견해가 그러한 주장을 대변한다. 그러나 이 문제와 관련하여 일찍이 김윤식 교수는 김수영에 대해 대가적 기품을 갖는 데는 실패한 몸이 날렵한 모더니스트로 진단한 바 있다.[2] 과연 김수영이 새로운 것을 향해 재빠르게 몸을 날리는 스타일리스트인지 모더니즘을 이해하고 비판하려 한 근대성 인식의 선각자인지는 우리가 여기서 쉽사리 단언할 수 없다. 다만 이 두 견해가 거의 상반되는 자리에 놓여 있다는 사실은 인정해야 할 것이다.

김수영의 문학사적 위치에 대한 논의도 상당히 큰 관점의 등차를 보인다. 김수영의 문학사적 위치에 대해 "1930년대 李箱의 초현실적 불가해한 모더니즘 시가 50년대의 과도적 단계를 거쳐 60년대 김수영에 이르러는 명쾌한 논리적 정당성을 민중적 의식 속에 뿌리내린 참여시로 진일보했다"[3]고 말한 최동호 교수의 주장은 김수영의 문학사적 위치에 대한 일반적 견해를 집약한 것이라 할 수 있다. 하정일은 여기서 더 나아가 김수영이 근대성 문제에 대해 깊은 관심을 지니고 그만의 독특한 시각을 보여주었다고 주장하면서 김수영의 몇몇 중요 작품을 정밀하게 분석하여 새로운 주장을 제시하였다. 김수영은 도구적 이성을 벗어나 종합적 이성을 지향했으며, 정확한 자기 인식에 바탕을 둔 자기 성찰을 감행했고, 소시민성을 극복하여 내용과 형식이 조화된 민중 연대의 정신을 형상화하였는가 하면, 일상의 비속성을 극복할 가능성이 일상 속에 있음을 깨달아 일상과 혁명의 변증법적 인식에 도달하였음을 주장하였다.[4]

이러한 주장이 사실이라면 김수영은 우리 사회의 후진성을 벗어나 선구자적 위치에서 근대성에 대해 첨예한 인식을 보여준 위대한 문학

1) 김유중, 「김수영 시의 모더니티(1)」, 『국어국문학』, 119, 1995. 5, 328쪽.
2) 김윤식, 「김수영 변증법의 표정」, 『세계의 문학』, 1982. 겨울호.
3) 최동호, 「김수영의 시적 변증법과 전통의 뿌리」, 『문학과의식』, 1998. 여름호, 267쪽.
4) 하정일, 「김수영, 근대성 그리고 민족문학」, 『실천문학』, 1998. 봄호.

인으로 문학사에 기록되어야 마땅하다. 그러나 50년대와 60년대에 현존했던 어느 사회이론가나 인문학자에게서도 하정일이 언급한 수준의 탁월한 근대성 인식을 보여준 사례는 발견되지 않으며, 현재의 단계에서도 그런 성찰에 이르는 것은 매우 드문 일이라는 데 동의할 것이다. 근대성 인식의 높은 수준을 보여줄 토대가 마련되지 않은 마당에 천상에서 강림한 예언자처럼 김수영이 불쑥 그런 대단한 인식을 보여주었다는 것은 아무리 생각해도 납득이 되지 않는다. 요컨대 하정일의 주장은 근대성에 대한 90년대적 인식의 내용이 김수영 시 분석에 투영된 결과라 할 것이다.

같은 지면에 실린 김명인의 김수영론은 김수영 시에 대한 과도한 의미 부여를 일정 부분 비판하고 있어 하정일의 글과 대비된다. 김명인은 김수영이 보여준 '후진성'에 대한 혐오와 '현대성'에 대한 유토피아적 열망의 대립구조가 너무나 무매개적이며 주관적이며 추상적임을 비판하였다. 김수영의 현실인식은 '급진적 리버럴리즘의 프리즘'에 의한 것이지 자본주의의 제반 관계에 대한 과학적 인식에 바탕을 둔 구체적 노력의 결과가 아니라고 지적하며 김수영 역시 진정한 근대비판 능력의 결여라는 한국 모더니즘의 원천적 한계를 벗어나지 못했다고 보았다. 물론 김명인도 김수영 문학이 보여준 성과에 대해서는 긍정적인 반응을 보인다. 그러면서도 "한국 모더니즘에 사상성을 부여했다는, 혹은 날카로운 현실비판을 도입했다는 통상적인 평가는 상대적인 것일 뿐, 그의 현실인식 자체는 1960년대의 우리 현실에 대한 비판적 전망을 함축하기에는 절대적 용량에서 모자랐다"[5]고 비판한다. 이러한 그의 주장은 앞의 하정일의 주장과 정면으로 대립되며 최동호의 주장과도 상당 부분 충돌한다.

---

5) 김명인, 「그토록 무모한 고독, 혹은 투명한 비애」, 『실천문학』, 1998. 봄호, 233쪽.

2. 난해시의 전략과 두 개의 축

김수영의 시를 읽고 난해하다고 생각하지 않는 사람은 거의 없을 것이다. 김수영의 시를 읽으니 그 시의 내용이 머리에 쏙쏙 들어온다고 말하는 사람은 아마 한 사람도 없을 것이다. 그만큼 김수영의 시는 의미의 함축이 크다. 구체적으로 그의 작품을 해석하는 경우 분석자에 따라 아주 다른 견해가 도출되기도 하고 상반된 견해가 제시되기도 하고 열띤 토론과 논쟁이 벌어지기도 한다. 이것이 김수영 시의 특징이다. 그리고 이것은 많은 사람들을 김수영 시에 몰려들게 만든 매력의 하나이기도 하다.

한 번 읽어서 알 수 있는 시, 한 번 읽으면 외울 수 있는 시 중에도 물론 좋은 시가 많지만, 지적 호기심이 강한 사람에게 그런 시는 좀 싱겁게 비칠 수도 있다. 몇 번 거듭 읽고 머리를 한참 굴려야 비로소 그 뜻을 어렴풋이나마 짐작할 수 있는 시가 지적인 독자에게는 쾌감을 준다. 김수영의 시는 바로 그러한 지적 호기심과 지적 쾌감을 동시에 충족시켜 준 우리 시문학사의 중요한 자원이다. 이상의 경우는 지적 호기심은 불러일으켰지만 지적 쾌감은 주지 못하였다. 김기림은 지적 호기심도 일으키지 못하고 표현상의 새로움을 조금 보여주는 선에 머물렀다. 정지용은 어느 정도 지적 호기심과 쾌감을 충족시키기는 했지만 그것이 감각의 평면성에 그쳐 사상의 차원으로까지 이어지지 못했다. 그런데 김수영은 시에서 사상성이라든가 현실비판이 포용되는 측면도 꽤 두드러지게 보여주었고 그것이 지적 호기심과 지적 쾌락의 영역을 더욱 자극했던 것이다. 이것이 바로 박인환이라든가 김경린, 조향 등의 모더니즘 시와 구별되는 김수영 시의 독특한 개성이다.

김수영은 자신의 산문을 통하여 난해시와 관련된 이론적 배경을 고백한 바 있다. 그가 생각하기에 진정한 난해시는 새로움을 추구한 측면이 있느냐 없느냐에서 결정된다. 그 새로움은 세계에 대한 인식의 새로움, 언어 구사의 새로움, 이 두 측면을 다 포괄한다. 그런데 문학이 새로움만을 추구하여 극단화된다면 그것은 의미의 전달이라는 독자와의 기본적인 소통구조마저 상실할 수 있다. 따라서 일상적 의미와 새로운 시적 의미와의 조정이 필요하다. 이것을 김수영은 '의미를 이루려는 충동'과 '의미를 이루지 않으려는 충동'의 충돌로 보았다.

강웅식은 그의 박사학위 논문에서 김수영의 이런 발언이 앨런 테잇의 텐션 이론을 변용한 것이라고 파악하고 그것을 다시 김수영 시론에 나오는 '언어의 서술'과 '언어의 작용'이라는 대립항과 연결지어 김수영 시에 대한 흥미로운 분석을 보여주었다. "김수영은 이처럼 하나의 작품 안에 '언어 서술'의 측면과 '언어 작용'의 측면을 동시에 포섭하여 그 양자의 충돌을 통해 '긴장'과 '힘'을 유발시키는 방식을 자신의 시쓰기의 기본 전략으로 삼았다"[6]고 그는 보았다. 이것은 김수영 시에 접근하는 아주 좋은 독법이다. 그는 1960년대 초기의 김수영의 시가 '언어의 서술' 쪽에 기울어져 있고 그 시들이 시적 성취의 면에서 별다른 성과를 보이지 못했다는 지적을 하고 있는데 이것은 매우 중요한 사실을 지적한 것이다.

이것을 조금 바꾸어 말하면, 김수영의 경우 의미가 쉽게 드러나는 직설적 어법으로 구성된 시는 지적 호기심과 쾌감을 자극하지 못하는 아주 싱거운 시, 자신의 생각을 일방적으로 늘어놓는 수준 미달의 시가 되어 버린다는 결론에 도달한다. 심하게 말하면 김수영은 정상적인 시의 어법으로는 제대로 시를 쓸 수 없는 시인이다. 그는 이어령과의 불온시 논쟁에서 정치적 억압이 문학을 고갈시키는 원인이 된다며 진정한 정치적 자유가 보장되어야 문학이 활성화된다고 주장한 바 있다.[7]

---

6) 강웅식, 『詩, 위대한 거절』, 청동거울, 1998, 90쪽.

그러나 만일 그의 말대로 정치적 억압이 완전히 풀려서 책상 속에 숨겨 놓았던 그의 불온시가 자유롭게 발표된다면 그의 문학적 명성은 종언을 고하게 되었을 것이다. 왜냐하면 억압을 전제로 한 애매성의 요소가 없이 직선적인 언어의 서술을 이행할 경우 그는 긴장이 풀어진 수준 미달의 시를 남길 수밖에 없었을 것이기 때문이다.

김수영의 시 중 비교적 읽기 쉬운 것으로 알려진 몇 편의 작품을 보면 평이한 '언어의 서술' 사이에 '언어의 작용'이 개입하고 있음을 알 수 있고 그 미묘한 애매성이 거듭 시를 읽도록 유인하고 있음을 감지하게 된다. 예를 들어 「풀」에서 풀이 바람보다 빨리 눕고 바람보다 먼저 일어난다는 진술은 일상적 의미에서 이해가 가능하다. 그런데 풀이 바람보다 늦게 누워도 바람보다 먼저 일어난다는 그 다음의 진술은 앞의 진술을 뒤집는 것이어서 쉽게 이해되지 않는다. 이 부분의 해석을 위해 많은 연구자들이 동원된 것은 우리가 다 아는 사실이다. 과연 이 시가 그렇게 많은 사람들의 주목을 끌 정도로 가치 있는 작품이냐 하는 것은 이것과는 별개의 문제다. 우리는 다만 김수영이 사용한 '언어의 작용'이라는 책략이 많은 사람들을 끌어들일 정도로 주효했다는 사실을 인정하지 않을 수 없다.[8)]

그러면 「풀」은 구체적으로 어떤 의미구조를 지니고 있는 작품인가? 이 작품은 김수영이 세상을 떠난 후 지면에 발표된 유고이다. 김수영이 자동차 사고로 세상을 떠난 것은 1968년 6월 16일이다. 그리고 그 해 『현대문학』 8월호에 김수영 추모 특집이 마련되었고 거기에 「풀」이

7) 이 논쟁의 실상과 그 의미에 대해서는 정효구, 「이어령과 김수영의 '불온시' 논쟁」, 『20세기 한국시와 비평정신』(새미, 1998)이 충실한 분석을 하고 있다.

8) 김수영의 쉬운 시의 하나인 「눈」에 대해서도 비슷한 설명이 가능하다. 마당에 떨어진 눈이 죽음을 잊어버린 영혼과 육체를 위하여 새벽이 지나도록 살아 있다는 진술은 순백으로 빛나는 눈의 표상성에 비추어 그 뜻을 쉽게 알아차릴 수 있다. 그런데 그 다음 부분에 젊은 시인더러 밤새도록 고인 가슴의 가래라도 마음껏 뱉자고 말하는 부분은 그렇게 쉽게 이해되지 않는다. 바로 이런 의미의 불투명성 때문에 역시 많은 연구자들이 이 시의 해석에 몰려들었음은 앞의 경우와 다르지 않다.

유고로 발표되었다. 민음사에서 간행된 『김수영전집』(1981)에 의하면 이 작품의 제작 일자가 1968년 5월 29일로 밝혀져 있다. 따라서 이 작품은 김수영의 최후의 작품이라고 할 수 있다.

이 작품은 김수영의 대표작으로 알려져 있지만 '언어의 작용'이 두드러지지 않다는 점에서 그의 시의 일반적 경향과는 거리를 두고 있는 작품이다. 다시 말하면 김수영 시의 특징인 풍자나 야유의 어법, 반어와 요설의 기법이 이 시에는 보이지 않는 것이다. 흔히 이 시를 민중의 생명력을 노래한 시로 해석하여 민중의식이 반영된 작품으로 보는 경우가 많은데, 엄격히 얘기하면 김수영은 민중의식에 대한 자각이 분명했던 사람도 아니었고 민중의식을 담은 시를 많이 쓴 사람도 아니었다. 「풀」보다 조금 먼저 쓴 「의자가 많아서 걸린다」라든가 「원효대사」 등의 시를 보면 오히려 김수영다운 특징, 즉 '언어의 작용'이 활발하게 나타나고 있음을 확인하게 된다.

요컨대 이 「풀」이라는 작품은 김수영의 새로운 단계로의 전환을 예고하는 것이거나 아니면 또 한 차례의 김수영다운 퇴고의 과정, 즉 반어적·지적 포오즈로의 전환을 앞두고 있는 작품이라고 할 수 있다. 앞에서 말한 대로 이 시에도 '언어의 작용'에 해당하는 면이 없는 것이 아니다. 그런데도 전반적으로 의미의 일관된 구조를 견실하게 유지하고 있다는 점은 이 작품이 시작의 구조를 뒤집을 만한 퇴고의 과정이 필요한 작품이 아니라 그 나름의 짜임새를 충실히 갖춘 완결된 작품이라는 점을 깨닫게 한다. 따라서 이 작품은 김수영 시의 중요한 전기를 마련해 주는 변환의 단계에 선 작품으로 볼 수 있다. 그렇지만 그 변화가 몇몇 사람들이 생각하는 대로 민중주의로의 변화는 아닐 것이라고 나는 생각한다. '풀'은 곧 '민초'고 그것은 민중의 상징이라는 도식적 사고의 틀이야말로 김수영이 가장 배격하고자 했던 사항이다. 그는 다만 시의 복잡성에서 벗어나 단순한 양식의 울타리 안에 자신의 생각을 담아낼 수 있는 방법을 모색했는지 모른다. 그것은 이미 그의 시 「눈」(1966), 「절망」(1965), 「먼 곳에서부터」(1961) 등의 시에서 시도되었던 것이기도 하다. 그는 단순한 형식미 속에 생명의 존재 방식을 담아내고자 했을 것이다.

풀이 눕는다
비를 몰아오는 동풍에 나부껴
풀은 눕고
드디어 울었다
날이 흐려서 더 울다가
다시 누웠다

풀이 눕는다
바람보다도 더 빨리 눕는다
바람보다도 더 빨리 울고
바람보다 먼저 일어난다

날이 흐리고 풀이 눕는다
발목까지
발밑까지 눕는다
바람보다 늦게 누워도
바람보다 먼저 일어나고
바람보다 늦게 울어도
바람보다 먼저 웃는다
날이 흐리고 풀뿌리가 눕는다

—「풀」 전문

이 시는 3연으로 되어 있는데 1연은 상황의 설명이고 2연과 3연은 상황의 변화에 대처하는 풀의 움직임에 대한 서술이다. 1연은 상황의 설명이므로 완만한 리듬으로 시작하여 평이하게 끝난다. 그러나 2연과 3연은 같은 어구가 반복되면서 스타카토처럼 딱딱 끊어지는 느낌을 주면서 호흡의 긴박감을 불러일으킨다. 그것은 풀의 절도 있고 역동적인 움직임을 음성적으로 환기하는 역할을 한다. 따라서 이 시를 낭독할 때는 그러한 율격적 특징을 살려서 1연은 머뭇거리듯 천천히 읽고 2연과 3연은 강하고 단호한 어조로 조금 빠르게 낭독해야 할 것이다.

1연에는 '풀'과 '동풍'이라는 두 개의 대립항이 제시되어 있다. 1연의 풀은 '비를 몰아오는 동풍에 나부껴' 좌절과 시련을 겪는 존재로 그려져 있다. 풀은 '눕고' '드디어 울다가' 상황의 악화에 의해 '더 울다가' '다시 눕는' 과정을 겪는다. 각 단계의 어사는 풀에게 가해지는 시련이 점층적으로 심화된다는 사실을 알려준다. 더 울던 풀이 다시 누웠다고 했는데 우는 것과 눕는 것은 어떠한 차이가 있을까? 거센 동풍이 불어올 때 눕는 것은 풀로서는 당연한 일이다. 울음은 누운 다음에 온다. 자신이 무력하게 패배했다는 자책감이 울음을 불러일으킬 수 있고 자신은 이렇게 나약한 존재에 불과한가 하는 낭패감이 울음을 유발할 수 있다. 어떤 경우든 울음은 상황을 대타적으로 인식할 때 발생한다. 즉 풀은 우선 힘센 세력에 몸을 굽히고 누운 다음 자신의 처지를 생각하고 울었고 더욱 가혹해진 상황 때문에 한참을 더 울다가 다시 몸을 눕힌 것이다. 더 울다가 슬픔이 분노가 되어 몸을 솟구칠 수도 있을 터인데 풀은 다시 눕고 말았다. 여기까지의 문맥만 보면 풀은 지극히 무력하고 나약한 존재 같다.

그런데 2연에서 갑자기 전환이 일어난다. 2연의 첫행은 1연의 끝행을 이어받은 것이다. 표면적으로 보면 풀이 눕는 것은 상황에 순응하는 것인데 그것에 대한 시인의 독특한 해석은 풀의 존재성을 다른 차원으로 상승시킨다. 2연의 바람은 단순한 억압자가 아니다. 그것은 현재의 상황에서는 풀을 억압하는 세력이지만 결국은 그것도 언젠가는 '눕고 우는' 존재로 실추하게 될 제한적 존재로 제시된다. 지상의 모든 존재는 언젠가는 고통과 시련을 겪게 되어 있다. 지금은 풀과 바람이 대립적 관계에 있어서 바람이 억압자고 풀은 억압을 받는 존재다. 그러나 풀은 바람보다 더 빨리 눕고 더 빨리 울기 때문에 바람보다 먼저 일어날 수 있다. 시련과 고통에 먼저 접하기 때문에 가해자보다 먼저 그것에서 벗어날 수 있는 것이다.

3연에서는 2연에 제시한 시인의 해석을 더욱 확장하여 풀의 생명력을 더 높은 차원으로 상승시킨다. 3연의 첫행은 다시 1연 끝부분의 반복이다. 날이 흐리고 풀이 눕는 것은 상황이 악화되어서 한참을 더 울다가 억압에 굴복하는 것을 의미한다. 이번에는 풀의 눕혀지는 강도가 더 심해져서 '발목까지 발밑까지' 납작하게 움츠려든다. 이렇게 시련을 겪어도 2연에서 이미 이야기한 대로 바람보다 더 빨리 눕고 더 빨리 울면 먼저 일어나게 될 것이다. 그런데 3연에서는 상황을 2연과 반대의 경우로 바꾸어 놓았다. 즉 바람보다 '늦게' 누워도 바람보다 먼저 일어나고 바람보다 '늦게' 울어도 바람보다 먼저 웃는다는 것이다.

그러면 2연과 반대의 경우가 설정된 이유는 무엇일까? 바람보다 빨리 눕건 늦게 눕건 상관없이 풀은 바람보다 먼저 일어나고 먼저 웃는다는 사실을 강조하기 위한 것이다. 이것은 자연의 현상적 움직임과는 일치하지 않는 시인의 주관적 해석의 결과다. 시인은, 2연의 상황을 뒤집어 풀이 바람보다 늦게 눕고 늦게 우는 상황을 설정하고, 그런 경우에도 풀은 바람보다 먼저 일어나 먼저 웃는, 다시 말하여 시련을 떨치고 일어나 자신의 자리로 돌아오는 생명의 유연함을 보여준다고 생각한 것이다. 어떠한 상황에도 불구하고 풀이 먼저 일어나고 먼저 웃을 수 있는 이유는 풀이 억압자의 자리에 서지 않기 때문이다. 광포한 세력에 억압당하기만 하는 순연한 생명체는 바로 그 억압받는다는 이유 때문에 최종적으로는 먼저 일어나고 먼저 웃는 기적을 실현하게 된다.

3연의 끝행은 상황이 더욱 악화되어 '풀뿌리'가 눕는 모습이 제시된다. 그러나 아무리 상황이 험해져도 걱정할 것이 없다. 풀은 바람보다 빨리 눕건 늦게 눕건 관계없이 바로 '비억압성'이라는 그 요인 때문에 종국에는 바람보다 먼저 일어나고 먼저 웃을 수 있기 때문이다. 김수영은 풀과 바람이라는 대립적 생명 현상의 움직임에 착상의 기반을 두고 남을 억압하지 않고 오히려 남에게 억압당하는 존재가 바로 그 존재의 속성 때문에 생명의 유연성과 순정성을 더욱 오래 간직할 수 있음을 노래한 것이다.[9] 그는 자신이 터득한 독특한 인식을 독특한 어법으로 표현하고자 했다. 그 독자성이 바로 '언어의 작용'에 속하는 것이고 그것이 시적 애매성으로 돌출되었을 뿐이다.

그러면 김수영의 시는 의미의 측면과 애매성의 측면이 충돌한다는 그 점 때문에 많은 사람들의 눈길을 끌었다는 말인가? 다시 말하면 언어나 표현의 새로움 때문에 지적 쾌감과 호기심을 일으킨 것인가? 물론 그것도 중요한 요인이지만 그보다 더 중요한 것은 그의 시가 확보하고 있는 사회적 억압에 대한 반응 때문이라고 해야 옳을 것이다. 다시 말하면 그의 시에 작용하고 있는 사회문화적 태도가 사람들의 관심을 끌어들인 것이다. 앞에서 검토한 「풀」과 「눈」 두 편의 시에는 현실의 모순에 대한 고발이라든가 더 나아가 정치적 억압에 대한 부정의 태도로 해석할 수 있는 요소가 분명히 함축되어 있다. 그래서 「풀」을 정치적 억압에 대처하는 민중의 생명력을 나타낸 것으로 해석하기도 했고 「눈」은 추악한 현실 속에서 부정을 고발하고 정신의 순수성을 지

9) 따라서 앞에서 지적한 대로 이 시를 민중의식의 표현으로 해석하는 것은 오히려 이 시가 지닌 의미의 풍요로움을 축소시킬 가능성이 많다. 김수영을 참여시의 기수로 대우하는 민중주의자들에게는 섭섭한 일이겠지만, 이 시를 억압받는 민중의 끈질긴 생명력을 노래한 작품으로 해석하는 설명 방식은 지극히 단선적인 해석에 불과하다는 사실을 분명히 밝혀 두고 싶다.

키려는 결의를 나타낸 시로 해석하기도 했다. 김수영의 대다수의 시는 난해함을 보이고 있으면서도 정치사회적 현실과 관련된 전언을 의미의 차원에서 드러내고 있기 때문에 바로 그 정치사회적 메시지가 난해한 구절을 해석하려는 욕망을 불러일으키고 독자들의 지적 호기심을 자극하게 된다. 사정이 이렇게 된 데는 그의 시론이나 월평도 큰 역할을 했다. 그는 시보다 산문에서 더욱 적극적인 발언을 던져 놓았기 때문이다.

우리는 여기서 김수영 시를 특징 있게 만드는 두 가지 기본축을 확정하게 된다. 하나는 애매성을 동반한 언어와 표현의 새로움이고 또 하나는 흔히 현실인식이라고 지칭되는 사회정치적 억압에 대한 관심이다. 이 둘 중 하나를 결여하면 그것은 김수영의 경우 실패작이 되어 버린다. 따라서 김수영의 뒤를 이어 시를 쓰는 사람 중에 김수영의 어느 한쪽 면만을 계승한 사람은 벌써 김수영과는 다른 노선을 택한 사람이라고 해야 옳다. 예를 들어 김수영을 참여 시인이나 민중의식에 도달한 시인으로 보고 그 쪽 노선의 시를 쓰는 사람이라든가 김수영을 신기를 추구하는 모더니스트로만 보고 전위적 실험시를 쓰는 사람은 이미 김수영의 후예라고는 할 수 없는, 차라리 김수영을 벗어나 자기의 길을 가는 시인일 뿐이다. 위의 두 기본축을 공유하면서 그것을 더욱 예각화하거나 현대화한 사람이라야 김수영의 진정한 계승자라고 할 만하다.

3. 김수영 열풍의 근원

1970년대의 한국사회는 김수영 열풍을 일으키기에 알맞은 조건을 가지고 있었다. 1970년은 한국사회가 경제 성장을 표방하며 중공업 위주의 산업사회로 진입한 해였다. 그것은 동시에 국민의 기본적 자유를 유보당한 암울한 독재의 서막을 예고하는 해였다. 그 이후 전개된 한국의 정치 상황은 그 이전 어느 때보다 억압적인 상황으로 치달아 갔다. 그러나 경제 수치로 산정된 물질적 생활은 그 이전 어느 때보다 풍요로운 방향으로 움직여 갔다. 이때를 고도성장의 시대라고도 하고 개발독재의 시대라고도 한다. 이 시기의 특징은 겉으로 화려하고 속으로는 음침하며, 겉으로는 개방을 표명하면서 속에는 구속과 억압이 항존하는 그런 시대적 특징을 지닌다. 이 시기에 보여준 산업사회의 화려한 청사진은 모더니즘적 새로움의 추구와 연결되며, 자유를 구속하는 정치적 억압은 그것에 대한 저항과 연결된다. 그러한 사회적 상황에서 이 두 측면을 함께 포괄하고 있는 지난 시대의 시인이 갑자기 부상하게 된다. 그것이 바로 김수영이었다.

김수영 시선 『거대한 뿌리』가 민음사에서 간행된 것이 1974년 9월이었다. 그 시선집의 해설에서 김현은 "그의 예술적 傳言은 폭로주의적 입장에 서 있는 民衆主義者들이나, 낯선 이미지의 마주침이라는 기교를 원래의 초현실주의적 정신과 관련없이 사용하는 기교주의자들의 비판의 대상이 되고 있다"[10]는 발언을 하고 있는데 이것을 역으로 읽으면 김수영의 시는 이 두 측면을 다 포괄하고 있다는 뜻으로 읽힌다. 산업사회의 부상과 대응되는 모더니즘적 새로움, 독재사회의 정치적 저항과 대응되는 자유의 추구라는 두 측면을 그의 시는 공유하고 있었던 것이다. 이 시선집의 간행, 그리고 그 시선집에 붙인 김현의 해설은 이후 김수영 열풍을 일으키고 김수영 신화를 퍼뜨리는 도화선 노릇을 했다.

김수영의 다음 세대 시인 중 그의 계승자임을 자처하거나 영향을 받

---

10) 김현, 「자유와 꿈」, 『거대한 뿌리』, 민음사, 1974, 18쪽.

았음을 고백한 사람은 별로 없다. 그러나 그 시에 잠복해 있는 언어의 전략이라든가 현실에 대한 감각은 본인의 자각과는 관계없이 김수영적 면모를 드러내는 경우가 많다. 이것은 시인의 의도에 의한 것이 아니라 70년대라는 시대의 분위기가 그런 방향으로 시의식을 이끌었던 것이다. 김수영 시선집이 간행된 이듬해에 황동규의 시선집『三南에 내리는 눈』이 간행되었는데 거기에는 1972년 유신개헌 이후에 쓴 다음과 같은 작품이 들어 있다.

아아 病든 말(言)이다
발바닥이 식었다
단순한 남자가 되려고 결심한다
마른 바람이
하루 종일 이리저리
눈을 몰고 다닐 때
저녁에는 눈마다 흙이 묻고
해 形象의 해가 구르듯 빨리 질 때
꿈판도 깨고
찬 땅에 엎드려
눈도 코도 입도 아조아조 비벼버리고
내가 보아도 내가 무서워지는
몰려 다니며 거듭 밟히는
흙빛 눈이 될까 안될까.

—「계엄령 속의 눈」 전문

김수영의 「눈」에는 새벽까지 살아 있는 눈이 나오는 데 비해 이 시의 눈은 마른 바람에 몰려다니고 발길에 밟히는 흙빛 눈이라는 사실을 비교하는 것은 별로 의미가 없다. 우선 제목인 '계엄령 속의 눈'은 시인의 의도야 어떻든 간에 당시의 정치 상황을 암유하는 의미를 지닌다. 1972년 유신헌법이 공포된 후 몇 차례의 긴급조치가 발효되고 계엄령에 준하는 감시체제가 정착되어 가는 상황에서 '계엄령 속의 눈'이라는 제목의 시가 발표된 것은 매우 충격적인 일이었다. 그리고 "병든 말(言)"이라든가 "해가 구르듯 빨리 질 때", "꿈판도 깨고", "눈도 코도 입도 아조아조 비벼버리고" 등의 구절은 자유가 억압된 당시의 암울한 정치 상황을 충분히 암시하고도 남는다.

이 시의 전체적인 상황은 아주 어둡다. 암울한 상황 속에서 자아는 몰려다니다 밟히는 눈처럼 억압과 소멸의 운명을 겪지 않을까 두려워한다. 김수영의 시에서처럼 왜곡된 현실을 이야기하면서도 거침없는 입담으로 여유를 부리던 날렵한 모더니스트의 유머 감각은 적어도 이 시에 보이지 않는다. 그러나 "단순한 남자가 되려고 결심한다"에 보이는 자기 모멸의 자의식, '눈'이라는 시어의 반복적 사용이라든가 "해 形象의 해"라는 구절에 보이는 언어의 이중 사용을 통한 새로운 의미의 창조, "내가 보아도 내가 무서워지는"에 드러나는 자책과 혐오에 기반을 둔 반성적 자의식, "흙빛 눈이 될까 안될까"에 보이는 판단을 유보하는 시적 은폐의 어법 등은 이 시가 김수영 시의 연장선상에 있음을 알려주는 사항들이다. 이러한 계승은, 앞에서도 말했지만, 의도적이거나 자각적인 것이 아니다. 이것은 부분적인 기법의 계승이 아니라 시정신의 계승이라고 말해야 옳다. 한편에는 70년대의 정치 상황에 대한 환멸감이, 또 한편에는 새로운 시를 써야겠다는 지적 의지가 이중의 열망으로 타올랐고, 그것을 종합하려는 창조의 정신이 60년대 독특한 스타일로 정치성과 전위성의 결합을 보여준 김수영의 시정신에 반향했을 뿐이다. 그래서 그 창조적 변용이 다음 세대 시인에 의해 이루어진 것이다.

酒客들은 다만 잠들어 시끄럽고
술과 안주만이 깨어 있다
혀는 말의 부스러기나
비꼬인 토막 따위를 핥으며 춤추고
애국적인 아가씨들은 나와
다른 사내들의 불알을 까서
소금 접시와 함께 날라온다
젊은 歌手의 노래는
流配된 靑春의 축제 없는 가슴을 어루만진다
나는 술잔을 들며
기억도 아픈 젊은 부러진 날개들의 눈동자를
녀석들의 잔 없는 손을 깨문다
땅콩이 입 안에서 폭발한다.
오이와 당근
대구포도 폭발한다
입 속에 감금된 폭발.
공허한 입김의 亂舞 속을
오줌 누러 갔다 온다
오, 술자리와 변소를 오갈 수 있는 자유의 기쁨
오, 아가씨와 이쁘다고 말할 수 있는 자유의 기쁨(!)
醉客들은 다만 잠들어 시끄럽고
입 속에 감금된 폭발,
오, 침묵과 靜觀의 기막힌 기쁨(!)

—「밤술집」 전문

정현종의 이 시에 흐르고 있는 의식도 그렇게 밝지가 않다. 여기에는 침묵을 강요당하는 기쁨 없는 시대 속에 영위되는 일상적 삶의 허망함이 그려져 있다. 비관적 정서의 배면에 현실의 억압에 대한 인식이 담겨 있다. 그렇다고 현실세계의 폭압을 정면으로 비판하는 것이 이 시의 주제는 아니다. 억압적 세계 속에 정신의 자유를 추구하는 것이 시인의 관심사이다. 이것을 나타내기 위해 시인이 택한 방법이 곧 해학적 변형의 어법이다. 시인은 기쁨도 자유도 없는 현실의 상황을 반어적으로 '자유의 기쁨'이라고 부르짖으면서 소시민적 안일함에 젖어드는 일상인의 무기력을 조롱하고 있다.

우리는 여기서 앞의 황동규 시와 유사한 현실의 중압감을 읽을 수 있다. 자유의 기막힌 기쁨을 이야기하는 화자의 태도는 역으로 자유의 기쁨이 전혀 없다는 억압적 상황을 드러낸다. 주객들은 잠들어 있고 술과 안주만이 깨어 있다는 진술도 깨어 있는 정신이 사라져 버린 현실의 정황을 드러내는 반어의 어법이다. 정상적으로 언어를 운용해야 할 혀도 "말의 부스러기나 비꼬인 토막 따위를" 핥을 뿐이다. 언어의 기본 기능이 상실되어 버린 정치적 현실이 여기서 풍자된다. "유배된 청춘", "축제 없는 가슴", "젊은 부러진 날개" 등의 구절도 희망을 잃은 암울한 시대상을 암시하는 말들이다. 이러한 풍자와 반어, 우의적 고발 등의 표현은 당대 현실에 대한 인식과 더불어 새로운 스타일의 시에 대한 지향을 결합한 것이다.

김수영의 경우보다 진일보한 것은 김수영의 경우에는 새로운 스타일의 추구와 정치적 감각이 완전히 융합되지 않은 이중구조를 보이는데 이 시인들에 와서는 현실의 중압감을 표현하기 위해 자생적으로 새로운 스타일이 개발되는 특징을 보인다. 이 시의 전반적인 톤은 자유가 없는 현실을 풍자하면서도 겉으로는 가볍고 유쾌한 기색을 보인다. 김수영의 유머 감각의 일면을 이어받은 듯한데 그러면서도 그 유머는 현실의 중압감을 역으로 드러내는 반어의 기능을 훌륭히 수행한다. 이것은 유머가 자기 모멸이나 자기 반성의 수단으로 주로 사용되던 김수영의 경우와 다른 점이다. 이러한 극복의 단면이 있다는 것을 충분히 인정하면서도 우리 시의 계보를 따질 때 이 시가 스타일과 정치성의 결합을 꾀했던 김수영 시정신의 동심원에 포섭된다는 것은 부정할 수 없다. 그것은 시인의 의도나 자각과는 별도로 문학사적 의미망에 의해 연결되는 것이다.

이성복의 첫시집『뒹구는 돌은 언제 잠드는가』가 간행된 것은 1980년 10월이었다. 광주민주항쟁이 일어난 지 몇 달 뒤 간행된 이 시집의 반향은 뜻밖에 컸다. 이희중은 이 시집이 "1980년대 실험적 시의 역동적 진군을 알린 신호탄이자 그 흐름의 방향을 지시한 유도등이었다"[11]고 지적하였다. 구태여 이 시집을 80년대 실험시의 출발을 알리는 신호탄으로 규정할 필요는 없겠으나 80년대 전반에 거센 목소리로 울려퍼졌던 민중시와는 상당히 다른 층위에 놓여 있다는 사실은 인정할 수 있다. 그러면서도 이 시집은 현실의 억압에 대해 매우 예민하고 자극적인 자의식을 드러낸다. 말하자면 억압적 현실에 대한 관심과 새로운 스타일의 시에 대한 관심이 이 시집 전체를 날줄과 씨줄로 엮고 있는 것이다. 이것은 앞에서 본 대로 김수영이 그의 시에서 온몸을 기울여 추구하려 한 것이고 다음 세대 시인들이 독자적인 방식으로 탐구하던 것이기도 하다. 요컨대 이성복 시의 계보가 황동규와 정현종을 거쳐 김수영에까지 이어져 있다는 사실을 드러낸다. 이러한 이성복에게 제2회 김수영문학상이 주어진 것은 당연한 일이었다.

이희중은 이성복의 시에서 80년대를 살아간 젊은이들이 공유하고 있었던 죄의식과 강박의식을 찾아낸다. 이성복의 시는 가족사의 치욕적인 사건을 통하여 한 사회의 파탄을 드러내는 방법을 택했다. 말하

11) 이희중,『기억의 지도』, 하늘연못, 1998, 74쪽.

자면 "추악한 세계의 축도로 추악한 가계를 설정하고 이 추악함에 정면으로 맞서지 못하는 자아의 고뇌를 분열된 중층의 발화로 형상화"[12] 했던 것이다. 여기서 중층의 발화라고 하는 것은 초현실주의의 자유연상이나 자동기술과 관련된 것으로, 충돌하고 길항하는 내면의 다층적 움직임을 입체적으로 독자에게 전달하는 방법이다. 이것은 이성복이 80년대 사회의 복잡한 모순구조를 드러내기 위해 개발한 독특한 화법이다. 그것은 그가 직면한 사회현실의 문제를 드러내기 위해 새롭게 도입한 스타일이라는 점에서 현실성과 새로운 스타일의 추구라는 김수영 시정신의 동심원에 포섭된다. 김수영 시정신의 둘레로부터 이탈하여 다른 진폭과 파장을 보이기는 하였지만 현실과 관련된 자아의 고뇌를 다층적 언어로 드러내려 했다는 점은 원의 중심이 같다는 것을 의미한다.

김수영의 시정신은 이외에도 많은 시인들에게 크고 작은 영향력을 행사했다. 공교롭게도 그의 시정신은 80년대 이후 여성 시인들의 시에도 깊은 영향을 남겼다. 그것은 여성에게 주어진 사회적·정치적 억압에 대한 거부와 여성적 감수성을 통한 새로운 스타일의 추구라는 측면이 김수영 시정신의 이중성과 맞아 떨어졌기 때문이다. 그런 점에서 최승자, 김정란, 김혜순 등의 시에 김수영의 시정신이 창조적·발전적인 양상으로 계승된 면도 살펴볼 수 있을 것이다.

관점에 따라서는 김수영의 시작 태도나 후진에 대한 영향을 부정적으로 보는 사람도 있다. 그러나 5, 60년대 척박한 문화 환경 속에서, 시를 대상의 조용한 관조나 개인의 감정적 반응을 나타내는 것으로 보는 태도에서 벗어나 역동적 현실과 관련지어 자신의 내적 고뇌를 드러내는 방식으로 인식하고, 그 방법의 일환으로 새로운 스타일을 탐구하

---

12) 위의 책, 80쪽.

는 것이 시인의 본업의 하나가 되어야 한다는 사실을 강조한 점에서 김수영의 오른쪽에 나설 사람은 없다. 이것은 그가 남긴 시 자체의 문학적 완성도를 떠나서 문학에 대한 태도, 삶에 대한 태도의 문제에 속한다. 그가 보여준 독특한 문학적 태도 혹은 문학적 삶에 대한 태도가 문학사적으로 유의미한 일이 아니라면, 그의 시정신이 후대의 시인들에게 그렇게 큰 영향을 끼치지 못했을 것이다.

그러나 우리는 그의 문학사적 위상과 더불어 그의 시가 지닌 작품으로서의 한계 및 시적 성취도의 문제도 좀더 냉정하게 따져 봐야 할 것이다. 풍문이나 선입견에 휘말려 그의 모든 시가 명작이고 위대한 시정신의 소산인 것처럼 생각하는 것은 매우 서글픈 일이다. 요컨대 김수영의 시정신과 실제적 시작품과의 관계는 좀더 객관적이고 냉정한 시각에서 그 허와 실이 차분하게 정리되어야 할 것이다.

폐허의식과 도저한 허무주의

—이형기론

1. 소멸과 허무의 정서

이형기는 1950년 18세의 나이로 기성문단에 등단한 후 와병으로 본의 아니게 펜을 놓은 1998년까지 50년 가까운 세월 동안 끊임없는 자기 변신과 전위적 탐구의 자세를 견지해 온 시인이다. 흔히 이형기의 시세계가 두 번째 시집인 『돌베개의 시』(1971) 이후 커다란 변화를 보인다고 말한다. 청록파류의 전통적 서정에 기반을 두었던 시세계가 부정의 상상력으로 전환되면서 모더니즘적 이미지 탐구와 존재론적 의미 탐구에 관심을 갖고 상상력을 통하여 세계를 해체하고 재구성하는 대담한 창조적 독자성을 보여주었다고 지적한다. 부정의 상상력은 한쪽으로는 예술적 절대성 탐구의 축에 또 한쪽으로는 현세적 허무주의의 축에 연결되어 있다.

허무와 소멸과 권태가 참다운 예술의 원동력이 된다는 그의 지론은 창작의 실제에서 얻어진 입론이자 어릴 때부터 궁핍하고 곤궁스러웠던 그의 생활에서 도출된 체험적 결론이었다. 사실 이 허무와 소멸은 그의 초기시부터 말년의 시까지 줄기차게 이어진 그의 시의 기본 골격이라 할 수 있다. 허무와 소멸이라는 관점에서 본다면, 그의 시는 『돌베개의 시』 이후 변화를 보이는 것이 아니라, 초기시에 잠재해 있었던 허무와 소멸이 시인으로서의 성장을 거치면서 분명하고 확신에 찬 목소리로 표면에 떠오른 것이라고 말해야 옳다. 그러므로 우리는 변화의 측면에서 이형기 시를 볼 것이 아니라 지속의 측면에서 그의 시를 분석할 필요가 있다. 초기시와 중기 이후의 시는 분명 어법이 다르고 대상을 표현하는 방법이 다르다. 그러나 그 내면에 흐르는 의식의 단면은 거의 변하지 않고 있음을 확인할 수 있다. 허무와 소멸이 그의 시의 토대를 이루고 있는 것이다.

가야 할 때가 언제인가를
분명히 알고 가는 이의
뒷모습은 얼마나 아름다운가.

봄 한철
격정을 인내한
나의 사랑은 지고 있다.

분분한 낙화……
결별이 이룩하는 축복에 싸여
지금은 가야 할 때,

무성한 녹음과 그리고
머지않아 열매 맺는

가을을 향하여

나의 청춘은 꽃답게 죽는다.

헤어지자
섬세한 손길을 흔들며
하롱하롱 꽃잎이 지는 어느 날.

나의 사랑, 나의 결별
샘터에 물 고이듯 성숙하는
내 영혼의 슬픈 눈.

—「낙화」 전문

이 시는 이형기의 초기시를 대표하는 작품이자 그의 출세작이라고 할 수 있다. 꽃이 지는 것을 떠나야 할 때 당당히 떠나는 자의 아름다움으로 인식하고 그것을 다시 성숙을 위한 사랑의 결별로 전환 표현한 이 작품은 전통적 서정시의 한 높이를 보여주는 명편으로 손꼽힌다. 특히 '격정을 인내한 사랑', '결별이 이룩하는 축복' 등의 어구가 환기하는 동양적 절제와 인내의 자세는 상실의 아픔을 성숙으로 승화시키는 윤리적 지향성까지 보여준다.

그런데 독립된 하나의 행으로 처리된 "나의 청춘은 꽃답게 죽는다"라는 구절은, 슬픔과 상실을 정제된 승화의 형태로 상승시키는 전후의 문맥과는 달리, 청춘의 죽음이라는 가혹한 상황을 돌발적으로 드러내고 있다. 이 시를 쓰던 1953년 휴전 이후의 서울은 전쟁의 포연에 찌그러진 폐허의 도시였다. 홀어머니가 삯바느질로 생계를 이어가던 가난한 집안의 맏아들이었던 그는 대학생이었지만 등록금을 낼 수가 없어

학교에 가지 못하고 서울 거리를 떠돌고 있었다. 전쟁이 안겨준 폐허의식과 시인 자신의 곤궁 체험에서 얻어진 폐허의식은 이중으로 시인의 내면을 휘감았다. 폐허의 허망감은 절제된 애상성의 표현 사이에 '청춘의 죽음'이라는 극단적 어사를 부지불식간에 배치케 하였다. 스물한 살의 가난한 대학생 이형기는 꽃이 떨어지는 장면을 보고 청춘의 죽음을 연상한 것인데, 청춘의 절정에 선 스물한 살의 젊은이가 청춘의 죽음을 상상한 데에는 바로 전쟁과 가난이라는 이중적 폐허의식이 결정적 동인으로 작용한 것이다. 그 시기에 쓰여진 다른 시편에서도 그러한 단면을 발견할 수 있다.

> 무엇인가/말한다는 것은 참 부질없다./사락사락 내리는 그 감촉을/망각의 풍차가/스스로 돌아가는 그 음향을/느껴서 가슴이 뿌듯할 때/부질없고나 정말/내가 무엇인가 말한다는 것은.
>
> —「무엇인가 말한다는 것은」 부분

> 제야의 촛불처럼/나 혼자/황홀히 켜졌다간/꺼져버리고 싶다.//외로움이란/내가 그대에게/그대가 나에게/서로 등을 기대고 울고 있는 것이다. —「그대」 부분

> 머지 않아 잠들 것이다./그리고 묻힐 것이다./그렇게 한 소절을 매듭짓는 의식……/눈이 내릴 걸 생각한다.//눈물을 뿌릴 만도 하지만/눈물이 아닌 겨울의 비.//어제는 오후 내내 바람이 불고/오늘은 이 차가운 인식이/목덜미를 적신다. —「겨울의 비」 부분

「무엇인가 말한다는 것은」은 언어 행위가 무의미하다는 사실을 단적으로 직서한다. 보이지 않는 먼 미래의 풀밭에서 너는 울고 있으나 나

는 격정의 물결을 느낄 뿐 너의 모습을 정확히 파악할 수 없다. 하루 종일 내리는 눈발을 바라보는 시적 자아는 망각의 풍차가 돌아가는 것을 예민하게 느끼며 무엇인가 말한다는 것이 부질없다고 고백한다. 세월의 흐름 속에 엎드려 우는 비극적 결말만이 예고된 것이고 모든 것이 망각으로 끝나고 마는 것이라면 무슨 말을 남긴다는 것 자체가 이미 부질없는 일인 것이다. 운명으로서의 비극성을 절감하며 망각에 몸을 맡기는 것이 허무주의자의 태도일 수밖에 없다.

「그대」 역시 그대와 나의 거리감이 유지되면서 엄연한 사랑의 거리 앞에서 그리움의 감정이 오고 가는 것이 제시된다. 그러나 모든 존재는 서로 사랑하고 그리워하는 존재라 하더라도 각기 등을 기대고 울고 있는 고립성을 벗어나지 못한다. 마치 제야의 촛불처럼 혼자 황홀히 켜졌다 꺼져 버리는 순간의 발화와 허무한 종말이 자신의 운명이 될 수밖에 없음을 이야기하고 있다.

「겨울의 비」는 겨울에 내리는 비를 보며 한 계절을 마무리짓는 마지막 의식으로 눈이 내릴 것을 기대하고 있다. 머지않아 잠들고 묻히게 될 계절의 종말감이 차가운 비의 촉감과 결합되면서 우수의 비극성이 작품 전면에 펼쳐진다. 이러한 운명으로서의 비극성, 허무의 종말감, 세계의 소멸감이 작품에 반복되어 나타나는데 이것이 전쟁의 폐허의식과 궁핍의 폐허의식이 결합되어 만들어낸 시인 내면의 늪과 같은 허무의식인 것이다.

2. 기법의 변화와 폐허 속의 투혼

이러한 폐허의식, 허무의식은 전통 서정의 울타리에서 벗어나 모더니즘적 이미지를 추구하는 기법적 변화의 국면에도 그대로 이어진다.

폐허와 허무의 '정서'가 폐허와 허무의 '이미지'로 전환될 뿐이다.

폐허의 풍경을 잡은
이 사진은 앵글이 기막히다.
뼈대만 남은 고층건물
앙상한 늑골 새로
죽어서 납덩이가 된 도시를 보여준다.
그 배경
담천(曇天)을 가로질러 모여든
까마귀 한 떼
무엇인가를 파먹고 있다.
사람의 가슴이
가슴속에 흐르는 피가 붉다는 것은
거짓말이다.
터지는 검은 먹물
그리고 폐허는 질척거린다.
내일이면 함몰
다시 내일이면 늪이 될 폐허
수수께끼의 광선 엑스레이는
이처럼 오직 사실만을 증명한다.

—「엑스레이 사진」 전문

시적 자아는 사람의 몸을 찍은 엑스레이 사진을 폐허의 풍경이라고 단적으로 말한다. 앙상한 늑골은 뼈대만 남은 고층건물의 모습처럼 폐허의 형상을 그대로 보여준다. '죽어서 납덩이가 된 도시'라는 구절을 보면 6·25 전쟁의 폐허의식이 얼마나 끈질기게 시인의 의식을 지배하고 있는가를 알 수 있다. 아직도 그 폐허에서 벗어나지 못하고 까마귀가 무엇인가를 파먹는 죽음의 공간을 연상한다. 사람의 가슴에 붉은 피가 돈다는 것도 인정할 수 없게 되었고 내일이면 이 늑골도 허물어져 폐허로 남을 것이라고 생각한다. 사실을 사실 그대로 인식하는 과학적 태도의 비정함은 인간 내부에 피가 흐르고 인간적 정서가 담겨 있다는 관념도 한갓 착각에 불과한 것으로 몰아간다.

인간의 기본성에 대한 부정적 인식은 현대문명의 기계주의적 사고에 대한 거부감과 맞닿아 있다. 이러한 문명비판적 태도는 나중에 공해를 고발하는 생태학적 시로 전환되기도 한다. 그러나 이 단계에서는 현대문명의 상황 속에 인간적 자질을 상실해 가는 폐허로의 몰락을 일정 부분 운명으로 받아들이는 허무주의적 시각이 적지 않게 깔려 있다. 그런 맥락의 시가 「풍선 심장」이다. 이 작품은, 사람의 심장은 장마비에 피가 모조리 씻겨 내려가거나 빈 껍데기만 남아 불볕 속에 까실까실 말라 버렸는데 사람들은 여전히 심장을 달라고 요구하기 때문에 하늘에 둥둥 뜨는 풍선 심장을 만들어 곱게 색칠해서 당신에게 드린다는 서술 구조를 가지고 있다. 현대문명의 비인간성과 인간의 경박성, 현대인의 허위의식을 풍자하는 것이 이 작품의 주안점이다. 이렇게 문명 풍자가 가능했던 것도 인간 자체를 폐허의 기계로 보는 인식이 작용했기 때문에 가능했을 것이다.

그런데 이형기는 이러한 허무의 폐허 속에서도 시간의 침식을 견디며 살아남는 요소가 있다고 보았다. 그것은 비수로 표상되는 날카로움, 빛남인데, 누구에 대한 적개심이라든가 분노, 증오, 정신의 가열성 등 태도의 집요함을 보여주는 것들을 끝까지 살아남는 요소로 보았다.

빙글빙글 돌아가는 광란의 도가니/하늘도 벌겋게 달아오른 그때/홀연 코끼리는 온데간데없고/상아 두 뿌리/높이 모천(暮天)을 뚫고 솟는 기적!/썩게 하라 나를/그리고 내일 아침/두 개의 송곳니만 남게 하라.

—「기적」 부분

루시는 이미 개가 아니다./다만 증오/그 일점을 향해서만 타는/파란 백금 불꽃/일순 루시는 내 혈관을 뚫고 내닫는다./번득이는 칼날의/그 번뜩임처럼 황홀한 전율/루시는 이미 개가 아니다. —「루시의 죽음」 부분

드디어 밤은 절명한다./그렇다 밤은/죽지 않으면 다시 살아날 수 없다./왕생(往生)하라 사자(死者)여/너를 축복하는 일편(一片)의 이미지/자객의 눈초리는 복면 속에서 빛나고 있다. —「첨예한 달」 부분

「기적」은 적도 밀림 지역에서 썩고 있는 코끼리의 시체를 제재로 하였다. 시인은 독한 냄새를 사방에 풍기며 썩어 가는 장면을 '필생의 대향연'을 벌이는 것으로 보았다. 생물체가 부패해 가는 것이니 온갖 미생물이 들끓고 햇빛과 바람에 의한 산화가 진행될 것이다. 그렇게 모든 것이 달라붙어 부패가 진행되는 것을 '광란의 도가니'라고 보았고 광란의 향연이 끝난 후 홀연 상아 두 뿌리가 하늘을 뚫고 오르는 기적 같은 모습을 상상한다. 사람이 죽어 육신이 부패한다면 무엇이 남을까? 선명한 백색으로 하늘을 뚫을 상아와 같은 어떤 것을 인간도 간직해야 한다면 그것은 무엇일까? 시인은 그것을 명확히 드러내지는 않았지만 상아의 이미지를 통하여 날카롭고 선명하게 남게 될 예술적 투혼과 같은 그 무엇을 암시해 놓았다.

「루시의 죽음」에서 루시라는 개가 쥐약에 중독되어 고통스럽게 죽어 간다. 옛날에는 쥐가 많았고 쥐약 놓는 일도 많았기 때문에 개들이 쥐약에 중독되어 죽는 사례가 많았다. 루시는 쥐약의 독성이 온몸에 퍼져 눈에 시퍼런 불을 켜고 증오의 이빨을 갈며 죽어 간다. 루시의 발광

하는 몸짓에서 생의 극점을 보고 증오의 극점을 본 시인은 루시는 이미 개가 아니라 증오의 파란 백금 불꽃이라고 말한다. 루시는 죽어 가지만 그 개가 보여준 극도의 증오는 '황홀한 전율'로 인식되고 '투명한 극치'로 인식된다. 그것은 하늘을 뚫고 솟아오른 상아의 이미지와 동격이다.

「첨예한 달」 역시 한 자루 비수처럼 날카롭게 떠 있는 조각달을 대상으로 한다는 점에서 앞의 시들과 통한다. 조각달에서 비수를 연상한 시적 자아는 밤은 조각달에 의해 암살 당하고 절명하여 그 다음날 다시 살아나게 된다고 생각한다. 밤의 죽음을 축복하는 한 조각 날카로운 이미지가 바로 달이고, 그것은 복면으로 얼굴을 가린 자객의 눈초리 같다고 보았다. 이러한 인식 역시 죽음이나 소멸과 관련지어 자객의 칼날처럼 날카롭게 존재하는 조각달을 통하여 그야말로 첨예한 예술적 투혼을 나타내려 했다는 공통점을 지닌다.

이처럼 이형기 시는 허무의 폐허의식을 지속적으로 보여주면서 죽음의 허망 속에서도 시간의 굴레에서 벗어나 영원을 지향하는 어떤 정신의 극점을 제시하였다. 그것은 죽음에 맞서는 절대 순수의 사물화, 죽음에 맞서는 증오의 극치, 타인을 죽음으로 끝장내는 비수의 날카로움 등으로 나타난다. 요컨대 이형기 시의 폐허의식은 그 폐허에서 벗어날 수 있는 가능성의 하나로 정신의 치열성, 예술적 투혼을 확보해 놓은 것이다.

그런데 이 치열한 광기를 보이는 존재들이 모두 고립의 극점에 놓인 존재들이라는 사실은 시사하는 점이 크다. 혼자 썩어 가는 코끼리의 솟아오른 이빨, 혼자 죽어 가는 개의 번득이는 이빨, 혼자 떠 있는 달의 날카로운 눈초리 등 이 모든 것은 고립의 극점에 서 있는 것들이다. 이외의 많은 시들에서 자아의 고립과 좌초를 나타내는 이미지들이 반복되는 것을 볼 수 있다. 「밤바다」라는 시에, 무력한 나날과 완강한 침묵이 이어지는 밤바다 저쪽에 '좌초한 폐선 한 척 괴물처럼 떠 있다'는 구절이 나오는데 이것은 고립된 자아의 좌절감을 단적으로 표상한다. 「물거품 노트」에서 밤새워 쓴 시가 다 떠내려가 버리고 망망대해에 혼자 표류하고 있다는 내용도 그것의 연장선상에 놓인다. 「길」에서 가물가물 사라지는 길을 하나의 소실점으로 파악하고 신의 함정과도 같은 낭떠러지를 향해 누군가 혼자 걷고 있다는 지적 역시 운명적 고립과 좌절을 의미한다. 말하자면 인간은 고립 속에 추락할 수밖에 없는데 그 장렬한 최후가 오히려 정신의 극점을 보여준다는 논리이다. 따라서 허무를 피하는 것이 아니라 허무에 맞서려 하며 허무를 통해 생의 의미를 찾으려는 도전적 자세를 드러낸다.

한겨울
심야의 라디오 일기예보는
듣기 전에 이미 가슴이 설렌다.
바람은 북동풍 초속 이십오 미터
심술로 퉁퉁 부은
천이십 밀리바의 저기압을 등에 업고
오호츠크 해로 지금 눈보라를 몰고 간다.
모든 선박의 운항 금지를 명하는
폭풍경보
〔…중략…〕
그것은 명왕성 저쪽으로부터
세기말의 감수성한테 보내는
은밀한 스탠바이 신호
지구 폭파의
디데이통보처럼 전율적이다.

거덜나리니
내 기꺼이 거덜나리니
바람아 광풍아 석달 열흘만 불어라!

—「일기예보」 전문

지금 이 시의 화자는 눈보라를 몰고 와 세상을 꼼짝달싹 못 하게 만드는 폭풍 경보에 오히려 가슴이 설레고 전율을 느낀다. 세기말의 위기의식도 지구 폭파의 불안감도 그에게는 신나는 하나의 이벤트 같다. 그는 "거덜나리니/내 기꺼이 거덜나리니/바람아 광풍아 석달 열흘만 불어라!"라고 외치며 세기말의 디데이 통보를 기다리고 있다. 여기에는 파멸과 좌초를 능동적으로 받아들이려는 적극적 허무의지가 나타나 있다. 이것은 6·25의 폐허의식, 가난의 폐허의식과는 구별되는 독특한 허무의지이다. 그것은 폐허의 철저한 인식 속에서 어차피 모든 것이 폐허에서 폐허로 끝나는 것이라면 만물을 무화시키는 일체의 가혹한 시련도 두려울 게 없다는 선언이다. 이미 폐허 속에 살고 있는 마당에 만물을 쓸어 버리는 태풍이 온다 하더라도 무엇이 겁나겠는가. 기꺼이 광풍을 받아들여 스스로 거덜나겠다는 태도다.

3. 고향으로서의 폐허와 직립의 절벽

이런 점에서 그의 일련의 환경시는 문명의 폐해를 걱정하는 것보다는 이렇게 거덜날 수밖에 없는 인간의 운명을 예고하는 성격이 강하다. 예컨대, 잘 알려진 시 「전천후 산성비」는 "푸른 것은 모조리 갉아먹어 버리는" 전천후 산성비를 소재로 하여 이렇게 생명의 원형이 잠식당하는 공해시대에 생명의 소중함을 강조함으로써 어떤 극복의 대안을 모색하는 작품이 아니다. 욕망의 과잉으로 쓰레기통만 가득 채우는 세태를 냉소적인 어투로 비꼬면서 절망이 꽃 피어나고 모두들 절망의 우산을 쓰고 있는 현실을 조소하고 있다. 이것은 인간이 자기의 꾀로 거덜날 수밖에 없음을 간파한 허무주의자의 발성이다.

「고독한 달걀」은 오존층이 뚫려 가운데가 꺼져 버린 남극 상공의 사진을 노란 자위가 꺼져 버린 달걀 모양으로 보고 지상의 달걀과 천상의 달걀을 대비하여 냉소적으로 풍자하였다. 지상의 달걀은 항생제를 먹은 어미 닭이 낳은 것이라서 썩지 않고, 남극 상공의 오존층 달걀은 고독하게 썩어 간다는 뜻이다. 이 시에 나타난 냉소적 시각 역시 인간은 이렇게 거덜날 수밖에 없다는 폐허로의 귀환 의식을 반영한다.

그는 거대한 쇠 무덤처럼 쌓여 있는 폐차장을 문명의 폐허로 보면서도 동시에 그것을 "거기서 와 거기로 돌아가는 우리의 고향"으로 보고 있다. 폐허가 우리의 고향이므로 삶을 폐허로 만드는 과정도 당연한 것이고 그러한 억압에 겁날 것이 없다는 태도가 형성된다. 폐허가 고향이기에 죽음도 겁낼 것이 없고 고립도 두려워할 것이 없다. 형형한 비수로 빛나는 고립은 오히려 죽음 뒤에도 남을 정신의 가열성으로 각인되는 것이기에 긍정적이다. 그가 두려워하는 것은 죽음으로 가는 과정에서 만나게 되는 육신의 고통이다. 일시에 거덜난다면 아쉬울 것이 없지만 육신이 무력해져 직립하지 못하게 되는 것이 이 도저한 허무주의자에게는 견딜 수 없이 치욕스러운 일이다. 폐허를 고향으로 인식하는 그의 자존심이 육신의 무력과 굴신을 견디지 못해 하는 것이다. 와병 이후 쓴 다음 두 작품은 그의 의식의 지향이 무엇인가를 잘 드러낸다.

아무도 가까이 오지 말라
높게

날카롭게
완강하게 버텨 서 있는 것

아스라한 그 정수리에선
몸을 던질밖에 다른 길이 없는
냉혹함으로
거기 그렇게 고립해 있고나
아아 절벽!

—「절벽」 전문

내 죽거들랑 무덤을 짓지 말라
하물며 돌에 문자를 새긴 묘비일까 보냐
그냥 불에 태운 뼛가루 두어 줌
강가에 뿌리면 그만이다

〔…중략…〕

무엇이든 마지막엔 드러나는 바탕
아무것도 없음이여
억조(億兆)의 죽음을 삼키고도 예전 그대로
없음만이 찰랑대는 그곳 허무의 집으로
나는 선선히 돌아갈 것이다

—「새 발자국 고수레」 부분

이 두 편의 시에서 볼 수 있는 것처럼 그는 육신이 부자유한 투병의 과정에서도 가이없는 허공, '허무의 집'이 원래의 내 자리요, 누구나 거기서 와서 거기로 가게 되어 있는 본래의 자리임을 분명히 밝히고 있다. 20대 초반에 형성된 허무주의와 폐허의식은 50년 가까운 세월을 그대로 관통하여 현재에 이르고 있다. 그 도저한 허무주의는 어느 한 때도 고개를 숙인 적이 없었다. 그러기에 높게 날카롭게 완강하게 버티고 있는 고립의 절대성을 꿈꾼다. 그는 타인의 접근을 거부한 냉혹한 절벽이 되고 싶고 육신의 흔적을 남기지 않고 허무의 집으로 귀환하고 싶은 것이다.

그러나 운명은 가혹하여, 완강하고 냉혹한 자존의 절벽 대신에 타인의 보호에 의존해야 할 굴신의 와병을 안겨주었다. 그는 병상의 노쇠 속에서 다시 허무와 맞서 버티는 힘겨운 시간을 보내고 있다. 냉혹한 절벽이 되고 싶은 자신의 욕망마저 거덜나 버린 새로운 폐허 앞에서 폐허의 길들이기, 허무의 길들이기를 지속하고 있는지 모른다. 최근의 그의 침묵 속에 그러한 고투(苦鬪)의 외로움이 담겨 있을 것이다.

들끓는 침묵의 모순과 진실

—김명인론

1. 바다의 이중성

바닷가에서 바다를 바라보고 있으면 모든 것이 정지해 있는 듯하다. 끝없이 펼쳐진 백사장과 탁 트인 수평선, 기슭으로 밀려와 부서지는 파도, 몇 마리 갈매기와 몇 척의 배. 그것이 바다에서 볼 수 있는 목록의 전부다. 아침에 해가 떠서 저녁에 노을이 물들 때까지 바다는 그 정경을 거의 바꾸지 않고 보여준다. 약간의 변화와 기복이 있긴 하지만, 그 변화는 지극히 미세해서, 세밀한 관찰안을 가진 사람에게만 포착될 뿐이다. 역설적이게도, 시간이 정지해 있는 듯한 바다를 바라보고 있으면 시간이 언제 흘러가는지 모르게 금세 지나간다. 막막한 수평선을 바라보면 마음이 드넓어지며 어디론가 미지의 세계로 돌진해 가고 싶은 충동이 생기다가도, 넓은 공간 한 구석에 초라하게 웅크리고 있는 자기 자신을 발견하면 너무나 왜소한 모습에 연민을 느끼기도 한다. 바다는 이처럼 이중적인 모순성을 내장하고 있다. 시간의 정지와 시간의 신속한 경과, 존재의 욕망과 그 현실적 한계라는 이중적 부딪침을 하나의 풍광을 통해 상징적으로 보여준다.

바다를 생각할 때마다 마르셀 푸르스트의 아름답고 짧은 산문 「바다」가 떠오른다. 철없던 대학교 일학년 시절 교양국어 시간에 이양하 선생의 한자어가 많이 섞인 번역문으로 그것을 읽었다. 그리고 나중에 대학 강단에 서서 그 글을 다시 학생들에게 가르치기도 했다. 대상의 관찰보다는 프루스트 특유의 내성적 사색에 의해 쓰여졌을 그 글에 담긴 중심 명제는 바다는 음악과 흡사하다는 것이다. 음악이 지시나 설명에 의거하지 않고 우리 영혼에 직접 충격을 가하듯이 바다도 상승과 하강의 움직임을 통하여 우리 영혼에 직접 충격을 가한다는 것. 바로 그 상승과 하강의 끝없는 반복이 우리들 영혼의 움직임을 그대로 반영한다는 것이 프루스트의 생각이다. 그리고 그것은 우리들이 영위하는 삶의 모습을 반영하는 것이기도 하다.

바다는 상승이나 하강의 어느 한 국면만을 보여주는 것이 아니라 그 모순된 역방향의 이중적 현존과 그것의 날카로운 부딪침을 보여준다. 망망대해로 나아가고자 하는 끝없는 동경을 불러일으키면서 또 한편으로는 그 막막한 공간에 비해 너무나 왜소하게 보이는 자신의 실존을 인식하게 하며, 더 나아가 그 욕망도 결국은 바다 기슭을 부딪는 파도처럼 한갓 포말로 부서지고 말 것이라는 도저한 허무의식을 싹트게 한다. 그러면서 또 바다는, 좌절의 허무의식만 키워주는 것이 아니라, 끊임없는 출렁임과 가없는 수평선을 통하여, 우리가 디디고 나아가야 할 생의 지평이 언제나 생생하게 눈앞에 펼쳐져 있음을 시각적으로 환기한다. 바다는 이처럼 이중적이다. 그래서 바다는 추동(推動)의 공간이자 침강(沈降)의 공간이며, 열린 공간이자 닫힌 공간이다. 멀리 벋어나가는 수평선은 이곳에 내가 갇혀 있음을 역으로 드러낸다.

김명인 시인의 고향은 경상북도 울진군 후포면 바닷가이다. 지금은 경상북도지만 예전에는 강원도였고 유소년기를 그곳에서 보낸 김명인은 지금도 스스로를 강원도 사람이라고 생각한다고 한다. 그래서 그의 시 「너와집 한 채」에는 “강원남도 울진군 북면”이라는 구절이 나오기도 했다. 나는 그의 고향 마을을 방문한 적이 있는데 동해안의 전형적인 바다 풍경을 그대로 보여주고 있었다. 푸른 바다와 부서지는 파도, 끝없는 수평선과 넓은 백사장, 몇 척 배와 몇 마리 갈매기, 군데군데 해안에 군집을 이룬 노송, 그리고 군사 방위를 위한 철조망과 새로 지은 방파제. 그것이 내가 본 전부였다. 도시의 아스팔트와 전차길을 보고 자란 나에게 그것은 신기하고 아름다우면서도 단조롭게 느껴졌다. 처음 보면 아름답고 시원하지만 이것을 매일 보는 사람에게 이 풍경은 얼마나 막막한 벼랑일까. 나는 그렇게 생각하였다. 이런 환경에서 성장한 그는 그래서 시인이 되고 나는 평론가로 머물고 만 것일까. 까닭 모르게 우울한 기분이 들어 모래밭에 주저앉아 술을 들이켰다. 무어라 떠들며 잠시 술에 취한 것 같은데 어느새 어둠이 깊었다. 바다에서는 그렇게 덧없이 시간이 흘러갔다.

김명인 시인은 지금까지 여섯 권의 시집을 냈다. 관심 있는 독자를 위해 그 목록을 열거하면 『동두천』(1979), 『머나먼 곳 스와니』(1988), 『물 건너는 사람』(1992), 『푸른 강아지와 놀다』(1994), 『바닷가의 장례』(1997), 『길의 침묵』(1999) 등이다. 세 번째 시집 이후 대체로 2년 반 간격으로 시집을 상재하고 있음을 알 수 있다. 창작의 중반기에 접어들면서 그는 누구보다도 열심히 시를 써 왔고 특히 근래에 들어 창작에 대한 열의가 더 강해지고 작품 발표수가 늘어나고 있음을 볼 수 있다. 세 번째 시집까지의 김명인의 시세계에 대해서는 전에도 글을 쓴 적이 있으므로 여기서는 주로 『푸른 강아지와 놀다』 이후의 작품세계를 살펴보려 하며 특히 최근의 시집인 『길의 침묵』에 담긴 새로움이 무엇인가를 검토해 보려 한다(시집의 시를 인용할 때 편의를 위해 『푸른 강아지와 놀다』는 '푸른', 『바닷가의 장례』는 '바닷가', 『길의 침묵』은 '길'로 약칭하고 작품의 쪽수만을 제시하고자 한다).

2. 시세계를 떠받치는 두 축

초기부터 현재까지 이어지는 그의 시세계는 결코 밝지 않다. 그의 시적 자아의 모습은 세 번째 시집 『물 건너는 사람』 이후 뚜렷이 윤곽을 드러내며 그 형상은 지금까지 거의 변함이 없다. 그는 막막하고 어두운 생의 지평을 넘어서려 하면서도 결국은 제자리로 되돌아오는 순환의 사슬에 늘 힘겨워하며, 유적과도 같고 몽유와도 같은 현실 속을 끝없이 헤맨다. 때로 그는 자기 모멸과 죄의식에 시달리기도 하고, 생의 모순 속에서도 끈질기게 이어지는 생명의 꿈틀거림에 사르트르의 『구토』의 주인공처럼 멀미를 일으키기도 한다. 그러면서 또 한편으로는 생의 한계를 넘어서려는 힘겨운 몸짓을 보이는가 하면 시간의 흐름을 다 지워 버리고 존재의 근원으로 돌아갈 것을 꿈꾼다. 그 꿈꿈은 물론 꿈꿈만으로 끝난다. 그러나 그 몽유의 흔적은, 오래된 사원에 내장되어 있는 낡은 경전처럼, 혹은 순례자의 고통을 담은 유적처럼, 뒤에 오는 고행승들에게 반려와 이정표의 역할을 해준다. 그의 시는 읽기가 쉽지 않은데, 그것은 그의 사유가 여전히 어떤 동요와 방황의 굴레 속에 맴돌고 있고 고정된 의식으로 정착되지 않기 때문이다.

김명인의 시세계가 이러한 윤곽을 드러내는 데에는 두 가지 커다란 요인이 있는 것으로 보인다. 하나는 서두에서 이야기한 바다라는 공간의 이중성이며 또 하나는 그의 개인사와 관련된 것이다. 바다에서 자란 사람이라고 다 시인이 되지는 않겠지만, 예민한 감수성을 지닌 사람에게, 또 특이한 체험이 결부된 사람에게, 바다가 사색과 명상의 매개 역할을 하는 것은 분명한 일이다. 앞에서 말한 대로 바다는 상승과 하강, 탈출과 좌절, 추동과 침강을 이중적 모순성으로 내포하고 있다. 신화학적으로 보더라도 바다는 생명의 탄생과 소진을 이중적으로 보여주는 원형 상징물이다. 많은 이야기에서 바다는 죽음의 공간이자 생성과 부활의 공간으로 나타나고 있다. 「바닷가의 장례」(바닷가, 36), 「부활」(바닷가, 24) 등 바다와 죽음이 관련된 김명인의 시가 쓰여진 것도 우연이 아니다. 그것은, 죽음과의 조우를 피할 수 없는 당연한 현상으로 받아들이면서도 육신적 만남의 단절 때문에 괴로워하고, 그 괴로움을 바다라는 공간의 무량무변함에 귀속시킴으로써 죽음을 초월해 보려는 의식의 표현이다. 바다의 이중성은 김명인의 작품세계를 떠받치는 중요한 축으로 작용하고 있다.

또 하나는 그의 개인사와 관련된 것인데, 그는 지금까지 여러 편의 시에서 단편적으로 그의 가족에 대한 이야기를 들려준 바 있다. 그것은 물론 가족사를 드러내려는 의도가 앞선 것이 아니라 자신의 존재와 상처를 확인하기 위한 것이었다. 그러한 자료를 통하여 그의 삶을 재구해 보면 이렇다. 그는 4남 7녀의 넷째로 태어났으며 육이오 전후 부친이 파산하여 경제적으로 무력하게 되자 서른도 안 된 어머니가 가계를 떠맡아 장터를 다니며 행상을 하지 않으면 안 되었다(「무화과」, 푸른, 26). 각처를 다니며 장사를 해야 했기 때문에 어린 아들은 고아원에 맡겨져 전쟁 고아들과 함께 생활하기도 했다. 가난과 노역으로 채워진 학창 시절을 등록금 걱정하면서 보내고, 서울로 유학 와 역시 고학을 하여 대학을 졸업하고 군대를 가고 대학원을 마치고 교수가 되었다.

이제는 삶의 고역에서 해방되었는가 하면 그게 아니다. "요 십 년 사이 죽음이 우리 家譜를 채워왔다"(「몫」, 바닷가, 22)고 시인은 적었다. 큰형님과 누님이 세상을 떠나고, 누이동생 둘은 훨씬 오래 전에 죽었으며, 둘째형님은 앙골라에서 혼자 편직기를 돌리고 있고, 막내동생은 사업에 실패하여 마닐라 어딘가에 잠적해 있다(「걱정」, 길, 69). 시골집에는 '웬 육탈이냐고, 形骸가 되어 누워 계신'(「묷」) 팔순의 어머님이 홀로 계신다. 아버지 제사도 모자 단둘이 지내며 팔순 노모 세상 뜨면 상주는 나 혼자 아닐까 걱정한다. 경제적 고통에서는 벗어났지만 아직도 바닷바람과 안개는, 그리고 그 상처는 시인의 의식을 붙잡고 있다. 상처가 늪이 되어 시인의 발목을 휘감고 있는 것이다. 이러한 의식은 그의 시에 생에 대한 부정적 인식으로 자리잡는다.

3. 집착의 고통과 그 지워버림

생에 대한 부정적 인식에 해당하는 단면은 그의 시 여러 곳에 나타난다. 「러시아 집」(푸른, 20)에서 뛰노는 아이들을 보며 어린이는 걱정이 없으나 어른의 삶은 슬픔의 구름이 끼어 있다고 지적한다. 「길, 슬픈 氷河」(푸른, 66)에서는 우리 모두 다시 올 빙하기로 유전하려고 얼음을 기다리는 간빙기의 사람들이라고 단정한다. 그렇게 보면 우리들은 모두 죽음 사이에 갇혀 있는 존재가 된다. 어둠의 결빙 속에 갇혀 있기에 잠깐 빛나는 존재의 별떨기는 오히려 더욱 찬란하고 영롱할 수 있다. 그러나 이 시에서도 별빛의 찬란하고 영롱함보다는 빙하기 사이에 유폐된 존재로 놓인 우리의 실존적 고독이 더 뚜렷하게 묻어난다. 러시아 연해주 지역에 가서 그가 본 것도 역시 슬픔의 풍경이다. 고향을 등지고 객지에 뿌리내려 러시아인도 한국인도 아닌 듯이 살고 있는 이주민의 삶은 말 그대로 유적과 몽유의 삶이다. 그들의 삶의 국면을 집약적으로 표현한 말이 '짧았던 봄날과 길고 시린 입동'(「연해주 시편 1」, 푸른, 33)이라는 구절이다. 그리고 이 말은 김명인의 생에 대한 해석을 집약하는 말이기도 하다.

물론 『푸른 강아지와 놀다』에도 상승과 초월의 몸짓을 표상하는 시구들이 없는 것이 아니다. 예를 들어 '살얼음진 푸르름을 밟으며 허공 저편으로 제 몸을 몇 번이고 공중제비로 돌며 날아가는 새'의 이미지라든가(「새」), '몸의 감옥'을 밀고 '망사처럼 투명한 연초록 날개'를 내어미는 매미의 우화라든가(「羽化」), '산정 환한 햇빛 이고 선 신성한 높이 그 우뚝함'의 표상(「天路 가며 1」) 등은 유폐된 공간에서 벗어나 다른 세계로 나아가고자 하는 기도를 나타낸 예들이다. 그러한 상승과 전진의 징후가 존재함에도 불구하고 시인의 의식 전반이 고적과 비애로 향하고 있음은 부정할 수 없다. 시인은 고통에서 벗어나는 것보다는 차라리 그냥 고통을 지워 버리는 일에 관심을 표명한다. 거기에는 시인의 시간에 대한 관심이 결합되어 있는 듯하다. 이러한 전후 사정은, 그의 시로서는 드물게 동적인 대상을 소재로 삼은 다음의 작품에서 확인할 수 있다.

철길 옆의 가건물 사이로
둥근 지붕만 스쳐보이는 저기 기차는
제철의 무거운 몸을 사슬처럼 끌고
불꽃을 튀기기도 하며 요란스럽게
새벽의 차가움을 두드리고 지나가지만
밀고 가는 낯선 미지도 어느새 허전한 레일이 되어
여기서 보면 질주는 적막한 흔적인 셈인가

하지만 풍경 또한 순간의 停止를 넘어서서
저렇게 빠른 점멸로 물들인다, 그러므로 우리는
시간을 숙직시키지 못한다, 다만 스쳐지나게 할 뿐
그대가 끌고 온 세월, 그대의 것이 아니듯

잠시도 머뭇거리지 않으면서 기차는
기적을 울리면서

왜 바퀴를 굴려 스스로의 길 숙명처럼 이으면서
기차는 가야 하는지
꼬리에 꼬리를 물고 달려오는 벌판
저쪽에 마침내의 휴식이 있는지
덜컹거림은 낮게 낮게 사라지고 한동안의
바람 소리 이내 잔잔해질 테지만

여명의 선로 저쪽엔 더 많은 새벽이 기다리고 있나
정적을 휘저어놓은 저
불켜진 창 하나하나가
어둠에 스미는 분별의 눈일지라도
기차는 제 몸에 부딪히는 풍경만 일별할 뿐 순식간에
저렇게 힘차게 지우며 지나간다

—「기차에 대하여」 전문(푸른, 12)

1930년대에 기차에 대하여 관심을 보이고 그것을 예찬한 시인으로 김기림이 있었다. 그는 현대의 산물인 기차의 힘과 속도에 매료되어 그것을 예찬하였다. 그러면 김명인은 기차의 어떤 점을 새롭게 발견하여 시의 제재로 삼은 것일까? 무거운 몸을 '사슬처럼 끌고' 가는 기차의 모습은 고통스럽게 살아가는 우리들의 모습과 방불하다. 낯선 세계를 향해 돌진하지만 허전한 레일에 적막한 흔적만 남기는 것도 우리들 삶의 형편과 통한다. 그러나 기차에는 우리와 다른 점이 있다. 기차는 시간에 연연해 하지 않으며 모든 풍경을 '힘차게 지우며 지나간다'는 것이다. 이것이 기차와 인간 존재가 다른 점인데 그 다른 점에 시인은 유달리 애착을 느끼며 관심을 갖는다.

우리들은 시간의 흐름에 연연해 하며 하나 하나의 풍경에 집착한다. 꽃이 피면 꽃이 핀 것에 집착하고 낙엽이 지면 낙엽이 지는 것에 집착한다. 그 두 개의 집착이 시간의 흐름을 민감하게 느끼게 하고 시간의 흐름을 인식할 때 감정의 파문이 일어난다. 꽃이 지면 진대서 울고 낙엽이 지면 진대서 운다. 이것을 시인의 표현으로 바꾸어 말하면 '형상의 감옥'(「오래된 사원 6」, 길, 50)에 갇혀 고통을 받는 것이다. 우리가 추구했던 것은 '형상의 근원'이다. '형상의 근원'은 사물의 순수성과 통하며 순수성 속에 도사리고 있는 생명의 근원과 통한다. 이것은 그의 다른 시 「순결에 대하여」(길, 64)에 다른 방식으로 표현되어 있다. 우리는 일상 속에 전개되는 삶의 단면보다는 그 배후에 있는 삶의 근원을 알고 싶어 했다. 그러나 번번히 우리는 형상의 감옥에 갇혀 표피적 일상에 좌우되어 왔다. 당장 눈앞에 이익이 생기면 생겼다고 좋아하고 그것을 놓치면 놓쳤다고 슬퍼한다. 혈육의 죽음에 슬퍼하고 가계의 무너짐에 고통스러워하지만 그 배후에 있는 생의 근원에 대해서는 전혀 알지 못한다. 근원을 알지 못한다 하더라도 적어도 표피에 집착하지는 않아야 할 터인데 우리들은 모두 표피적 일상사에 매달린다. 저마다 형상의 감옥에 갇혀 있다. 그런데 이 기차란 놈은 단 한순간도 머물지 않으며 모든 것을 스쳐 지나가게 한다. 그리고 제 몸에 부딪히는 풍경을 모두 지워 버린다. 우리도 저렇게 지워 버릴 수 있을까. 더군다나 저렇게 기차처럼 '힘차게'!

인간은 그러한 지향은 지니고 있으나 그럴 수 없으므로 모순된 존재다. 현재의 정황만이 아니라 과거의 유적도 모두 지워 버리고 싶으나 그럴 수 없다. 그것 때문에 고통은 끝이 없다. 고통에서 벗어나려면 지움의 길, 버림의 길로 가야 한다. 많은 선지자들이 지우고 버리라고 가르쳤으나 정작 지우고 버린 사람은 소수에 불과하며, 그렇게 가르침이 많다는 것은 지우고 버리기가 어렵다는 것을 반증한다. 어떻게 저렇게 기차처럼 눈 한번 흘낏 스치고 힘차게 지워 버릴 수 있단 말인가. 지상의 모든 것은 지워지지 않고 흔적으로 남아 고통의 형벌을 내린다. 사랑조차 죄의 형벌을 받게 한다. 이것이 생의 모순이다.

내 등꽃 필 때 비로소 그대 만나
벙그는 꽃봉오리 속에 누워 설핏 풋잠 들었다
지는 꽃비에 놀라 화들짝 깨어나면
어깨에서 가슴께로
선명하게 무늬진 꽃자국 무심코 본다
달디달았던 보랏빛 침잠, 짧았던 사랑
업을 얻고 업을 배고 업을 낳아서
내,한 겹 날개마저 분분한 낙화 져내리면
환하게 아픈 땡볕 여름 알몸으로 건너가느니

―「등꽃」 전문(바닷가, 48)

꽃봉오리 속에 누워 설핏 풋잠 든 사이에 이루어진 사랑이라 하더라도 그것은 어깨에서 가슴께로 '선명하게 무늬진' 자국을 남긴다. 그것을 지워 버릴 수 없기에 그것이 죄업이 되어 알몸으로 땡볕 여름을 지나는 고통을 감수하게 된다. 아무리 짧은 인연이라 하더라도 한순간의 집착은 자취를 남기고 그것 때문에 사람은 고통을 받는다. 기차처럼 모든 것을 스쳐 지나가게 하고 어느 것에도 집착을 보이지 않았다면, 이러한 죄업도 고통도 없었을 것이다.

「安靜寺」(바닷가, 11)에는 '갈 수 없는 곳 풍경 깨어지라 몸 부딪쳐 수천 대접째의 놋쇠 소리 쏟아보내는' 풍경 속 물고기가 나온다. 갈 수 없는 곳을 향해 나아가려는 처절한 몸부림은 비단 그 물고기만 보여주는 것이 아니다. 윤회를 벗어나지 못한 세속 세상에 살면서 법당에 '수도 없이 오체투지로 엎드리는' 여인 역시 그 물고기의 모습과 흡사하다. 그러나 아무리 쩔렁대도 물고기가 원하는 곳에 갈 수 없는 것처럼, 그 여인 또한 원하는 바를 이룰 수 없으리라. 가고 싶다는 인간의 열망은 모두 무위로 끝난다. 그것은 집착에서 오고 자기에게 다가오는 형상을 지우지 못해서 생긴다. 그 열망은 인간에게 본원적인 것인데 그것을 이루지 못함은 또한 숙명에 속한다. 그 점에서도 인간 존재는 모순을 지닌다.

4. 동요하는 자아와 생의 모순

최근의 시집 『길의 침묵』에서는 지우고 버리는 일에 대한 시인의 관심이 더 늘어난 것을 볼 수 있다. 반원처럼 순환되는 유폐된 생의 공간 속에서, 그나마 삶의 힘겨움을 조금이라도 줄이려면, 힘겨움의 대상을 일시에 지워 버리지는 못한다 하더라도 현상에 대한 집착에서 한 발 물러서는 자세가 필요하다. 『길의 침묵』의 시적 자아 역시 막막한 공간 속에 쓸쓸하게 헤매고 있으나 또 한쪽으로는 지움에 대한 관심, 혹은 침묵에 대한 관심으로 그 시선이 이동하고 있다. 그래서 시집 전체에 지워짐, 벗어버림, 소진(消盡), 잊음, 허물음, 비워냄 등의 어사가 반복되고 있음을 볼 수 있다. 예를 들어 「아버지의 고기잡이」(길, 12)를 보면, '건져 올린 은빛 비늘의 저 선연한 색 티'에 대한 관심과 '마침내 비워내고선 무얼 신기도 버거운 조각달'에 대한 관심이 거의 대등한 비중으로 설정되어 있기는 하지만, 종국적으로는 무색, 무욕의 세계 쪽으로 기울고 있음을 포착하게 된다.

그와 아울러 상승과 퇴락, 삶의 유의미함과 삶의 허망함을 이중적으로 보여주면서도 긍정적인 방향으로 도약하는 심상이 많이 보이는 것도 변화의 하나이다. 예를 들어 「종이배」에 나오는 '차가운 수면 위로 주둥이를 내밀고 뻐끔대는 물고기들'이라든가 '잠시도 머뭇거리지 않는 물살', 「소태리 點景」에 나오는 '온몸을 던져 심연 속으로 자맥질하는 청동오리', 「사십 일」의 '물 위를 박차고 오르는 해오리', 「석탄 속 사슬」의 '발전소 굴뚝에서 솟아오르는 무수한 새들'과 '거울 저쪽으로 항행하는 눈부신 구름 한 폭', 「돌밭」의 '수면을 박차고 문득 날아오르는 물오리떼' 등이 모두 상승과 도약을 암시하는 사물들이다. 막막한 유폐의 늪을 거쳐 이제 날아오르고 솟아오르는 정경이 몸의 살아 있는 동작으로 인식되기 시작한 것이다. 그리고 그러한 인식의 배면에는 버리고 지우려는 의식이 상승을 위한 전제의 축으로 작용했던 것 같다. 시집 첫머리에 실린 두 편의 작품은 그러한 의식의 흐름을 잘 보여주고 있다.

꽃이 피면 마음 간격들 한층 촘촘해져
김제 봄들 건너는데 몸 건너기가 너무 힘겹다
피기도 전에 봉오리째 져내리는
그 꽃잎 부리러
이 배는 신포 어디쯤에 닿아 헤맨다
저 望海 다 쓸고 온 꽃샘바람 거기 부는 듯
몸 속에 곤두서는 봄 밖의 봄바람!
눈앞 해발이 양쪽 날개 펼친 구릉
사이로 스미려다
골짜기 비집고 빠져나오는 염소떼와 문득 마주친다
염소도 제 한 몸 한 척 배로 따로 띄우는지

萬頃 저쪽이 포구라는 듯
새끼 염소 한 마리,
지평도 뿌우연 황삿길 타박거리며 간다
마음은 곁가지로 펄럭거리며 덜 핀 꽃나무
둘레에서 멈칫거리자 하지만
남몰래 출렁거리는 상심은 아지랑이 너머
끝내 닿을 수 없는 항구 몇 개는 더 지워야 한다고
닻이 끊긴 배 한 척,

—「봄길」 전문(길, 9)

우선 첫 두 행의 시구에서 몸과 마음의 이항대립을 본다. 몸의 감옥에서 벗어나 신생의 날개를 내미는 매미의 모습을 「羽化」(푸른, 49)에서 보았거니와, 마음의 자유로운 유영에 비하면 몸은 언제나 둔중하게 정체되어 있다. 마음은 빠르게 움직이나 몸은 그것을 따르지 못한다. 마음으로는 촘촘하게 핀 꽃들에 다 눈길을 주고 그것을 하나하나 음미하고 싶은데 그런 식으로 넓은 김제 평야를 지나는 것은 정말 힘들고 지치는 일이다. 그렇게 지친 육신의 모습은 망망대해를 헤매는 쪽배 한 척으로 비유된다. 피기도 전에 봉오리째 져내리는 꽃잎은 촘촘하게 피어난 봄을 제대로 음미하지 못하는 화자의 아쉬움을 암시하며, 아쉽게 사라질 봄의 모든 것을 감싸 안으려는 화자의 의지가 꽃잎 부리러 헤매는 배의 심상으로 표현된다. "몸 속에 곤두서는 봄 밖의 봄바람!"이란 표현은 매우 이채로운데, '몸 속'과 '봄 밖'이 대조를 이루며 바람이 곤두선다는 표현도 새롭다. 봄 들판에 부는 바람이 아니라 자신의 몸 안에 부는 바람이기에 '봄 밖의 봄바람'이다. 자신은 몸 속에 부는 봄바람을 따라 신포 앞바다를 헤매고 있다.

자신의 몸을 한 척 배로 제시한 시인은 무리에서 빠져나와 황사길을 타박거리며 걷는 새끼 염소 한 마리를 자신과 동일화하여 역시 한 척 배로 인식한다. 모든 존재는 바다를 떠도는 한 척 배라는 것일까? 황사 길을 걷는 새끼 염소의 모습에서 신산한 어린 날을 거쳐 온 자신의 분신을 본 것일까? 만경 저쪽이 포구라는 듯 염소건 사람이건 한 척 배로 표류해 간다.

그 다음 마무리 시행에서는 '마음'과 '상심'의 이항대립이 나타난다. '마음'과 '상심'은 어떻게 다른 것일까? 마음은 아직 피어나지 않은 꽃나무 주위에 멈칫거리며 기다리려고 하지만, 상심은 남몰래 출렁거리며 '끝내 닿을 수 없는 항구 몇 개는 더 지워야 한다고' 속삭이는 듯하다. 이 구절은 꽤 난해하다. 끝내 닿을 수 없는 항구 몇 개를 더 지워야 한다는 말의 속뜻은 무엇일까? 우선 이 부분의 이항대립이 서두 부분의 이항대립과 상치된다는 것을 지적할 수 있다. 앞에서는 마음이 유동하고 몸이 그것을 따라가지 못했는데 뒤에서는 마음은 머물러 있으려 하고 상심은 동요하는 형국이다. 상심이 하고자 하는 일은 무엇인가? 바로 끝내 닿을 수 없는 항구 몇 개를 더 지워야 한다는 것이다.

「安靜寺」(바닷가, 11)에서 본 것처럼 닿을 수 없는 곳을 가고자 열망하는 것이 인간의 본능이다. 그러나 그것은 고통을 낳는다. 고통에서 벗어나려면 닿을 수 없는 곳, 그곳에 닿으려는 열망을 지워야 한다. 그러한 집착을 지워 버리면 덜 핀 꽃나무 둘레에서 멈칫거리는 일도 하지 않게 된다. 그런데 그것은 집착에서는 벗어나는 일이지만, 마음 간격 한층 촘촘해지고 몸 속에 봄바람이 곤두서는 이 봄날의 홍취조차 포기하게 하는 일인지 모른다. 채색 세상의 즐거움을 포기하고 닿을 수 없는 항구는 다 지워 버린 그 무색의 공간은 과연 살 만한 곳일까? 이것은 누구도 단정적으로 말할 수 없다. 그래서 마음은 멈칫거리고 상심은 출렁거릴 뿐이다. 이 이항대립은 동요하고 방황한다. 이쪽에 기대면 저쪽을 잃고 저쪽을 따르면 이쪽이 사라진다. 그래서 '닻이 끊긴 배 한 척'처럼 멈칫대고 출렁이는 것은 아닌가? 그것이 이 모순된 생의 본질이 아닌가? 김명인의 이 시는 그렇게 속삭이는 듯하다.

긴 골목길이 어스름 속으로
강물처럼 흘러가는 저녁을 지켜본다
그 착란 속으로 오랫동안 배를 저어
물살의 중심으로 나아갔지만, 강물은
금세 흐름을 바꾸어 스스로의 길을 지우고
어느덧 나는 내 소용돌이 안쪽으로 떠밀려 와 있다
그러고 보니, 낮에는 언덕 위 아카시아숲을
바람이 휩쓸고 지나갔다, 어둠 속이지만
아직도 나무가 제 우듬지를 세우려고 애쓰는지
침묵의 시간을 거스르는
이 물음이 지금의 풍경 안에서 생겨나듯
상상도 창 하나의 배경으로 떠오르는 것,
창의 부분 속으로 한 사람이
어둡게 걸어왔다가 풍경 밖으로 사라지고
한동안 그쪽으로는
아무도 다시 나타나지 않았다
그 사람의 우연에 대해서 생각하지만
말할 수 없는 것, 침묵은 필경 그런 것이다
나는 창 하나의 넓이만큼만 저 캄캄함을 본다
그 속에서도 바람은
안에서 불고 밖에서도 분다
분간이 안 될 정도로 길은 이미 지워졌지만
누구나 제 안에서 들끓는 길의 침묵을

울면서 들어야 할 때도 있는 것이다

—「침묵」 전문(길, 10)

시간에 대한 관심은 김명인에게 지속적으로 나타난다. 시간은 만물에 변화를 일으켜 찬란한 눈부심도 허리를 꺾어 하류로 흘러가게 하는 속성을 지니기에 죽음의 형상과도 통한다. 김명인에게는 저녁이라는 시간의 경과도 강물이 흐르는 것으로 비친다. 정지의 정경도 그에게는 유동하는 심상으로 수용되는 것인데, 그는 그것을 '착란'이라고 위의 시에서 분명히 밝히고 있다. 엄격히 말하면, 공간의 시간적 변화를 강물로 인식하는 것만이 착란이 아니라, 그는 생 자체를 착란으로 받아들인다. 그는 이미 「연해주 시편 3」(푸른, 35)에서 '생애 전체가 착각의 방향으로 흘러왔음이 뚜렷하다'고 고백한 바 있다. 위의 시에서도 화자는 물살의 중심을 향해 배를 저어 갔지만 강물은 흐름을 바꾸고 결국은 자신의 소용돌이 안쪽으로 떠밀려 왔다고 적었다. 이것은 지금까지 '변두리 가장이만 쓸쓸하게 헤맨 듯하다는'(「자서」, 푸른) 그의 의식이 그대로 투영된 것이다. 그리고 자신의 삶과 사유가 외부적 현상보다는 내향성 쪽으로 기운다는 사실의 고백이기도 하다. 그러기에 나무에 대한 생각도 창을 통해 보는 풍경 속에서만 생겨나고 '상상도 창 하나의 배경으로 떠오르는 것'이라고 고백한다.

창을 경계로 하여 외부와 내부가 만나고 있다. 그러나 그 두 공간은 서로 소통하지 않고 침묵을 지킨다. 어둠 속에 나무가 아직도 제 우듬지를 세우려고 애쓰는지, 창 밖에 걸어가는 행인이 무엇 때문에 그 길을 걸어갔는지 아무도 말할 수 없다. 시적 자아는 침묵 속에서 창 하나만큼의 캄캄함을 볼 뿐이다. 그 두 공간을 관통해서 불고 있는 것은 역시 침묵의 바람이다. 이것은 앞의 시에서 보았던 '몸 속에 부는 봄 밖의 봄바람'과 흡사한 것이다. 이제 어둠이 깊어져 '길은 이미 지워졌지만' '제 안에서 들끓는 길의 침묵을' 울면서 들어야 한다고 시인은 적었다. 이 대목 역시 앞의 시의 난해구처럼 이해하기 쉽지 않다.

이 시의 사유의 궤적을 다시 정리하면 이렇다. 나는 강물의 중심으로 배를 저어 갔지만 강물은 흐름을 바꾸어 스스로의 길을 지워 버렸기 때문에 나는 내 소용돌이 안쪽으로 떠밀려 왔으며, 어둠이 깊어져 길은 지워졌지만 나는 내 안에서 들끓는 길의 침묵을 듣는다. 강물의 길이 지워지지 않았다면 나는 강의 중심으로 갔을 터인데, 강물이 흐름을 바꿈으로써 나는 외곽으로 밀려났다. 내가 가야 할 길이 있었으나 그 길은 사라졌다. 길이 사라진 이상 모든 것이 침묵을 지키고 있으나, 내가 가고자 했던 길, 그리고 그 길을 가고자 했던 내 욕망은 침묵의 아우성을 외치고 있을지 모른다. 어둠에 모든 길이 지워진 침묵 속에서 시적 자아는 오히려 '제 안에서 들끓는 길의 침묵을 울면서' 듣는다. 이 역설의 어법은 내향적 자아의 자기 응축과 내부적 발산을 절묘하게 복합적으로 드러낸다. 그와 더불어 그것은 생의 모순을 집약적으로 드러낸다. 가야 할 길이 지워지고 보이던 길도 사라진 상황에서 좌절된 욕망이 들끓는 소리를 침묵 속에 견뎌야 하는 존재가 바로 인간인 것이다. 그것이 보편적인 현상이기에 시인은 '누구나'라는 말을 넣었다. 사람이라면 누구든 그런 체험을 공유하는 것이기에.

'들끓는 길의 침묵'이라는 말은 그 자체가 생의 이중적 모순성을 잘 드러낸다. 막막한 세상에 한 척 배로 떠도는 사람도 때로는 생의 지울 수 없는 파동을 일으키기도 하며 수면을 박차고 솟아오르는 상승의 몸짓을 보이기도 한다. 그러나 그러한 파동과 동요는 다시 고독한 정박으로 귀결된다. 그래서 시인은 '모든 滿船은 쓸쓸하다'(「아버지의 고기잡이」, 길, 12)고 단언한다. 그러면서도 '검푸른 파도로 솟아 뱃전을 뒤흔드는 심해'에 대한 관심을 포기하지 않는다.

침묵만을 보여주거나 들끓음만을 보여주는 것은 생의 참된 모습이 아니다. 들끓는 침묵이야말로 생의 실상을 드러내는 말이다. 이 모순어법 속에 생의 진실이 담겨 있고 김명인 시의 본질이 담겨 있다. 앞으로 들끓음과 침묵의 양변 사이를 시인이 어떻게 왕래하고 관찰하며 자기 사유를 펼쳐 갈지 알 수 없다. 다만 우리는 그가 어느 한쪽에 주저앉지 않고 양항의 긴장을 끝까지 유지해 갈 것이라는 점은 예측할 수 있다. 그의 성장기에서 지금까지 그의 내면에 현존하고 있는 '바다'가 바로 그 이중적 긴장의 상징을 유지시키는 동력이기 때문이다.

화엄 세상의 슬픔과 기쁨
—정호승론

1. 시의 서정성과 대중의 사랑

태초에 말씀이 있었고 말씀이 곧 시였다. 이것이 있으라 하니 이것이 있었고 저것이 있으라 하니 저것이 있었다는 명명이 곧 시작 행위였다. 명명은 비유로 이루어진다. 예를 들어 코끼리는 코가 긴 동물의 특징을 살려 붙여진 이름이고, 까치는 새의 울음소리를 본따 붙여진 이름이다. 이처럼 명명은 비유의 형식을 빌린다. 비유는 시창작의 근간이다. 인류 문화가 명명과 더불어 시작되었다고 본다면 시는 인류 문화의 출발과 더불어 존재했다는 이야기가 가능하다.

요즘 디지털/사이버 시대를 맞아 시의 미래를 걱정하는 사람들이 많은데, 나는 걱정할 것이 별로 없다고 생각한다. 인류 문화의 탄생과 더불어 시작된 시는 인류의 종언과 그 운명을 같이 할 것이라고 나는 굳게 믿는다. 우리가 인지하지 못해서 그렇지 시는 우리 생활 깊숙이 침투해 있다. 요즘 젊은이들이 빠르게 읊조리는 랩송의 가사도 가만히 들어보면 만만치 않은 시적 요소, 즉 시성(詩性)을 지니고 있음을 확인할 수 있다. 랩(Rap)이라는 말 속에는 '라임(Rhyme)을 가진 시', 'Rhyme And Poesy'라는 의미가 깃들여 있다고 한다. 말하자면 젊은 이들에게 랩은 일종의 시로 받아들여진 것이다. 그런가 하면 우리가 여러 곳에서 매일 접하는 광고 문구도 거의 다 시의 형식을 차용하고 있다. 광고 문안을 발성하는 모델의 억양에도 시의 리듬이 담겨 있다. 그것은 시적인 것, 즉 시성(詩性)이 인간의 본원적인 상태에 연결되어 있음을 알려준다. 그러므로 우리가 통상적으로 생각하는 시의 양식이 변화할지는 모르지만, 시성(詩性)은 인류가 존속하는 한 사라지지 않을 것이라고 나는 믿는다.

시가 이렇게 인간에게 본원적인 것이라면 실제로 시가 대중에게 사랑을 받는가 하는 점이 문제다. 지금 시인들에게 질문을 던지면 십중팔구 대중에게 외면을 당한다고 대답할 것이다. 그런데 한 신문 기사(「지구촌이 놀라는 한국인의 시사랑」, 『중앙일보』, 2000년 4월 8일자)에 의하면 한국처럼 시의 열기가 뜨거운 나라가 없다고 한다. 신춘문예에 수천 명이 응모를 하고 시집이 몇십만 부씩 팔리는 나라는 우리나라밖에 없다고 한다. 이런 실정인데도 대다수의 시인들은 시가 대중들에게 외면을 받는다고 생각한다. 그것은 대중문화에 대한 애호나 다른 책의 판매 부수에 비해 시의 그것이 현저히 떨어진다는 사실 때문이다.

그러면 인간 심성의 깊은 곳에 맞닿아야 할 시가 대중으로부터 외면을 받는 이유가 무엇인가? 한마디로 말하면 그것은 시가 시다운 모습을 지키지 못했기 때문이다. 20세기에 들어와 고삽(苦澁)하고 외연(巍然)한 지성의 길을 걸으면서 시는 자신의 본령인 서정성을 저만큼 밀어놓았고 그 때문에 인간의 감성에 직접 충격할 수 있는 능력을 스스로 포기하게 되었다. 그러나 지성의 길이란 시에게만 주어진 길이 아니다. 지적 능력은 인간의 귀한 능력 중 하나지만 그것은 시와는 다른 차원에서 더욱 집중적으로 개발될 수 있는 것이고 본능보다는 작위적인 인간 사고의 틀 속에 움직이는 것이다. 따라서 그것은 인간의 감성적 근원에서는 사뭇 떨어진 자리에 놓인다. 그렇다고 시에서 지성을 추방하라는 이야기는 아니다. 감성의 고루한 옹벽이 갑갑하여 탈서정의 길로 모험을 떠나는 경우에도 시의 본령이 서정성에 있음을 잊지 말고 귀환의 통로를 열어 놓아야 한다는 뜻이다.

그러면 지금 대중들에게 사랑을 받는 시집은 어떤 것인가? 서점에 가면 기성 시단에 거의 알려지지 않은 시인들의 시집이 베스트셀러 목록에 올라 있다. 그 시집들은 표제부터가 사랑, 그리움, 외로움, 슬픔 등을 내세우고 있다. 이런 감정의 목록은 사람들이 가장 흔하게 느끼는 것이고 그렇기 때문에 유형화되고 도식화될 가능성이 많다. 청소년들에게 인기 있는 시집들은 거의 예외 없이 도식화된 감정을 펼쳐내고 있다. 그런데 기성 시단의 시인으로 비교적 많은 독자를 확보하고 있는 시인이 정호승이다. 특히 7년의 공백을 깨고 연이어 발간한 『사랑하다가 죽어버려라』(창작과비평사, 1997), 『외로우니까 사람이다』(열림원, 1998), 『눈물이 나면 기차를 타라』(창작과비평사, 1999) 등 세 권의 시집은 상당히 많은 판매 부수를 올린 것으로 알고 있다. 어떤 사람은 판매 부수와 제목만 보고 「맹인 부부 가수」, 「서울의 예수」의 시인이 대중 시인으로 전락한 것이 아니냐고 오해하기도 했다. 『눈물이 나면 기차를 타라』의 해설을 쓴 김정환조차 『외로우니까 사람이다』가 "대중적이라서 질이 떨어지는 지경을 보인" 시집이라고 판단하고 있을 정도다. 그러나 이 세 권의 시집을 꼼꼼히 읽어 보면 대중의 얕은 감성을 겨냥한 가판대의 시집과는 판이하게 다른, 매우 드높은 시적 향취가 감돌고 있음을 발견하게 된다. 오히려 그의 시는 대중에게서 멀어진 현대시가 어떻게 대중에게 다가와야 하는지를 모범적으로 보여준 선구적 사례로 기록될 만하다.

정호승의 시집에도 사랑, 외로움, 그리움, 슬픔의 감정이 가득 차 있다. 표면만 보면 그것은 감상적인 대중 시집과 별 차이가 없어 보인다. 그러나 중요한 것은 그 사랑이 어떤 사랑이며, 외로움은 어디에서 오고, 그리움과 슬픔은 무엇으로 이어지는가 하는 점이다. 요컨대 감정의 유형이 아니라 정서의 맥락이 중요하다. 나는 이 글에서 정호승 시의 방법론적 특징과 작품의 중심을 이루는 감정의 세목들을 찾아내 그것이 지닌 의미와 가치를 드러내려 한다. 그런 과정을 통하여, 서정시가 대중에게 사랑을 받으면서도 스스로 기품을 유지하는 방안이 도출된다면, 시의 미래를 걱정하는 사람들에게 새로운 가능성을 제시하는 역할도 하게 될 것이다.

2. 절제와 반복, 동화적 상상력

'정지용문학상' 12회 수상작으로 결정된 작품은 정호승의 「하늘의 그물」이다.

하늘의 그물은 성글지만
아무도 빠져나가지 못합니다
다만 가을밤에 보름달 뜨면
어린 새끼들을 데리고 기러기들만
하나 둘 떼지어 빠져나갑니다

—「하늘의 그물」 전문

이 시의 첫구절은 노자 『도덕경』 73장에 나오는 "天網恢恢 疎而不失"(하늘의 그물은 넓고 넓어, 성글어 보여도 빠져나가지 못한다)이라는 구절에서 왔다. 일반적으로 이 문장은 하늘이 태연히 침묵을 지키는 것 같지만 인간의 잘못은 모두 가려진다는 뜻으로 해석된다. 하늘의 그물은 눈에 보이지 않고 인간이 만들어낸 법의 그물은 눈에 보인다. 그래서 법의 그물만 피하여 자신의 욕망을 뒤쫓는 사람들이 있지만 그들의 죄는 언젠가는 하늘의 그물에 걸리게 된다. 그런데 그 하늘의 그물을 빠져나가는 존재들이 있다. 가을밤을 날아가는 기러기떼다.

그 기러기는 '어린 새끼들을 데리고', '하나 둘 떼지어' 빠져나가는 것으로 되어 있다. 말하자면 기러기라는 대상이 중요한 것이 아니라 어린 새끼들을 데리고 하나둘 떼지어 날아가는 그 모양이 중요한 것이다. 여기에는 어린 새끼를 보살피는 어미 새의 연민 어린 사랑, 하나 둘 작게 떼지어 날아가는 소박하고 평화롭고 단란한 정경이 의미를 지닌다. 그렇게 작고 소박한 단란함을 비춰주는 데에는 환한 보름달이 제격이다. 어설픈 초승달이나 싸늘한 그믐달은 어울리지 않는다.

이 시에는 일종의 이분법이 작용하고 있다. 그것은 죄지은 인간은 그물을 벗어나지 못하지만 사랑을 지닌 기러기는 그물을 벗어난다는 이분법, 죄와 무죄, 순수와 비순수의 이분법이다. 그 이분법의 원형이 다음 시에 있다.

새가 죽었다
참나무 장작으로
다비를 하고 나자
새의 몸에서도 사리가 나왔다
겨울 가야산에
누덕누덕 눈은 내리는데
사리를 친견하려는 사람들이

새떼처럼 몰려왔다

—「새」 전문

이 시는 『사랑하다가 죽어버려라』 첫머리에 실린 작품인데, 여기 나오는 새의 죽음은 다비, 사리, 가야산, 누덕누덕 등의 말을 볼 때 성철 스님의 입적을 연상시킨다. 가야산 해인사 퇴설당에서 누덕누덕 기운 옷을 입고 수도하던 성철 스님이 1993년 11월 4일 입적하였다. 다비식을 봉행하고 100여과의 사리를 수습하여 대중에게 공개하자 전국에서 사리를 친견하려는 사람들이 몰려들어 가야산 일대가 대혼잡을 이룬 바 있다. 앞의 짧은 시 「하늘의 그물」이 '어린 새끼들을 데리고' 라는 시구 때문에 시로 살아났듯이 「새」도 '새떼처럼 몰려왔다' 라는 구절 때문에 시로 승화한다. 새떼처럼 몰려온 사람들은 절대 새가 될 수 없다. 여기서 '새' 와 '새떼처럼 몰려온 사람들' 의 이분법이 성립한다. 그것 역시 순수와 비순수의 이분법이다.

겉으로 단순해 보이는 이 이분법에 시의 원광을 두르게 하는 요소가 절제의 정신이다. 절제는 압축을 생명으로 한다. '어린 새끼들을 데리고' 라는 말에 많은 것을 함축하고 나머지를 과감히 생략하는 방법, '새떼처럼 몰려왔다' 는 구절에 몇 겹의 의미를 감춰두고 다른 것은 단호히 잘라내는 방법. 이 시법이 단순한 정황을 시로 승화시킨다. 단순성 속에 시의 불길을 약동하게 한다.

그런데 그는 절제만 보여주는 것이 아니다. 많은 시에서 유사한 말을 반복하고 있다. 그런데 참으로 놀라운 것은 말을 반복하는 경우에도 절제의 정신은 그대로 유지된다는 점이다. 반복의 절제, 절제의 반복을 그는 노린다. 아니, 누린다. 그렇다, 그는 그것을 자연스럽게 누린다.

도둑놈풀의 마음 속에는
도둑의 마음이 없습니다
도둑놈의 마음 속에는
도둑의 마음이 있습니다
도둑놈이 걸어간 달밤의
길이 있습니다
그 길에 보름달이 은근히
웃고 지나갑니다

—「도둑놈풀」 전문

이 시에 사용된 어휘는 몇 개 되지 않는다. '도둑'과 '마음'이란 말이 여러 번 반복되었고 '없습니다'와 '있습니다'가 뒤바뀌며 의미의 주조를 이룬다. 그런데 그 말의 반복이 이루어낸 세계는 참으로 정갈하고 단정하다. 우리는 이 짧은 시를 읽으며 여러 가지 생각을 하게 된다. 도꼬마리라고도 하고 도깨비풀이라고도 하는 식물에 도둑놈풀이라는 이름이 붙여진 내력, 자연의 순진무구함과 인간의 죄업에 대한 명상, 도둑놈이 걸어가는 밤길의 음산함, 도둑의 길까지도 자연의 천진함으로 승화시키는 보름달의 너그러움, 그것을 바라보는 시인 마음의 넉넉함 등을 떠올린다. 반복의 절제는 시에서 이런 능력을 행사한다. 정호승 시의 절제가 도달한 경지는 다음과 같다.

영등포역 어느 뒷골목에서 봤다고 하고
청량리역 어느 무료급식소에서 봤다고 하는
아버지를 찾아 한겨울 내내
서울을 떠돌다가
동부시립병원 행려병동으로 실려가

하루에도 몇 명씩 죽어나가는 행려병자들을 보고 돌아와
늙은 소나무 한 그루 청정히 눈을 맞고 서 있는
아버지의 텅 빈 방문 앞에 무릎을 꿇고 앉다
바람은 차고 달은 춥다
솔가지에 내린 눈은 더이상 아무 데도 내릴 데가 없다
젊은 날 모내기를 끝내고 찍은
아버지의 빛바랜 사진 옆에 걸려 있는
세한도 속으로
새 한 마리 날아와 앉아 춥다

—「세한도」 전문

이 시의 화자는 아버지를 찾아 헤맨다. 어떤 사연으로 아버지가 집을 나가 떠돌이가 되었는지는 알 수 없으나, 아버지는 시골에서 농사 짓던 분이며, 아들은 아버지를 찾아다닌 지 오래 되었고, 아버지의 방 안에는 세한도가 걸려 있다. 이곳 저곳을 수소문해도 아버지를 찾지 못한 화자는 아버지의 방 앞에 돌아와 세한도를 보며 생각에 잠긴다. 이 시에는 정호승 시에 자주 보이던 슬프다든가 그립다든가 하는 감정 표현의 어사가 한마디도 없다. 감정을 내비치는 말은 '춥다' 정도다. 그만큼 이 시는 절제로 일관하고 있다. 그러나 그 절제 속에 말로 다 나타내지 못할 무량한 감정이 넘실댄다. 그렇다고 앞의 시들처럼 디테일이 축약되어 있느냐 하면 그렇지도 않다. 오히려 구체적 지명과 장소가 열거되면서 생생한 사실성을 드러낸다.

이 시가 주는 감동은 절제에서 온다. 말로 하자면 한이 없었을 아버지의 생애. 시인은 그것을 몇 개의 상징적 정황을 통해 압축적으로 드러낸다. 그 상징의 도구로 제시된 것이 젊은 날 모내기를 끝내고 찍은 사진, 벽에 걸린 세한도, 시립병원 행려병자들의 죽음 등이다. 흙과 하나가 되어 들판에서 일하던 젊은 시절이 있었고, 잡스러운 것과 어울리지 않고 자신의 길을 의연히 걸어온 과정이 있었고, 이제는 노숙자로 생사불명의 상태에 놓인 참담한 몰락의 노정이 있다. 어떻게 보면 최루(催淚)의 비가(悲歌)로 퉁겨져 나갔을 수도 있는 이 시에 감정의 균형을 취하게 한 것은 '세한도'와 시의 중간 부분에 정확히 자리잡고 있는 '청정히'라는 부사다. '청청히'도 아니고 '정정히'도 아닌 이 말은 '맑고 고요하게'라는 뜻일 텐데 그것은 아버지의 삶의 방식을 암유한다. 청정히 살려 했던 아버지가 이제는 노숙자로 어느 뒷골목을 떠돌고 있다. 이것은 분명 생의 모순인데 화자는 모순을 모순이라고 말하지 않은 채 외롭고 추운 겨울의 정경을 상징적으로 보여주는 것으로 대신했다. 눈을 맞고 서 있는 늙은 소나무, 더 이상 내릴 데가 없는 눈, 그림 속에 날아와 앉은 새 한 마리 등 이 시에 제시된 상징적 소재들은 병들고 늙고 죽어가는 인간 존재의 무상함과 그 숙명적 외로움을 생생하게 각인시킨다. 한마디로 말하여 이 작품은 정호승의 절제의 시학이 완성한 최고의 작품이다.

이와 아울러 초기시부터 지금까지 정호승 시의 중요한 견인력으로 작용하는 것은 동화적 상상력이다. 이것은 그가 동시로 먼저 등단했다는 사실과도 무관하지 않은 것 같다. 초기작인 「첨성대」나 「눈사람」, 「맹인 부부 가수」 등에 보이던 동화적 상상력은 최근의 시작에서 더욱 정제된 형식으로 변용되어 나타난다. 그런 경향은 특히 『외로우니까 사람이다』에 두드러지게 나타나는데, 「남한강」에서 나룻배를 사모하는 갈대들이 겨울을 불러들여 남한강을 얼어붙게 해서 아무 데도 못 가게 붙들어 두었다든가, 「발자국」에서 눈길에 난 발자국들이 서로 팔짱을 끼고 걸어가고 서로 뜨겁게 한몸을 이루다 녹는 것을 보면 그들이 사랑한다는 것을 알게 된다고 상상하는 것이 그것이다.

「입산」, 「후회」, 「마음의 똥」 등의 작품에서 동화적 상상력의 발현은 반복의 작시법과 결합되어 절정에 이른다. 「마음의 똥」에서 사람의 똥조차 함박눈이 되어 눈부시게 빛나는가 하면, 「후회」에서는 추억의 명승지를 열거하면서 그대와의 만남이 영원의 만남으로 승화되지 못하고 단절되어 버린 것에 대한 후회의 감정을 반복의 형식으로 표현하고 있다. 그의 동화적 상상력 속에서 자연과 인간은 자연스럽게 소통하고 외부적 정경과 자아의 내면이 아름답게 접촉하고 교류한다. 달팽이가 비 맞는 시인의 머리에 우산을 받쳐주기도 하고 정동진 맑은 햇살이 서울에 올라와 지하철 행상 노파의 손등을 밝혀 주기도 한다. 그런데 그러한 화해와 소통이 동화적 상상의 세계 안에서 이루어진다는 것은 현실의 인간 관계 속에서는 그것이 불가능하다는 사실을 역으로 드러낸다. 결과적으로 그것은 존재의 외로움을 환기한다.

3. 외로움, 존재의 근원

『사랑하다가 죽어버려라』에는 연어를 소재로 한 시가 두 편 있다. 한 편은 제목이 「연어」인데 다른 한 편은 제목이 「사랑」이다. 실제로는 「연어」가 사랑을 이야기하고 있고 「사랑」은 존재의 외로움을 드러낸다.

연어의 일생은 특이하다. 민물에서 부화한 연어는 치어 상태로 몇 달을 보내다가 바다로 가서 성장한다. 바다에서 4, 5년을 지내고 알을 낳을 때가 되면 자기가 태어난 강으로 회귀하여 상류로 거슬러 올라간다. 이때 암수가 짝을 지어 올라가는데 암컷은 일체 아무것도 먹지 않는다. 상류에 이르면 암컷은 몸과 꼬리를 이용하여 자갈과 모래를 헤치고 알을 낳을 수 있는 곳을 만들고 수컷은 망을 본다. 안전한 산란장이 마련되면 암컷은 산란을 하고 수컷은 방정을 한다. 알을 낳은 후 상처투성이가 된 암컷은 기진맥진하여 죽고 수컷도 일 주일내로 죽는다. 이러한 생태적 특이성 때문에 연어는 많은 문학작품의 소재가 되었다. 강을 거슬러 오르는 연어는 생산과 죽음이라는 이중성을 지니고 있다. 그것은 인간의 존재론적 조건을 연상시킨다.

강가에 초승달 뜬다.
연어떼 돌아오는 소리가 들린다
나그네 한 사람이 술에 취해
강가에 엎드려 있다
연어 한 마리가 나그네의 가슴에
뜨겁게 산란을 하고
고요히 숨을 거둔다

—「사랑」 전문

연어가 나그네 가슴에 산란을 한 이유는 무엇일까? 외로움에 대한 공감이 있었기 때문일 것이다. 알을 낳고 숨을 거두는 연어도 외로운 존재고 술에 취해 강가에 엎드려 있는 나그네도 그런 존재다. 숨을 거둘 연어는 마지막으로 헐벗고 외로운 존재의 가슴에 뜨거운 알을 남기고 싶었을 것이다. 이것이 연어의 마지막 사랑이다. 나그네의 가슴에 사랑의 알이 부화하여 그 헐벗은 존재를 따뜻하게 덮어주는 장면을 상상해 볼 수 있다. 이것 역시 동화적 상상력의 발현인데 그것은 「연어」에서 사랑하기 때문에 죽는 외로운 존재의 아름다움으로 전환 표현된다.

정호승 시에서 외로움은 버릴 것이 아니라 지킬 것이다. 외로운 자가 아름답고 외로운 자가 순수하다. 외로움은 자발적으로 선택한 것이다. 「밥 먹는 법」에서 비굴한 밥을 먹느니 차라리 굶고, 굶어서 가벼워지라고 말한다. 굶어서 가벼워지는 것은 외로움의 자발적 수용을 전제로 한다. 스스로 외로워지지 않으면 굶어서 가벼워질 수 없고 "풀잎을 햇살에 비벼 먹을" 수 없다. 일반적으로 사람들은 외로워서 못 살겠다고 한다. 그러나 외로움의 벼랑이 인간 존재의 근원이라고 생각하면 오히려 외로움은 편안한 거주 공간이 된다. 외로움의 절벽을 이불로 삼고 집으로 삼을 때 절벽 너머의 바다도 보이고 수평선도 보인다.

> 절벽을 만나거든 그만 절벽이 되라
> 절벽 아래로 보이는 바다가 되라
> 절벽 끝에 튼튼하게 뿌리를 뻗은
> 저 솔가지 끝에 앉은 새가 되라
>
> 절벽을 만나거든 그만 절벽이 되라
> 기어이 절벽을 기어오르는 저 개미떼가 되라
> 그 개미떼들이 망망히 바라보는 수평선이 되라
>
> 누구나 가슴속에 하나씩 절벽은 있다
> 언젠가는 기어이 올라가야 할
> 언젠가는 기어이 내려와야 할
> 외로운 절벽이 하나씩 있다
>
> —「절벽에 대한 충고」 전문

사람들은 누구나 외로운 절벽을 지니고 있다. 개미들이 부지런히 절벽을 오르내리듯이 사람도 외로움의 절벽을 오를 수밖에 없다. 외로운 존재는 연약해 보이지만, 외로움을 존재의 숙명, 혹은 존재의 조건으로 받아들일 때, 절벽 끝에 뿌리를 내린 소나무처럼 의연한 존재로 설

수 있다. 그 외로움은 아름다운 외로움이다.

그런데 이렇게 외로움을 선택할 수 있는 사람은 오히려 여유 있는 사람이고 축복받은 사람이다. 세상에는 본인이 원하지 않았는데도 어쩔 수 없이 사회로부터 누락되고 소외되어 막막한 삶을 이어가는 사람들이 있다. 먹고 살 수가 없어 가족과 헤어져 외톨이로 떠도는 사람에게 "울지 마라/외로우니까 사람이다"라고 말할 수는 없는 노릇이다. 그들에게 시인은 연민의 눈길을 보내고 아무런 도움도 주지 못하는 자기 자신의 무력함에 자책감을 느낀다.

4. 연민과 자기 반성

소외 계층에 대한 연민과 사랑 역시 정호승의 초기시부터 이어져 오던 주제다. 첫시집 『슬픔이 기쁨에게』(창작과비평사, 1979)에서 맹인 부부 가수, 혼혈아, 거지 소년, 구두닦이 소년을 소재로 소외 계층의 비애와 한을 적실하게 드러낸 이력을 그는 지니고 있다. 이것은 어떤 이념적 지향에 의한 선택이 아니라 경제적으로 어려웠던 그의 성장 과정에서 자연스럽게 형성된 동정과 연민의 결과일 것이다. 그렇기 때문에 시인의 반응이 다소 과도한 비애의 주관성 쪽으로 기운 것이 사실이다. 그러나 최근의 시작에서 소외 계층에 대한 관심은 상징의 어법에 의해 훨씬 압축되고 정화된 형태로 나타난다.

부활절 날 밤
겸손히 무릎을 꿇고
사람의 발보다
개미의 발을 씻긴다

연탄재가 버려진
달빛 아래
저 골목길
개미가 걸어간 길이
사람이 걸어간 길보다
더 아름답다

―「봄 밤」 전문

카톨릭에는 세족례라는 의식이 있다. 예수가 최후의 만찬 때 제자들의 발을 씻겨준 것에서 유래한 이 의식은 예수의 겸양과 사랑을 본받기 위하여 부활절 때 가난한 사람들의 발을 씻어주는 의식으로 전해졌다. 이것은 원래 팔레스타인 가정에서 먼 길을 걸어온 손님을 환대하는 행위였다. 정호승의 시에 자주 등장하는 세족 모티프는 후자의 의미와 연관된다. 발은 걷고 일하는 데 쓰이는 도구다. 발을 씻겨준다는 것은 그 사람의 노고를 위로하고 안식을 베푼다는 의미다.

위의 시에서 시인은 개미의 발을 씻긴다. 개미가 발을 수고로이 움직여 사는 존재임을 생각할 때 그것은 노동으로 살아가는 소외 계층을 상징하는 것으로 보인다. 그러한 추측의 가능성은 둘째 연의 '연탄재가 버려진 골목길'이라는 구절에서 보강된다. 그것은 산동네 비탈진 골목길을 연상시킨다. 이 시의 함축적 의미를 산문으로 풀어 말하면, 가난한 사람들이 몰려 사는 골목 아래로 노동자가 걸어가고 그 노동자의 수고로움을 덜어주고 싶으며 노동자가 걸어간 길이 더 아름답게 보인다는 뜻이다. 앞에서 보았던 '새 : 인간'의 대비적 인식이 여기서는 개미 : 사람의 이분법으로 나타난다. 근면하게 일하며 살아가는 사람들과 그렇지 못한 사람들의 이분법이 그것이다. 그는 「쌀 한톨」이라는 시에서 "어깨에 삽을 걸치고 돌아가는 사람들을 향해" 무릎 꿇고 기도 한다고 말하기도 했다.

소외 계층에 대한 관심이 많이 드러난 시편은 『외로우니까 사람이다』의 3부에 몰려 있다. 그 중 근면하게 일하며 살아가는 사람들의 아름다움과 평화로움을 단적으로 표현한 시가 「나의 조카 아다다」다. 시의 화자는 봉천동 산동네에 살림을 차린 청각 장애의 조카 아다다의 집을 방문한다. 조카가 살아가는 모습에서 그는 사랑과 평화가 맑은 시내를 이루고 "지상에서 가장 고요한 하늘이" "가득 내려오는 것을" 본다. 조카 아다다와 그녀와 수화를 나누는 딸, 타일공으로 일하는 남편, 이들이 곧 개미고 달팽이다. 아침 이슬처럼 순수하고 무죄하기 때문에 더욱 쉽게 밟히는 달팽이. 그들의 삶은 아름답고도 슬프다.

그래서 3부의 시편에는 불행하고 서글픈 삶의 모습이 더 많이 나온다. 평화시장 흐린 불빛 아래 미싱을 돌리는 여공, 폐광촌 단란주점의 검은 민들레, 서울로 몰래 길 떠나는 외로운 소년, 눈 내리는 겨울밤 메밀묵을 파는 소년, 아들을 잃고 술에 취해 떠도는 아버지 등 지상에서 외롭고 춥게 살아가는 사람들이 나오는데, 시인은 절제의 톤을 유지하면서도 그들을 연민어린 눈길로 바라보며 그 속에서 슬픔과 함께 아름다움을 발견하려 한다. "개미가 걸어간 길이/사람이 걸어간 길보다/더 아름답다"는 세계관이 그의 시야를 주도하고 있다.

자정 넘은 시각
지하철 입구 계단 밑
냉동장미 다발이 버려져 있는
현금인출기 옆 모서리
라면박스를 깔고
아들 둘을 껴안은 채
편안히 잠들고 있는 여자

가랑잎도 나뒹굴지 않았던
지난 가을 내내 어디서 노숙을 한 것일까
온몸에 누더기를 걸치고
스스로 서울의 감옥이 된
창문도 없는 여자가
잠시 잠에서 깨어나 옷을 벗는다
겹겹이 껴입은 옷을 벗고 또 벗어
아들에게 입히다가 다시 잠이 든다
자정이 넘은 시각
첫눈이 내리는
지하철역 입구

—「성의(聖衣)」 전문

시인은 이 거지 여인이 아들에게 덮어준 옷을 성의(聖衣)라고 했다. 성의라는 제목에는 분명 시인의 연민의 감정이 담겨 있다. 그러나 시의 문맥 속에서 시인은 절대 흥분하지 않고 대상을 냉정하게 묘사하는 태도를 유지했다. 이 냉정한 묘사법이 성의라는 제목과 시적으로 충돌한다. 시인은 이 시의 시어 하나하나를 세심하게 배려하여 배치하였음에 틀림없다. 절도 있게 선택된 시어 하나하나가 그 이상의 깊은 의미를 함축한다. 버려져 있는 냉동장미는 그렇게 버려진 노숙자 가족의 은유다. 동시에 그것은 냉동장미의 일회성, 경박성, 순간성을 드러내며 사람들의 삶이 그러한 가식에 둘러싸여 있음을 암시한다. 현금인출기나 라면 박스는 노숙자들에게는 아무 관계없는 사물들이다. 그들이 현금인출기를 사용할 리 없고 라면을 박스로 사 먹을 리 없다. 그것들과 무관하게 지내는 노숙자 가족이 현금인출기 옆에 라면 박스를 깔고 누웠다는 것 자체가 생의 아이러니다. 낮의 현실 속에 가까이할 수 없는 사물을 밤의 숙소로 이용하는 것이다. "가랑잎도 나뒹굴지 않았던" 이라는 시행은 이 가족이 가랑잎처럼 나뒹굴었다는 것을 전해주는 동시에 그들의 노숙 기간이 상당히 오래되었음을 알려준다.

슬픔과 눈물이라는 말을 반복해서 사용한 시인이 이 시에서 그런 감정적 어사를 한마디도 사용하지 않았다는 것은 시인의 절제력이 보통이 아니라는 것을 알려준다. 그것은 상상을 뛰어넘는 감정의 절실성을 시인 자신이 느끼고 그것을 시 안에 찬찬히 새겨 넣었다는 사실을 의미한다. 나는 이런 시가 진짜 시라고 생각한다. 이러한 시편이 담긴 시집이 많이 팔리고 특히 청소년층이 애독하였다는 사실은 나를 기쁘게 한다. 그들도 이 시편을 읽으며 그 나름의 어떤 느낌을 가졌을 터인데, 그 감성적 울림은 도덕적, 정치적 변설을 훨씬 능가하는 위력을 갖는다. 그런 감성적 전파력을 통해 자연스럽게 순정한 인간미가 개발될 수 있다고 나는 믿는다. 사이버 오락에만 빠져들지 않고 이런 시를 읽는 젊은이들이 많다는 것은 참으로 아름다운 일이다.

그러면 정호승 시인은 이런 시를 쓰는 것 외에 소외받는 사람들을 위하여 무엇을 하였는가? 그의 시의 외로움과 슬픔은 바로 여기에서 온다. 참담한 삶의 실상을 목격하면서도 그들의 발을 씻어주지 못하고 관찰만 할 수밖에 없는 처지가 외로움과 눈물을 불러일으킨다. 만일 정호승의 시가 소외 계층에 대한 동정만 펼쳐내는 데 머물렀다면 그것은 사이비 감상시로 오인될 수도 있었을 것이다. 그러나 그의 시는 연민과 안타까움 옆에 무력한 자아의 괴로움, 자아 성찰과 자기 반성의 자리를 마련해 놓았다. 그는 '얼마나 모래를 먹어야 소금이 될 수 있을지, 자기 이름을 지울 수 있을지' (「배가 고프다」) 고민하며, '한때 내 혀가 진실의 향기가 되기를 바란 적이 있었으나 이제는 여물통에 들어가 죽음을 기다릴 뿐이라고' (「나의 혀」) 자성의 뜻을 밝히기도 한다. 그것은 '낙타의 똥을 먹으며 발 없이 걸어서 가고 무릎 없이 기어서 가는'

(「실크 로드」) 자학의 몸짓으로 돌출되기도 한다. 「옥수수죽 한 그릇」에서는, 북한 동포를 생각하며 옥수수죽 먹는 행사에 참여하고 돌아와 아들에게 북한에서는 옥수수죽도 못 먹어 굶어죽기까지 한다는 이야기를 하면서 결국은 쌀밥 한 그릇을 다 비우는 자신의 이중성을 노골적으로 비판하고 있다.

이러한 자기 비판과 자기 반성이 옆에 놓여 있기에 소외 계층에 대한 연민도 진정성을 확보하게 된다. 그가 바라는 삶의 모습은 서로가 서로의 발을 씻겨주고 다른 사람의 눈물을 닦아주고 먼지를 닦아주어 사랑과 평화가 시내처럼 흐르는 모습이다. 그러한 장면을 꿈꾸기만 할 뿐 실제의 삶에서는 소외와 고통이 이어지고 그것을 해결할 능력이 자신에게 없다는 사실에서 그의 슬픔과 외로움은 온다.

5. 생명의 화엄적 인식

시인에게 한 가지 위안이 되는 것은 자연의 순연한 아름다움이 아직 존재한다는 점이다. 노란 애기똥풀이 절벽에 뿌리를 내리고 피어나는 것, 겨울에 함박눈 환히 내리는 것, 봄비가 나뭇잎을 닦아주는 것, 쥐똥나무 그늘에 첫눈이 쌓이는 것, 이 모든 것이 아름답다. 이 아름다움이 계속 유지되도록 하기 위해서는 생명을 사랑하는 마음을 모든 사람이 공유해야 한다. 지구 안의 모든 생명체가 자기 있을 자리에서 생명의 힘을 돋구고 조화를 이룰 때 진정한 아름다움이 조성된다. 나무는 숲에서 무성히 자라고 물고기는 물에서 힘차게 뛰놀아야 아름답다. 베어진 나무는 참혹하고 낚시에 걸려 퍼덕대는 물고기는 처참하다. 술안주로 잘려져 접시 위에 꿈틀대는 낙지의 발들도 끔찍하다. 「산낙지를 위하여」에서 시인은 특유의 동화적 상상력을 발휘하여 낙지가 죽어 가면서도 있는 힘을 다해 꿈틀대는 것은 마지막으로 한 번만 더 바다의 어머니를 보기 위해서라고 생각한다. 우리가 산낙지의 다리 하나를 입에 넣고 우물거리며 씹을 때 바다는 얼마나 서러워하고 아파했겠느냐고 묻는다.

산낙지는 바다를 그리워하고 바다는 산낙지를 끌어안는다. 그것이 생명의 고유한 모습이다. 그 생리는 아름답다. 생명체를 포함한 천지만물이 대등한 가치를 지니고, 평화롭게 공존하며, 조화를 이루는 상태를 불교에서는 화엄 세상이라고 한다. 화엄 세상을 인격화하여 부처님의 법신이라고도 한다. 눈에 보이는 모든 것이 부처님의 모습이고 귀에 들리는 모든 것이 부처님의 말씀이라고 하는 말이 그래서 나온다. 화엄 세상에서 모든 개별적 자연 현상은 진리의 현현이다. 꽃 피고 새 우는 것도 진리의 드러남이고 잎 지고 비 뿌리는 것도 진리의 깨우침이다. 사람은 사람의 일을 하고 짐승은 짐승의 짓을 하는데 그 둘이 따로 있는 것이 아니라 부처님의 한 몸으로 연결되어 있다고 본다. 따라서 사람과 자연은 구분되지 않는다.

날이 밝자 아버지가
모내기를 하고 있다
아침부터 먹왕거미가
거미줄을 치고 있다
비온 뒤 들녘 끝에
두 분 다
참으로 부지런하시다

―「들녘」 전문

시인은 "두 분 다 참으로 부지런하시다"고 적었다. 아버지의 모내기와 거미의 거미줄 치기를 동격으로 본 서술이다. 인간과 자연을 차별하지 않고 대등하게 보는 방법. 이것이 생명의 화엄적 인식이다. 이것은 시인이 불교적 지식을 아느냐 모르느냐 하는 것과는 전혀 다른 문제다. 생명에 대한 깊고도 오랜 관찰과 사색이 인간과 자연을 대등하게 보는 자리로 자연스럽게 이끈 것이다. 그러한 세계관을 우리가 생명의 화엄적 인식이라고 부를 뿐이다. 이런 인식을 가진 사람이라야 "신촌 뒷골목에서 술을 먹더라도/이제는 참기름에 무친 산낙지는 먹지 말자"고 얘기할 자격이 있다. 노란 애기똥풀 옆에 같이 똥을 누며 웃음을 나눌 수도 있고(「상처는 스승이다」) 나무와 결혼하겠다는 소원도 가질 수 있다(「나무들의 결혼식」).

나무의 결혼식도 지켜보고 나무의 첫날밤도 엿보고 나무와 결혼하겠다는 생각을 하는 것은 자연과 인간을 대등하게 보는 태도다. 앞에서 동화적 상상력이라고 지적한 내용이 단순한 상상력의 문제가 아니라 세계관의 문제이며 그 배면에 생명의 화엄적 인식이 가로놓여 있음을 여기서 깨닫게 된다. 화엄적 세계관에 의해 사람을 자식으로 둔 나무도 시에 등장한다. 「서대문공원」이라는 시의 나무는 사람을 자식으로 두었다. 옛 서대문 형무소 사형 집행장 정문 앞 자리에 한 그루 미루나무가 서 있다. 그 미루나무는 사형 집행이 있는 날이면 외로운 사형수들의 어머니 역할을 하여 울지 말고 잘 가라고 앞길을 당부했다는 것이다. 그리고는 "몇날 며칠 바람에 몸을 맡겼다"고 했다. 외로이 죽어가는 사형수들의 어머니가 되어 그들을 위해 울어주고 앞길을 빌어준 존재. 사람도 못할 그 일을 오랜 세월을 대신 해준 존재가 그 미루나무다. 물론 이것은 시적인 상상인데 평범한 미루나무를 인간과 대등하게 바라보는 화엄적 인식이 상상의 기반을 이룬다. 화엄적 세계관 속에서 나무는 사람의 애인이 되고 어머니가 된다. 심지어 목 잘린 돌부처도 자비로운 생불이 된다.

경주박물관 앞마당
봉숭아도 맨드라미도 피어 있는 화단가
목 잘린 돌부처들 나란히 앉아
햇살에 눈부시다

여름방학을 맞은 초등학생들
조르르 관광버스에서 내려
머리 없는 돌부처들한테 다가가
자기 머리를 얹어본다

소년 부처다
누구나 일생에 한번씩은
부처가 되어보라고
부처님들 일찍이 자기 목을 잘랐구나

—「소년 부처」 전문

예수가 설교를 할 때 아이들이 몰려와 떠들자 어른들이 아이들을 꾸짖으며 물러가라고 했다. 그러자 예수는 불같이 화를 내며 천국은 이런 자의 것이라고 말했다고 한다. 불교의 승려였다면 '이들이 다 소년 부처요'라고 외쳤을 것이다. 이 아름다운 시에서 사물을 대하는 시인의 눈길을 보라. 오랜 세월을 지내느라 목이 잘린 돌부처를 시인은 화단의 봉숭아나 맨드라미와 똑같은 존재로 보고 있다. 모두 조화를 이루어 햇살에 눈부시게 빛나는 화엄 세상의 사물들이다. 어린아이들은 순진무구하기에 돌부처와 자기를 동일화하는 눈을 가졌다. 어른이라면 돌부처 머리에 자기 머리를 얹지 않을 것이다. 어린아이들은 머리 없는 돌부처 위에 자기 머리를 얹어 소년 부처가 된다. 사물과 인간을 대등하게 보아야 부처가 될 수 있다 !

여기서 시인의 상상은 한 걸음 더 나아가 무정물인 돌부처를 자비로운 부처로 인격화한다. 누구나 일생에 한번 부처가 되어 보라고 돌부처가 스스로 자기 머리를 잘랐다는 상상은 시인 자신이 순진무구한 어린이의 자리로 돌아간 것을 의미한다. 예수의 말대로 천국이 어린이의 것이라면 정호승 시인은 천국으로 갈 티켓을 확보해 놓은 것이나 다름없다. 불교식으로 말하면 정호승 시인은 한 소식 깨달은 선지식(善知識)이다. 시 쓰는 것도 수도 행위와 같아서 시를 오래 쓰다 보면 깨달음의 경지에 이르는 것인가. 봉숭아, 맨드라미, 소년, 돌부처가 원융(圓融) 귀일(歸一)하는 화엄 세상을 그는 보았다.

현실 세계의 각박함 속에는 눈물과 외로움이 있지만 화엄 세상의 천진성 속에는 소년 부처의 미소가 있다. 그의 시집에는 눈물만 있는 것이 아니라 동심의 미소도 들어 있다. 현실의 눈으로는 슬픔을 보지만 동화적 상상력으로는 천진한 미소를 본다. 그런데 흥미로운 것은 슬픔과 미소가 따로 있지 않다는 점이다. 그가 본 슬픔은 미소를 감춘 슬픔이고 그가 보여준 미소 뒤에는 슬픔의 또 다른 얼굴이 있다. 노숙자 가족의 슬픈 노숙 뒤에는 어머니의 자애로운 미소가 있고 소년 부처의 천진한 미소 뒤에는 타락한 세상의 삭막함이 있다. 그는 어느 한 면만을 보지 않고 이 두 측면의 부딪침을, 그 아이러니를 우리에게 보여준다. 생명의 화엄적 인식 뒤에는 생의 아이러니에 대한 선명한 각성이 숨어 있는 것이다. 바로 이 점이 정호승의 시를 다른 시와 구분짓게 하는 중요한 요소다.

농촌의 삶과 생명의식의 확충

—고재종론

1. 생명에 대한 새로운 시각

고재종의 시를 거론할 때 농민시 혹은 농촌시라는 관용어가 흔히 따라 붙는다. 그는 농촌에 살고 있고 농업에 종사하고 있기 때문에 그의 시에 농민적 정서와 농촌의 생활 감정이 투영되는 것은 당연한 일이다. 그러나 이제는 그런 고정된 시각에서 벗어나 고재종 시의 진면목을 살필 때가 되었다. 나는 농민시의 테두리에서 벗어나 생명시의 관점에서 고재종의 시를 검토한 바 있고 송희복 역시 생명문학의 관점에서 그의 시를 고찰하였다. 최근에 정효구는 고재종 시에 나타난 자연의 의미와 기능에 대해 다각도로 분석하였다.

고재종은 지금까지 다섯 권의 시집을 내었는데 첫번째 시집인 『바람 부는 솔숲에 사랑은 머물고』(1987)와 두 번째의 시집인 『새벽 들』(1989)은 농촌현실을 다루거나 농민의 체험이 담긴 작품들로 채워져 있어서 농민시나 농촌시라고 불러도 무리는 없을 것이다. 그러나 세

번째 시집인 『사람의 등불』(1992) 이후의 시편들은 단순히 농민시라고 부르기에는 주저되는 고재종만의 독특한 사유와 인식을 드러내고 있어서 면밀한 검토가 요구된다. 한마디로 말하면 그것은 농촌이라는 생활 공간에서 고유하게 획득된 생명의식이다. 물론 그 의식은 그가 농촌에서 농민의 일원으로 살고 있기 때문에 획득된 것이기는 하다. 그러나 그 의식은 발생의 연원이나 배경을 떠나 우리 모두가 공유해야 할 귀중한 정신적 자원으로 확산되고 재생산될 필요가 있다. 따라서 농민시라는 한정된 소재 중심의 명칭에서 벗어나 인간 정신과 그 표현이라는 보편적인 문학 이해의 차원에서 그의 시를 재해석할 필요가 있다. 나는 이 글에서 고재종의 시가 농촌의 삶과 자연 풍광 속에서 생명을 어떻게 인식하였으며 그 생명의식은 어떠한 변화를 보여 왔는가를 밝히려 한다. 그리고 그 생명의식이 우리들이 살아가는 전체적 삶의 국면에 어떠한 의의와 가치를 지니는가를 구명하려 한다. 이러한 작업을 통하여 고재종 시의 농민적 육성이 진정한 시인의 목소리로 전환되는 장면이 선명하게 부각되기를 기대한다.

고재종의 세 번째 시집 『사람의 등불』 첫머리에 실린 「녹두꽃」을 보면 그 전에 보여주었던 농민적 울분의 표출, 농민적 연대감의 확보, 농업에 대한 순교적 복무의 자세 등과는 다른 차원에서 생명을 바라보는 독특한 사유가 나타나 있음을 발견하게 된다.

가물에 바짝 마르고
아이들 발길에 짓밟히고
개짐승들 온통 똥 누어대도
저 녹두밭 웃머리 자갈땅에
녹두꽃 노랗게 피었네
바람 불어 바람 함께 흔들리며

봄볕 쨍쨍한 파란 하늘을 여네

—「녹두꽃」 전문

이 시는 얼핏보면 단순한 이항대립의 구조를 지니고 있는 듯하다. 가뭄에 마르고 아이들 발길에 짓밟히고 짐승들 똥까지 깔린 자갈땅은 척박한 삶의 공간을 표상한다. 그것은 생명의 퍼져나감을 가로막는 시련과 고초의 의미를 갖는다. 그런데 그 자갈땅에 노랗게 핀 녹두꽃은 바람과 함께 흔들리며 파란 하늘을 열어 보인다. 말하자면 척박한 터전에도 녹두는 뿌리를 내리고 봄이 되면 어김없이 노란 꽃을 피우는 것이다. 그리고 그 노란 꽃은 푸른 하늘이라는 생명의 공간을 향하여 재생의 의지를 펼쳐낸다.

이 노란 녹두꽃은 어려운 환경 속에서도 농작물을 생산하는 농민들의 삶을 상징한다. 이항대립의 구조에 의해 녹두밭의 정경을 드러낸 것 같은 이 시는 역경을 이겨내는 농민들의 자생적 의지와 그들이 펼쳐내는 생명의 기운을 지극히 자연스러운 방식으로 우리에게 보여준다. 농민들은 농촌의 생활 환경 속에서 이러한 생명의 움직임을 자연스럽게 바라보고 거기에서 삶의 교훈까지 얻는다. 눈에 보이는 현상만 보면 농민의 생활 공간은 가뭄에 마르고 발길에 짓밟히고 지저분한 똥에 휘덮인 자갈땅의 모습으로 보인다. 그러나 그 자갈땅 같은 삶 속에서 그들은 곡물을 경작하여 양식을 생산하고 새로운 생명의 공간을 이루어내는 것이다. 이 짧은 시는 시로서의 압축성과 상징성을 통하여 생명의 속성 및 생명과 더불어 사는 농민들의 삶을 나타냈다. 그런 점에서 고재종 시의 새로운 가능성을 열어 보인 작품으로 평가될 만하다. 이와 함께 그의 생명에 대한 새로운 시선을 보여주는 작품으로 다음과 같은 것이 있다.

세 살바기 꼬맹이 녀석
지 할매가 부신 마당에 널어놓은
참깨멍석 위 가득 내려앉는 참새떼를 쫓는다
똘망똘망 쫓다가 쫓다가 돌아서면 또 앉으니
조 쫌만 거이 조 쫌만 거이 할매한테 혼날라고 난리네,

고고 새빨간 입술로 쫑알거리며
또다시 통통통통 참새처럼 내달리다 그만
멍석에 덥석 엎어져 참깨를 온통 흩어버리곤
와왕, 목청 터서 쟁글거리는 청유리 하늘을 금 낸다

그 하늘 조각 몇 점
꼬맹이 뚝뚝 떨구는 왕눈물 속에 드는 추분날
울 너머 앞들 샛노라니 백리까지 트이나니.

—「세 살바기의 추분」 전문

이 시는 시인의 세 살 먹은 아들을 소재로 해서 천진한 생명성을 부각한 작품이다. 청명한 추분날 참깨멍석에 참새떼가 날아드는 것을 세 살짜리 꼬마가 쫓는 장면으로 시작된다. 이 아이는 분명 멍석에 널어놓은 참새를 어질러서 혼난 경험을 가지고 있을 것이다. 그러기에 멍석에 날아드는 참새떼를 쫓으면서 '조 쫌만 거이 할매한테 혼날라고 난리네'라고 말한다. 이 어린아이의 천진한 사고는 인간과 참새와의 거리감을 소실시킨다. 어린아이에게는 참새도 자신과 같은 조그만 생명체로 비친 것이다. 참새를 쫓으려고 내달리던 아이가 결국은 멍석에 엎어져 참깨를 흩어지게 하고 만다. 참새를 쫓으려다 그렇게 된 것이지만 멍석을 어지럽혔다고 할머니에게 야단 맞을 것이 두렵고 참새에

게 당한 것이 분하기도 해서 아이는 울음을 터뜨린다. 그 울음소리가 "쟁글거리는 청유리 하늘을 금 낸다"고 표현한 대목이 아름답다. 가을 하늘의 푸르른 청명함과 어린아이의 천진한 울음소리가 동화되면서 그 천진한 소리가 다시 푸른 유리 같은 하늘에 금을 낸다고 상상하는 것은 인간과 자연을 물활론적으로 바라보는 신화적 사유에 속한다.

이 장면에서 어린이의 천진한 행동은 자연의 생명력을 흠뻑 흡수한 생명의 움직임으로 변환된다. 그뿐 아니라 파랗게 금이 가는 청유리 하늘 밑에 샛노랗게 백리까지 트이는 들판의 정경은 채색의 아름다움과 더불어 가을의 원숙한 생명력을 나타낸다. 자연과 조화된 천진한 어린이의 행동은 앞에서 본 시련을 이겨내는 생명성과는 또 다른 차원의 생명 인식을 보여준다. 이것은 자연의 아름다움이 어린이의 때묻지 않은 천진성과 연결되며 그것은 다시 농촌의 생명성과 상통한다는 사실을 깨닫게 한다.

이러한 천진한 생명성과 함께 생명과 관련된 특징으로 들 수 있는 것은 농민들 사이에 오가는 훈훈한 마음의 교류다. 「영농후계자 홍보씨의 근황」 같은 시는 전라도 방언과 결합된 인정의 세계를 유머러스하게 표현한 예에 해당한다. 주막집에 앉아 외상술을 마시는 홍보씨는 영농후계자로 일하다가 빚만 잔뜩 진 사람이다. 외상술을 너무 먹다가 주막 아줌마와 싸움이 붙어 술상을 뒤집어 엎는다. 그러나 입은 험해도 홍보의 마음을 이해하는 아줌마인지라 문제를 일으키지 않고 지나가고 그 덕에 홍보씨는 여전히 외상술을 먹으며 신세타령을 한다. 이처럼 농촌 사람들의 인정은 겉으로 분명하게 드러나는 것이 아니다. 겉으로는 억센 말이 오고 가지만 그 내면에는 따스한 생의 훈기와 세세한 정이 감추어져 있다. 이것이 바로 농촌 사람이 지닌 '잔정'인데 그것은 다음과 같은 시에서 생명의 발현 양태와 관련지어 표현된다.

겨울 삼밭에
묵은 고춧대 당장 거둬내지 않은
농부들의 잔정 보아라

외로울 때
그 묵은 고춧대 바라보면
삭풍도 거기서는 순해지는 걸
그 누가 알겠느냐

그러면 나는 또 술이 고파
동구 밖 주막집 들러
외상술 몇 잔 들이겨면

때론 함박눈 내리는 날
그 묵은 고춧대 가지마다
눈꽃 눈꽃 피는 것 눈부셔라

—「잔정」 전문

잔정이란 세세하고 다정한 정을 말한다. 여기서는 겨울 삼밭에 남아 있는 고춧대를 소재로 하여 농부들이 고춧대를 거둬내지 않은 것이 겨울의 황량함을 가리기 위한 세세한 배려라고 풀이하고 있다. 외로울 때 묵은 고춧대를 바라보면 삭풍도 순해지듯이 외로움도 잦아지는 듯하다. 겨울 들판에 남아 홀로 추위를 견디는 고춧대를 보면 추위라든가 외로움쯤은 충분히 감당할 수 있을 듯하다. 삭풍도 순해지고 외로움도 잦아지지만 마지막 허전함은 달랠 길 없어 주막에 들러 앞의 홍보씨처럼 외상술을 마신다. 이처럼 잠시 외로움을 달래주던 고춧대에 함박눈 내리면 고춧대 가지마다 눈부신 눈꽃이 핀 정경은 형형한 아름다움을 자아낸다. 겨울의 황량한 들판에 피어난 눈꽃의 아름다움은 농민들이 겨울의 외로움과 추위를 이겨내기 위한 동력으로 작용한다. 그렇게 겨울의 황량함에 대처하기 위한 배려를 해둔 것이 농민들의 잔정이고 지혜라는 것이다. 이 지혜는 우연히 얻어진 것이 아니라 생명의 공간인 농촌에서 살아온 무량한 세월의 흐름 속에 저절로 터득된 것이다. 말하자면 겨울 삼밭에 고춧대 몇 개를 남겨 놓는 것이 농민들 특유의 생명 보존 방법임을 이해하게 되는 것이다.

2. 허공 속에 깃들인 생명

그의 네 번째 시집인 『날랜 사랑』(1995)에 오면 생명을 보는 시각은 조금 변화하여 텅 빈 허공이나 적막 속에서 생명의 기미를 찾는 자세가 나타난다. 예를 들어 『날랜 사랑』의 첫머리에 실린 「직관」 같은 시를 보면 눈이 쌓여 팽팽히 휘어진 참대 숲이 배경으로 제시된다. 밤새 많은 눈이 내려 뒤란에서 대 부러지는 소리가 나기도 했다. 참새 한 마리가 대나무 줄기에서 위로 차오르면 푸른 대가 튕겨져 오르며 눈을 털어낸다. 그리고 남은 진동 때문에 우듬지가 바르르 떨리고 창공의 깊숙한 적막이 펼쳐진다. 모든 것이 정지해 있는 듯한 겨울의 적막 속에도 눈이 내리고 대가 부러지고 참새가 날아가고 휘었던 대가 튕겨오르고 눈이 떨어지는 움직임이 있다. 생명의 정지 속에 생명의 움직임이 있고 아무것도 없는 듯한 적막의 형상 속에 생명의 오고감이 있다. 이것은 다음과 같은 시에서 바람과 사무치는 생명의 움직임으로 형상화되기도 한다.

앞냇가 미루나무의
가지 팽팽히 후리는 바람이어라
그 높이 아득한 가지 사이에 얼기설기
둥지 한채 얽어 삼동을 들고나던 까치부부는
숫눈 쌓인 날이면 눈 왔다고
토방까지 내려와 까작대다 개밥 한알 물어가고
햇빛 환한 날이면 해 밝다고
흰 무늬 날개 활짝 펴서 비잉비잉
청대숲 위를 부시게 나닐더니
그 호젓한 가시버시 이 봄엔
이 가지에서 저 가지에로 톡톡 튀는
날렵한 새끼 두 마리까지 거느리매
가지는, 미루나무 가지는
그 새끼들이 찍은 발자국마다 움을 틔워
이윽고 연둣빛 이파리로 무수히 펄럭이며
겨우내 길들인 바람과 사무치어라

—「청빈에 대하여」 전문

이 시는 처음에 냇가에 서 있는 미루나무와 가지를 후려치는 겨울 바람을 보여주었다. 다음에는 미루나무 높은 가지 끝에 얽어 있는 까치 둥지로 시선이 이동한다. 그 둥지에는 까치 한 쌍이 살고 있다. 그 까치부부는 눈 내린 날 마당에까지 내려와 개밥 한 알을 물어가기도 하고 햇빛 환한 날은 흰 무늬 날개를 활짝 펴고 청대숲 위를 눈부시게 날기도 한다. 이러한 까치의 움직임은 미루나무나 바람과는 별 관련이 없어 보인다. 그런데 겨울의 시간이 지나고 봄이 오자 어느 사이에 두 마리의 새끼가 태어나 "이 가지에서 저 가지에로 톡톡 튀는" 귀여운 모습을 드러낸다. 이러한 생명의 탄생을 축복해 주는 듯 미루나무 가지는 "새끼들이 찍은 발자욱마다 움을 틔워" 무수한 연둣빛 이파리를 펄럭인다. 그리고 새로 불어오는 바람은 연둣빛 이파리를 펄럭이며 미루나무와 어우러져 하나가 된다. 여기서 서로 무관한 것 같던 까치와 미루나무와 바람이 생명의 공간에서 하나가 되는 것을 볼 수 있다.

우리는 여기서 마지막 행의 '사무치어라'는 말의 의미를 충분히 음미해 보아야 할 것이다. 원래 '사무치다'는 '속까지 깊이 미치어 닿다'라는 뜻을 가진 말이다. 그러면 미루나무 가지가 연둣빛 이파리를 펄럭이며 바람과 사무친다는 것은 무슨 뜻인가. 그것은 바람이 미루나무 속까지 깊이 미치어 닿고 미루나무 잎은 바람의 속까지 깊이 미치어 닿는 것을 의미한다. 즉 나무와 이파리와 바람이 혼융을 이루면서 서로가 서로를 허용하고 서로를 동화하는 커다란 생명의 마당으로 합일되는 현상을 표현한 것이다. 이 커다란 생명의 마당에 까치부부와 새끼 두 마리도 화합을 이루는 것은 두 말할 나위가 없다. 말하자면 여기서도 허공에 속하는 무형의 바람과 무정물의 세계에 속하는 나무와 유정물의 세계에 속한 까치를 동질적 생명으로 인식하는 자세를 볼 수 있다. 허공과 적막에서도 생명의 기미를 감지하는 눈을 고재종 시인은 지니고 있는 것이다.

그러면 이 시의 제목인 '청빈에 대하여'는 무엇을 나타내는 것일까? 그것은 물론 까치의 생활을 은유한 말일 것이다. 나뭇가지 위에 둥지 한 채를 얽어 놓고 아무런 욕심도 없이 한 겨울을 보내며 흰 무늬 날개를 펼치고 대숲을 나는 까치의 모습은 그야말로 청빈한 선비의 모습이라 할 만하다. 그러한 청빈의 생활이 아무런 의미가 없는 것 같지만 시간의 흐름 속에 새끼도 거느리게 되고 종국에는 모든 생명들이 화합을 이루는 드넓은 신생의 공간에 도달하게 되는 것이다. 고재종 시인은 미물에 불과한 까치의 거동을 관찰하면서도 거기에서 이렇게 깊은 인생의 의미를 성찰해내었다. 그것은 자연의 공간이 바로 모든 생명이 깃들여야 할 궁극의 터전이라는 생각에서 자연 대상을 깊은 사랑의 눈으로 관찰했기에 가능한 것이다. 그러한 사랑의 눈은 다음의 시에서 더욱 성숙한 단계로 상승한 모습을 보인다.

바람의 따뜻한 혀가
사알짝, 우듬지에 닿기만 해도
갱변의 미루나무 그 이파리들
짜갈짜갈 소리날 듯
온통 보석조각으로 반짝이더니

바람의 싸늘한 손이
씽 씨잉, 싸대기를 후리자
갱변의 미루나무 그 이파리들
후둑후두둑 굵은 눈물방울로
온통 강물에 쏟아지나니

온몸이 떨리는 황홀과
온몸이 떨리는 매정함 사이
그러나 미루나무는
그 키 한두 자쯤이나 더 키우고
몸피 두세 치나 더 불린 채

이제는 바람도 무심한 어느날
저 강 끝으로 정정한 눈빛도 주거니
애증의 이파리 모두 떨구고

이제는 제 고독의 자리에 서서
남빛 하늘로 고개 들 줄도 알거니

—「성숙」 전문

이 시에도 허공을 비행하는 바람이 생명 현상과 관련된 변화의 매개물로 등장한다. 봄에서 여름까지 따뜻한 바람이 불 때 미루나무 이파리는 보석처럼 반짝이고 짜갈짜갈 소리까지 낸다. 계절이 변하여 싸늘한 바람이 불 때는 마치 굵은 눈물방울을 흘리듯이 이파리들이 강물에 무더기로 쏟아진다. 이러한 계절의 흐름을 황홀과 매정함으로 표현하였는데 그러한 황홀과 매정함의 매개 역할을 하는 것이 바람이다. 바람이 미루나무에게 이러한 변화를 일으키는 사이에 미루나무의 키는 더 자라고 몸피는 더욱 불어났다. 바람 때문에 나무의 성숙이 온 것이다. 이제 어떤 바람이건 무심하게 대할 수 있는 자리에 이르게 되자 애증의 이파리도 다 지우고 정정한 눈빛으로 강 끝을 내려보거나 그윽하게 남빛 하늘로 고개 드는 일도 하게 된다. 겸양과 고독 속에 자신의 내면을 들여다볼 줄 아는 생명의 성숙이 이루어지는 것이다. 이러한 조용한 응시의 생명력, 조용한 관조의 생명력은 허공에서 생명의 기미를 찾으려고 하는 이 단계 시의 중요한 특징이다.

이러한 허공의 생명성은 꽃샘바람에 눈발 지나간 후 매화가지에 매화꽃이 튀밥 튀기듯 피어나는 장면을 보여준「밀어」같은 시에도 잘 나타나 있다. 신덕룡은「매화 곁에서」라는 시를 두고 두엄냄새가 많이 가셔진 시라서 이런 시를 쓰다보면 농촌 현실에서 멀어지지 않을까 염려하기도 했는데, 그 전에 발표된 이「밀어」라는 시에 풍설을 뚫고 피어나는 매화꽃을 통해 생명의 비밀스러운 소리를 듣는 장면이 나온다는 것을 볼 때 고재종의 시야는 이미 넓게 확장되고 있음을 알 수 있다. 그의 시적 통찰은 농촌의 한정된 세계를 벗어나 생명 전체로 확대되고 있다. 생명의 기미는 농촌의 두엄더미에서만이 아니라 매화꽃잎이나 꽃잎을 스치는 바람에서도 감지되는 것이기 때문이다.

3. 면면하고 충만한 생명성

다섯 번째 시집인『앞강도 야위는 이 그리움』(1998)에 오면 고재종의 시선은 허공의 상태에서 다시 벗어나 면면하게 이어지고 충만하게 채워져 있는 생명성에 집중된다. 그것은 필자가 몇 번이나 인용하고 해설한 바 있는 다음과 같은 시에 잘 표현되어 있다.

너 들어 보았니
저 동구밖 느티나무의
푸르른 울음소리

날이면 날마다 삭풍 되게는 치고
우듬지 끝에 별 하나 매달지 못하던
지난 겨울
온몸 상처투성이인 저 나무
제 상처마다에서 뽑아내던
푸르른 울음소리

너 들어 보았니
다 청산하고 떠나버리는 마을에
잔치는 아직 끝나지 않았다고
그래도 지킬 것은 지켜야 한다고

소리 죽여 흐느끼던 소리
가지 팽팽히 후리던 소리

오늘은 그 푸르른 울음
모두 이파리 이파리에 내주어
저렇게 생생한 초록의 광휘를
저렇게 생생히 내뿜는데

앞들에서 모를 내다
허리 펴는 사람들
왜 저 나무 한참씩이나 쳐다보겠니
어디선가 북소리는
왜 둥둥둥둥 울려나겠니

—고재종, 「綿綿함에 대하여」 전문

이 시의 제목은 '綿綿함에 대하여'이다. 그 면면함은 느티나무의 푸르른 울음소리가 이파리에 전이되고 그것이 생생한 초록의 광휘로 솟아나면서 북소리까지 우렁차게 울려나오는 전환의 과정을 의미한다. 그 전환의 양상은 지금 울려나오는 북소리가 다시 흐느끼는 울음소리로 꺾일 수도 있다는 위험성까지 내포한다. 그러나 더 큰 시련이 밀려와도 결국은 허리를 펴고 초록빛 이파리를 다시 우러르게 될 것이라는 것을 자연의 이법을 통해 우리에게 깨우쳐 준다. 이것이 바로 이 시의 제목인 '면면함'이 갖는 의미다. 면면함이란 시련을 한번 극복하고 일어서는 것을 의미하는 것이 아니다. 그것은 우리의 삶이 시련의 연속이라는 것, 끊임없이 닥치는 시련을 그야말로 면면하게 이겨낼 수밖에 없는 것이 우리의 숙명이라는 사실을 의미하고 있다.

지난 겨울 휘몰아친 삭풍에 나무는 온갖 시련을 다 겪었다. 가지 끝에 별 하나도 드리우지 못했던 나무는 온몸에 상처를 입으며 처절한 울음소리를 터뜨렸다. 그러나 봄이 오고 여름이 오자 그 상처투성이의 몸에 다시 잎이 돋아나 생생한 초록의 광휘를 눈부시게 펼쳐낸다. 농촌 사람들 중 이제 잔치는 끝났다고 짐을 싸들고 농촌을 떠나 버린 사람들이 많다. 그래도 남은 사람들은 지킬 것은 지켜야 한다고 소리 죽여 흐느꼈다. 그 흐느낌은 흡사 삭풍에 시달리던 느티나무의 울음소리와도 같았다. 모두들 떠나 버린 마당에 아직도 농촌에 남아 허리 굽혀 모를 내는 사람들. 그들은 삭풍에 시달리던 상처투성이의 느티나무가 초록빛 광휘로 다시 피어나는 것을 본 사람들이다. 그들은 상처투성이의 그들의 몸에 언젠가는 초록빛 이파리가 생생하게 돋아나리라고 믿는 사람들이다. 그 초록빛 이파리들은 이렇게 그들에게 속삭이는 듯하다. 생명은 원래 이렇게 면면하며 삭풍의 상처를 뚫고 솟아오를 때 생명은 더욱 생생한 광휘를 띠게 된다고.

이러한 생명의 면면함에 대한 기대는 다음과 같은 시에서 충만한 생명의 응어리로서 여성의 육체를 묘사하는 단계에까지 이른다.

나 힐끗 보았네
냇가에서 목욕하는 여자들을

구름 낀 달밤이었지
구름 터진 사이로
언뜻, 달의 얼굴 내민 순간
물푸레나무 잎새가
얼른, 달의 얼굴 가리는 순간

나 힐끗 보았네
그 희고 둥근 여자들의
그 희고 풍성한
모든 목숨과 神出의 고향을

내 마음의 천둥 번개 쳐서는
세상 일체를 감전시키는 순간

때마침 어디 딴세상에서인 듯한
풍덩거리는 여자들의
참을 수 없는 키득거림이여

때마침 어디 마을에선
훅, 끼치는 밤꽃 향기가
밀려왔던가 말았던가

—「그 희고 둥근 세계」 전문

이 시는 밤에 목욕하는 여자들의 몸을 잠깐 엿본 체험을 표현한 것이다. 어떻게 보면 외설스럽다고 볼 수도 있는 내용을 시인은 생명의 문제와 관련지어 색다른 시각으로 표현하였다. 시인은 희고 둥근 여자들의 몸을 희고 풍성한 생명의 고향으로 바라보았다. 여자의 몸을 생명의 산출과 관련지어 생각하는 것은 농업공동체 문화의 공통적 사유방식이다. 여체의 생산성은 대지의 생산성과 동일화되어 씨앗이 대지에 뿌려지는 것과 남근이 여체에 삽입되는 것을 거의 유사한 맥락으로 파악해 왔다. 이 시에도 "훅, 끼치는 밤꽃 향기"가 등장하는데 남성 정액의 냄새를 암시하는 밤꽃 향기가 나오는 것은 생명의 터전에 생명의 씨앗이 결합되는 것이 지극히 당연한 일이라는 발상을 전제로 한 것이다. 자연이건 인간이건 어느 하나의 성이 독립적으로 머물러 있는 것은 온당한 일이 아니다. 서로 다른 성이 결합되어 하나를 이룰 때 거기서 새로운 생명이 탄생한다. 따라서 달빛에 비치는 희고 풍성한 목숨의 고향을 보고 밤꽃 향기를 연상한 것은 매우 자연스러운 생명론적 사유의 결과다.

이성끼리 결합하여 새로운 생명을 만들어낸다는 것은 생명이 고립되어 있지 않고 접촉하고 상호작용을 함으로써 생명의 확충을 꾀한다는 것을 의미한다. 생명과 생명이 부딪치고 상호 작용을 하여 생명의 공간을 확장하는 양상은 그의 여러 시에 나타나는데 그 중 자연의 미세한 변화와 접촉에서도 생명의 기미를 발견하고 결국은 그것이 충만하고 면면한 생명성으로 확산되는 모습은 다음의 시에 매우 선명하게 솟아오른다.

해거름, 들길에 선다. 기엄기엄 산그림자 내려오고 길섶의 망초꽃들 몰래 흔들린다. 눈물방울 같은 점점들, 이제는 벼 끝으로 올라가 수정방울로 맺힌다. 세상에 허투른 것은 하나 없다. 모두 새 몸으로 태어나니, 오늘도 쏙독새는 저녁 들을 흔들고 그 울음으로 벼들은 쭉쭉쭉쭉 자란다. 이때쯤 또랑물에 삽을 씻는 노인, 그 한 생애의 백발은 나의 꿈. 그가 문득 서천으로 고개를 든다. 거기 붉새가 북새질을 치니 내일도 쨍쨍하겠다. 쨍쨍할수록 더욱 치열한 벼들, 이윽고는 또랑물 소리 크게 들려 더욱더 푸르러진다. 이쯤에서 대숲 둘러친 마을 쪽을 안 돌아볼 수 없다. 아직도 몇몇 집에서 오르는 연기. 저 질긴 전통이, 저 오롯한 기도가 거기 밤꽃보다 환하다. 그래도 밤꽃 사태 난 밤꽃 향기. 그 싱그러움에 이르러선 문득 들이 넓어진다. 그 넓어짐으로 난 아득히 안 보이는 지평선을 듣는다. 뿌듯하다. 이 뿌듯함은 또 어쩌려고 웬 쑥국새 울음까지

불러내니 아직도 참 모르겠다. 앞강물조차 시리게 우는 서러움이다. 하
지만 이제 하루 여미며 저 노인과 나누고 싶은 탁배기 한잔. 그거야말로
금방 뜬 개밥바리기별보다도 고즈넉하겠다. 길은 어디서나 열리고 사람
은 또 스스로 길이다. 서늘하고 뜨겁고 교교하다. 난 아직도 들에서 마
을로 내려서는 게 좋으냐, 그 어떤 길엔들 노래 없으랴. 그 노래가 세상
을 푸르게 밝히리. —「들길에서 마을로」 전문

이 시에서 우리는 사물과 사물의 관계, 생명과 생명의 관계를 눈여겨 보게 된다. 그리고 시인이 그러한 관계를 어떠한 시각에서 바라보고 있는지를 다시금 생각하게 된다.

이 시에 제시된 정황을 풀어 말하면 이렇다. 해질 무렵 들길에 서니 산그림자 지는 곳에 망초꽃의 눈물방울 같은 모습이 보인다. 그 아롱진 점들은 어느덧 벼 끝에 올라가 수정방울로 맺힌다. 산그림자가 망초꽃을 눈물방울로 보이게 하고 그것은 또 벼의 이슬방울로 반짝이게 된다. 자연의 모든 움직임은 그 나름의 의미가 있다. 쏙독새의 울음을 듣고 벼는 그 울음소리를 따라 위로 쭉쭉 자란다. 서천에 붉새가 북새질을 친다고 했는데 이것은 노을이 붉게 물든 것을 말함이리라. 이렇게 노을이 곱게 물드니 내일은 해가 쨍쨍 날 것이고 밝은 햇살에 벼들은 더욱 치열하게 솟아날 것이다. 그리고 도랑물은 더욱 푸르게 흐를 것이다. 이렇게 생명의 기운이 약동하는 저녁 들판에서 마을을 돌아보니 몇몇 집에서 연기가 피어 오른다. 살아보겠다는 의지는 여전히 면면히 이어지는 것이다. 밤꽃 향기가 풍겨오고 쑥국새 울음이 들린다. 쑥국새의 울음을 들으니 조금 전까지도 뿌듯하게 느껴지던 마음에 서러움이 물든다. 그 서러움은 하루 일을 끝낸 노인과 탁배기 한잔 나눌 생각을 갖게 한다. 하늘엔 개밥바라기별이 떠 있는데 그 고즈넉함은 노인과 술잔을 나누는 정취와 통하는 듯하다. 들에서 마을로 내려서며

길은 어디나 통하고 사람 자체가 하나의 길이고 노래라는 생각에 도달한다.

요컨대 이 시는 자연과 인간의 모든 것이 고리처럼 연쇄되어 있고 상호간의 영향과 작용에 의해 생명의 존재성이 확인된다는 사실을 지적하고 있다. 하늘에 뜬 개밥바리기별도 우연이 아니며 숲에서 들리는 쑥국새 울음도 우연이 아니다. 각각의 존재는 서로 의존하면서 존재의 의미를 나누어 갖는다. 그러기에 길은 어디나 열리고 노래는 어디에서고 울려나온다. 쑥독새의 울음과 쑥국새의 울음이 따로 있는 것이 아니며 노인의 슬픔과 나의 노래가 따로 있는 것이 아니다. 이 자연과 우주 전체에 생명의 길이 가득 펼쳐져 있고 생명의 노래가 넘쳐 있다. 면면하고 충만한 생명의 기운이 지상의 망초꽃에서 천상의 개밥바라기별까지, 저녁 들의 벼에서 어둠 속의 밤꽃 향기까지 퍼져 있는 것이다. 이 시는 그렇게 충만하고 면면한 생명성이 아름답게 펼쳐져 있는 장면을 우리에게 보여주고 있다.

우리는 여기서 고재종의 시가 한국 농촌이라는 한정된 울타리를 벗어나 생명들이 어울려 사는 우주적 자연 공간으로 확대되는 것을 본다. 그러면서도 그의 시는 한국 농촌이라는 풍토적 고유성을 점착력 있게 붙들고 있기 때문에 관념적인 차원으로 넘어가는 일은 없다. 언제나 살아 움직이는 생명의 현장을 보여줌으로써 초록의 광휘에 둔감해져 가는 우리들의 시야를 시원하게 터 준다. 그뿐 아니라 그의 생명의식은 성장과 발전이라는 미명 아래 황폐화되어 가는 우리들 삶의 터전을 되돌아보고 생명의 올바른 의미를 되씹게 하는 귀중한 반성적 계기로 작용하고 있다. 그런 점에서 우리는 고재종의 시에 더욱 큰 신뢰와 기대를 걸게 되는 것이다.

응집의 시선과 생의 의지

—최영철론

1. 최영철 시정신의 기원

최영철의 시는 우리를 편안하게 하지 않는다. 그의 시에는 상당한 유머 감각과 상상력의 유희가 개입해 있음에도 불구하고, 세상에 안주하려는 나른한 마음에 어깃장을 놓고, 안이한 습속에 젖어 세상을 타성적으로 바라보는 맥빠진 눈길에 불길을 당기는, 그런 당혹과 전회(轉回)의 요소가 있다. 그의 시는, 일상의 관성으로 세상을 살아가는 우리들 옆구리에 날카로운 일격을 가하기도 하고, 좋은 게 좋은 것 아니냐고 비죽이 웃는 우리들 면상에 난데없이 찬물을 끼얹기도 한다. 그러한 도전과 충격의 전법은, 우리들이 살아가는 이 세계를 좀더 깊이 들여다보게 하며, 참으로 어처구니없는 이 세상을 어떻게 버텨가야 할 것인가에 대해 거듭 고민하게 한다. 이것이 초기부터 지금까지 최영철의 시가 일관되게 유지하고 있는 주조저음이자 시작의 방법론이다.

1987년에 간행된 첫시집의 표제작인 「아직도 쭈그리고 앉은 사람이 있다」를 읽으면, '질기고 지독한'이라는 말과 '쏘아보고'라는 말이 뚜렷한 질감으로 다가오고 있음을 발견하게 된다. 그 상대편에는 '문화적으로만 놀아본 사람들'이라는 말이 자리잡고 있다. 이 시에는 문화적으로 살아가는 사람들이 잘 알지 못하는 산동네 빈민들의 삶이 담겨 있다. 산동네에서는 집에 딸린 화장실이 없기 때문에 아침이면 사람들이 공중변소에 몰려들어 줄을 서서 차례를 기다린다. "누가 쏟아놓은 것인지도 모르는 똥덩어리 위에/또 다시 자신의 똥을 내려놓으며" 하나가 되는 그 사람들이지만, 그들은 자신들이 처한 사회적 조건 때문에 "벌어진 널빤지 사이로 이 쪽을 쏘아보"는 대사회적 경계심 내지는 적개심을 어느 정도 갖고 있기도 하다. 80년대 민중시가 민중의 투박한 삶을 문학의 전면으로 끌어올리기는 했으나, 민중 해방이라든가 민중적 삶의 쟁취라는 관념적 구호에 빠져 진정한 민중적 삶의 실체를 형상화하는 데 실패했다는 점을 고려하면, 이 시에 담긴 소외 계층의 생활에 대한 견고하고 집약적인 점묘는 구체성과 전형성을 충분히 확보하였다는 점에서 그 나름의 성과를 보인 것으로 높이 평가할 만하다.

그런데 이 시에서 정작 중요한 것은, 소외된 사람들에 대한 애정이라든가 사회적 조건에 대한 비판이 아니라, 이 산동네 사람들, 다시 말하면 '아직도 쭈그리고 앉은 사람들'에게서 '질기고 지독한' 끈기와 '쏘아보는' 응시의 힘을 발견한 점이다. 문화적으로만 살아온 사람들이라면 단 하루도 살기 힘들 이 산동네에서, 쭈그리고 앉은 사람들이 온몸을 전율시키는 섹스의 쾌감까지 느끼며 세상을 버텨갈 수 있는 것은, 바로 그들 내부에 '질기고 지독한' 생의 의지와 '쏘아보는' 응시의 힘이 있기 때문이다. 이것이 바로 그들의 삶을 이어주는 동력이다. 육신이 부서지는 세상에서 정신이 무너지지 않고 살아 있으려면 이것이 바탕이 되어야 한다는 것을 그는 체험으로 체득했을 것이다. 그래서 이것은 그의 시정신이 되었다.

2. 시정신으로서의 창작방법

이것이 그의 시정신이 되었다는 것은 그가 소외된 사람들의 끈질긴 생명력이나 기성 사회에 대한 부정적 태도를 시로 다룬다는 뜻이 결코 아니다. 그것은 그가 세상을 뚫어지게 쏘아보기도 하고, 생의 어지러운 단면들을 질기고 지독하게 판독해 가면서 그 속에서 생의 의의를 힘써 찾아낸다는 뜻이다. 말하자면 그의 시정신은 시작 방법이 되기도 하는 것이다. 그의 두 번째 시집의 표제작인 「가족사진」은 바로 그 의지와 응시의 시정신이 창작방법으로 전환되는 전형적 사례를 뚜렷이 보여준다. 이 시에는 시골에서 탈출하여 도시의 산동네 단칸방을 전전하다가 허리가 부러지도록 일하여 일가를 이룬 양친의 가족사가 펼쳐진다. 비록 산동네 단칸방에서 살지만 행복하게 웃는 신혼 시절의 사진에서부터 아이가 하나둘 늘어나 무릎 위의 어린애가 교복 입은 학생으로 변해 가는 가족 사진의 변천사가 나열된다.

어린애가 늘어날 때에는 "양친의 풍채도 그에 따라 중후한" 모습을 띠었는데, 자식들이 학교를 졸업하자 "양친은 급속히 늙고 은혜도 모르는 자식들이 나날이 푸르"고, 자식들이 결혼하고 손주가 생기자 이제 양친은 "가족사의 한 엑스트라에 불과" 한 존재가 된다. 양친을 기준으로 보자면 이 시의 표현대로 "덧없는 가족사" 같기도 하다. 이 시에는 질기고 지독한 사람, 쏘아보는 사람은 없다. 중후한 가장에서 엑스트라로 좌천되어 가는 양친의 변화사가 나올 뿐이다. 그러나 그 변화의 과정을 낱낱이 헤아리는 시인의 시선은 질기고 지독하고 날카롭다. 광각 카메라의 시선처럼 그는 의미 있는 모든 것을 하나도 놓치지 않고 화폭 속에 배치해 놓는다. 몇십 년의 세월의 흐름이 갖는 의미를 몇 장 사진의 내력을 통해 효과적으로 압축해 놓았는데 이러한 수법은 안이하고 나른한 정신에서는 나올 수 없다. 시정신이 창작방법으로 전환되었다는 것은 바로 이것을 지적한 것이다.

네 번째 시집의 표제작 「야성은 빛나다」는 「아직도 쭈그리고 앉은 사람이 있다」에 제시된 쏘아보는 눈과 질기고 지독한 끈기를 야성의 생명력으로 전환 표현하였다. 10년의 세월이 흘러 그는 다시 질기고 지독한 야성적 힘에 대한 관심을 재표명한 것인데, 이것은 세 번째 시집『홀로가는 맹인악사』에 포함된 생에 대한 감정적 대응이라든가 연민의 정조에 대한 반성적 의미가 내포된 것 같다. 다시 말하면 "추위를 달랜 입술 위에 두려움을 쫓던 그 입술 위에/내 갈라터진 입술을" 포개는(「비오는 날은 텍사스로 간다」) 동정적 반응으로는 생의 문제가 해결되지 않는다는 판단 때문일 것이다. 연민이나 동정에서 벗어나 슬픔과 아픔을 관통하는 생의 의지를 공유하는 것이 필요하다고 생각했을 것이다. 쉰내 나는 시장바닥에서 히죽이 웃는 돼지 대가리 앞에 앉아 둥둥 떠다니는 기름과 몇 가닥 털오라기를 헤치고 땀 뻘뻘 흘리며 돼지국밥을 먹는 이마에 야성은 빛난다고 시인은 단언하였다. 질퍽거리는 시장바닥 곳곳에 잠복해 있는 질기고 지독한 힘을 찾아내야 한다는 뜻이다. 다시 그는 생의 의지와 집중적 응시에 대한 적극적 지지를 새삼 표명한 것이다.

10년의 세월을 거친 후 그가 이런 선언을 새롭게 한 데에는 또 하나의 이유가 있을 것이다. 그것은 불혹의 나이를 지나면서 그가 시정신으로 삼았던 생의 의지와 응시의 힘이 약화된다는 위기의식 때문이다. 아주 도식화시켜 말하면 야성적 생명력이 감퇴된다는 생각 때문이다. 문화적으로 살아온 오랫 동안의 시간이 그를 여기서 점점 멀어지게 했는지도 모른다. 시간의 변화 앞에 맞설 자 없다고, 육신의 병고와 더불어 그도 이제 중년의 나이에 접어든 것이다. 그는 이미 「복날」이라는 시에서 “세파에 절어 단내가 나는/구부정한 서른 여덟”이라는 고백을 남기기도 했다. 그 고백은 「소주」에서 “나는 어느새 이슬처럼 차고 뜨거운 장르에 왔다”는 고백으로 이어진다. 이 구절은 너무 멋져서 소주를 마실 때마다 되뇌이고 싶은데, ‘차고 뜨거운 장르’란 무엇인가?

이 시구의 의미는 “격정의 시간을 건너온 고요한 이력”, “불순의 시간을 견딘 폐허 같은 주름”, “오래 삭아 쉽게 불그레진 청춘” 등의 어사에서 유추할 수 있다. 이제 그는 나이 들어 청춘의 격정, 불순의 시간에 대한 분노는 가슴 밑바닥으로 가라앉았다. 그렇다고 그 뜨거운 내력이 완전히 사라진 것은 아니다. 차가움 속에 가라앉아 있을 뿐 저 밑에는 여전히 불같은 바람이 들끓고 있다. 그러나 이제 사십의 나이, 평정을 추구해야 할 나이에 이르렀다. 불같은 바람을 잠재워야 할 나이에 이르렀다. 한쪽으로는 돼지국밥의 야성을 이어받고 싶으나 폐허같은 주름이 얼룩진 나이는 소주의 차고 뜨거움을 본받으라고 권한다. 다시 말하면 야성을 차갑게 순화시키라고 말한다. 야성이, 다시 말하면 생의 의지와 응시의 힘이 그의 시정신의 동력이었는데 그것을 순화시키면 그의 시는 어떻게 되는가? 다른 방향으로 변해야 하는가, 아니면 돼지국밥과 소주의 조화를 꾀해야 하는가? 그는 이 질문에 대한 답변을 스스로 하지 않으면 안될 단계에 이르렀는데, 그 답변을 다섯 번째 시집 『일광욕하는 가구』(문학과지성사, 2000. 3)에서 유려하게 수행해 냈다. 이 매혹적인 시집에 백석문학상이 주어진 것은 매우 적절한 일이다.

3. 사랑의 의지

다섯 번째 시집에서 이색적인 것은 '푸조나무 아래'라는 부제를 단 몇 편의 작품인데 이 시편들은 의외롭게도 사랑을 주제로 하고 있다. 최영철 시로서는 보기 드물게 연가의 형식을 취하고 있는데, 질기고 지독한 똥과 돼지국밥의 야성을 노래하던 시인에게서 이렇듯 순연한 사랑의 시가 쓰여진 것은 이채롭다. 이러한 사랑의 시편이 야성을 정화하고 서정의 폭을 넓히는 데 기여한 것은 물론이다.

그 작품 중의 하나인 「잎」은 푸조나무를 의인화하여 사랑이란 어떤 것이고 어떠해야 하는가를 표현하였다. 이것은 상투적인 생명시도 아니고 자연과의 화해를 도모하는 단순한 서정시도 아니다. 여기에는 사랑까지도 생의 의지라는 동심원에 포섭하려는 시인의 뚜렷한 자의식이 있다. 당신이 떠날 때 가시는 길 바라보느라 많은 가지를 뻗고, 나그네나 남의 님으로 올 때 아픔을 숨기느라 많은 옹이를 남긴 푸조나무는, 연초록 벌레로 오신 당신을 아무도 보지 못하도록 이렇게 많은 초록빛 이파리를 무성하게 피웠다는 것이다. 시인의 말에 의하면 이 푸조나무는 수령 오백 년이 넘는 천연기념물이라고 한다. 오백 년이 넘는 세월 동안 이 나무가 만들어낸 수많은 가지와 옹이들이 그대에 대한 그리움과 아픔의 결과였다면 이 나무가 지닌 사랑의 의지는 경이적인 것이라 아니할 수 없다. 더군다나 이 나무는 자기를 뜯어먹는 벌레도 많은 잎으로 가려 보호하는 희생적 사랑의 자세를 보여준다. 시인은 푸조나무를 통하여 사랑의 절대성을 이야기한 것이다. 이것은 세속의 사랑이 아니라 사람의 순정한 내면에 간직되어 있는 이상적 사랑의 모습이다. 그 사랑의 한 단면을 그는 다음과 같이 표현하기도 했다.

이 푸른 잎을

제 진심이라 생각지 마시고
이 늘어진 가지를
제 기쁨이라 생각지 마소서

그대 눈에 마냥 푸른빛 보이려고
그대 마음에
마냥 우거진 행복만을 비추려고

이렇게 흙빛으로
천 갈래 만 갈래 속이 탔습니다.

—「뿌리」 전문

푸른 잎과 늘어진 가지는 당신이 혹시라도 마음 무겁게 가질까봐 푸른 행복의 빛만을 겉으로 드러낸 것이고, 땅 속에 박힌 뿌리는 천 갈래 만 갈래 속이 타고 갈라진 내 마음을 그대로 담고 있다는 내용의 이 시는, 사랑이 어떠한 것인가를 나무의 형식을 통해 절묘하게 표현했다. 우리 시사에서 나무를 형상화한 많은 작품들이 있었지만 잎과 가지와 뿌리라는 단순한 형상을 가지고 이렇게 깊은 사랑의 진실을 표현한 작품은 아마 거의 없을 것이다. 나는 이 사랑의 시편이 우연히 나온 것이 아니라 생의 의지와 응시의 힘이라는 시정신이 창작방법으로 승화된 결과 그 연장선상에서 필연적으로 창조된 것이라고 생각한다. 끈질긴 관찰과 집요한 사색에 의해 이런 시가 창조되는 것이지 한순간의 감흥에 의해 우연히 도출되는 것이 절대로 아니다. 이러한 서정적 탐구는 그의 시정신과 창작방법의 자연스러운 성숙이지 결코 외도나 이탈로 볼 수 없다.

푸조나무를 소재로 한 그의 시편이 사랑의 진실이나 의지를 제안하고 있다는 것은 생의 의지라는 그의 시정신이 생명과 밀착된 상태로 전개되고 있다는 점을 알려준다. 말하자면 똥이나 돼지국밥처럼 고정된 사물이 아니라 '쓰러지고 일어서며 피고 지는 순환을 거듭한' 나무의 생명력을 통해 고단한 그의 육신을 일으키고 마음의 불길을 당기고 싶었던 것이다. 이슬처럼 차고 뜨거운 소주마저 마음대로 못 먹는 마당에 나무가 지닌 생명의 꿈틀거림을 자신의 몸과 마음 깊숙이 들이밀고 싶은 충동이 생기는 것은 당연한 일이다. 그 충동은 이 시집의 많은 시편에 생의 의지를 담아넣는 것으로 전환 표현되었다.

시집의 표제작인 「일광욕하는 가구」는 물론이고, 「이 독성 이 아귀다툼」, 「바보 고기」, 「선미OB」, 「몽골의 돌멩이」, 「촛불에게」, 「홍건한 봄」, 「눈부신 아침」, 「폐선」 등의 시편에 폐허를 딛고 일어서는 생명의 몸짓, 죽어 가면서도 파닥거리는 생명의 몸부림이 두드러진 윤곽으로 나타난다. 이 시편들은 거의 예외 없이 작품의 끝부분에서 시인의 지향이 일어섬에 있음을 단적으로 드러낸다. "다 부서지면 나는 날아오를 것이야", "파닥거려야지 갈갈이", "풀꽃 향기를 터뜨리겠지", "다 타버릴 때까지 타야겠다고/다시 심지를 세웁니다", "탈탈 털어 말린 얼굴들이 햇살에 쨍쨍해진다", "울컥울컥 땀방울이 솟네", "푸드덕 활자들이/바다 너머로 일제히 솟구쳤다", "갯쑥부쟁이까지 피면 다시 출항이다" 등으로 끝나는 시의 결구는 일어서야겠다는 시인의 의지가 얼마나 강한 것인가를 잘 알려준다. 이러한 생의 의지가 관념적 어구로 생경하게 노출되었다면 우리는 상당한 불안감을 가질 수 있다. 그러나 그의 시는 앞에서 말한 대로 의지와 응시의 시정신을 창작방법으로 전환하고 있기 때문에 긴장이 흐트러지는 일이 없다. 점착력 있게 대상을 점묘하면서 마지막 시행이 자연스럽게 유도되도록 구성물을 축조해 간다.

4. 자기 반성과 정신의 지향

다섯 번째 시집에서 또 하나 지적하고 싶은 것은 생의 의지라는 축 건너편에 자기 반성이라는 또 다른 축이 자리잡고 있다는 점이다. 앞에서 살핀 「소주」의 반성적 태도에서 더 진전하여 자신의 삶을 성찰하고 앞으로의 행로를 모색하는 그의 시편은 의지에 대한 자발적 편승이 지닐 수 있는 도식성을 슬기롭게 극복하면서 참담한 삶 속에 떠오르는 반성적 자아의 고민의 궤적을 솔직하게 드러내고 있다. 그 시편들은 「대숲에서」, 「활엽수림에서」, 「문조와 함께」, 「알, 수술자리」, 「홍매화 겨울 나기」 등인데, 그 중 두 편을 인용하여 이들 시편이 갖는 의의를 전면에 드러내려 한다.

그 해 겨울 유배 가던 당신이 잠시 바라본 홍매화
흙 있다고 물 있다고 아무데나 막 피는 게 아니라
전라도 구례 땅 화엄사 마당에만 핀다고 하는데
대웅전 비로자나불 봐야 뿌리를 내린다는데
나는 정말 아무데나 막 몸을 부린 것 같아
그때 당신이 한겨울 홍매화 가지 어루만지며
뭐라고 하셨는지
따뜻한 햇살 내린다고
단비 적신다고
아무데나 제 속내 보이지 않는다는데
꽃만 피었다 갈 뿐
열매 같은 건 맺을 생각도 않는다는데
나는 정말 아무데나 내 알몸 다 보여주고 온 것 같아
매화 한 떨기가 알아버린 육체의 경지를

나 이렇게 오래 더러워졌는데도
도무지 알 수 없는 것 같아
수많은 잎 매달고 언제까지 무성해지려는 나
열매 맺지 않으려고
잎 나기도 전에 꽃부터 피워올리는
홍매화 겨울 나기 따라갈 수 없을 것 같아.

—「홍매화 겨울 나기」 전문

이 시의 구도는 비교적 단순하다. 홍매화의 생리와 자신의 삶의 방식을 비교하여 자신의 태도를 반성하고 홍매화처럼 살게 되기를 바라고 있다. 홍매화는 아무 데서나 뿌리를 내리지 않고 자리를 보아 가며 꽃을 피우는데, 나는 아무 데나 몸을 막 부려 왔다. 또 홍매화는 아무 데나 제 속을 보이지 않고 꽃만 필 뿐 열매는 맺지 않는데, 나는 아무 데나 알몸을 보여주며 살아왔다. 홍매화는 겨울이 지나면 잎이 돋기 전 꽃만 조금 피어나는데, 나는 수많은 잎을 매달고 언제까지나 무성해지려고 한다. 요컨대 시인은 홍매화가 보여주는 절제와 견인(堅忍)의 자세를 본받고자 한다. 홍매화의 정갈하고 절도 있는 몸가짐에 비하면 자신은 혼탁한 세상에 너무 쉽게 영합한 것 같고, 세속의 이익을 추구하며 자기 과시의 욕망에 사로잡혀 있는 것 같다. 그래서 그는 홍매화의 '육체의 경지'를 따르려 한다. 사실은 분명 어떤 정신의 경지에 도달하려는 것이지만, 홍매화라는 사물이 몸으로 알려주는 실제의 경지이기에 육체의 경지라고 했다. 정신이니 이념이니 하는 관념적 지향에서 벗어나 행동적 실천을 중시한다는 뜻에서 선택한 어법일 것이다. 그러한 육체의 경지는 다음 시에서 조금 복잡한 형태로 제시된다.

숭숭 하늘 향해 솟은 나무 그늘에 서 있었다

곧고 푸른 지조가 만들어낸 텅 빈 육체에서
플루트 소리가 났다
위로 뻗어가느라 아무것도 품지 못한 생애가
한 번은 꽃 피고 한 번은 꽃 지고 싶다고
우수수 잎을 날려보냈다
나이를 숨기느라 마디진 등뼈 타고
초록을 물들이며 노랗게 솟는 대쪽의 亢進,
창공을 버티느라 굵어지지는 않고
다만 단단해진 울대가
무성한 잎을 떨어뜨렸다
위로 뻗기만 하는 삶을 받치려고
실타래처럼 엉킨 땅 아래 상념들 스산하게 흔들렸다
너 한 번 꽃 필 때마다 하늘 향한 가지 꺾이고
너 한 번 꽃 피려고 무너진 자리
우르르 몸 기댄 백로 제비꽃 와서 피었다.

—「대숲에서」 전문

앞의 시에서 홍매화를 통해 자신의 삶을 반성한 것처럼 이 시는 대나무를 끌어들여 자신의 위상을 점검한다. 앞의 시에서는 홍매화와 시인이 대비적 관계에 놓인 데 비해 이 시는 대나무와 시인이 병치 관계에 있다. 다시 말하면 대나무의 육체적 속성을 통해 시인 자신의 존재 방식을 드러내고 있는 것이다. 시인은 지금 "숭숭 하늘 향해 솟은 나무 그늘에 서" 있다. 시의 맨 앞머리에 놓인 '숭숭'이라는 의태어는 어떤 느낌을 전달하는가? 시작의 구도(構圖)에 세심한 배려를 하는 최영철 시인이 이 의태어를 우연히 배치한 것은 아닐 것이다. '숭숭'이라는 말은 크고 높은 어떤 것이 띄엄띄엄 솟아 있는 상태를 연상시킨다. 그러면서도 그것은 어딘지 모르게 허전하고 밑이 가라앉는 것 같은 인상을 전달한다. 그것은 '하늘 향해 솟은 나무 그늘'이라는 어구의 의미와 대응된다. 이 시행에 제시된 첫번째 명제는 '하늘로 솟는 것은 그늘을 남긴다'이다. 높이 솟는 것 밑에는 반드시 어두운 그늘이 있다. 이 존재의 이중성, 상승과 침강의 모순성을 '숭숭'이라는 의태어가 정확히 반영한다.

그 다음에 나오는 두 번째 명제는 '곧고 푸른 지조는 텅 빈 육체를 만든다'이다. 위로 솟는 것이 어두운 그늘을 남기듯이 곧은 지조는 육체의 쇠잔을 가져온다. 지조를 지키다가 육체가 완전히 비어 버려 거꾸러지는 사람을 우리는 실제로 주위에서 본 적이 있다. 그 다음에 나오는 세 번째 명제는 "위로만 뻗어가는 것은 아무것도 품지 못한다"이다. 옆으로 가지를 많이 뻗는 식물은 대개 높이 자라지 못한다. 키로 자라는 식물은 가지가 옆으로 번지지 않는다. 사람도 마찬가지여서 혼자 앞서가는 사람은 주위의 많은 사람을 포용하지 못한다. 주위의 많은 사람들과 어울리는 사람은 자기만의 뛰어난 성취를 보이지 못한다. 세상의 잔재미를 몰수하고 오직 책읽기와 글쓰기로 일관한 비평가를 알고 있거니와 그의 고독한 상승은 품을 수 있음직한 주위의 많은 것을 포기한 결과였다.

그 다음 몇 행은 대나무의 생리에 대해 언급했다. 대나무는 해마다 꽃을 피우는 것이 아니라 죽기 전에 단 한 번 꽃을 피운다. 마디에서 가지가 나와 푸른 잎이 달리고 대의 끝부분은 계속 위로 솟아오른다. 대나무가 계속 자라면 아래쪽의 마디는 굵어지면서 가지가 끊어지는데 그때 가지에 달렸던 잎이 아래로 떨어지게 된다. 그러니까 대나무는 꽃은 피지 않고 잎만 계속 날려 보내는 것이다. 무성히 떨어지는 잎은 대나무의 성장을 의미하는 것이고 꽃은 대나무의 죽음을 의미한다.

이렇게 대나무의 외형을 서술한 다음에 네 번째 명제가 나온다. "위로 뻗기만 하는 삶 뒤에는 실타래처럼 엉킨 상념이 있다"가 그것이다. 물론 이 표현은 현상적으로는 대나무 밑에 떨어진 무성한 잎들이 스산하게 바람에 흔들리는 장면을 형용한 것이리라. 그러나 그 표현 뒤에는 시인이 말하고자 하는 명제가 함축되어 있다. 여기까지 나온 네 개의 명제를 종합하면 하나의 결론에 도달한다. 즉 자기 상승을 이루고 지조 있는 삶을 지키기 위해서는 일정한 희생이 필요하다는 것이다. 육체를 학대하거나 어두운 그늘을 만들거나 주위의 사소한 것에 대한 관심을 포기하는 과정이 필요하다. 어지러운 상념에 휩싸여 고민하고 갈등하는 과정도 필요하다. 그런 희생과 대가를 치르고 대나무의 항진이 이룩되는 것이다.

시인은 대숲에서 대나무의 외양을 점묘하면서 결국 자신의 삶을 돌이켜본 것이다. 이렇게 대나무처럼 높아져도 그늘을 벗어나지 못하고 텅 빈 육체만 남고 주위의 사람들을 포용하지 못한 채 스산한 상념에 휩싸인 자신의 생애가 떠올랐을 것이다. 그러한 상념 끝에 시인의 시선은 무너진 대나무에 가 닿았다. 한 번 꽃을 피고 무너진 대나무, 어쩌면 꽃도 피우지 못한 채 종말을 고한 대나무도 있을 것이다. 그러나 그 무너진 대나무 자리가 완전한 소멸로 끝나는 것이 아니다. 거기에는 어느새 백로 제비꽃이 와서 보라색 꽃을 피우고 있는 것이다. 그것도 "우르르 몸 기댄" 제법 강한 기세로 피어나 있다고 했다. 시인의 시선은 소멸이 창조로 전환되는 것을 본 것이다.

시인은 대숲에서 일반적인 인간 존재에 대해, 그리고 자기 자신의 살아온 내력에 대해 고민하였다. 그 결과 인간 존재의 이중성, 상승과 침강, 허무와 생성, 절망과 희망의 엇갈림을 대숲에서 보았다. 스산하게 흔들리는 상념 속에서 시인의 텅 빈 육체를 구원해 준 것은 대나무 무너진 자리에 우르르 피어난 제비꽃이었다. 허무는 생성으로, 소멸은 창조로 다시 전화된다는 깨달음을 얻었다. 그것은 관념이 아니라 행동적 실천의 문제였다. 이것이 대숲에서 발견한 '육체의 경지'다.

질기고 지독한 똥과 쏘아보는 눈초리로 출발한 최영철 시인의 시적 여정은 쉰내나는 야성을 거쳐, 불같은 바람의 시간을 거쳐, 마디진 등뼈 사이에 나이를 숨겨야 할 고행의 자리에 이르렀다. 세상의 모든 쓰레기를 받아들인 폐선에도 흙이 쌓이고 풀씨가 날아들어 꽃이 피어나고 흰나비까지 찾아드는 것을 본 시인은 "갯쑥부쟁이까지 피면 다시 출항이다"라고 단언했다. 그러나 그 출항의 선언 뒤에는 계속적인 항진이 가능할 것인가에 대한 불안한 상념이 숨어 있었을 것이다. 「대숲에서」는 그러한 자기 갈등을 정직하게 드러내면서 무너진 자리에 피어나는 제비꽃을 통하여 시련과 희생에도 불구하고 결국은 '대쪽의 항진'을 계속할 수밖에 없다는 자기 다짐을 아주 조용한 어법으로 제시해 놓았다. 그는 이러한 육체의 깨달음을 자연에서 얻는다. 자연은 그의 스승이자 꺼져 가는 생의 의지를 지펴주는 불씨다. 소멸을 신생으로 바꾸는 자연의 움직임은 허물어지려는 몸을 일으켜 세운다. 그 자연의 힘에 의지하여 나도 간절히 빈다. 아픈 육신의 그늘 위에 환한 제비꽃 피어나기를! 풀죽고 야윈 음지의 근육들 햇살에 쨍쨍 빛나기를!

제 3 부

허위와 진실의 표정

둥근 생명의 원형, 환한 등불

정진규 시집 『알詩』(세계사, 1997. 8)를 열면 그 첫 페이지에서 마치 한 편의 시와도 같은 시인의 자서 한 구절과 만난다.

> 〈알〉은 알몸을 가둔 알몸이다. 순수생명의 실체이며 그 표상이다. 흔히 말하는 부화를 기다리는 그런 미완으로서의 존재가 아니라, 그것 자체가 완성이며 원형이다. 하나의 小宇宙이다. 이 소우주에는 어디 은밀히 봉합된 자리가 있을 터인데 그런 흔적이 전혀 없다. 無縫이다. 절묘한 신의 솜씨! 알, 실로 둥글다.

아무것도 걸치지 않은 타고난 그대로의 몸이 알몸이다. 어릴 때는 알몸으로도 잘 돌아다니지만 철이 들면 목욕탕 외에는 알몸을 보이는 일이 없다. 의복으로 몸을 가리고 체면과 관습에 익숙한 거동을 보이는 것이 우리 생활인들이 하는 일이다. 옷을 벗고 여인과 정사를 할 때에도 불을 끄거나 휘장을 내려 알몸을 가린다. 알몸은 천진무구한 어린

아이들에게나 어울리는 모습이다.

알은 아무것도 겉에 두르지 않은 알몸을 그대로 우리에게 보인다. 그런데 알이 부화될 때 보면 알껍질은 부서지고 껍질 속에서 새로운 생명체가 솟아나온다. 그렇다면 알껍질 속에 진짜 생명이 숨어 있다고 보아야 할 것인가? 그렇다고 해서 알껍질을 미리 깨버리면 알의 내용물도 파괴되어 버려서 아무런 생명체도 생겨나지 못한다. 그러므로 알껍질은 알의 내용과 분리될 수 없는 온전한 알의 일부가 된다. 그러면서 그것은 그 안에 진정한 생명으로 탄생하게 될 또 하나의 알몸을 감추고 있다. 그런 까닭에 시인은 알을 '알몸을 가둔 알몸'이라고 말했다.

모든 알은 둥근데 그 둥글음은 생명의 원형이 바로 둥근 모양이라는 것을 표상적으로 드러낸다. 알은 이미 독립된 개체로서 생명의 완전성을 그대로 압축하고 있다. 하나의 알에서 내용과 형식을, 정신과 육체를 갈라낼 수 있는가? 알은 그저 하나의 둥근 생명체, 소우주일 뿐이다. 그것은 결코 어느 작은 부분으로 분리될 수 없는 완성된 원형이다. 그리고 그것은 모든 생명의 알몸이 그러한 속성을 지닌다는 것을 본원적으로 드러낸다.

시집 『알詩』의 첫 페이지를 다시 넘기면 그 모두에서 다음과 같은 작품을 읽게 되는데 이 작품은 시집 전체의 내밀한 세계로 인도하는 길잡이 구실을 한다.

> 수유리라고는 하지만 도봉산이 바로 咫尺이라고는 하지만 서울 한복판인데 이건 정말 놀라운 일이다 정보가 매우 정확하다 훌륭하다 어디서 날아온 것일까 벌떼들, 꿀벌떼들, 우리집 뜨락에 어제 오늘 가득하다 잔치잔치 벌였다 한 그루 활짝 핀, 그래, 滿開의 산수유, 노오란 꽃숭어리들에 꽃숭어리들마다에 노오랗게 취해! 진종일 환하다 나도 하루종일

집에 있었다 두근거렸다 잉잉거렸다 이건 노동이랄 수만은 없다 꽃이 다! 열려 있는 것을 마다할 것이 어디 있겠는가 그런 건 세상 어디에도 없다 그럴 까닭이 있겠는가 사전을 뒤적거려 보니 꿀벌들은 꿀을 찾아 11킬로미터 이상 往復한다고 했다 그래, 왕복이다 나의 사랑도 일찍이 그렇게 길 없는 길을 찾아 왕복했던가 너를 드나들었던가 그래, 무엇이든 왕복일 수 있어야지 사랑을 하면 그런 특수 통신망을 갖게 되지 光케이블을 갖게 되지 그건 아직도 유효해! 한 가닥 염장 미역으로 새카맣게 웅크려 있던 사랑아, 다시 노오랗게 사랑을 採蜜하고 싶은 사람아, 그건 아직도 유효해! —「산수유」 전문

이 시에 제시된 상황은 이렇다. 시인의 집 뜨락에 산수유가 피고 그 산수유를 찾아 벌떼가 날아온다. 어디서 오는지도 모르게 날아드는 벌떼를 보며 시인은 생명의 경이에 감탄하고 노란 산수유에 노란 꿀벌들이 엉켜 있는 장면을 하나의 장엄한 꽃으로 인식한다. 이러한 꿀과 꿀벌의 관계를 통하여 시인은 사랑에 대하여 명상한다. 꿀벌이 꿀을 찾아 먼 길을 왕래하듯 사람도 사랑을 할 때는 그런 맹목의 열정과 추진력으로 상대방을 향해 달려갔을 것이다. 그것을 시인은 '길 없는 길을 찾아 너를 드나들었던가' 라는 말로 표현하였다.

여기서 드나든다는 말은 그의 다른 시에도 나오는 표현인데 이것은 이중적 의미를 갖는다. 표면적으로 이 말은 너의 집을 드나든다든가 여성의 질구(膣口)를 드나드는 것 같은 육체적 교섭의 의미를 갖는다. 「알로 새를 낳고 싶다」라는 시에 나오는 "알을 슬자면 서로를 드나들어야/드나드는 일을 치러야 마땅한 것을" 이라는 구절은 그런 의미를 함축하고 있다. 그와 동시에 이 말은 두 사람이 서로의 교류를 통하여 내면의 화합을 이루는 것을 뜻한다. 요컨대 드나든다는 말은 분리된 두 존재자가 육체적이건 정신적이건 교섭을 가짐으로써 존재의 경계

가 허물어지고 상대방을 공유하게 되는 것을 뜻한다. 꿀벌이 하루 종일 날개를 비벼 11킬로미터 이상 왕복하듯이 사랑하는 사람은 예민한 촉각을 세우고 사랑의 대상을 향해 돌진한다. 사랑하는 사람은 꿀벌이 꿀을 찾아내는 것 같은 '특수 통신망'이나 '光케이블'의 감각을 지니게 된다.

이 시의 새로움은 일차적으로 사랑의 속성을 일상적인 자연 정경을 통해 드러낸 데 있다. 그리고 그보다 더 새로운 것은 '특수 통신망'이나 '光케이블' 같은 전파 시대의 용어를 제시한 다음 "한 가닥 염장 미역으로 새카맣게 웅크려 있던 사랑아"라는 절묘한 비유를 구사한 대목이다. 새카만 염장 미역의 이미지는 그 다음 장면에서 노오란 '채밀'의 이미지로 다시 바뀐다. '光케이블'과 '염장 미역'과 '채밀'은 의미와 질감에 있어 거리가 아주 먼데 그러한 이질적 언어가 결합됨으로써 놀라운 긴장 효과가 창출된다. 시인은 이론에 의해서가 아니라 거의 직관에 의해서 이런 표현을 구사했을 터인데 그것은 시인의 상상력이 아직도 젊음의 긴장 속에 있다는 것을 말해 준다.

상상력은 긴장 속에 있지만 육체의 노화는 피할 수가 없다. 이 시집에는 육체의 노화에 어쩔 줄 몰라하며 조바심 내는 시인의 자의식이 여러 곳에 드러나 있다. 말하자면 염장 미역처럼 웅크려드는 몸 앞에서 저 싱싱한 생명의 근원, 생명의 알을 어떻게 포착하여 드러내는가 하는 문제가 이 시집의 전반적 테마요, 시인의 중요한 관심사가 된 것이다.

육체의 노화에 의해 생명의 근원에 다가가는 일이 어려울지도 모른다는 그의 조바심은 아내의 임신중절과 관련된 시 「아내의 방」을 낳게 하였다. 임신중절을 하고 돌아와 누워 있는 늙은 아내의 방이 젊은 시절의 가난했던 방과 달리 풍요로워 보이는 이유는 무엇일까? 이것이 아직도 알을 품을 수 있다는 여자로서의 자긍심 때문이라는 시인의 해석에는, 육체의 노화에 맞서 알의 생명성을 창조하는 것이 시인으로서 최고의 덕목인데 그것이 퇴색되어 가는 것은 아닌가 하고 불안해 하는, 시인의 자의식이 숨어 있다. 그러한 시인의 생각은 「슬픔」이라는 제목을 가진 두 편의 작품, '알 44'와 '알 45'에 조금 다른 양식으로 표현되고 있는데, 이 두 작품은 시인의 고민과 해답을 비유적인 방법으로 드러내고 있어 인상적이다.

제목이 같은 이 두 작품은 긴밀한 연속성을 지니고 있다. 이 작품을 관류하고 있는 기본 모티프는 '몸은 튜브'라는 발상이다. 아침에 치약의 뚜껑을 열면서 몸은 튜브라는 생각이 시인에게 떠올랐다. 점점 약해져 가는 몸, 사랑의 힘도 줄어들어 가는 이 몸에서 아직도 남은 무엇인가를 짜내야 한다는 생각이 떠오른 것이다. 너는 내 몸에서 더 이상 짜낼 것이 없다고 생각하여 '그리움의 경영만으로 족하게' 된 상태다. 육체에서 얻을 것이 없을 때 사람은 마음으로라도 그리워한다. 이것을 '그리움의 경영'으로 표현한 시인의 상상력은 육체의 노화에도 불구하고 여전히 싱싱하고 윤기있다.

이제 내가 할 수 있는 일은 내 스스로를 끝까지 짜내는 것이라고 시인은 생각한다. 그런데 이렇게 나를 짜내다가 생명의 마지막 진액마저 고갈되면 어떻게 될 것인가. 이런 생각을 하다가 시인은 그 마지막 장면은 차마 말하지 못하고 젖을 내놓지 않는 소 이야기를 삽입하였다. 그러니까 시인이 자신에게서 짜내고자 했던 것은 생명의 젖, 그의 생산물이다. 그런데 최후의 한 방울마저 고갈되어 젖을 내놓지 않는 소처럼 아무것도 짜낼 수 없게 된다면 어찌하는가? 여기에 대해 시인은 "물론 슬프지, 슬픔은 슬픔으로 밀고 갈 수밖에!"라고 말하는데 이 대답은 참으로 놀랍다. 그리고 그 다음에 제시하는 또 하나의 대안은 더욱 감동적이다.

겨울 숲으로 가봐, 딱딱하게 서 있는 겨울 나무들 길죽길죽하게 맨 몸으로 서 있는 튜브들 겨울 숲으로 가봐, 겨울 나무들도 네가 짜내 주지 않으니까 가지 끝 끝마다 몸엣 것들을 밀어올려 놓고 있어 초록 절정, 초록 直前을 거기 놓아두고 있어 위험해, 위험해! 생명이란 사실 위험한 放置야 그걸 통과하는 일이야 아름다운 일이야 거기까지 가 봐,

—「슬픔—알 45」 전문

이 시의 배경은 겨울 숲이다. 거기에는 아무것도 짜낼 것 없을 것 같은 마른 나무들이 맨 몸으로 늘어서 있다. 시인은 그 나무들을 맨 몸의 튜브, 직립의 튜브라고 생각한다. 그 나무들의 모습은 앞에서 보았던 시인 자신의 모습을 연상시킨다. 네가 짜낼 것이 없다고 포기한 내 몸, 그래서 '그리움의 경영'만으로 만족하게 된 내 몸과 같다. 그런데 놀라운 것은 그 겨울 나무들 가지 끝마다 스스로 짜낸 생명의 기운이 움트고 있는 것이다. 시인의 말대로 슬픔을 슬픔으로 계속 밀고 나가면 그 궁행(躬行)의 끝에 새로운 생명의 길이 열린다. 이것을 겨울 나무가 보여주었다.

그러면 '위험해'라는 시인의 경계 신호는 무엇인가? 생명을 그대로 놓아 두면 거기서 스스로 짜내는 내부의 힘에 의해 초록의 절정이 솟아난다. 그대로 놓아 두어 모든 것이 고갈된 상태로 되면, 그래서 슬픔의 끝판에 다시 슬픔으로 슬픔을 밀고 나가면 거기서 초록빛 새로운 길이 열린다. 위험한 방치를 통과하는 일, 그것이 생명의 열림이며 생명의 개화이기에 그것은 분명 아름답다. 겨울 나무 가지 끝에 도사리고 있는 초록의 절정, 한 번만 더 짜내면 연초록으로 터져 나올 그 생명의 기운들, 그것은 황홀할 정도로 아름다운 생명의 용솟음이다. 그것은 「감나무 새순들」에서 햇살 속에 반짝이는 감나무 새순들의 힘으로 표현되기도 했다. 저 여리디연한 새순들이 억만 톤의 힘으로 딱딱

한 나무를 밀고 나오는 장면. 그 모습은 타오르는 생명의 불꽃과 같기에 위험하기까지 한 것이다.

시인은 이것을 생명의 불꽃이라고 말하면 곤란하다고 그의 다른 시 「동백꽃」에서 이야기하고 있다. 동백꽃을 보고 기름 잘 먹은 초록 심지에 수많은 '불꽃'을 달고 있다고 말하면 생명과의 만남에 실패하고 사랑도 깨지고 만다. '불꽃'이 아니라 '등불'이라고 말해야 살 타는 냄새가 나지 않고 내 몸이 비로소 꽃 속으로 따뜻하게 젖어들게 된다고 시인은 말한다. 그러면 불꽃과 등불의 차이는 무엇일까? 불꽃은 한순간 격렬하게 타올라 재로 식어 버리고 말지만 등불은 은은한 빛을 발하며 오랜 시간 지속되는 특성을 지닌다. 사랑은 그 대상이 자연이든 사람이든 불꽃보다는 등불과 같아야 울고 떠나는 일이 없다. 그것은 소극적이라는 비판을 감수하고라도 다음과 같은 선상에 머물러 있는 사랑을 뜻한다.

서러워 말자 나는 늘 경계만 헤맨다 넘어가지는 않는다 너를 드나들지는 않는다 넘어가면 내 집으로 다시는 돌아올 수 없음을 나는 안다 너 또한 그러하리 우리는 위험하다 이미 오래 전부터 나는 이별을 익혀왔다 간절해지면 겨우 경계까지 가기는 간다 경계만 헤맨다 해질 때까지 거기서 놀다가 돌아온다 그래, 나는 경계를 가지고 논다 그것이 나를 지켜주고 있다 경계는 이어진 곳이 아니라, 넘어가는 다리가 아니라 나를 지켜주고 있는 극단이다 이별이 허락하는 극단의 내 집이다 극단의 약이다 극약이다 부드러운 극약이다 나는 이 극약을 먹으며 논다 맛있는 슬픔, 오래되다 보니 그렇게 되었다 그래서 내가 있고 네가 있다

—「이별」 전문

너와 내가 경계가 없어져 하나가 된다면 존재의 만남에 있어 그보다

행복한 일은 없을 것이다. 그러나 인간 범사에 있어 그러한 행복한 만남이 그렇게 쉽게 오지는 않는다. 위의 동백꽃의 경우와 같은 자연과의 접촉에 있어서건 사람과의 사귐에 있어서건, 한순간 타올라 집으로 돌아가는 길을 잃을 정도의 탐닉은 상처를 남기게 된다. 울고 떠나는 일을 피하기 위해 시인이 제시한 방법은 바로 위와 같이 경계 근처를 헤매며 서로를 지키는 자세이다. 이런 '부드러운 극약' 처방이 너를 지켜주고 나를 지켜준다. 이룰 수 없는 사랑, 그러면서도 버릴 수 없는 사랑을 해본 사람은 이런 처방이 무엇을 뜻하는지 너무나도 잘 알 것이다. 세속적 사랑의 국면만이 아니라 자연이라는 생명과의 만남에 있어서도 이런 자세가 필요할 때가 있다.

그런 자세는 「잠적」에서 상대의 마지막 꽃을 피우는 헌신의 몸짓으로 변화하기도 하고 「戀書」에서는 신비로운 사랑의 속삭임으로 변용되기도 한다. 「잠적」에서 시인은 자신의 살을 만져 본다. 전에 비해 눈에 띄게 수척해진 자신의 살을 만지며 이 마지막 남아 있는 살을 너에게 완전히 바칠 것을 생각한다. 너는 이제 따스한 햇살에도 꽃을 피우지 않는 삭막한 상태에 있다. 꽃이 필 가능성이 완전히 사라지기 전에 내 남은 살을 그대의 몸 안에 완전히 밀봉하여 꽃을 피울 것을 꿈꾼다. 그처럼 꽃을 피우기 위해 자신의 남은 살을 바치는 행동을 '꽃거름'이라는 말로 표현하였다. 이 시에 서술된 상황을 육체적 몸의 관점에서만 생각하면, 육체의 정력이 쇠잔해지기 전에 마지막 성행위를 하고 싶다는 뜻으로도 해석할 수 있다. 그러나 시의 첫 발상이 그렇게 시작되었을 수 있지만 그것이 생명 전반의 맥락으로 확대되면서 인간과 인간의 만남의 문제로 시상은 이동하게 된다. 그래서 자신의 남은 살을 바쳐 그대의 마지막 꽃을 피우는 이 행동은 대승적 보살정신의 차원으로까지 승화되는 것이다.

정진규의 시는 이렇게 아슬아슬한 잠행을 계속한다. 어떻게 보면 상당히 노골적인 외설담처럼 보이는 언어를 구사하면서 결과적으로는 그 외설스러운 살냄새를 피하면서 원숙한 정신의 지평을 열어 보인다. 이것은 육체와 정신이 구분되지 않는 삶의 원형을 탐색하려는 그의 의지의 소산이다. 그의 의지는 다음과 같이 아름다운 사랑의 서신도 창조한다.

> 이른 새벽 화계사 눈 내린 겨울 솔숲으로 나를 데리고 갔어요 櫛文으로 흐르는 맨몸의 솔바람소리 싸아한 내음새 그 가운데서도 깊게 패인 櫛文, 속살이 보이는 빗살무늬 하나는 물론 정중하게 비껴갔어요 그 때 묻지 않은 첫번째 자리엔 이 몸을 들어앉힐 수가 없었어요 손댈 수가 없었어요 아무리 내가 건달이라 할지라도 숫처녀에겐 그럴 수가 없었어요 사람으로서의 염치가 아닐지요 탐하지 않았어요 잘한 일이지요 은혜가 왔어요 이윽고 櫛文의 싱그러운 냉기들이 엉킨 내 실핏줄들을 곱게 빗질했어요 그래서 한 삼 년쯤 내가 더 살 수도 있겠다는 마음의 푸른 등뼈 하나가 고맙게도 꼿꼿이 다시 서는 깊은 솔바람 소리를 나는 들었어요 읽어주셔요 끝내 지워질 수 없는 내가 쓴 象形文字 하나를 나의 櫛文을 냉기 한 사발을 가난한 대로 그대에게 드릴 수 있게 되었어요
>
> —「戀書」 전문

이 작품에도 "내가 건달이라 할지라도 숫처녀에겐 그럴 수가 없었어요"라는 육담적 표현이 들어 있긴 하지만 시 전체는 눈 덮인 화계사 새벽 솔바람 소리의 청아한 분위기에 휩싸여 있다. 시인은 화계사 겨울 솔숲을 산책한다. 솔바람 소리 들리고 첫새벽의 청징한 내음새도 풍긴다. 그러나 '때묻지 않은 첫번째 자리'는 피해 갈 수밖에 없었다. 완벽한 순수의 자리는 내가 차지할 자리가 아니라는 생각에서이다. 그러자 빗살 무늬의 싱그러운 냉기가 엉킨 실핏줄을 곱게 정돈해 주고 비로소

'마음의 푸른 등뼈 하나가 고맙게도 꼿꼿이 다시 서는' 것을 체험하게 된다. 그런 상태에서 나는 비로소 그대에게 지워질 수 없는 상형문자 하나를, 나의 즐문을 드릴 수 있게 된다. 요컨대 가장 순수한 자리를 남겨 놓을 때 자신이 다시 일어설 수 있는 자리가 열린다는 깨우침을 우리는 이 시에서 얻는다.

짐작컨대 이 시는 시인이 건강 때문에 요양을 하다가 건강을 회복하고 다시 시를 쓰게 된 과정을 연서의 형식으로 표현한 것으로 보인다. 자연의 순결한 공간을 탐색하면서 자신의 몸을 가다듬던 자아가 자연의 절대적 순수성은 자신이 감당할 수 있는 것이 아니라는 인식을 갖게 된 것이 특징적이다. 그런 생각이 들자 자연은 나에게 은혜를 베풀었다. 자신의 드맑은 즐문을 나의 실핏줄에 스며들게 했고 어느덧 나도 하나의 즐문을 창조할 수 있게 된 것이다. 빗살 무늬로 흐르는 솔바람 소리와 그 내음새는 자연의 원초적인 언어이다. 시인은 새벽 산책에서 자연의 원초적 언어를 자신의 몸으로 만나고 거기서 생의 원초적 생명력을 감지한 것이다. 우리는 여기서 자연과 인간이 교감하는 존재의 비밀을 엿본다. 그리고 그 교감이 자신의 자리를 온전히 지키는 데에서 이루어진다는 사실을 조심스럽게 깨닫는다. 더군다나 그 깨달음이, 한갓 관념의 형식으로 제시된 것이 아니라, 어느 것 하나 버릴 것 없이 짜여진 정갈한 언어의 구성 속에 획득되는 것이기 때문에, 우리의 마음은 싱그럽게 떨린다.

시인은 '몸詩'의 단계에서 '알詩'로 넘어간 것이 정신과 육체의 분리라는 문제를 어느 정도 극복한 것이라고 말한다. 알은 정신과 육체가 구분되지 않는 생명의 원형이기 때문이다. 생명의 원형이라는 측면에서 보면 빗살 무늬 솔바람도 알이며 그것에 촉발되어 나온 시인의 상형문자, 즉 시도 알이다. 우리는 온통 알에 둘러싸여 있고 저마다 알을 품고 있으면서도 그 사실을 모른 채 시간의 흐름에 얽매여 덧없이 살아간다. 그것을 한탄하는 한숨 소리, 흘리는 눈물도 알인데 그것을 모르고.

그런 점에서 이순의 아침을 몇 년 앞둔 정진규 시인이 생명의 원형을 지속적으로 탐구한 보고서를 한 권의 시집으로 내놓은 것은 놀라운 일이다. 무엇보다도 여기에는 육체의 노화에 대한 자각과 그것에 비례하여 커지는 생명 탐구의 의지가 팽팽한 긴장을 이루고 있어 우리의 마음을 서늘하게 한다. 우리는 이 상형문자를 읽으며 저마다 냉기 한 사발을 들이키게 되는 것이다. 그러면 어느덧 우리 마음도 순해지는 것을 느낀다.

고통과 희망, 시의 불빛

하종오의 시를 읽는 것을 이문구나 윤후명의 소설을 읽는 일에 비유할 수 있을까. 농촌을 배경으로 한 이문구의 소설은 충청도 방언을 그대로 채용하고 있기 때문에 표준어 서술체에 익숙한 독자는 처음 읽을 때 낯선 느낌을 갖기 쉽다. 그러나 방언이 쌓아 놓은 일차적인 의미의 벽을 일단 넘어서기만 하면 구수하고 감칠맛 나는 토속어의 세계에 젖어들어 농촌 사람들의 생생한 삶의 현장에 즐겁게 동참하게 된다. 윤후명의 소설은 간결한 표준어 서술체를 사용하고 있어서 문체상의 이질감은 자아내지 않는다. 그럼에도 불구하고 그의 소설은 수시로 교차되는 몽상의 흐름으로 인해 기존의 소설문법에 익숙한 독자들에게 난해한 소설이라는 인상을 전달한다. 그러나 윤후명 소설의 경우에도 서술자가 펼쳐 보이는 의식의 세계에 독자의 주파수를 맞추기만 하면 개개의 서술은 무한한 연상의 자유로움을 펼쳐 보이면서 슬프고도 아름다운 몽상의 공간으로 독자를 유도한다.

하종오의 새로 나온 시집 『사물의 운명』(문학동네, 1997. 6)에 실린 시편은 시인 특유의 독특한 사유와 어법을 보여주고 있기 때문에 일반적인 시의 문법에서 볼 때 이질감을 갖게 하는 것이 사실이다. 평범한 독자들에게 하종오의 시는 그 의미의 문을 좀처럼 열어주지 않을 것이다. 하종오의 시를 제대로 이해하기 위해서는 개개의 작품을 여러 번 거듭 읽고 그 의미를 깊이 음미하는 작업이 필요하다. 시집의 표제작인 「사물의 운명」을 읽어 보아도 그 시가 의미하는 바가 무엇인지 석연하게 파악되지 않는다. 시집의 해설을 쓴 평론가 방민호도 그 작품의 의미를 제대로 파악하지 못한 듯하다. 그렇다고 하종오의 시가 이해하기 어려운 난해시에 해당하는 것은 아니다. 몇 번 주의 깊게 읽어서 그 독특한 사유와 어법에 친숙해지기만 하면 하종오의 시는 숨겨 놓았던 비의의 문을 열고 풍성한 시적 공간을 드러내 보인다.

하종오의 시는 전반적으로 자아와 대상과의 관계에 초점을 맞춘다. 자아와 대상과의 관계를 집약적으로 드러내는 시가 「꿀벌」이다. 이 시의 화자로 설정된 꿀벌은 꽃을 대상으로 하여 "날 따돌려놓고는 어떤 꽃도 꽃일 수 없으리./나를 피할 수 있는 식물 없고/나를 따라와줄 식물 없어도/맑은 허공에서 나 언제나 갈 길 올 길 만들어서 간다"고 말한다. 꽃은 자신의 생식적 번식을 위하여 꿀벌의 날개를 필요로 한다. 꿀벌이 없다면 꽃의 존재 의미도 소멸될지 모른다. 꿀벌은 끝없이 움직이고 식물은 고정되어 있기 때문에 꿀벌은 허공 속에 자신의 갈 길을 스스로 만들어 가지만 식물은 꿀벌을 피할 수도 없고 꿀벌을 따라갈 수도 없다. 식물은 꿀벌의 움직이는 행로에 의존할 뿐이다. 이러한 꿀벌과 식물의 관계를 통하여 시인은 자신의 존재론적 근거를 탐색하고 있다.

자아와 대상과의 관계는 하종오의 시에서 세계에 상처받은 자아의 회한과 자책으로 전환되어 나타난다. 자아가 세계를 만나 상처를 받고 그 결과 자책감에 시달리는 모습은 그의 시 여러 곳에 선연한 영상으로 돌출된다. 「남은 생을 생각하다」에서는 "나는 머물렀다가 떠나야 할 곳이 없다"고 말하며, 풀들이 아무것도 남기지 못하고 바스러져 사라진 다음에 "세상에는 인간의 적절치 못한 행실만 남는다"고 고백한다. 그런가 하면 「잠자리 그림자」에는 "나, 허상에 끌려 뜨거운 시절을 얼마나 보냈던가"라는 구절이 나오는데, 이것은 80년대에 그가 보인 인간주의나 민중주의적 자세에 대한 겸허한 반성의 뜻이 담긴 것으로 보인다. 이러한 자책의 심정은 "현실은 늘 현실인 채로 나를 비튼다"(「상류 북한강」)는 침울한 탄식을 자아내거나 "나는 붕어의 눈처럼 넓게 보려다가 상처받았다"(「어안(魚眼)」)는 직선적인 심정 토로로 이어진다.

자아가 세계로 나아가지 못하고 자신을 책망하며 회한에 잠길 때 취하게 되는 행동양식은 유랑이 아니면 칩거다. 자아는 세계 속에 자신의 정처를 정하지 못하고 끝없이 떠돌려 하거나 세계와의 절충의 가능성을 포기한 채 자신의 내부에 움추려 있으려 한다. 유랑의 심정은 「잠자리 그림자」에, 칩거의 자세는 「서쪽, 음유 일년」에 압축적으로 드러난다. 「서쪽, 음유 일년」은 청춘의 시절이 지나고 푸른 잎새의 시절이 지난 가을의 어느 시점을 택하고 있다. 이 시의 화자는 작은 씨들이 떨어지는 소리에 '추락하고 싶었다'고 고백한다. 추락의 실추감은 스스로를 '무명의 어두운 그늘'에 한정시킨다. 이렇게 푸른 잎들이 떨어지고 겨울의 뿌리만으로 한 세상 칩거하는 것이 필요하다는 사실을 스스로 인정하려고 한다. 여기에 비하면 「잠자리 그림자」는 유랑의 심정을 자연스럽게 드러내고 있어서 오히려 낭만주의적 아름다움의 정취를 일깨운다.

내 눈에 어룽거리는 길들은
직선으로 나가고 싶어서일까. 마을을 이끌고

간다. 꽃잎 희디흰 불두화 한 그루 데리고 간다. 한없이
세월이 돌아오지 못하는 곳에 닿으면
무엇이 나를 불러줄까. 그때 내가 기억하게 될
생의 비상이나 생의 추락은 햇살 한줄기일까.
나, 물가로 자리를 옮긴다.
꽃 필 시기를 놓친 화초들이 따라와서 수면에 뜬다.
물결이 내 자취를 묻어버린다.
이때에는 나를 가만히 놔둬도
좋겠다 좋겠다고 상하류 물굽이들,
한꺼번에 내게서 떠난다. 배후 없이 다시 나도 떠나간다.

—「잠자리 그림자」 후반부

유랑의 끝에 이르러 한쪽으로 지나가는 세월은 자아의 실추감을 오히려 조장한다. 기다리던 세월조차 돌아오지 못하는 시간의 흐름 속에서 자신이 겪었던 '생의 비상'이나 '생의 추락'까지 햇살 한 줄기처럼 미미한, 덧없이 사라질 운명을 지닌 대상으로 인식된다면, 그리하여 모든 것이 그림자처럼 소멸되고 자신의 희망과 절망도 자취 없이 사라지는 것이라면 자아는 어떠한 태도를 취하게 될까? 흐르는 물길을 따라 자아도 정처 없이 유랑할 뿐이다. 크고 작은 시간의 물굽이들도 그 나름의 덧없는 움직임을 보인다. 모든 물길들이 내게서 벗어나 유랑의 길에 오르듯이 나 또한 유랑의 길에 편승한다. 이렇게 모든 것이 떠나면 무엇이 남을까? 꽃 필 시기를 놓친 화초들 물가에 흩어지고 나의 자취 또한 덧없이 묻혀질 뿐이다. 그 뒤에 남는 것은 아무것도 없다.

그러면 세계로 나갈 정당한 출구를 찾지 못한 채 유랑이나 칩거의 의식 주위를 맴도는 시적 자아가 가혹한 세계를 향해 드러낼 수 있는 목소리는 무엇인가? 하종오의 시에서 그것은 서쪽에의 지향, 혹은 서쪽

에의 정착으로 나타난다. 그의 시에서 '서쪽'은 다양한 의미의 편차를 지니면서 반복되어 나타나는데 그것은 중년의 나이에 이른 시적 자아의 자기 인식, 자아의 신원 파악과 관련이 있어 보인다. 그의 지속적인 관심은 인간의 고통과 희망을 지켜보는 것인데 그 인간 속에는 물론 자기 자신도 포함되어 있다. 어떻게 보면 하종오 시인은 자기 자신의 문제를 성찰하면서 그것을 통해 보편적인 인간 문제를 다루려는 의욕을 갖고 있는 듯하다. '서쪽'의 의미와 그것과 관련된 자아의 문제를 가장 선명하게 드러내는 것은 다음의 작품이다.

처음 서쪽에 들어섰을 때,
서천(西天)과 서토(西土)가 나를 원하지 않으므로
해질녘이면 맞붙어서 붉었다.

서쪽은 막막한 나를 숲길로 인도하지만,
거미의 포충망에 얼굴이 잡히고
나는 미물에게조차 겁을 먹어야 하는 나이가 되었다.
서쪽은 하루 중에 가장 오래 해를 기다려야 하는 곳,
젊음을 지났으나 늙음에 이르지 못하여 나는 깨달음이 없다.

소나무숲을 벗어나도 내가 있는 데는 비탈이고
나는 아래로 아래로 내려가야 하는데,
여기 오기 전 내가 씨를 묻었던 나팔꽃은
덩굴손을 내면서 위로 위로 올라갈 것이다.
굽어살피니 나는 방향성도 없이 중년에 멎어 있고,
서쪽은 필생의 안 보이는 길뿐이다.
아, 저것 때문이다. 피가 터진다.

내 코에 피비린내 노을 비린내
나는 이미 서쪽에 들었다.
먼저 온 것은 서풍(西風)도 있고 서로(西路)도 있다.
아직 도착하지 못한 새떼들은
그래서 바람과 길을 찾을 수 없나 보다.

—「서쪽에 들다」 전문

이 시에서 얻을 수 있는 서쪽의 의미는 '가장 오래 해를 기다려야 하는 곳'이다. 불교적 공간의식으로 보면 서쪽은 서방정토를 의미하는 것으로 구원의 공간, 영생의 공간 형상을 지닌다. 그러나 하종오의 시에서 서쪽은 동쪽의 반대, 즉 해가 뜨는 곳의 반대편을 뜻하는 것으로 일몰의 소외지대, 우울한 변방의 형상성을 갖는다. 그것은 "젊음을 지났으나 늙음에 이르지 못하여"라는 구절의 의미와도 통하는 것으로 중년의 내포적 의미와 상통한다. 젊음의 시간은 해가 뜨거나 환하게 비추는 공간 형상을 갖는다. 그것은 동쪽이나 아침, 정오의 상징으로 나타나기 마련이다. 노년은 이미 해가 져버린 어둠의 형상으로 비유된다. 젊음과 늙음의 중간 지대인 중년은 오랫동안 해를 기다려야 하는 서쪽의 소외된 형상성과 통한다.

중년의 나이에 이른 시인은 스스로 젊음과 늙음의 중간 지대인 서쪽에 자리잡았다고 생각한다. 노년에 이르렀으면 생의 예지를 터득했을지도 모르겠으나 중년의 시인은 회오(悔悟)만 가득하다. 그는 거미와 같은 미물에게도 두려움을 느끼고 비탈에 서서 나아갈 방향도 확정하지 못한 상태에 있다. 생의 의지를 찾지 못한 소심한 자아는 다시 서쪽을 바라본다. 그곳에는 붉은 노을이 땅과 하늘을 가로막아 마치 피비린내를 풍기는 듯하다. 나아갈 길을 찾지 못한 중년의 시적 자아는 우울한 탐색을 계속할 뿐이다.

세계에서 받은 상처 때문에 괴로워하고 방황하는 자아는 자신의 실체를 돌이켜보면서 자신이 머물 곳을 찾으려 한다. 그러한 모색의 과정에서 일종의 자기 반성이 싹트는 것은 당연한 일이다. 철저한 자기 반성은 자신의 과거까지 냉혹히 부정하는 대담성을 보인다. 그리고 적극적인 자기 부정을 통하여 시적 자아는 고통을 극복할 수 있는 희망의 지평을 찾으려 한다. 그 희망의 지평은 인간의 허물에서 벗어나 육탈의 길에 이르는 것으로 비유된다. 그런 마음의 움직임을 잘 보여주는 시가 「중년의 오류」이다.

이 시에서 시적 자아는 오래 비워 둔 서쪽 집에 돌아온 것으로 설정되어 있다. 그때 창문 문턱에 말라 죽은 나비를 발견한다. 화자는 나비의 마른 육신을 마치 자신의 분신인 양 지켜보며 "어디서 날아와 내가 없는 서쪽, 집에 들어오려다 초록을 풍미하던 제 생을 내려놓았나" 하고 생각한다. 초록을 풍미하던 생을 내려놓고 하얗게 탈색된 나비의 몸을 보며 화자는 채색의 시간에서 벗어나 모든 차별적 인식에서 떠난 경지를 동경한다. 그러한 인식의 자리에서 자신의 젊은 날을 돌이켜보자 채색의 시간에 몰입하던 자신의 모습이 떠오른다. 그리고 자신에 대한 철저한 반성이 온다.

"아, 맞아. 그때가 내게는 나비 시절이 아니었다. 징그러운 애벌레 시절이었다." 자신의 지난날을 애벌레 시절로 부정한 시적 자아는 마른 나비의 몸에서 오히려 부활의 가능성을 발견한다. 고통을 넘어서는 희망의 지평을 본다. 그 다음에 터져 나오는 소망의 발언은 가슴 떨리는 축복의 진동을 전달한다. "이미 죽은 나비는 생환하지 못한다 해도 울음 울 줄 아는 미물들은 향기 품은 화초들은 아, 날개 있는 것들은 햇빛을 얻어라. 달빛을 얻어라. 한 생애는 나 혼자만이 아니라 너희와 시종을 함께 하지 않느냐." 시인은 이러한 기원을 내세우며 다가올 미래의 희망을 염원하는 자신의 마음을 새겨 놓는다.

시인에게 있어 미래의 희망은 자신의 시쓰기가 끊임없이 지속되기를 바라는 것으로 나타날 것이다. 인간의 고통에 대한 확인도 시에서 가능하고 미래의 희망도 시를 통해서 선명해진다. 시쓰기야말로 중년의 회오를 간직한 시인이 마지막 매달릴 수 있는 거점이 아니겠는가. 그러므로 시인은 "은유의 불빛이 내일까지 살아 있을 것"(「연기」)이라고 믿는다. 이 믿음이 없다면 모든 것을 상실한 고통의 극점에서 어떻게 시인이 자신의 몸을 일으킬 수 있을 것인가. 그러므로 시는 그의 마지막 구원의 길이라고 우리는 생각한다. 다음의 작품은 고통 속에 줄기차게 이어지는 시를 향한 구도적 헌신의 자세를 노래하고 있어 깊이 음미해 볼 만하다.

서쪽이 흔들린다.
서쪽, 집이 흔들린다.

네가 나의 깨달음이었을 적에 네가 나의 인연이었을 적에 네가 나의 운명이었을 적에 나는 서쪽, 집에 돌아와 내 비통한 가슴을 묻었다. 욕망은 항상 절망이었다. 썩은 흙을 움켜쥐고 나는 뜨거운 마음이 움직이는 대로 식은 몸을 보냈지만, 언제나 낡은 육신이 뒤처지고 외로운 영혼이 먼저 되돌아와 나를 울렸다. 내 눈물 아래에는 내 통곡 옆에는 잡초들과 미물들이 있었다. 울다가 울다가 내가 그것들의 생이 되었을 적에 내가 그것들의 허기가 되었을 적에 내가 그것들의 종족이 되었을 적에 너는 비로소 서쪽, 집으로 찾아와서 네 절멸하는 가슴을 내려놓고 떠났다. 나와 그것들과 너와의 관계는 불륜이 되지 않았다. 세차게 그때부터 서풍이 따라 불기 시작했다.

내가 머문 서쪽, 집에 너는 없지만
그리워할 세월은 아직 많이 흐르지 않았다.

네가 어디선가 나 때문에 고통스러워하지 않는 동안은
인간의 일이므로…… 나는 너를 기다린다.
오늘 폭풍 속에서 나는 살아난다.

바람이 불어간다.
나는 네가 있는 곳까지 흔들릴 수는 없을까.
산이 흔들린다.
산줄기가 흔들린다.

애증이여
시여

—「중년의 회오」 후반부

여기 나오는 '너'는 애증의 대상인 사람으로 보아도 좋고 시 자체를 의미하는 것으로 보아도 좋을 것이다. 그만큼 이 시는 상징의 진폭이 크다. 앞의 경우로 보면 이 시는 일종의 연가로 해석될 수 있고 뒤의, 경우로 보면 시에 대한 구도적 자세를 노래한 것으로 읽힌다. 그 어느 경우든 복합적인 의미의 층위 속에 다양한 해석의 가능성을 열어 놓고 있다. 이 시에도 서쪽이 나오는데 여기서의 서쪽은 중년의 위기의식보다는 시인이 사색하고 시를 쓰는 공간 정도의 의미를 지닌 것으로 파악된다. 서쪽의 흔들림, 서쪽 집의 흔들림은 너에게 향하는 내 마음의 파문을 나타낸다.

시적 자아는 적막한 시공에 서서 설레이는 파문을 남기고 떠난 너를 생각한다. 네가 나의 중요한 자리를 차지했을 때 너에게로 향한 욕망이 불타 올랐으나 그 '욕망은 항상 절망'으로 끝났다. 자아는 그 고통 때문에 통곡과 회한의 눈물을 흘린다. 영혼의 외로움 속에 둘러본 주위에는 '잡초들과 미물들'만 있다. 시적 자아는 그것들을 감싸 안고 자신이 그것의 일부가 되는 과정을 거친다. 그리하여 내가 잡초와 미물들의 '허기', 그들의 '종족'이 되었을 때 비로소 너는 나에게 찾아와 너의 가슴을 보여주었다고 되어 있다. 미미한 사물의 일부가 되어 나와 사물의 경계를 구분할 수 없을 때 비로소 시가 찾아온다. 그리고 그 짧은 순간 다음에 시는 다시 침묵의 어둠 속으로 돌아간다. 나는 서쪽의 바람 속에 있다. 폭풍을 견디며 다시 네가 돌아오기를 기다린다. 그러한 나의 기다림 속에 나의 마음의 파문이 너에게 전달되기를 간절히 바란다. "나는 네가 있는 곳까지 흔들릴 수는 없을까"라는 그의 소망에 산도 흔들리고 산줄기도 흔들리지만 시는 요지부동 자기 자리를 지키고 있는 듯하다.

시인이 사물을 향해 나아가려는 욕망, 시인이 세계에 손을 뻗치려는 욕망은 번번히 좌절된다. 욕망은 언제나 절망이 될 뿐이다. 그러나 시인은 고통과 폭풍의 시간 속에서도 잡초와 미물들에 대한 전심을 포기하지 않는다. 그것이 바로 어떤 희유한 순간에 네가 나에게로 오는 길, 내가 네게로 가는 길이 될지 모르기 때문이다. 만일 그것마저 포기한다면 나의 자취도 실체도 바람 속에 사라지고 말 것이다. 세계와의 접촉에서 아무리 상처를 받아도 사물에 대한 애정, 대상에 대한 관심, 세계에 대한 전심을 시인은 포기할 수 없다.

그것에 대해 시인은 "오늘 내가 저 생강이나마 껴안고 머무르지 못한다면/어떤 허방이 와서 나를 자빠뜨릴 것이다"(「마포」)라고 말한다. 허방에 빠지지 않기 위해 생강을 껴안고 미물에 시선을 던지는 것, '사물의 운명'을 탐색하며 그것을 통해 고통과 희망을 함께 껴안는 것, 이것이 바로 하종오의 시쓰기이다. 그러기에 그것은 "나를 포옹하러 어두운 길로 오는"(「연기」) 은유의 불빛이다. 고독과 고통 속에 서쪽 집에 작게 불 밝힌 시의 등불은 하종오에게 위안일 뿐만 아니라 우리에게도 위안이다. 그의 시집 『사물의 운명』은 유랑과 칩거의 괴로움 속에 건져 올린 사색의 아름다움을 펼쳐낸다. 그 고통과 희망의 속삭임은 우리 시단에 이채로운 광휘를 오래도록 드리울 것이다.

좌절과 희망 사이의 진실

시집의 해설에서 정끝별이 잘 지적한 것처럼, 천양희의 다섯 번째 시집 『오래된 골목』(창작과비평사, 1998. 10)은 네 번째 시집 『마음의 수수밭』의 연장선상에 있다. 『마음의 수수밭』에 보이던 길에 대한 탐색이 『오래된 골목』에서는 물에 관한 명상으로 전환된 것이라든가 물의 흐름 속에 '평등(平等), 공평(公平), 무등(無等), 무우(無憂)의 세계'를 찾아내려는 시인의 지향을 그 해설은 잘 읽어내고 있다. 그런데 이번 시집의 작품이 "희망 쪽으로 그리고 허무를 넘어서는 생성 쪽으로 기울고 있다"는 지적에 대해서는 동의의 판단을 조금 유보해 두고 싶다.

『오래된 골목』 전편을 통독해 볼 때 천양희의 시의식은 생의 모순과 자아의 모순이라는 두 축 사이를 왕래하고 있다. 그가 보기에 '세상에는 베이는 일들이 너무 많다'. 연약한 풀잎에 베일 수도 있고 잘못 던진 돌에 파문이 일기도 한다. 생의 골목은 막히거나 텅 비어 있고, '악연의 빨래줄'이 길목마다 널려 있고, 바람마저 '나를 긁고' 지나간다. 젊은 날 꿈꾸었던 '백색 정토, 설국(雪國), 설궁(雪宮)'에 대한 기대는 한갓 환상에 불과하다. 그래서 그는 '산다는 건 자주 쓴 맛을 보는 것'이라는 선배의 말에 공감을 느낀다. 모순이 가득한 세상에서, 가마우지처럼 벼랑에 매달려 시를 쓰고, 발 없는 새처럼 날다 지쳐도 바람 속에 쉴 수밖에 없는 자신의 모습 역시 모순에 가득 차 있다. 생의 모순에 환멸을 느끼면서도 결국은 이 세상에 발을 디디고 살 수밖에 없는 자신의 모순된 모습에서 어떤 때는 역설적으로 생의 처절한 기쁨을 맛보기도 한다.

시인의 의식이 생의 모순에 관심을 보이며 모순 자체를 전경화할 때 그것은 의문문을 활용한 언어유희적 기법으로 시에 표현된다. 「발 없는 새」, 「왜요?」, 「十人圖」, 「옛날 이야기를 들었다」, 「휘둥그래진 눈」, 「아우성」, 「비 오는 날」, 「귀뚜라미 보일러」, 「그에게 묻는다」 등이 그 예이다. 이 시편들에는 세상의 모순된 실상을 암시하는 정황들이 열거되거나 평범한 일상사 속에 지나쳐 버리는 모순의 단면들이 포착되어 제시된다. 여기 사용된 언어 유희의 기법은 일찍이 김헌선이 지적한 '동음이의어적 상상력'에 기반을 둔 것이다. 동음이의어적 시어 처리는 언어의 모순을 통하여 생의 모순을 드러내려는 전략이다. 그리고 의문문의 활용은 모순에 대한 질문을 독백이 아니라 대화의 차원에서 독자에게 제시해 보려는 의도의 소산이다.

이러한 모순 인식의 시편과 대비되는 것이 자연이나 인간의 아름다움을 절도 있게 담아낸 시편들이다. 「두붉나무」, 「한 아이」, 「2월」, 「보리밭을 지나다」, 「배밭을 지나다」, 「누가 말했을까요」 등이 그것인데, 이 시들에는 대상을 따뜻하게 바라보는 정겨운 시선이 있고 환하게 피어나는 희망의 지평이 있다. 이것은 그야말로 희망과 생성 쪽으로 몸을 돌리는 전환의 양상을 보여주는 듯하다. 그런데 이런 작품은 위에 열거한 작품 정도에 그칠 뿐 그렇게 많은 편수가 보이는 것은 아니다. 긍정적 시선을 담은 작품들은 모순 인식의 또 다른 극점에서 창출된 것인데, 그것은 생의 모순과 자아의 모순을 역으로 더 선명하게 부각시키는가 하면 또 한편으로는 모순된 세계 속에서도 정신의 기품과 심혼의 광휘를 유지하게 하는 힘으로 작용하기도 한다.

그 외의 상당수의 시편들은 『마음의 수수밭』처럼 '절망과 희망의 엇갈림, 허무의식으로의 침윤과 그것에서 벗어나려는 몸짓을 이중적으로' 담아내고 있다. 『마음의 수수밭』 시편과 가장 가까운 거리에 있는 것으로 보이는 「첫 발자국」은 좌절의 어둠 쪽으로 가라앉아 있다.

> 눈 위에 발자국 찍혀 있다 누가 먼저 간 것일까 앞선 길이 비뚤비뚤하다 사람들이 그걸 들여다보고 잘못된 길이 새 길을 만든다 세상 속에 나와 내가 첫발을 뗄 때 나는 어느 곳을 먼저 밟았을까 마루보다는 마당을 마당보다는 골목길을 밟았기를 원한다 나는 또 원한다 골목길보다는 논둑길을 그 길보다는 너른 들판길을 그 길보다 더 너른 바닷길을 밟았기를 원한다 〔…중략…〕 강둑에 앉아 나는 가보지 않은 길에 대해 생각해본다 미래가 있긴 있는 것일까 먼길은 언제나 멀어서 아득하다 한번 밟은 길은 흔적을 남기고 첫 발자국이 운명을 만들기도 한다 누구든 걸어온만큼 자기 길을 말한다 세상 바꿀 발자국은 없는 것이다 발자국이여, 발의 자국이여 너는 길에 대해 몇번이나 자국을 남길까, 남길 수 있을까
>
> —「첫 발자국」 부분

시인은 눈 위에 찍힌 발자국을 보며 길에 대해 명상한다. "앞선 길이 비뚤비뚤하다"고 말하는 것은 「진로를 찾아서」나 「바람부는 날」의 어법과 유사하다. 그는 어긋난 길로 이어진 자신과 사람들의 발자국을 보며 자신이 진정으로 원했던 길이 어떤 길이었나 돌이켜본다. 마음으로는 넓은 들판길이나 바닷길로 나아가기를 원했지만 정작 그가 발을 옮긴 곳은 좁은 마당이나 골목길이었다. 잘못 채운 첫 단추가 옷의 모

양을 뒤틀리게 하는 것처럼, 한 번 밟은 첫 발자국이 운명을 만든다. 걸어온 길이 이러하다면 걸어갈 길은 어떠할까? 가보지 않은 길 역시 비뚤비뚤하고 뒤틀려 있는 것은 아닐까? 그래서 시인은 미래에 대해서도 불안한 예감을 갖는다. 사람은 남긴 발자국을 통해 '걸어온 만큼 자기 길을 말할' 뿐 앞으로의 세상을 바꿀 발자국은 없다고 시인은 단언한다. 불확실한 미래의 길 저편을 불안하게 바라보는 시인의 시선은 우리 마음에 깊은 파문을 일으킨다. 우리 모두도 실상은 그러한 불확실함과 불안한 흔들림 속에 나날을 보내고 있기 때문이다. 시인의 불안감은 「가을산」에서 앞날에 대한 막막함과 더욱 짙은 자책의 심정으로 채색되기도 한다.

불안과 자책의 도정 속에서도 시인은 극복에의 의지를 잃지 않는다. 「공평리」에서 공평리의 모래밭을 거닐며 세상이 공평하지 않다고 생각하던 시인은 '겨우 수평선 하날 빌려' 돌아 나온다. 겨우 하나를 빌려 나온다는 표현으로 볼 때, 수평선으로 표상되는 공평에의 의지가 취약하다는 것은 인정하지 않을 수 없지만, '헐벗은 마음'으로도 수평선을 간직하고 돌아오려 했다는 사실은 기적처럼 아름답다. 「물에게 길을 묻다」는 물에 대한 명상의 내용을 우리에게 전해 준다. 시인은 물처럼 흐르고 싶고 물처럼 살기를 원한다. 그러나 그가 실제로 겪은 것은 물먹고 사는 일, 즉 손해를 보거나 상처를 받는 일이었다. 신산한 삶의 고비를 넘기며 시인은 물같이 사는 것이 세상에서 가장 어려운 일이며 어려운 것이 좋을 수도 있다는 사실을 깨닫는다. 이 깨달음은 매우 값지고 소중하다. 이 깨달음을 얻을 수 있었던 것은 공평하지 않은 세상에서 삶의 파도에 시달리면서도 생의 의지가 살아 움직였기 때문이다. 그 의지가 자신의 체험을 통해 분명히 자각되고 육체적으로 각인되는 것을 표현한 작품이 「새벽 시장」이다.

어둔 밤이 꿈틀, 몸 바꾼다/외등 몇 다투듯 켜지고/골목들이 반쯤 얼굴 내민다/불빛 속에 우두커니 사람 쪽을 바라본다/무엇을 구하러 온 것일까 새벽 두시/나는 겨우 옷 한벌 얻으려고/하루의 첫 시간을 다 보냈다/남산순환도로 돌다보니/길 옆 가로수들이 텅 비었다 아뿔싸!/내가 너무 껴입었구나 옷 속에 숨은 몸/나는 나를 숨게 만든 세상을 믿을 수 없다, 고 생각해본다/오늘 저 장바닥을 다 돌기 전에/아침이 벌써 올 것이지만/지금 내가 들어서는 이 길 어느 쪽을/몰래 엿보아도 쌓인 것들뿐/그 아래 아무것도 못 벗은 내가 또 쌓인다/벗지 못한 것들이 오래 헐벗었다/흐르는 것, 물이나 구름 바람이나 세월/언제 썩어 거름 된 잎들이 넌 누구냐, 한다/와락 눈앞에 달려드는 생생한 기운/사람들이 새벽을 새벽이 사람들을 마구 흔든다/흔들지만 어디서도 옷 한벌 떨구지 않았다/우리는 어디가 무겁기나 했던가/내려놓을 것이 있기는 있었던가/누군가 툭, 어깨를 치고 간다/텅 빈 冬天 하나 날 깨운다/나는 내 손에 잡힌 하루를 풀어준다/문득 세상이 하늘만큼 넓어진다

—「새벽 시장」 전문

이 시는 제목부터 생활의 현장감을 느끼게 한다. 하루가 시작되는 첫 시간, 새벽 두 시에 남대문과 동대문의 시장은 문이 열린다. "어둔 밤이 꿈틀, 몸 바꾼다/외등 몇 다투듯 켜지고/골목들이 반쯤 얼굴 내민다"로 시작되는 첫 구절은 어둠의 공간이 생활의 장터로 바뀌는 새벽 시장의 정경을 간결하게 압축적으로 드러낸다. 새벽을 흔드는 사람들의 부산한 몸놀림을 보며 시인은 "와락 눈앞에 달려드는 생생한 기운"을 느낀다. 온몸을 흔드는 이 신생의 기운은 천양희의 시에서 쉽게 보지 못하던 요소다. 그것은 옷 속에 숨어 살아온 자신의 몸, 나뭇잎처럼 떨어져 거름이 되지 못했던 자신의 무거운 육신을 반성케 한다. 새벽 시장의 부산한 움직임 속에 시인의 의식도 깨어나 하루의 시작과 더불

어 '세상이 하늘만큼 넓어지는' 것도 본다.

'비뚤비뚤한 길'의 발자국에서 '하늘만큼 넓어진 세상'까지의 거리는 아주 크다. 그러나 하늘만큼 확대된 시인의 시선이 희망이나 생성 쪽으로 완전히 선회하지는 못한다. 그것은 「한 자리」에서처럼 나도 '세상 빠져나가고 싶은 바람'이고 '바람을 꽃처럼 피우고 싶은 사람'이라고 말한 후 바로 그 뒤에서 "나는 산 자로서/조용히 접혀 있다"고 말하는 이중적 동요의 울타리내에 머물러 있다. 마음에서 솟구치는 이탈에의 욕구에도 불구하고 살아 숨쉬는 채로 조용히 접혀 있는 존재의 모습이란 얼마나 안쓰럽고 답답한가. 그러나 그것은 또 얼마나 현존하는 우리들 인간 군상의 실상을 잘 나타내는 것이기도 한가! 우리들 모두 세상 빠져나가고 싶고 바람을 꽃처럼 피우고 싶으나 조용히 접혀진 상태로 죽어지내고 있는 소시민들이 아닌가. 천양희의 시가 우리에게 공감을 주는 것은 시적 자아의 사색을 진솔하게 펼쳐내는 동시에 망설이고 동요하는 우리 자신의 이중적 실상을 그대로 보여주기 때문이다.

풀 베다 본다
풀여치 눈이 검다
대낮에도 캄캄한 숲 탓이다
바람이 그걸 당겨 산길까지 간다

우두커니 나는풀밭에 서 있어 그때마다 발끝이 들려

마음이 풀포기 몇, 말아올린다 날 살게 하는 건 썩어 거름된 풀잎들, 싹 내민 무명초들 풀도 잘못 잡으면 손을 벤다고? 세상에는 베이는 일들이 너무 많다 멍멍해진 눈에 눈물이 차오른다 들판 한쪽을 오래 당겨본다 실개천 하나 달려나오고 물떼새 왁자지껄 날아오른다 오르고 또

올라도 하늘 밑이다

우두커니 나는 풀밭에 서 있어 그때마다 발끝이 들려

풀 베다 본다
한 뿌리 모두 여러 갈래다
같은 땅인데 길조차 여러 갈래

풀섶이 내 속에 들어앉는다
풀씨만한 한 생이 꿈틀거린다
풀아 날 잡아라
내가 널 당겨 일어서겠다

—「풀 베는 날」 전문

『오래된 골목』의 첫머리에 놓인 이 시는 시적 자아의 이중적 태도만이 아니라 우리들 인간 존재의 이원성을 극명하게 드러낸다. 존재의 이원성은 이미지의 이항대립적 구도와 대응된다. 이 시에서 시적 자아는 풀밭에 서 있다. 그는 풀을 베기도 하고 여치의 눈을 관찰하기도 하고 들판의 정경을 조망하기도 한다. "세상에는 베이는 일들이 너무 많다"고 우울해 하며 "멍멍해진 눈에 눈물이" 차오르기도 한다. 다음 순간에는 이러한 상심의 상태에서 벗어나려는 듯 들판 한쪽을 당겨 여러 가지 자연 정경을 자신의 영역으로 끌어들인다.

'베이고, 눈물이 차오르는' 부정적 좌절의 상황 다음에는 '달려나오고, 왁자지껄 날아오르는' 긍정적 도약의 상황이 배치된다. 나는 풀밭에 '우두커니 서' 있는데 그때마다 '발끝이 들려'라는 말을 뒤에 첨부한다. 우두커니 서 있는 수평적 정지의 형상과 발끝을 드는 수직적 상승의 몸짓 역시 이항대립적인 의미의 쌍을 이룬다. '썩어 거름된 풀잎'과 '싹 내민 무명초'도 이항대립의 관계에 있다. 시의 끝부분에 배치된 '한 생이 꿈틀거린다', '일어서겠다'라는 구절이, 꿈틀거리고 일어서는 생성의 몸짓을 나타내기도 하지만, 이러한 생성의 역동성은 시의 중간에 놓인 '오르고 또 올라도 하늘밑이다'라는 한계의식의 자각에 의해 그 움직임의 동력이 약화된다. 아무리 꿈틀거리고 일어서도, 발끝을 들고 산길 너머를 내다보아도, 결국은 하늘 밑을 벗어날 수 없다는 생각이 희망의 지평으로의 완전한 전위(轉位)를 가로막는다.

그러나 희망의 실재를 모르면서 희망을 말한다거나 생성의 진정한 의미를 모르면서 생성을 이야기하는 것은 거짓이다. 또 절망과 고통을 극대화하여 세상에 온통 그것만이 있는 것처럼 법석을 떠는 것도 거짓이다. 시를 쓴다는 것 자체가 절망을 희망으로 바꾸기 위한 노력의 일환이다. 세상이 희망으로 넘쳐도 시는 쓰여지지 않고 절망으로 질식해도 시는 쓰여지기 어렵다. 절망과 희망이, 부정과 생성이 이중적으로 교차하는 자리에 시가 꽃핀다. 그 이중적 교차의 자리에 진실이 머문다. 천양희의 시는 바로 그 자리에 있다. 절망과 희망 사이를 왕래하고 모순과 화해 사이를 오가며 그의 시는 창조된다. 그러기에 그 시는 진실의 한 끝을 어루만지고 우리에게 감동을 준다. 그의 시가 우리에게 감동을 안겨주는 비밀의 한 끝이 여기에 있다.

정적의 아름다움과 생의 아이러니

여기 여러 가지의 풍경이 있다. 그 풍경들은 쓸쓸하고 고요하여 어느 외로운 자아의 내면을 그대로 드러내 보이는 듯하다. 거기에는 봄비에 등짝을 얻어맞는 나무들이 나오는가 하면 암청색 하늘로 곤두박질치는 새떼들, 긴 머리칼을 날리며 꼬리를 감추는 벌거숭이 바다도 나온다. 그러한 거시적 풍경의 저변에는 바람에 흔들리는 제비꽃, 달맞이꽃, 며느리밥풀꽃, 애기똥풀꽃에서부터 하늘타리, 소루쟁이풀, 수레국화, 닭의장풀 등 이름도 생소한 풀들, 심지어 '치아가 누렇게 삭은 작은 꽃'(「잃어버린 새를 찾아서」)에 이르기까지 작고 미미한 생명의 기운들이 등장한다. 이 크고 작은 풍경의 단면들이 모여 이루는 시의 화폭에는 아련한 비애의 음영이 드리워져 있고 무어라고 명확히 규정하기는 어려우나 분명 아름답고 애틋한 회한의 정조가 흐르고 있다.

노향림의 시집 『후투티가 오지 않는 섬』(창작과비평사, 1998. 10)은 독특한 서경과 서정이 상호 침투하면서 자아의 내면을 드러내는 특질을 보인다. 시에 담긴 다양한 풍경들은 정도의 차이가 있지만 시인 자신의 내면적 정황과 그 움직임을 여러 가지 각도에서 반영하고 있다. 어떤 경우 그 풍경에 자아가 개입하지 않고 단순한 서경으로 일관하는 듯한 작품도 적지 않지만, 그것은 작품의 표면에 나타난 모습일 뿐이고 풍경의 선택이라든가 언어를 통한 서경적 표현 등 작품의 이면에는 역시 자아의 정황이 그 나름의 작용을 하는 것을 볼 수 있다. 그리고 그와는 달리 시적 자아가 적극적으로 개입하여 풍경의 배면에 자아의 정조를 농도 있게 담아내는 시편도 있는데 독자에게 전달되는 감동의 파장은 전자보다 후자의 시편이 더 직접적이고 강렬한 것이 사실이다. 그만큼 시는 시적 자아의 내면이 독자를 향해 진솔하게 개방될 때 감동을 불러일으킬 수 있다는 것을 여기서도 확인할 수 있다.

노향림 시인이 시단에 발을 디딘 지도 어언 삼십 년의 세월이 흘렀고 생의 연륜도 지천명의 단계를 넘어 무르익어 가고 있다. 누구든 세상을 오래 산 사람이라면 자신의 지난날을 되돌아보고 회한에 잠긴다든가 아쉬움을 느끼는 수가 많다. 노향림 시인 역시 그런 면에서 예외가 아니어서 시간의 흐름을 의식하며 과거와 현재의 대비 속에 자아의 위상을 성찰하고 있다. 시집의 첫머리를 장식하고 있는 「봄비 1」과 「봄비 2」는 그러한 시인의 의식을 우리에게 보여준다.

지난 겨울 누우드로 버티어 온 나무들이 유심히 제 몸을 들여다 본다. 수없이 많이 튼 살갗을 아프게 때리는 빗줄기. 한때 농익은 열매 매달고 놀던 無性생식의 까만 젖꼭지를 튕겨본다. 어디서 보았을까. 몇 채의 집들이 들판에서 등 돌려 앉는 것을. 쑥대머리들이 귀를 쫑긋거리고 키를 늘인다. 온종일 속옷이 벗겨진 하늘에선 미처 피하지 못한 바람들만 산발한 채 뛰어다닌다.

스스로 물소리를 만들며

흘러가는 비, 비.

—「봄비 · 1」 전문

빠르게 흐르는 빗줄기. 라일락이 밥알같은 꽃을 매단 주위는 온통 환했다. 묵은 김치독을 들어낸 구덩이에는 겨울의 긴 뿌리가 언 채로 드러났다. 채 녹지 않은 꿈이 바닥까지 내려갔다가 끌려나온 흔적. 이름없는 나무들의 저 빈 가지끝 숱한 얼굴 속 어디에 단발머리 중학생 시절의 내가 있는지. 사진첩을 펼친 듯 봄밤이 환히 어두워져 온다.

—「봄비 · 2」 전문

이 시에서 한겨울을 벌거벗은 몸으로 버티어 온 나무가 봄비를 맞으며 자신의 몸을 들여다본다는 구절은 가시적 정경을 제시하는 차원을 넘어서서 시인 자신의 마음의 움직임을 그대로 보여준다. 시인은 생의 한 고비에 이르러 과거의 신산한 삶의 행로를 돌이켜보며 자신의 몸과 마음을 점검해 본다. 수없이 튼 살갗의 상처가 눈에 들어오는가 하면 채 녹지 않은 꿈이 흔적처럼 표면에 떠오르기도 한다. 과거의 어느 한때 농익은 열매를 매달고 결실의 기쁨을 누리기도 했던 나무는 지금 생명의 젖줄기를 상실한 까만 젖꼭지만 봄비에 적시고 있을 뿐이다.

요컨대 이 시의 봄비는 신생과 부활의 이미지가 아니라 자책과 회한의 의미로 제시되어 있다. 여기서 봄은 흥겨운 소생의 계절이 아니라 바람이 떠돌고 추억이 배회하는 회한의 공간이다. 그 회한의 공간 한쪽에 40년의 세월을 건너뛰어 단발머리 중학생 시절의 내가 비를 맞고 있다. 그렇게 자신의 어린 모습을 떠올리자 봄비 내리는 정경은 추억을 가득 담은 사진첩처럼 의미 있는 영상으로 다가온다. 그래서 "사진첩을 펼친 듯 봄밤이 환히 어두워져 온다"는 심미적 결구가 끝에 배치되었다. 봄비 내리는 밤의 정경이 결코 환할 수는 없다. 그러나 봄밤은 사진첩을 펼친 것처럼 과거의 모든 추억을 생생히 눈앞에 펼쳐내기 때문에 문득 환하게 밝아지는 공간성으로 인식될 수 있다. '봄밤이 환히 어두워져 온다'는 역설적 표현은 시인의 이중적 공간의식을 효과적으로 나타낸다.

이렇게 과거와 현재를 병치하며 가시적 공간 저편에 추억의 그물을 드리우고 있는 시인의 의식은 그 공간을 정적의 풍경으로 채워 넣는다. 정적의 풍경은 그의 거의 모든 시에 등장하지만, 특히 그 적막이 시의 중심 노릇을 하고 있는 작품들을 보면, 그가 현실과의 단절감이라든가 자아의 고립성에 상당히 중요한 의미를 부여하고 있다는 생각이 든다. 그리고 그것은 소란스럽고 번잡한 세속, 인간의 현실사에 대한 혐오에서 비롯된 것이 아닐까 하는 생각도 든다.

예를 들어 「정선 아라리·2」를 보면 너와집에 어둠이 깊어 가는 정선의 적막한 풍경이 제시된다. 정선의 너와집 아궁이에 태우는 것은 짚덤불이 아니라 '적막'이며 그 주위를 감싸는 것도 '매운내'로 표상되는 적막의 기운이다. 바닥이 드러나도록 말라붙은 강줄기에 바람 소리만 앓는 소리를 내는 정선의 황량함은 인간의 자취마저 다 지워 버린 듯하다. 생의 기미가 조금은 담겨 있을 가판점 안에도 '대낮부터 졸고 있는 관음죽 한 그루'가 '아라리 안쪽의 적막을 더욱 깊게' 할 뿐이다. 이렇게 생의 현장에서 멀리 떨어진 듯한 정적의 공간을 보여주는 데에서 역동적 현실보다 정적의 내면성에 기대려는 시인의 의식을 엿볼 수 있다.

이러한 단서는 「싸락눈」이나 「석류」 등의 시에서도 찾을 수 있다. 「싸락눈」에는 온 세상을 평등하게 뒤덮는 '정적의 숫눈'이 등장한다. 연 나흘째 내리는 싸락눈에 천지가 숨죽인 듯하다. 키 낮은 활엽수림에도, 텅 텅 소리내며 부러지는 키 큰 나무 위에도, 여름 한철 붐비던 민박집 팻말 위에도 아무 소리 없이 눈은 내리고 쌓인다. 이 정적의 숫

눈이 내리는 공간도 텅 빈 적막의 분위기를 내뿜는다. 여기에는 움직이고 소리내는 사물이라고는 하나도 없다. 정적과 무위의 공간 속에 싸락눈이 시간을 초월한 듯 내리고 쌓일 뿐이다.

이러한 정적에 대한 관심은 「석류」에서 불모의 시간에 가까운 적막의 내면성으로 발전한다. 여기에는 힘에 겨워 잎도 못 피우는 석류나무가 등장한다. 그 석류나무는 해소 기침에 시달리는 남요한 신부님의 노쇠함과 상응하는 위치에 있다. 말하자면 남요한 신부님과 석류나무는 불모의 시간을 공유한다는 점에서 동일화된다. 신부님의 기침 소리도 들리지 않는 날 잎도 못 피우는 석류나무가 서 있는 마당으로 햇볕만이 말갛게 스며 들어온다. 댓돌에는 신부님의 것인 듯 낡은 고무신 한 켤레가 가지런히 놓여 있다. 그 고무신 외에는 오랫동안 아무것도 놓이지 않았을 그 적막의 공간 속에 하늘이 고무신 안으로 발목을 넣어 보고 있다고 시인은 생각한다. 이 표현은 동화적 발상으로 포착된 적막의 한 극점을 우리에게 보여준다. 이러한 적막의 풍경 뒤쪽에 펼쳐진 배경도 역시 적막하기는 마찬가지다. 하늘타리꽃이 흔들리는 담장 너머로 손님 없는 텅 빈 열차가 지나가는 모습을 이 시는 마지막으로 보여준다.

이 시에 제시된 적막의 풍경이 남요한 신부님의 거처를 중심으로 전개되었다는 점에서 그것은 어떤 정신의 가치를 지닌 것이 아닌가 하는 생각이 든다. 말하자면 시인의 의식 심층부에 적막에 기대고자 하는 지향성이 숨어 있는 것은 아닌가 하는 느낌이 드는 것이다. 이러한 생각은 「어떤 개인 날」 같은 시를 대할 때 더욱 분명해진다. 이 시는 빨래가 '외진 첨탑 끝에' '위험하게' 널려 있는 모습을 '깨끗한 햇빛 두어 벌'이 펄럭인다고 표현하고 있다. 생의 궁벽진 벼랑에 걸린 듯한 깨끗한 빨래의 나부낌은 팽팽하게 드리워진 '하얀 옥양목 같은 하늘'의 이미지로 전환된다. 야윈 고무나무들이 두 손을 모으고 있는 모습을 보는 내 등 뒤로 '비수처럼 들이댄 무섭도록 짙푸른 하늘'이 펼쳐져 있다. 깨끗한 햇빛 두어 벌, 옥양목 같은 하늘, 비수처럼 무섭게 짙푸른 하늘 등 이 시의 어법은 시인이 제시하는 적막의 풍경이 순수의 표상에 가까운 것임을 우리에게 알려준다. 순수와 맞닿은 적막의 이미지는 종국에는 다음과 같은 작품에 이르러 무욕의 평화를 염원하는 정신의 움직임으로 상승한다.

손바닥만한 밭을 일구던
김 스테파노가 운명했다.

그에게는
십자고상과 겉이 다 닳은 가죽 성경,
벗어놓은 전자시계에서 풀려나간
무진장한 시간이
전부였다.

그가 나간
하늘 쪽으로
창문이 무심히 열린 채 덜컹거린다.

한평생
그에게 시달렸던 쑥부쟁이 꽃들이
따사로운 햇볕 속
喪章들을 달고 흔들리는

弔客이 필요 없는 평화로운
곳.

—「창」 전문

우리는 이 시를 통하여 시인이 보여준 적막의 풍경들이 무엇을 지향하고 있으며 그것이 어떠한 정신적 가치를 지닌 것인지를 짐작할 수 있다. '손바닥만한 밭', '겉이 다 닳은 가죽 성경', '무진장한 시간', '무심히 열린 창문', '햇볕에 흔들리는 쑥부쟁이 꽃들' 등 이 시에 펼쳐진 사소한 듯한 정경들은 결과적으로 마지막 행의 '조객이 필요 없는 평화로운 곳'이라는 시행의 의미로 집중된다. 이것은 마치 노장적 허정무위의 경지를 연상시키는 것처럼 텅 비고 적막한 것이 오히려 충만한 상태임을 우리에게 보여주는 듯하다. 이러한 정신의 경지는 시인이 기댄 카톨리시즘의 지주가 만만치 않은 것임을 우리에게 알려준다. 진정한 평화란 융성하고 번화한 곳에서 이루어지는 것이 아니라 궁벽지고 소외된 공간에서 확보된다는 인식을 이 시는 은밀히 보여주고 있다. 진정한 기도의 공간, 구원의 길은 저 번화한 시정의 거리에 있지 아니하다. 손바닥만한 밭을 일구며 낡은 성경책과 더불어 조용히 자신의 내면에 침잠해 갔던 그 고요의 삶 속에 진정한 평화와 축복의 길이 열리는 것이다. 이처럼 시인은 적막에 몸을 기대고 종국에는 적막에서 평화의 안식을 얻으려는 몸짓을 보인다.

그런데 사람들과 부대끼고 사는 시정의 삶 속에서 그러한 적막이 주는 안식과 평화가 우리에게 쉽게 허여되지 않는다. 오히려 우리는 적막 속에 평화를 얻기보다는 허무와 비애, 무상의 소멸감을 느끼는 경우가 많다. 내면으로는 적막의 안식을 추구하지만 현실적으로 부딪쳐오는 것은 적막의 쓰라림일 때 시인의 마음은 더욱더 고통스러울 수밖에 없다. 사람은 결국 육신을 때리는 아픈 빗줄기 같은 고독의 굴레에서 벗어날 수 없는 것인가. 슬픔이란 사람으로서 벗어날 수 없는 숙명적인 멍에와 같은 것인가. 이러한 생각이 그의 시 여러 편에 나타나 있다.

예를 들어 「내 마음의 벌판」 같은 시를 보면 구겨진 팬티처럼 버려진 황량한 겨울 벌판을 보여주면서 삶이란 결국 이런 것이 아니겠느냐고 자문한다. 이 시는 "하늘이 쓸모없는 遺稿처럼 하얗게 펄럭인다"는 마지막 시행으로 미루어 볼 때 죽음의 세계로 떠난 사람을 대상으로 쓴 것이 아닌가 짐작되기도 하지만 전반적으로 허무와 소멸의 감각이 짙게 드리워져 있다. 또 「눈이 오지 않는 나라의 단강 · 1」과 「눈이 오지 않는 나라의 단강 · 2」 연작을 보면 원성군 문막에서 부론면과 귀래면으로 나뉘어져 남쪽으로 전개되는 단강을 시의 대상으로 삼고 있는데 거기에는 오석을 캐는 탐석꾼이 등장한다. 눈길을 거쳐 강바닥을 뒤지며 오석을 캐는 탐석꾼들은 마치 인간의 남은 슬픔이나 회한을 캐내는 듯하다. 왜냐하면 시인은 단강을 "누군가 잃어버린 꿈들이/얼굴 없는 돌로 박혀 울고 있는 곳"으로 파악하고 있기 때문이다. 돌을 캐는 사람들은 사람이 이루지 못한 꿈, '밑창 빠진 슬픔'을 건져올리는 듯 돌을 캐내지만 결국에는 그들도 무거운 돌로 박혀 끝내 돌아오지 못한다고 시인은 적고 있다. 이것은 바로 인간 존재가 비애의 굴레에서 벗어날 수 없다는 인식을 드러낸다. 이런 점에서 노향림 시인은 인간 존재의 모순성, 생의 아이러니에 관심을 가진 것으로 보인다. 다음과 같은 시에서 우리는 노향림 시인의 그러한 특질을 더욱 뚜렷하게 파악할 수 있다.

> 남천은 괴롭다./고층 아파트 베란다로 이사 온/그가 까마득히 내려다보는/절벽이 삶일까 생각하는 사이/멈췄던 생각들이 주춤주춤 빠져나간다.//각혈하듯 제 잎들을 토해서/빨갛게 언 발등을 덮는다./추위에 꼼지락거리는 화분 위로 내놓은/발가락이 많이 텄다.//강변도로에는 혼돈이 식어서 밀리며 정체중이다./밀리는 것은 사람만이 아니다./나트륨 가로등의 목에 겨우 걸터 앉아 조는/짧은 오후가 서쪽 하늘에 밀려 있다.//눈 뜨면 이마에서 사라지는/쇠오리들의/발꿈치.//밤섬이 한 순간

수많은 은빛 가락지들을/뒷발질해 띄워올린다./출렁거리던 섬이 마침내 상공으로/떠서 날아간다.//온몸에 오소소 소름이 돋는/한 겨울 오후/남천은 벌겋게 달아오른 얼굴로/찬 땀을 매달고 섰다. ―「남천」 전문

남국의 식물인 남천이 아파트 베란다에서 겨울을 보낸다는 사실부터가 하나의 아이러니다. 시인은 남천을 인간 존재의 대리적 표상으로 설정하였다. 그것은 "까마득히 내려다보는 절벽이 삶일까 생각하는"이라는 구절에서 확인된다. 이 구절은 황량한 겨울 벌판을 보며 삶은 결국 이런 것이 아니겠느냐고 자문하던 「내 마음의 벌판」을 연상시킨다. 삶이 까마득한 절벽과 같다는 인식은 남천이 놓여 있는 아파트 주위의 정경을 보여줌으로써 더욱 구체화된다. 강변도로에는 오후 퇴근 차량이 정체중이고 겨울의 짧은 저녁도 서쪽 하늘에 밀려 있다. 이러한 도시의 삭막한 풍경 저편에 밤섬이 보이고 쇠오리들이 뒷발질을 하며 하늘 위로 떠오른다. 그러자 마치 섬이 상공으로 떠오르는 듯한 착각을 불러일으킨다.

강변도로의 아파트에서 보이는 이러한 자연 정경이나 생명의 움직임도 도시의 삭막함에 어울리지 않는다는 점에서 베란다에 놓인 남천의 모습과 유사하다. 이 모든 것은 제자리를 제대로 찾지 못한 존재의 아이러니를 상징한다. 마지막 시행의 '온몸에 소름이 돋는 한 겨울에 남천은 벌겋게 달아오른 얼굴'을 하고 있다는 표현도 아이러니를 시각적으로 나타내는 것이며 벌겋게 달아오른 얼굴에 '찬 땀을 매달고 섰다'는 표현도 역시 존재의 전도된 모습을 나타낸다. 결국 이 시는 남천이라는 식물을 대상으로 하고 있지만 그 실상에 있어서는 시인 자신의 어긋난 삶의 모습 혹은 인간 존재 방식의 모순성을 상징적으로 나타낸다.

그러면 이렇게 어긋나 있는 실존의 상태에서 사람은 어떻게 살아가

야 할까? 「풀잎 일기 · 2」에서 시인은 장독대 밑에 피어 있는 풀들을 보며 아무리 짓밟혀도 앙상한 뼈가 드러난 채 있는 힘을 다해 흔들리는 그들의 생명력에 감탄한다. 짓밟혀도 믿음과 의지를 가지고 흔들리는 것이 존재의 살아있음을 징표하는 것이고 그러한 존재의 움직임을 통하여 이상적인 상태에 닿을 수 있다는 믿음도 생긴다. 그러한 관점에서 시인은 「노래」에서 지금 녹슨 악기 소리를 내는 자신의 몸과 마음을 가다듬어 맑게 목청 트일 날이 오기를 염원해 보기도 한다. 그것은 곧 푸르른 소나무 숲을 꿈꾸었던 자신의 청신했던 내면으로 회귀하려는 의식의 지향이기도 하다. 그런가 하면 「파브르의 곤충기 · 1」에서는 벌이 짝을 찾아 수천 수만 리를 단독으로 비행한다는 이야기를 근거로 하여 다시 자신에게 찾아들 사랑의 가슴설레임을 기다려 본다. 다시 찾아들 사랑의 청신한 황홀함을 "내 안으로 날아 들어올/날카로운/원시음 하나"로 표현한 데서 시들지 않은 시인의 예민한 감각을 엿볼 수 있다.

시인이 정적의 공간 속에 평화를 유지하고 싶은 갈망을 가지고 있으나 결국은 적막 속에 허무와 비애만을 느끼게 될 때 생의 아이러니를 인지하게 된다. 생의 아이러니와 존재의 모순을 절감하면서도 시인은 모순에서 벗어나려는 의지의 몸부림을 풀잎에서 찾아보기도 하고 청신한 사랑의 순수성이 다시 찾아오기를 기다린다든가 맑은 노래를 부를 그날을 염원해 보기도 한다. 그러한 과정을 거쳐 시인이 도달한 마음의 자세는 '은밀히 견디는' 것이다. 다음의 시는 그러한 시인의 마음가짐을 그야말로 은밀히 암시해 준다.

불빛 반짝이는 오피스텔 옥상너머 흐릿하게 보이는 산동네 골목길 헐벗은 나무들이 진눈깨비에 갇혀서 숨막혀 한다. 마음 지긋이 누르고 누군가 은밀히 견디고 있다.

지난 눈 사태에 낮은 지붕들은 더욱 짓눌리어 있고 잡목숲 밑에는 마른 풀들이 목을 움추린다. 낮동안 벗은 몸 맘껏 햇빛 쬐던 겨울나무들이 내리는 눈으로 막막한 꿈을 헤쳐놓고 잠든다.

가파른 곳엔 흰 파라치온 묻은 하늘이 뭉텅뭉텅 잘려 나갔다. 헐린 한 시절은 끝내 돌아오지 못한다. 남아 있는 꿈이 뒤척거리다가 눈 속에 묻혀 눈으로 흔들린다.

—「산천동」 전문

이 시에도 삶의 아이러니가 여러 가지 양태로 제시되어 있다. 불빛 반짝이는 오피스텔과 옥상 너머로 흐릿하게 보이는 산동네 골목길이 우선 우리들 삶의 대조적인 모습을 연상시킨다. 헐벗은 나무들이 진눈깨비에 갇혀 숨막혀 한다거나 눈 사태에 낮은 지붕들이 더욱 짓눌리어 있다는 구절, 잡목숲 밑에 마른 풀들이 목을 움추린다는 표현은 우리들 삶의 폐쇄감과 질식감을 시각적 영상으로 나타낸다. 그리고 헐린 한 시절이 끝내 돌아오지 않는다는 구절에서도 시적 자아의 막막한 소멸의식과 전망 없는 부재의식이 드러난다. 그런데 이렇게 도저한 허무의식으로 치달아 갈 것 같은 공백의 추락감은 '마음 지긋이 누르고 은밀히 견딘다'든가 '남아 있는 꿈이 눈 속에 묻혀 눈으로 흔들린다'는 표현에서 정신의 균형을 취한다. 폐쇄와 소멸의 상황 속에서도 은밀히 견디고 남아 있는 꿈을 깊이 내면화함으로써 상황의 각박함을 거쳐 갈 수 있다는 것이 시인의 생각이다.

이러한 생각이 단호하게 겉으로 표명되지 않고 시의 문면에 은밀하게 암시되었다. 그렇게 은밀한 암시의 방법이야말로 시적인 것의 본질과 통한다. 겉으로 분명하게 드러내는 것은 산문의 방법이고 그것은 웅변에 속하는 것이리라. 노향림 시인의 어법은 시적인 절도를 지키고 있으며 그것은 모든 시의 문면에 시적 영기(靈氣, Aura)를 감돌게 한다. 그러한 시의 심미적 윤기가 정신의 균형과 조화를 이루면서 한 권의 시집으로 완성되었다. 그것은 마치 깊은 산사의 새벽, 혹은 오래된 성당의 높은 첨탑에서 환기되는 정적의 아름다움을 연상시킨다. 그러한 정적의 미의식으로 가득 찬 한 권 시집의 발간을 축하하며 이 글을 마친다.

투명한 물방울, 도덕적 염결성

마종하 시인은 자신의 작품을 미학주의의 견고한 틀에 가두지 않고 현실적 삶과 관련된 의식을 담아내려는 태도를 일관되게 유지한다. 이러한 태도는 네 번째 시집 『활주로가 있는 밤』(문학동네, 1999. 11) 앞에 밝힌 시인의 자서에서도 확인된다. 여기 나오는 '자기 점검', '이성', '진실' 등의 말은 그의 시가 지향하는 세계가 어떠한 것인지를 우리에게 뚜렷이 알려준다. 또 시집의 표제작인 「활주로가 있는 밤」을 보면 어린 네 자매의 자살 사건을 소재로 하여 비극적 삶의 단면을 제시하고 있는데 가난 때문에 빚어진 사건 앞에 우울한 현실의 삽화가 겹쳐지면서 시인의 무력감과 절망감이 토로된다. 긍정적 현실이 아니라 우울한 현실의 모습을, 그리고 그것에 대한 자신의 쓰라린 자의식을 드러냈다는 점에서 이 작품은 그의 자서에서 밝힌 내용과 상통하는 측면을 갖는다. 그리고 이것을 표제작으로 정했다는 것은 시인의 의식이 이쪽으로 기울고 있음을 알려주는 징표이기도 하다.

시인이 지향하는 세계와 시인이 의식하는 현재의 상황이 어떠한 것인가를 이해하기 위해서 시집 첫머리에 놓인 「마음 붙일 곳」이라는 작품을 정독할 필요가 있다.

마음 붙일 곳은
큰 바다 걸려 있는 주점.
바다를 돌아
산맥을 돌아
더 갈 곳 없는 작은 주점의
헐벗은 술잔,
돌고 돌아서
마침내 투명해져
터지는 거품,
흩어지는 물방울들.
깊은 물맛 아는 그대와
마음 붙일 곳은
산보다 큰 산,
바다가 낳는 바다의 바다.

―「마음 붙일 곳」 전문

이 작품은 간결한 형식으로 시인의 마음 상태를 드러내고 있다. 이 시에 나타난 상상력의 전이 과정은 독특하다. 자신이 위안을 얻을 곳은 큰 바다 그림이 걸려 있는 주점이라고 시인은 말한다. 바다는 삶의 막막함에 부닥친 사람에게 새로운 활로를 열어주는 공간이다. 시원한 바다 풍경이 걸려 있는 주점에서 술을 마시면 그야말로 답답하던 가슴이 후련해지기도 할 것이다. 그런데 그 다음에는 느닷없이 '헐벗은 술잔'이 등장한다. 헐벗은 술잔이란 시인이 처한 현실적 상황을 암시한 것이리라. 우리들의 실제의 삶은 바다와 산맥을 돌아 결국은 더 갈 데 없는 골목에 막혀 작은 주점에서 헐벗은 술잔을 나누는 모습에 불과할지 모른다. 우리 마음이 위안을 얻을 곳은 무량한 바다가 걸려 있는 주점이지만 우리는 실제로 헐벗은 술잔을 나누며 답답한 가슴을 두드리고 있다.

시인이 이렇게 마음 붙이지 못하고 자신에 대한 모멸감에 사로잡혀 있는 이유는 현실의 삶이 왜곡되고 전도되어 있기 때문이다. 시집 3부에 수록된 「낙서, 시를 위한」을 위시한 다섯 편의 연작시를 보면 시인이 우리의 문단 현실에 대해 절망에 가까운 환멸감을 느끼고 있음을 알게 된다. 타락한 문인들이 포진해 있는 상황 속에서 그가 갈 곳은 '더 갈 곳 없는 작은 주점'이고 그곳에서 헐벗은 술잔을 기울이는 것이 유일한 위안이 될 것이다. 사정이 이러하므로 외따른 주점에서 헐벗은 술잔을 기울이는 것이 그나마 자신의 순수함을 지키는 길이기도 하다. "마침내 투명해져/터지는 거품,/흩어지는 물방울들"이라는 구절은 그런 맥락으로 읽힌다.

비록 귀퉁이 술집에서 헐벗은 술잔을 기울이고 있지만 타락의 바다에 날뛰는 무리들과 떨어져 있기 때문에 투명한 순수의 끝판에 거품도 피어나고 물방울도 흩어진다. 이러한 소외된 순수의 참맛을 즐기는 사람은 언제나 소수이다. 고독 속에 순수를 지키는 사람들, 그들은 "깊은 물맛을 아는" 사람들이다. 그런 사람과 더불어 이야기를 나누면 비록 헐벗은 술잔을 나눈다 하여도 그것은 "산보다 큰 산,/바다가 낳는 바다의 바다"에 이르는 것과 같다. 우리는 여기서 헐벗은 술잔이 무량한 공간으로 변하는 상상력의 작용을 본다. '바다가 낳는 바다의 바다'란 끝없이 이어지는 무한한 공간의 확장을 뜻하리라. 그러므로 '큰 바다 걸려 있는 주점'은 현실의 공간이 아니라 가상의 공간이다. 타락의 현실에서 벗어나 깊은 물맛을 아는 그대와 술잔을 나누는 곳이라면 그곳은 어디든 큰 바다 걸려 있는 주점으로 변하는 것이다. 시인의 소외감과 꺾이지 않는 자존의 의지가 이러한 상상적 변용을 이루어냈다.

그러면 '헐벗은 술잔', '작은 주점'으로 표상되는 현실의 정황 속에 시인이 처해 있는 위상은 어떠한가. 「피리」라는 시에서 시인은 자신이 헛소리를 많이 해서 스스로 헛소리가 되었으며 '부러진 대나무의 질긴 살의 가시 속에' 바람을 가득 지니게 되었다고 고백한다. 시인은 현실의 어떤 일에 상처를 입었으며 현실의 왜곡에 대해 무언가 발언을 하였으나 그것이 받아들여지지 않고 그야말로 헛소리로 끝나게 된 것이다. 그러한 정황을 2연에서 "나는 속 빈 피리가 되었는가"라는 어구로 다시 제시한다. 시인은 공허하고 우울한 마음을 달래기 위해 시장 좌판에 앉아서 술을 마신다. 순두부를 안주로 국물을 떠먹으며 따라나온 막내의 손을 잡고 종국에는 눈물을 흘리기까지 한다. 이러한 장면은 시인이 바라는 내용과 현실의 국면이 조화를 이루지 못하고 외부에서 가해지는 상처에 당혹해 하는 자아의 심정을 드러낸다.

자아의 괴로움, 막막함은 여러 편의 시에 거듭 노출된다. 「감」에서 가을 하늘의 연시를 보며 시인은 어린 날 자신이 매달렸던 할머니의 젖을 떠올린다. 그때 할머니는 밝게 웃으셨지만 오십대 중반에 이른 자신의 내면에는 찢기어 갈라진 주름살과 아픔이 그대로 남아 있다. 할머니와 나와의 거리, 과거와 현재의 대비 속에 다시 비애가 샘솟고 시인은 그렁그렁 눈물이 고인 눈으로 연시를 바라본다.

이 시에서 감나무 가지와 옹이의 주름에서 자신의 아픔을 연상했듯이 「강선사 가는 길」에서는 통나무 둥치 옆구리로 삐져 나온 가지를 자신의 분신으로 받아들인다. 시멘트로 덮은 절 마당에 잘려진 통나무 둥치가 있고 그 옆구리에 한 줄기 가지가 삐져 나와 '눈 뜬 채' 산바람에 스치고 있다고 시인은 적었다. 그 줄기를 보며 저렇게 가녀린 줄기가 "시멘트 마당을 균열짓거나/절 전체를 뒤집지는 못할 것"이라고 단정짓는다. 무거운 시멘트에 갇혀 어떠한 움직임도 나타내지 못하는 규제된 존재가 바로 우리들 자신이라는 인식을 시인은 갖는다. 6·25나 4·19 같은 역사의 커다란 구비 속에 개인은 몸을 잘린 한 줄기 가지로 목숨을 부지했을 뿐 역사의 동력으로 작용하지는 못했다. 이러한 자각을 하게 되자 시인은 또 운다. 울음은 스스로를 정화하는 행위라고 시인은 생각하기에 운다는 사실을 드러내는 데 아무 망설임이 없다.

자신의 왜소함에 대한 자각, 무력함의 인식 앞에 눈물을 흘리고 오줌까지 눈 시인은 그 정화행위를 통하여 '절 일을 다 보았다'고 생각한다. 이 말은 참으로 재미있는데, 이 시에 제시된바, 시인이 절에서 한 일은 시멘트 마당에 삐져 나온 가지에서 자신의 모습을 보았고 그 때문에 울었고 이렇게 시멘트로 절을 쳐바른 중의 머리를 향해 갈기듯 오줌을 눈 것이 전부다. 그런데 이것은 절에서 이루어낸 일종의 자기 인식이고 자기 정화의 의식이기 때문에 그것을 통틀어 '절 일'이라고 표현하였다.

그러한 의식이 끝나자 신비롭게도 함박눈이 내리고 잘린 둥치에선 "순백의 새 한 마리 나를 날게 하였다"고 적었다. 이 마지막 시행의 의미는 복합적이다. 도대체 그 순백의 새는 어디서 나타난 것일까? 울음과 배뇨라는 정화 행위를 거치자 내가 순백의 새로 변신한 것일까? 아니면 함박눈 내린 둥치의 모습이 순백의 새로 인식된 것일까? 전자의 경우라면 이 시행의 의미는 순백의 새가 된 나를 날게 하였다는 의미일 것이고 후자의 경우라면 순백의 새 한 마리가 나타나 나까지 날게 하였다는 의미가 될 것이다. 어떤 것이 확정된 의미라고 단정할 순 없지만 어느 경우이건 시인 자신이 순수에의 지향을 마지막에 표명하였다는 사실은 감지할 수 있다. 즉 잘린 둥치에 매달린 가지 같은 존재이지만 자기 정화의 과정을 통하여 순수의 세계로 비상할 수 있다는 믿음을 상상 속에 보여준 것이다.

순수에의 지향, 혹은 결벽에의 의지라고 부를 수 있는 태도가 그의 시에 여러 곳에 보이거니와 그것은 눈물의 순수함과 통하고 거짓에 대한 혐오로 이어진다. 「외로움도 즐거울 때가 많다 1」 같은 시를 보면 등 닦는 일을 하는 우씨라는 사람을 등장시켜 어둠 속에 '하얗게 등을 닦아' 놓는 모습을 보여준다. "그의 꿈은, 그러므로 외로운 등들로/하늘의 숱한 터널을/그림처럼 눈부시게 열어놓는 것이다"라는 마지막 구절에서 시인이 말하려는 내용이 무엇인지 명확히 드러난다. 맑고 투명한 상태에 대한 관심은 「즐거운 샘물」에서 울음을 통한 자기 정화에 대해 다시 이야기하게 한다. 남들 앞에서 울지 않고 빈 방에서 홀로 울며 스스로를 투명하게 유지해 오던 시인이 나이가 들자 "내 뜻과 전혀 상관없이 눈물이 샘물처럼" "자동으로 샘솟아" 나오는 일을 체험하게 된다. 그래서 "따뜻한 눈물이 맑게 가슴에 고여 있어야" 세상을 제대로 살 수 있다고 다짐한다.

이러한 맑고 깨끗한 세계에 대한 관심은 가을의 시원하고 맑은 정경을 시화한 다음의 작품에 더욱 선명한 모습으로 나타나고 있다.

눈 멀어 산란하던 숭어들이
비늘을 떼고 저마다 눈을 뜬다.
안약을 넣으며 살던, 나로서는
열리는 사물들이 그토록 반갑다.
눈 뜨고 볼 수 없던 참상들,
굳은 몰염치로 살아가는 이들.
그들은 정치가이며, 다리를 무너뜨린
자본주의자들이며, 언어를 해체하는
시인과도 같은 학자들로서
이 삶과 저 숨결마저 오염시켰다.

그러나, 어쩌랴. 이제 다시
소슬히 기화하는 눈물빛 가을.
소화제를 떨어넣던, 나로서는
흐르는 물결이 그토록 시원하다.
억새꽃이 무덤의 영혼으로 빛나고
수초들이 그 뿌리로 물을 맑히는
바람 가득한 물 속의 구름 사이로
내가 이제 나를 환히 들여다보듯
숭어는 숭어의 길로 흩어진다.
늦은 눈 뜨는 것이 그들뿐이랴.
가을빛 저 나의 열린 영혼들.

―「열리는 나」 전문

세상을 오염시키는 것은 정치가, 자본주의자, 학자들이다. 그러나 그러한 오염된 세상에도 '소슬히 기화하는 눈물빛 가을'은 어김없이 찾아온다. 가을에 새롭게 열리는 사물과 흐르는 물결에 반갑고 시원한 마음을 억제하지 않는다. 이처럼 맑고 투명한 가을의 공간 속에서는 오염된 현세의 참상도 멀리 사라지는 듯하고 자신의 실체를 환하게 들여다볼 수 있는 눈이 열린다. 맑은 물살을 헤쳐 숭어가 숭어의 길로 흩어지듯 나의 영혼도 새로운 눈을 열고 가을의 공간 속으로 환하게 나아가게 된다.

이렇게 맑고 깨끗한 세계에 관심을 갖는 자아의 태도는 「자유」에서 남에게 드러내기 어려운 가난, 고독, 그리움, 꿈 등의 요소가 있다는 고백으로 이어진다. 이러한 고백은 자신의 내면에 지켜야 할 무엇인가가 있다는 자존적 염결성의 표현이기도 하다. 그리고 그러한 자존적 염결성의 자세는 어떠한 경우에도 거짓과 타협하지 않겠다는 고립의 결벽성으로 이어진다. 그것은 「걷는 나무」라는 시에 나무의 표상을 빌려 표현되어 있다.

온몸에 눈이 달린 나무는 즐겁다.
하늘에서 땅속까지 얼마든지 다 보며
호동그란 초록눈 쌍거풀로 열어 놓고
천 리 만 리 속속들이 별나라까지
홀로 서서 온몸으로 이 세상 다 보는
나무는 눈이 많아 거짓말도 안 한다.
이제야 알겠다. 만 리를 앉아 보는
노자께서도 한 그루 푸른 나무였음을.
눈감고 수만 리 헛걸음 거두셨던
노자의 마음은 눈투성이 나무였다.
천 개의 눈으로 천 리를 보고
만 개의 눈으로 만 가지를 헤아리는
나무는 세상 가득 팔 다리 펼치어
아래로만 걷고 하늘로만 자란다.

—「걷는 나무」 전문

이 세상에 걷는 나무는 없다. 영어 표현에서 만물박사를 걸어다니는 사전이라고 하는데 걸어다니는 나무란 어떤 것일까? 이 시에 나오는 나무는 온몸에 눈이 달려 세상을 환히 내다보는 존재다. 세상을 환히 내다보기 때문에 허위의 군상을 잡아낼 수 있고 그런 까닭에 스스로 거짓말도 하지 않는다. 저 옛날 노자라는 인물은 가만히 앉아서도 만 리를 내다보았다고 하니 그 노자야말로 만 개의 눈을 가진 나무와 같은 존재였는지 모르겠다. 만일 그러하다면 노자 같은 존재가 바로 걷는 나무일 것이다. 시인이 노자를 내세운 것은 노자를 칭송하기 위한 것이 아니다. 나무처럼 많은 눈으로 세상의 형편을 통찰하고 거짓에 맞서고자 하는 자신의 의지를 대신 말하기 위함이다. 그는 투명한 눈물로 마음을 정화하고 예리한 눈으로 세상의 치부를 직시하고 거짓과 타협하지 않는 직립의 자세를 원한다. 그래서 '하늘로만 자라는' 나무의 비타협적 직립성을 예찬하고 있다.

시인의 나무에 대한 관심은 여러 편의 시에 공통적으로 나타나는데 「말가죽나무」라는 시도 말가죽나무를 통하여 시인이 지향하는 세계의 특성을 암시하고 있다. 사전에 가죽나무는 나오는데 말가죽나무는 나오지 않아서 정확한 생태를 알지 못하지만, 시에 묘사되어 있는 내용으로 볼 때 그 나무는 말가죽처럼 거칠고 질긴 외피를 지니고 부채꼴 모양의 씨앗을 달고 있다. 바람이 불면 씨앗들은 소리를 내며 떨어지고 심지어 시궁창에 날려 가늘게 퍼덕이다가 그대로 썩어 가기도 한다. 그런데 그렇게 겨울바람에 시달리는 말가죽나무는 번식도 어려운 씨앗을 바람에 날리면서도 튼튼하고 강인한 모습을 그대로 유지한다. 특히 많은 씨앗들이 무리지어 죽어 가는데도 말가죽나무는 세상 모든 사물이 바람으로 이루어져 있다는 듯 무심하고 태연한 자세를 취하여 시인에게 감동을 준다. 시인은 그 말가죽나무를 보며 그렇게 튼튼하고 끈질긴 생명력을 자신의 것으로 끌어들이려는 생각을 한다. 그것은 말가죽나무처럼 바람에 맞서 의연하게 살기 위한 것이 아니다. 사실은 거짓에 맞서는 의연함을 지키기 위하여 말가죽나무의 속성을 소유하려 한 것이다.

이제 시인의 의식의 지향은 어느 정도 윤곽을 드러내게 되었다. 그는 타락하고 거짓된 세상에 환멸을 느끼며 투명하고 깨끗한 세계에 살고 싶어 한다. 그러나 생활인으로서 현실의 삶을 영위해야 한다는 한계 때문에 투명하고 천진한 세계로의 이행이 그렇게 순조롭게 이루어지지 않는다. 따라서 마음속으로 순수함을 꿈꾸고 현실 속에서 거짓에 물들지 않는 삶이라도 유지하려고 노력한다. 그러한 유지도 쉬운 일은 아니기 때문에 그는 가끔 분노하고 개탄하고 눈물 흘린다. 그리고 그 눈물이 결국은 마음을 정화할 것이라고 믿는다. 그런데 오염된 현실 속에서 그러한 순수에의 지향이 쉽게 자리잡히지는 않는다. 따라서 외부로부터의 고립, 타인으로부터의 소외는 피할 수 없는 일이 된다.

이러한 고립과 소외 속에서도 그는 허위와 왜곡에 대한 비판을 멈추지 않는다. 그래서 「낙서, 시를 위한」 등의 연작을 통하여 문단의 왜곡상을 비판해 보기도 했고 「그 친구의 첨탑」 같은 시에서는 사이비 목사를 비판해 보기도 했다. 시를 안 써도 될 사람이 취미로 시를 쓰거나 거짓으로 시를 쓰기 때문에 문단이 혼란에 빠지고, 정치를 하지 않아야 할 사람, 자본을 다루지 말아야 할 사람이 정치를 맡고 자본을 관리하기 때문에 나라에 혼란이 온다. 그가 바라는바 문학과 사회의 이상은 "혼자 보는 아름다움이 무슨 소용이 있는가"(「낙서, '순교 일기'에 의한」)라는 말로 집약된다. 자본이든 정치든 아름다움이든 혼자 누려서는 허위거나 폭력이 된다. 그는 허위나 폭력에 가담하느니 차라리 고립의 결벽성을 지키기를 희망한다. 그래서 그는 기꺼이 '열외'에 서려고 한다. 강 건너 마을의 주민처럼 혹은 나그네처럼 거리를 두고 거짓의 무리들을 지켜보려 한다. 거짓말하지 않고 위선과 싸우려면 나무처럼 많은 눈을 갖거나 말가죽나무처럼 끈질기고 강인한 속성을 지녀야 한다.

그는 과연 그런 요소가 있는지 스스로 자문해 보기도 한다. 그런데 「열 밖에서」나 「목공소의 자본주의」 같은 시를 보면 소외된 사람들과 연대감을 나누며 거짓에 부딪쳐 가는 생활인의 모습이 그려져 있다. 그는 교무실의 동료들과 어울리지 않고 학교 안에 있는 목공소에 들려 그곳 목수들과 어울린다. 젊은 용원이 파직될 위기에 처하자 다른 목수들과 합심하여 구명 운동을 벌이는가 하면 그들과 같이 불을 쪼이며 허풍 같은 객담을 행복하게 나누며 동질감을 느끼기도 한다. 그것은 「낙서, 천상병을 위한」에서 밝힌 '소시민들과의 사랑을 더욱 긴밀히 해야겠다'는 다짐의 이행이기도 하며 「동해에서 본 천상병」에서 언급한 비타협적 염결성의 자기 실천이기도 하다.

햇빛이 은박지처럼 차갑게 깔린 바닷가에서
촌락의 아이들이 그림자를 뿌리치며 달려간 후
나도 걸어 간다. 빈 손뿐인 동해에서 서울을 떠올린다.
피 묻은 칫솔의 흰 거품과도 같은 파도가 부서진다.
모래톱의 이랑마다 줄지어 새겨지는 문장들.
'도피의 헛꿈은 헛꿈일 뿐이다.'
'함께 사라지지 않는 망각은 망각이 아니다.'
'겉도는 몸짓은 위선이다. 위선이다.'
죽은 천상병이 파도마다 일어나서 섬찟 섬찟 웃으며
우리의 모든 거짓을 손가락질하고 있는 바닷가에서
나의 허망한 그림자도 은박지처럼 구겨진다.
버석거리는 모래에 나를 밟고 돌아간다.
버리지 않고 버리는 꿈, 나누지 않고 나누는 사랑.
그들의 그림자를 내가 벗으며, 파도뿐인 동해에서
천상병 없는 서울의 없는 파도를 떠올린다.

—「동해에서 본 천상병」 전문

시인이 천상병을 기리는 이유는 거짓 없는 천진성 때문이다. 거짓 없는 천진성이 시의 기본이고 진정한 사랑의 기본적 태도라고 시인은 생각한다. 천상병이야말로 시를 쓰지 않아도 시인인 사람이라고 그는 생각한다. 이러한 태도는 어쩌면 동양적 문사의 전통을 이어받은 것인지도 모른다. 위의 시에서 시인은 동해 바닷가에서 천상병을 떠올리고 이어서 서울을 생각한다. 시인의 의식 속에서 파도가 부서지는 동해는 순수의 공간이며 서울은 거짓의 공간으로 구분된다. 그는 거짓의 공간에서 벗어나 자기를 부수고라도 순수의 자리에 서고자 한다. 그럴 때 순수의 표상으로 천상병이 떠오른 것이다. 거짓에서 도피하려는 것은 헛꿈에 불과하며 거짓 속에 열외를 자처하는 것으로 만족하는 것도 위선이며 거짓을 부정하려면 단순한 망각이 아니라 거짓의 소멸을 이끌어내야 한다고 파도는 부르짖는 듯하다. 그리고 죽은 천상병이 순수의 표상으로 일어나 우리의 모든 거짓을 손가락질하는 환영을 본다. 그 몸짓에 내 그림자도 허망하게 구겨지고 내 자신이 나를 밟고 돌아간다. 모든 거짓과 위선의 그림자를 벗고 정직한 나로 돌아가기 위한 자기 부정과 단련의 과정이 동해 바다의 포말 속에 천상병을 매개로 하여 전개된다.

이러한 자아의 태도를 우리는 도덕적 염결성이라고 규정할 수 있다. 그런 점에서 마종하 시인은 윤리의식이 강한 시인이다. 이제 마종하 시인의 고민은 그러한 윤리의식이 그가 젊은 날부터 가꾸어 온 시적 형상화의 방법과 어떻게 조화를 이루는가 하는 점에 집약될 것이다. 이 시집에는 그러한 고민의 외적 현현이 여러 가지 양태로 발견된다. 요컨대 그는 자신의 윤리적 모색과 정직성의 갈구가 시적인 방식으로 표현되도록 최선의 노력을 기울이고 있다. 그 단적인 예가 헐벗은 술잔 끝에 도달하는 드넓은 바다의 인식이다. 일상의 논리를 떠난 시의 세계 속에 그러한 역설의 어법이 성립할 수 있다. 그가 세상에서 꿈꾸는 거짓없음과 깨끗함의 실현 역시 헐벗은 술잔 속의 드넓은 바다를 발견함으로써 가능해질 것이다.

먼지의 길에서 신생의 공간으로

드넓은 우주 공간 속 작은 별 지구, 지구의 크고 작은 나라 중 한반도의 남쪽에서 태어나 서울 한 귀퉁이에 자리잡고 산다는 것은 막막한 우주 공간 전체의 시각에서 본다면 한낱 먼지와 같은 움직임일지 모른다. 무한한 우주 공간과 대비해 본다면 도곡동 아파트에서 밤 두 시에 설거지하는 한 여인은 먼지보다 작은 존재로 비칠 것이다. 먼지보다 작은 존재인 그 여인은 시를 쓴다. 그 시의 상상력은 놀랍게도 우주의 무량한 성운을 거쳐 허공을 거쳐 바다와 육지를 거쳐 충무 앞바다를 거쳐 서울 강남구 도곡동 하나은행 앞 다섯 갈래 길에까지 이르러 그 전체를 감싸 안는다. 먼지보다 작은 여인은 시적 상상을 통하여 지구에서 은하계를 거쳐 다시 지구로 귀환하는 우주적 네트워크의 감각을 얻는다.

김은자 시인이 세 번째 시집 『세상의 밥상에서』(세계사, 1999. 12)를 간행하였다. 두 번째 시집을 낸 지 12년 만에 낸 시집이니 감회가 특별할 것이다. 시인의 약력을 보니 1975년에 등단하여 6년 후에 첫시집을 내고 다시 또 6년 후에 둘째 시집을 낸 후 이번에 새 시집을 낸 것이니 과작에 속하는 시인임을 충분히 알 수 있다. 등단 20년이 넘으면 시집이 여러 권 되는 것이 보통인데 시인이 이렇게 시집 발간을 규제한 데에는 그 나름의 결벽성이 작용한 것이 아닌가 짐작된다. 그 까다로움은 시인의 성품과는 무관한 것으로 시를 대하는 자세와 관련된 것이다. 그것은 언어와 표현을 허술하게 놓아 두지 않으려는 시작의 철저성을 의미한다. 이 시집에 실린 작품을 어느 것이나 한 편 골라 읽으면 내가 말한 시작의 철저성이 무엇을 의미하는지 금방 알 수 있다. 그의 시작의 전체 수준은 매우 고르며 어느 한 작품도 허술하게 긴장을 잃고 하강하는 일이 없다.

시집 앞 부분에 놓인 작품 「마른 눈」을 보면 안구건조증에 걸린 시인의 모습이 나온다. 시인은 낡은 차를 몰고 안과로 향한다. 이 장면에서 눈이 빽빽한 증세와 낡아서 시동이 시원치 않은 차가 동일화되면서 육신의 쇠퇴를 암시한다. 거리에는 비가 내리고 운전하는 차 앞유리를 부딪는 빗소리는 사십여 년 전 통영국민학교 1학년 교실 유리창에 들리던 빗소리로 이어진다. 그 빗소리는 시소와 미끄럼틀을 닦고 '오래 전에 닦아 선반 높이 올려둔 시간'까지 읽어낸다. 이 표현은 매우 놀랍다. 국민학교 1학년생의 시야에 포착된 것은 비를 맞는 시소와 미끄럼틀이고, 과거를 회상하는 시인의 머리에 떠오른 것은 선반 높이 올려둔 시간의 두께이다. 그 두 개의 이질적인 층위가 빗소리를 매개로 하여 통합된다. 이 통합의 상상력은 매우 놀랍다. 나중에 다시 이야기하겠지만, 그것은 지상의 작은 먼지와 44광년 떨어진 우주 무한 공간을 연결하는 상상력의 넓이를 우리에게 보여주기도 한다.

시소와 미끄럼틀을 닦고 또닥또닥
오래 전에 닦아 선반 높이 올려둔 시간을

읽어내는 빗소리, 통영국민학교 1학년 5반
아이들 다 돌아간 교실에서 어머니를 기다리던
금간 유리창에 눈물자국을 내며
켜켜이 쌓인 먼지가 흘러내린다
차오르는 어둠 속에 우산을 들고
물고기처럼 헤엄쳐 오던 어머니의 남색치마,

—「마른 눈」 부분

통영국민학교 1학년 5반 김은자 어린이는 지금 빈 교실에서 어머니를 기다리고 있다. 시간이 흘러도 어머니가 오시지 않자 불안한 어린이는 금방 눈물이 날 것 같은데 그 마음을 알기라도 한 듯 유리창이 먼저 눈물을 흘린다. "금간 유리창에 눈물자국을 내며/켜켜이 쌓인 먼지가 흘러내린다"가 그것. 옛날 국민학교 1학년 교실의 유리창은 대개 금이 가 있고 먼지가 켜켜이 쌓여 있었다. 그러니 이 대목은 사실 그대로의 기술일 것이다. 그런데 그 장면이 어떻게 사십 년이 넘는 세월을 고스란히 남아 시인의 기억에 떠오른 것일까? 이것은 사실 그대로의 기록이면서 감각적 표현의 매개물이다. 그것은, 먼지와 같은 시간의 흐름과, 시간의 경과를 넘어서서 빗줄기처럼 이어지는 기억의 연속성을, 유리창의 이미지를 매개로 하여 접합해 놓은 것이다. 정경이 환기하는 선명한 감각 속에 시간의 흐름과 감정의 흐름이 절묘하게 함축된다.

표현의 묘미는 여기서 그치지 않고 그 다음으로 이어진다. 드디어 "차오르는 어둠 속에" 어머니가 나타나는데, 그 모습은 "물고기처럼 헤엄쳐 오던 어머니의 남색치마"로 묘사되어 있다. 이것은 과거 기억의 어렴풋함을 떠올리게 하면서 기다림 끝에 나타난 어머니에 대한 반가움과 그것을 넘어선 신비로움을 환기한다. 그 어머니의 남색치마 폭에 어린 물고기처럼 어린이는 달려들고 어머니는 큰 우산으로 어린이의 몸을 감싸주었을 것이다. 이 표현은 그러한 정경의 정겨움까지도 전해 준다. 그 다음에 나오는 혈육에 대한 그리움이라든가 눈물도 나지 않는 안구건조증 등의 이야기는 이러한 표현의 아기자기함에 상응할 정도로 긴장감을 주지는 않는다. 그러나 봄날 꽃가루처럼 날리는 표현의 싱그러움은 이 시를 살아 움직이게 한다.

이러한 표현의 묘미는 시집의 중간쯤에 자리잡은 다음의 시에서도 발견할 수 있다.

> 오늘 하루가 저뭅니다
> 새 꽃대궁에는 어제와 다른 색 꽃이 피고
> 열세 해를 기다려 날개를 얻은 매미가
> 스무 날 생애의 첫날을 지루하게 맴맴거렸습니다
>
> 우편번호 없는 미래에게
> 내일 도착 마중 바람 전보를 치고
> 햇빛 속에서 어린 포플러들 잎새들이
> 떠는 것을 오래 바라보았습니다
> 세상으로부터 나를 싣고 오는 41번 차의
> 길목마다 목 지키는 이정표를 읽으며
> 내 옆구리에서 감자알처럼 나날이 살찌는
> 슬픔의 무게를 느낍니다 그런데
> 어찌하여 이 어여쁜 삶의 종양을 어루만지듯
> 깊어가는 어둠의 물살이 발목을 흔듭니까
>
> 와인레드빛 새 루주를 사서

핏기 없는 마음 위에 북북 문지르고
이제 남루한 저의 집으로 돌아가
불을 피우고 냄비에 쌀을 씻을 것입니다
그리고 잠들지 못하고 뒤척이는 제 별을 찾아
어둠을 헤집고 몰래 하늘을 뒤질 것입니다
지는 노을이 아침보다 화려하게 불타는 것은
내일이 있기 때문인지요
내 혈관 속에서 높이뛰기하는 피가
돌기 때문인 것을 이제 깨닫습니다

내일은 또 얼마나 멀고 오랜 하루인지요
땅 아래서 맞을 수천년 편안한 쉼을 위해
군말없이 가겠습니다 일하겠습니다
두 손 들고 하늘에 벌 서겠습니다

—「오늘」 전문

이 시는, 담담하고 평이한 어조를 사용하여 일상적 삶의 배후에 도사리고 있는 허망함과, 우울하고 지루한 일상을 관통해 가는 일상인의 덧없는 몸짓을 잘 표현하였다. '와인레드빛 루주로 핏기 없는 마음을 북북 문지른다'는 표현만 제외하면 전체적으로 안정감 있는 이미지의 구도 속에 일상적 삶의 담채화를 그려내는 데 성공하였다. 그 담채화의 이면에는 생의 모순이 널빤지처럼 가로놓여 있다. 매미가 열세 해를 기다려 태어나 스무 날밖에 살지 못한다는 것도 모순이고 스무 날 생애의 첫날 기껏 한 일이 하루 종일 지루하게 맴맴거린 일뿐이라는 것도 모순이다. 어처구니없는 매미의 삶은 사실은 시인 자신의 현실적 삶을 투영한다. 시인 자신만이 아니라 지상에서 생을 얻어 살고 있는 인간 모두가 그러한 모순을 벗어나지 못한다.

이외에도 '우편번호 없는 미래', '내 옆구리에 감자알처럼 살찌는 슬픔', '어여쁜 삶의 종양', '발목을 흔드는 어둠의 물살', '잠들지 못하고 뒤척이는 별', '내 혈관 속에 높이뛰기하는 피' 등 은유와 환유가 결합된 다양한 표현의 지주가 적재 적소에서 작품 전체의 구도를 떠받치고 있다. 그러한 표현의 여로를 거쳐 도달한 마지막 구절은 생의 모순을 집약적으로 드러내는 아이러니의 어법이다. 지루하고 답답한 일상의 반복 끝에 도달할 자리는 '땅 아래 수천년 편안한 쉼' 즉 죽음이라고 시인은 말한다. 우리는 죽음을 맞이하기 위하여 지루한 시간을 군말없이 보내고 덧없이 땀흘려 일하며 '두 손 들고 하늘에 벌 서는' 일까지 벌인다. 이러한 생의 모순을 지극히 평범한 일상의 일을 늘어놓듯 담담하게 이야기한 데 이 시의 매력이 있다.

또 한편으로 우리는 이러한 표현의 세부 너머에 있는 시인의 의식에 관심을 기울이게 된다. 시인은 자신의 존재를, 그리고 그가 살고 있는 세계를 전반적으로 부정적으로 인식한다. 「비의 幻」, 「술래야 술래야」, 「집, 흐르지 않는 배」, 「마음의 집에」, 「나날의 고해」 등의 시편에 의하면 그는(그리고 인간은) 참담하게 버려진 존재, 길 잃고 헤매는 존재, 지치고 병든 존재, 갇히고 묶인 존재, 공허하게 단절된 존재, 끝없이 죄짓는 존재로 나타난다. 「세상의 밥상에서」, 「안녕, 업실론」, 「7월이 오면」, 「연꽃과 맷돌과」 등의 시편에 의하면 그가 살고 있는 세상은 치욕과 고통이 뒹구는 세상, 타락한 영혼이 사는 병든 공간, 쓰레기와 그림자만 가득찬 곳, 모순과 환멸이 넘치는 마당이다. 이 황폐한 세상에 지친 자아가 그래도 나날의 삶을 지탱할 수 있는 것은 가장된 활기와 가장된 의지가 움직이기 때문이다. 어느 면 끝판이 훤히 보이는 데도 의지를 가지고 활기 있는 양 세상을 뚫고 가는 것 자체가 생의 모순이다. 묘하게도 생의 끝판에서 생의 의지가 소생하며(「얼음의 생」), 모든 것을 끝내고 싶을 때 새로 시작할 마음이 생긴다(「處暑에」). 그러나 그 부활와 갱신의 의욕은 유폐된 세계 안의 움직임이라는 점에서 한계가 있다. 그것이 어느 순간 땅 밑 편안한 죽음으로 동결될지 알 수 없는 일이다.

유폐된 공간 속에 갇혀 사는 존재는 당연히 무한하고 넓은 신생의 세계를 꿈꾼다. 새로 발견된 항성계 업실론 안드로메디처럼 44광년 저편에 있는 미지의 세계, 육안으로는 도저히 확인할 수 없는 신비의 세계를 꿈꾼다. 그것은 관념적으로 절대 순수의 세계와 통한다. 그 절대 순수의 세계와 대비해 볼 때 우리의 삶은 먼지와 같지만 절대 순수의 세계를 꿈꿈으로써 그 먼지는 우주로 통한다.

혼자 사시는 아버지께 돈을 부치려고
하나은행으로 가는 다섯 갈래 길에서
붉은 신호에 걸리어 나는 섰지요
벨몽드쇼핑센터 물레패션 파레스부페
늘어선 옆, 그때 하늘에서 나비떼처럼
아이들이 접어 날린 종이비행기 편대처럼
팔락거리며 쏟아지는 그 작은 것들이
내 몸을 덥쳤지요

온갖 꽃나무들이 쏟아내는 꽃가루로 뒤덮인
봄날 오후, 뛰는 염통과 달리는 핏줄,
발톱 속에 파고든 무좀균까지 내 몸 속을
거미줄 보듯 환히 들여다본 것 같았지요
내가 빨아들이는 들숨 속으로
먼 은하계의 꽃구름 날아들고

우주의 꿈을 품은 먼지 하나가 되어
나도 은행 안으로 굴러들어갔지요

먼지와 구름에 엉긴 星間雲에서 태어나
겨우 1게오의 나이밖에 안된 이 별에서
아버지와 딸, 이 50년 핏줄의 짧은 날 동안
어린 날의 종이배는 오래 전에 바다 깊이
가라앉았으나, BC카드 5377 2424번
현금지급기 속으로 딸은 들락거리면서
멸치떼 정어리떼 그물을 뒤덮던
아버지의 젊은 날들을 그리워하지요

이제 당신은 이 먼지우주의 보이지 않는 한 점
봉천2동에서 온라인 송금을 기다리지요

—「온라인」 전문

이 시의 제목이 왜 '온라인'일까? 온라인은 네트워크를 통한 정보의 무한 송신망을 의미한다. 그것은 은하계의 꽃구름이 지상의 먼지 하나로 날아드는 우주 무한 공간의 움직임과 상응한다. 무한한 우주 속에, 무한한 온라인 송신망 속에, 아버지와 나는 한 점 먼지로 존재한다. 나는 도곡동 하나은행에서 아버지께 돈을 부치고, 남해 바다 그물을 뒤덮던 아버지는 이제 노쇠한 독신이 되어 봉천2동에서 송금을 기다린다. 우주 안의 이 두 점을 온라인 네트워크가 이어 준다. 이처럼 온라인은 공간의 차이를 무화시키는 의미를 지닌다.

우리의 존재만이 아니라 우주의 무량한 시간에 비하면 아버지와 내가 공유한 50년의 세월은 그야말로 수유(須臾)에 지나지 않는다. 공간의 차이만이 아니라 시간의 차이까지도 온라인 네트워크가 이어줄 수 있을까? 내가 그리워하는 아버지의 젊은 날, 내 꿈의 종이배를 온라인 네트워크가 돌려줄 수 있을까? 나중에 타임머신이 개발된다면 모르지만 지금은 물론 그럴 수 없으리라. 그럴 수 없는 것이 온라인의 본질이다. 온라인은 공간의 차이가 해소되는 것 같은 착각을 안겨주는 가장된 만남의 장일 뿐이다. 나는 아버지에게 송금을 하고 아버지는 온라인을 통하여 돈을 받는다. 그리고 우리는 서로 만났다는 허위의식을 갖는다. 온라인은 그 허위의식을 유포한다.

이 허위의식의 반대편에 있는 것이 꽃가루를 통한 우주와의 교감이다. 하늘의 나비떼처럼, 아이들의 종이비행기처럼, 천진하고 순수한 모습으로 내 몸을 뒤덮어, 염통에서 발끝의 무좀균까지 내 몸 속을 환히 들여다보게 한 그 꽃가루는 은하계의 꽃구름과 연결되어 있다. 나는 숨쉬며 은하계의 꽃구름을 빨아들이고 어느덧 '우주의 꿈을 품은 먼지 하나'가 된다. 이러한 공간의 초극은 과학적인 온라인 네트워크를 통한 것이 아니라 상상의 네트워크를 통한 것이다. 그 상상의 네트워크 역시 실제 그대로는 아니지만 거짓 만남의 허위의식을 유포하지는 않는다. 그것은 왜소한 먼지를 우주적 존재로 승화시키는 의미화의 기능을 떠맡고 있기 때문이다. 상상의 네트워크 속에서 아버지는 청춘의 바다 위에 멸치떼를 쫓고 딸은 꿈의 종이배를 물 위에 띄운다. 거기에는 BC카드 번호도 필요 없고 현금지급기도 필요 없다. 우주의 구름 사이를 오가는 마음의 네트워크가 필요할 뿐이다. 이 마음의 네트워크는 우리가 잃어버린 순수의 세계를 지향한다. 순수의 세계는 봄날 흩날리는 꽃가루처럼 우주의 먼 성간운에서 내려와 지상의 등불로 잠시 내걸리기도 한다.

시창작론 야외수업시간 동안 등나무 아래서

이제 스무 살이 되는 은진이와 혜선이는
신부 손가락마다 낀 알반지라 하고
붕붕거리는 호박벌의 아파트라고 적었는데,
이제 생각난다, 내게도 한때 그것은
초록의 생명을 잣는 약속의 배내옷이고
뭉클뭉클 게워내는 어질머리나는
사랑의 환상이었는데,

누가 미리 이름지었을까,
부처님 오시기 전 때맞춰 내리는 비와 함께
오실 길 미리 비질하고 섬돌 말갛게 닦아두고
가만가만 어둔 세상길을 밝히는 작고 근심스런 등,
바람부는 세상 안에 미리 내어 건
너와 나 우리 마음의 구름 등불

—「등을 켠다」 부분

스무 살의 젊은 세대들은 등꽃을 보고 신부의 알반지를 떠올리거나 호박벌의 아파트로 상상한다. 시인 역시 젊었을 때는 그것을 '어질머리나는 사랑의 환상'이라고 생각했다. 그러나 이제 중년의 나이에 이른 시인에게, 그리고 기상 이변으로 전 지구가 요동치고 IMF 사태 때문에 전국이 시름에 잠겨 있는 상황에서, 등꽃은 "어둔 세상길을 밝히는 작은 등,/바람부는 세상 안에 미리 내어 건/너와 나 우리 마음의 구름 등불"로 인식된다. 이것은 황폐하고 번잡한 세상을 환하게 밝히는 순수성의 표상으로 자리잡는다. 그 순수성은 바람부는 세상을 같이 살아가는 사람들의 마음을 이어주는 '구름 등불'이기도 하다. 이것은 이름 붙일 수 없는 먼 성간운, 신비의 세계에서 왔다는 점에서 앞에서 보았던 우주적 순수성과 통한다. 시인의 천체에 대한 관심은 자연 경물을 대하는 데에 그대로 이어지고 있다.

이러한 극복의 몸짓은 「세상의 밥상에서」에서는 목이 부러지고도 뿌리 내리느라 애쓰는 인동덩굴로, 「어머니강」에서는 시간과 공간을 끌어안고 외로움과 눈물을 씻어주는 모성의 강에 대한 그리움으로 전환 표현된다. 그리고 「겨울나무에게」에서는 상처를 끌어안고 깊은 울음을 우는 헐벗은 겨울나무의 모습으로 시선이 이동한다. 마주보던 잎들을 허공으로 떠나 보내고 모든 것을 잃은 듯한 겨울나무이지만 그 겨울나무와 내가 상처받은 존재끼리 주고받는 마음의 교감을 통해 동결의 어둠 속에 따스한 핏줄이 흐르고 "이름할 수 없는 그리운 눈물의 樹液"이 물드는 기적이 실현된다. 그리하여 결빙과 단절의 상황이 새푸른 잎맥이 꿈틀대는 신생의 빛으로 전환되는 것이다.

이러한 신생의 기운은 참담하고 암울한 시인의 자아 인식, 세계 인식의 처절함에 비교해 볼 때 극복의 동력으로서 힘이 약한 것은 사실이다. 그리고 그것은 지상의 삶에 대한 철저한 관찰에서 온 것이라기보다 우주적 상상력이라고 할 수 있는 천체에 대한 관심, 지상에서 멀리 떨어진 공간에 대한 선망에 근거를 둔 것이기에 현실에 대처하는 힘으로 작용하기에는 미흡한 점이 있음을 인정하지 않을 수 없다. 그러나 황잡한 세계 속에 살면서 그 황잡함을 스스로의 힘으로 뒤집을 수 없고, 그러면서도 그 황잡함을 용인할 수 없을 때, 상상에 의존함으로써 자신의 희망을 피력하는 것은 자연스러우면서도 아름다운 일이다. 그리고 시는 무엇보다도 그 상상적 전회가, 상상의 힘을 무기로 현실과 싸우는 무모함이, 의미 있는 일이라는 것을 일백 프로 보장해 준다.

시인은 「自序」에서 시가 상(賞)인지 벌(罰)인지 모르겠다고 적었다. 상상의 촉수 때문에 우주의 꽃구름을 볼 수 있다는 점에서는 축복이지만, 그러한 체험이 지상의 삶을 더욱 환멸로 인식하게 한다는 점에서는 징벌이리라. 그에게 앞으로 어떤 상과 벌이 내릴지 모르지만, 먼지의 길에서 신생의 빛을 찾아 나선 그의 앞길에 환한 등꽃 불밝히기를 기원한다.

제4부

시의 불빛을 찾아서

절제의 형식과 예술적 염결성

문인수의 신작시 다섯 편은 자르고 벼려낸 절제의 각법(刻法)이 매섭다. 대담한 압축과 생략으로 시인의 눈에 포착된 대상의 극점을 보여준다. 그 중 절삭의 도가 가장 높은 것이 「상사화」인데 상사화의 생리를 모르는 나는 시인의 시작메모를 보고서야 내용을 파악할 수 있었다. 이러한 절제의 작법은 문인수 시인이 새롭게 뚫고나가 정착시키려는 방법론으로 보인다. 왜냐하면 그의 네 번째 시집 『홰치는 산』(만인사, 1999. 7)에는 이런 유형의 시는 거의 없고 오히려 산문시 형식의 작품, 이야기를 담은 작품이 여러 편 보이기 때문이다. 그러나 이야기를 담은 산문시 형식의 작품에도 압축의 미학이 빛나는 것은 뚜렷이 감지할 수 있다.

이녁의 허리가 갈수록 부실했다. 소문의 꼬리는 길었다. 검은 윤기가 흘렀다. 그 여자는 삼단 같은 머리채를 곱게 빗어 쪽지고 동백기름을 바르고 다녔다. 언제나 발끝 쪽으로 눈 내리깔고 다녔다. 어느 날 또 이녁은 샐녘에사 들어왔다. 입은 채로 떨어지더니 코를 골았다. 소리 죽여 일어나 밖으로 나가 봤다. 댓돌 위엔 검정 고무신이 아무렇게나 엎어졌고, 달빛에, 달빛가루 같은 흰내의 모래가 홍건히 쏟아져 있었다. 내친 김에 허둥지둥 그 여자의 집으로 달려 갔다. 방올음산 꼭대기에 걸린 달도 허둥지둥 따라 왔다. 해 묵은 싸릿대 삽짝을 지긋이 밀었다. 두어 번 낮게 요령 소리가 났다. 뛰는 가슴 쓸어 내리며 마당으로 들어섰다. 댓돌 위엔 반듯 누운 옥색 고무신, 고무신 속을 들여다 봤다. 아니나 다를까 달빛에, 달빛가루 같은 흰내의 모래가 오지게도 들었구나, 내 서방을 다 마셨구나, 남의 농사 망칠 년이! 방문 벌컥 열고 년의 머리끄댕이를 잡아챘다. 동네방네 몰고 다녔다.

소문의 꼬리가 잡혔다. 한 줌 달빛이었다.

—「간통」 전문

『홰치는 산』에 들어 있는 이 작품은 이야기 시의 서술성 속에 용해되어 있는 압축의 미덕을 잘 보여준다. 시인의 고향은 경상북도 성주군 초전면 용봉리. 그곳 북쪽 머리맡을 지키고 있는 산이 방올음산이고 그 산에서 흘러내리는 물이 흰내다. 방올음산과 흰내를 터전으로 농사 지으며 살아가는 고향 사람들의 고달픈 삶의 내력을 담채색으로 형상화한 작품이 시집에 여러 편이 있는데 이 작품도 그 중의 하나다.

이 시의 화자는 농사꾼의 아내다. 남편의 수상한 행동과 떠도는 소문에 의심을 품은 그녀는 어느 날 남편과 정을 통한 여자를 잡아 혼을 냄으로써 사건을 끝장낸다. 그런데 간통의 증거로 제시된 것이 묘하게도 고무신 속에 남은 흰내의 모래다. 시인은 "달빛가루 같은" 모래가 달빛에 홍건히 쏟아지는 장면을 세심하게 묘사하고 있다. 이 묘사는 두 사람의 관계가 불결하지가 않고 상당히 낭만적이고 정결하다는 인상을 갖게 한다. 그것은 그 여자의 용모에 대한 묘사라든가 "댓돌 위엔 반듯 누운 옥색 고무신"이라는 시구에서도 확인된다. 그 여자의 내력이나 두 사람의 관계에 대해서는 전혀 언급이 없으나 이러한 시행의 암시를 통하여 우리는 문맥 외의 많은 것을 상상할 수 있다.

그뿐 아니라 "이녁의 허리가 갈수록 부실했다"는 첫 시행 이후 이어지는 간결한 문장들은 사건의 경위를 알려주는 동시에 언표의 층 내부에 도사리고 있는 화자의 심정 및 사건의 전후 관계를 암시하고 보강하고 미화하는 역할을 한다. 한 예를 들어 허리가 부실하다는 것이 단순히 남편으로서 부부관계를 부실하게 한다는 의미만인 줄 알았는데 후반부에 "남의 농사 망칠 년이"라는 구절로 볼 때 농사에 전력해야 할 사람의 힘을 약화시킨다는 의미도 포함되어 있음을 알게 된다. 동시에 그것은 이 마을 사람들이 가장 중히 여기는 것이 농사라는 사실도 깨닫게 한다. "내 서방을 다 마셨구나"라는 절묘한 표현도 내 서방의 애정을 독차지했다거나 정력을 소진시켰다는 뜻 외에 농사꾼으로서 제 구실을 못 하게 한다는 의미가 내포되어 있음을 감지하게 된다.

이처럼 문인수의 시는 평이한 듯한 서술의 문맥 속에 복합적 연상 작용을 일으키는 화제를 압축시킴으로써 시의 미각을 풍성하게 해준다. 그런데 이번의 신작시편은 서술의 문맥을 아예 해체해 버리고 압축된 형상의 단면만을 제시함으로써 시적 절제의 한 극점을 보여준다. 신작시에 덧붙인 시작메모 자체가 한편 한편의 시 같고 시작메모의 대상이 된 작품은 줄거리와 잔가지가 제거된 채 맨살로 드러난 고갱이와 알짜다. 그런데 고갱이와 알짜만 남을 때 시의 절대성에 도달하려 한 예술적 투혼은 확인할 수 있으나 시 읽는 재미는 줄어든다.

가보지 않은
날짜가 아직
남아 있구나.

달 돋듯 아, 막니 내밀듯
상사화의 싹이 또 어두운 땅에서 도진다.

온몸이, 영혼이 다 송두리째 모가지다.

……

이 말을
잘랐었다.

—「상사화」 전문

상사화는 수선화과에 속하는 야생화로 2월 경칩이 지나면 잔설을 헤치고 새싹이 고개를 내민다. 솟아오른 줄기 옆에 연록색 잎사귀가 제법 우아한 자태로 자라나 봄 한철을 잘 보내고 6월경이 되면 축 늘어지면서 시들어 버려 자취도 없이 사라진다. 마치 말라죽은 것처럼 잎줄기가 사라진 빈 땅에 8월이 되면 꽃줄기만 30cm 정도 솟아올라 한 자루에 몇 송이씩 무리지어 자홍색의 꽃이 핀다. 그 꽃도 가을 한철을 잘 보내다가 어느 순간 축 늘어져 시들고 만다. 이처럼 잎과 꽃이 다른 시기에 피어 서로 보지를 못하고 그리워만 한다고 하여 상사화란 이름이 붙여졌다고 한다.

이 식물이 시인에게 인상적으로 비친 것은, 시퍼런 분수처럼 한순간에 폭발적으로 솟아나 번성하다가 어느 날 덧없이 소멸하는 잎의 변화 과정, 잎사귀도 없이 꽃대궁만 솟아올라 개화하고 또 덧없이 져버리는 꽃의 생태가 혼신의 저돌성과 운명적 소멸의 허망함을 환기하기 때문이다. 그 잎과 꽃의 생장과 소멸의 과정은 예도에 매달려 혼신의 육성을 터뜨리다가 피를 쏟고 자진하는 예인의 모습을 연상시킨다. 시인의 투혼의 정신 역시 그러해야 하지 않느냐고 시인은 우리에게 묻고 있는 듯하다.

상사화의 싹이 얼었던 땅에서 솟아오르는 것을 시인은 '달 돋듯' '막니 내밀듯'이라고 표현했다. 달이 돋아나면 어둠을 환하게 비추게 되니 어두운 땅에서 돋아나는 새싹을 달 돋는 것에 비유한 것은 예사롭다 할 것이다. 그러나 그것을 막니 내미는 것에 비유하고 '도진다'고 표현한 것은 예사로운 일이 아니다. 막니는 사랑니를 말하는데 사랑니가 솟아날 때는 꽤 심한 통증을 느낀다. 사랑니라는 이름 자체가 첫사랑을 할 때처럼 아픔을 가져다 준다는 뜻에서 붙여진 것이라고 한다. 그러니까 상사화 싹의 피어남은 단순히 새로운 세계로 머리를 내민다는 의미 외에 고통의 수반이라는 의미가 포함되어 있다. '도진다'는 말도 원래 나았던 병이나 상처가 다시 덧나는 것을 의미한다. 그러니까 여기에도 고통의 의미가 포함되어 있다.

요컨대 시인은 봄철 상사화 싹의 발생을 고통을 예고하는 생명의 발아로 인식하고 있는 것이다. 그것은 죽음을 전제로 한 생명의 싹틈이기도 하다. 그러기에 꽃대궁의 모습도 마치 모가지를 덜렁 내밀고 죽음의 형장으로 향하는 무모한 돌진의 형상을 취하는 것으로 보인다. 그것을 시인은 "온몸이, 영혼이 다 송두리째 모가지다"라고 표현하였다. 그런데 무엇보다도 압축을 생명으로 하는 이 간결한 시에서 '다'와 '송두리째'라는 유사한 어구가 반복된 것은 옥의 티다. 차라리 '다'를 빼고 "온몸이, 영혼마저 송두리째 모가지다"라고 적었으면 더 함축미가 있었을 것이다. 그러고 보면 "상사화의 싹이 또 어두운 땅에서 도진다"의 '또'도 필요없는 말이다. '도진다'는 말 속에 다시 덧난다는 의미가 포함되어 있기 때문이다. "가보지 않은/날짜가 아직/남아 있구나"의 '아직'도 걸린다. 가보지 않은 날짜가 남아 있다는 난해한 역설적 어구가 생생한 감각을 얻으려면 '아직'이라는 부사는 필요가 없다.

남아 있다는 말 속에 '아직'의 의미가 포함되어 있기 때문이다. 이왕 말을 잘라내겠다고 생각한 바에야 말없음표를 넣기 이전에 이러한 부사들을 잘라내는 작업이 선행되었으면 더 좋았을 것이다.

그런데 왜 이 작품의 서두가 '가보지 않은 날짜'로 시작되었을까? 그것은 시인이 지닌 시간에 대한 관심을 반영한다. 「상사화」를 비롯한 다섯 편의 작품을 관통하는 시적 주제는 시간에 대한 관심과 예술적 염결성의 지향 두 가지로 집약된다. 이 시에서 시간에 대한 관심은 새싹이 막니를 내밀고 꽃대궁이 온몸으로 모가지를 들이미는 장면에서 시간의 어긋남을 인식하는 것으로 나타난다. 상사화의 식물적 생태는 시간이 정상적으로 진행하는 것이 아니라 시간이 역행하거나 교착된 것 같은 인상을 준다. 어느 날 문득 새싹이 돋아나 무성한 잎을 피우고 잎이 사라진 어느 날 문득 꽃대궁이 다시 솟아나 꽃을 피운다. 잎과 꽃 사이에는 시간의 단절, 시간의 어긋남이 있다. 그것을 가보지 않은 날짜가 아직 남아 있다고 표현하였다. 체험하지 못한 시간이라면 남아 있을 리가 없고 지금 남아 있는 것이라면 그것은 우리가 체험한 시간이다. 그러나 상사화의 생리는 그러한 시간의 논리적 순연성을 벗어나 있다.

「폐가, 시간이 많다」는 시인의 시간에 대한 관심을 집약적으로 보여주는 작품이다. 낡은 창틀만 남은 폐가는 흡사 과거의 시간을 모아 두었다가 미래의 시간 속으로 그것을 놓아 버리는 모습이다. 어떻게 보면 시간이 정지해 있는 듯도 한데 그 정지의 형상이 바로 시간의 풍요로움을 입증한다. 만일 무엇인가가 빠르게 변화해 간다면 시간은 잠시도 머물지 않으니까 시간의 몸은 가볍고 양은 적을 것이다. 아무도 모르는 가운데 먼지가 켜켜이 쌓여 가고 민들레 홀씨 조용히 떠도는 폐가의 모습, 그 고정된 액자 속 그림 같은 형상에 모질고 오랜 삶의 흔적이 중첩되고 무량한 시간의 흐름이 겹쳐진다. "이런 계절이 여러 번

지나갔겠다. 지나가겠다"라는 시행은 과거, 현재, 미래로 이어지는 시간의 무한한 반복을 암시한다. 그러한 시간의 반복 속에 고단한 삶의 반복이 녹아든다. 그래서 삶의 결핍이나 비애도 나른한 폐가의 시간 속에 잦아들어 사라진다. 우리들 현실의 삶이 이렇게만 된다면 불행이나 고통이란 말도 먼지처럼 가라앉을 것이다.

또 하나 시인의 관심사인 예술적 염결성은 절제의 형식과 시적 대상의 특이성으로 나타난다. 우선 「상사화」는 앞에서 본 대로 잎과 꽃의 생장 과정이 독특하여 예인의 존재방식을 연상케 한다. 그리고 「폐가, 시간이 많다」도 정지된 시간 속에 시간을 농축하고 있는 듯한 폐가의 모습을 통해 생의 독특한 단면을 드러낸다. 「묻힌 길」도 세상의 다른 길과 어울리지 않은 채 은인자중 고독의 자리를 지키는 탈속의 형상을 제시한다. 「갈대숲, 갈대 2」 역시 저희들끼리만 운집해 몸을 부딪치며 부석거리는 소리를 내는 갈대의 광기어린 차별성을 보여주었다. 이처럼 그는 평범한 일상과 단절된 특이한 공간 형상을 선택하는데 그 선택의 배면에는 그가 추구하는 예술적 염결성이 가로놓여 있다. 다음의 작품은 그의 예술적 염결성의 높이가 어떠한 것인지를 잘 보여준다.

산의 급경사면을 계단식으로 깎아 논을 만들었다.
그걸 다 딛고 올라서니 산꼭대기 나곡마을이다.
마을 입구에 버티고 선 당산목,
수령 오백 년의 이 시퍼런 소나무가
저 여나문 채 우거의 오랜 문이냐.

산이 탑이다.

이 천둥지기 논빼미,

탑이 또한 길이다. 길은 참 기나 긴, 질긴 질문이다.
소나무 뒤에 후광처럼 걸린 둥근 낮달. 흰
門이 또 하나 어렴풋이 귀먹은 듯 숨어있다.

—「월은산엔 뒷문이 있다」 전문

이 시는 계단식 논을 경작하는 산간지역 마을 입구의 당산목을 소재로 하여 사람살이의 힘겨움과 그것을 넘어서려는 의연한 기품 같은 것을 표현한 작품이다. 당산은 마을을 지켜주는 수호신이 있다고 믿는 장소나 사물을 뜻하는데 그것이 나무인 경우 당산목이라고 한다. 대개 마을 입구에 있는 가장 오래된 큰 나무를 당산목으로 정하여 제사를 지낸다. 시에서 보는 것처럼 월은산 산간 지역 나곡마을은 수령 오백 년 된 소나무를 당산목으로 섬기고 있다. 그 소나무는 마을 입구에 버티고 서 마을 사람들을 지켜주고 부락의 정기를 수호해 왔다.

그런데 이 소나무가 지키고 있는 마을의 삶의 형편이 그렇게 윤택할 것 같지는 않다. 산의 급경사면을 깎아 계단식으로 만든 논이니 소출이 많을 리가 없다. 천둥지기 논빼미니 논에 댈 물은 그저 하늘에서 내리는 빗물에 의존할 수밖에 없다. 여름에 가뭄이 심하면 천수답은 바닥이 쩍쩍 갈라질 것이다. 이 척박한 땅에서 대대로 살아온 사람들은 고통을 겹겹이 탑처럼 쌓아 왔을 것이다. 그러나 고통으로 겹겹이 쌓아올린 탑이 그들의 삶의 길임을 그들은 숙명으로 받아들인다. 인고의 탑이 숙명의 길이라는 것을 오백 년 된 당산목이 알려주는 듯하다. 세월에 흔들리며 오랜 시간을 견뎌 온 당산목은 이곳에서 버티고 사는 것이 탑이요 길임을 그 모습 자체로 보여주고 있다. 그 소나무 뒤에 후광처럼 걸린 낮달도 아무 말은 없지만 사실이 그러하다고 묵시의 흰 빛을 반사한다. 이처럼 이 시는 산간 마을의 당산목과 그 위에 걸린 낮달의 풍경을 통하여 피할 수 없는 생의 시련과 숙명적 각박함을 드러냈다. 이 독특한 대상 자체가 시인의 예술적 염결성을 확보해 준다.

우리는 이 다섯 편의 신작을 읽으며 이 시인이 전개한 작업이 계단식 천수답을 어렵사리 경작하여 고통 속에 알곡을 얻어내는 농민의 숙명적 생산 과정에 그대로 해당한다는 것을 깨닫게 된다. 그것은 고통과 죽음을 각오하고 꽃대궁을 내미는 상사화의 몸짓과도 같다. 문인수 시인은 조잡하고 번쇄한 시정의 누항에서 벗어나 고삽한 예술 창조의 길로 나아갔다. 그것은 비유컨대 고통의 벽돌로 한 층 한 층 탑을 쌓는 견인(堅忍)의 길이다. 이러한 예술적 염결성의 추구는 분명 우리 시의 이채로운 성취로 그 영역을 뚜렷이 확보하게 될 것이다. 그것이 보람 있는 탐색의 작업이라는 것을 부정하지 않으면서도 한편으로 우리는 예술적 창조의 고삽성에 대한 천착이 독특한 어구나 기이한 이미지의 창조에 몰입하는 편협한 자기 폐쇄의 길로 파행될 가능성도 있다는 우려도 함께 첨부하고자 한다. 시인 스스로 자신의 시가 해탈하지 말았으면 좋겠다고 고백한 것처럼 예술적 염결성의 테두리에 시인의 감각적 촉수가 갇히지 않기를 바란다. 오히려 해탈의 단초조차 거부하고저 황잡한 누항에 몸을 뒹구는 것도 예술을 육화하는 길이 되지 않을까 잠시 생각해 본다.

근심과 고요 사이의 서성임

전동균은 1986년에 등단하였는데 등단 11년 만인 1997년에 첫시집 『오래 비어 있는 길』을 간행하였다. 그 시집의 해설에서 정끝별이 상세히 분석한 것처럼 전동균의 시는 절제의 정신과 과묵하고 간결한 어법, 시선의 깊이를 지니고 있다. 이번에 발표한 일곱 편의 작품도 시집에 수록된 작품들의 분위기를 크게 벗어나지 않는다. 일곱 편 중 첫 작품인 「근심만이 내 밥이네」는 내적 조응에 집중하던 시인의 시선이 생의 현장으로 이동된 듯한 인상을 주기 때문에 뒤에 나오는 내성적 직관의 시들과는 구별되는 특징을 보인다.

그 시의 첫 연은 "근심없이는 하루도 못 사네/근심만이 내 밥이네"로 시작된다. 이 말이 의미하는 바는 우리들의 삶이 근심으로 연속되어 있다는 사실일 것이다. 그런데 시인은 평범하게 근심이 내 밥이라고 하지 않고 특수조사 '만'을 붙여 근심만이 내 밥이라고 했다. 이것은 다른 것은 밥이 될 수 없고 오직 근심만이 내 밥이라는 뜻이다. 이럴 경우 이 말은 매우 절대적이고 한정적인 의미를 지니게 된다. 끝 연에 다시 "배 고플 때마다, 지칠 때마다/근심을 먹고 힘을 차리네"라는 역설적 표현이 나오는 것으로 보아서 시인의 주위에 근심거리가 아주 많고 한순간도 마음 편할 날이 없어서 근심만이 내 밥이라고 말했을 것이라는 생각은 충분히 들 수 있다.

그런데 둘째 연에 근심어린 표정을 띠게 하는 삶의 국면으로 제시된 예화가 다소 도식적인 감이 있어서 근심만이 내 밥이라는 첫 시행의 절대성과 어울리지 않는 의미상의 부조화를 드러낸다. 누추한 골목길에서 기미 낀 여자가 아이를 매질하고 아이가 비명을 지르며 우는 장면은 우리가 일상생활에서 흔히 볼 수 있는 장면이어서 그것이 삶의 숨겨진 비밀을 드러내는 적절한 예라는 생각이 별로 들지 않는다. 또 4연에서 화자 및 우리들을 근심케 하는 세 장면이 제시되었는데 그 세 장면의 연관성이 약하고 서른 살 아우가 위암선고를 받았다는 것을 제외하면 나머지 두 장면은 과연 우리들이 일상적으로 겪는 근심의 내용과 관련이 있는 것인지 의아심을 갖게 하기 때문에 이 부분 역시 우리들 삶이 근심의 연속으로 채워진다는 생각은 별로 들게 하지 못한다.

짐작컨대 시인은 3연의 '간출여'라는 말에 시상의 중심을 두고 우리들 삶의 조마조마한 모습을 '간출여'적 상황으로 나타내고자 한 것 같다. 간출여란 그냥 '여'라고도 하는데 썰물 때는 드러나 있다가 밀물 때는 물에 잠겨 사라지는 작은 바위를 말한다. 근심으로 이어진 우리들의 삶이 마치 바다 위에 간신히 몸을 드러내고 있다가 밀물 때면 물에 잠겨 버리는 바위섬에서의 삶과 같다고 생각한 것이다. 그리고 그 바위섬에서의 삶은 억센 손아귀에 붙잡혀 도망가지 못하고 계속 매를 맞는 아이의 공포에 휩싸인 모습과 연결된다. 언제 우리의 목을 죄어올지 모르는 고통, 질병, 죽음 등 삶의 근심거리에 둘러싸여 하루 하루를 위태롭게 보내고 있다는 것이 시인의 생각이다. 그런데 이상한 것은 이렇게 공포나 고통과 연관된 삶의 국면이 마지막 5연에서는 "눈

웃음치며 품에 안기는 근심과 함께 놀며"라고 근심을 애인처럼 받아들이는 여유 있는 태도로 전환되고 있다는 점이다. 이 대목이 반어적 표현이라는 점을 이해하고 읽는다 하더라도 그러한 전환의 매개항이 앞에 설정되어 있지 않기 때문에 그러한 전환이 어떠한 과정을 거쳐 일어난 것인지 이해하기 어렵다. 생은 불운과 고통의 연속이며 어차피 간출여 같은 상황 속에 우리들의 삶이 유지되는 것이라면 근심을 양식으로 삼고 애인으로 삼는 태도가 오히려 마음 편할지 모른다. 문제는 그러한 인식과 전환의 과정이 시상의 전개 속에 제대로 녹아들지 않았다는 점이다.

이처럼 생의 현장이 전면에 나서는 시보다는 풍경이 전경화되면서 감정이 배면화되는 작품이 전동균의 개성을 잘 드러내고 시적 울림도 갖는다. 요컨대 이미지가 사건을 대치하고 정경이 감정을 대신하는 작품들이 더욱 정화되고 고양된 시의식을 전달한다.

산비탈 아래
마당 없는 집 문간방에서
흰 쌀 씻는 소리가 들린다

온종일 혼자 지낸 뇌성마비 아이가
몸을 비틀며 간신히
울음을 참듯이

이 세상 모든 근심을 제 품에 들여
찬 입술 꼭 다물고
떨고 있는 별,

그 흐린 빛에 기대어
간고등어 한 손 사들고 귀가하는
사람의 마음 속으로

파란만장
하수구 물 소리가 쏟아져 내린다

—「저녁 별」 전문

이 시에 배경으로 설정된 공간은 바로 앞의 작품인 「근심만이 내 밥이네」에서 매질하는 여인과 비명지르는 아이가 등장했던 가난한 동네 골목길이다. 그러나 여기에는 그런 동적인 아우성은 없다. "산비탈 아래 마당 없는 집 문간방"이라는 말에서 극도의 궁핍함이 연상되고 "온종일 혼자 지낸 뇌성마비 아이"라는 대목에서 불행한 한 아이의 고통과 외로움이 연상된다. 그리고 가난과 고통이 결합됨으로써 생의 비애와 고통은 더욱 심화된다. 그런데 그 고통의 극점에 "흰 쌀 씻는 소리"가 들리고 "찬 입술 꼭 다물고 떨고 있는 별"이 보인다. 이 두 개의 이미지는 가난을 감싸 안으며 고통을 정화하는 대비적 기능을 행사한다. 정상적 생활이라고는 영위될 것 같지 않은 산비탈 밑 작은 집에서도 일용할 양식을 준비하는 소리가 들린다. 굳이 흰 쌀 씻는 소리라 한 것은 백색 이미지가 갖는 소담하고 정결한 감각을 환기하기 위한 것이리라. 그리고 지상의 모든 근심을 감내하고 포용하는 듯한 저녁 별의 모습이 등장한다. 흰 쌀과 더불어 저녁 별도 인고의 정결성과 내향성을 암시한다.

이렇게 가난과 고통 속에서도 살아 보려는 움직임이 조용히 전개되는 산비탈 언덕 위로 누군가가 간고등어 한 손을 사들고 귀가한다. 상상컨대 그 사람은 온종일 혼자 지낸 뇌성마비 아이의 어머니일 수도 있고 흰 쌀 씻는 소리난 집의 남편일 수도 있으리라. 그 사람의 마음 속으로 "파란만장/하수구 물 소리가 쏟아져 내린다"고 시인은 적었다. 이 말은 많은 것을 떠올리게 한다. 하수구 물 내려가는 소리라는 청각 심상은 그것만으로는 별다른 의미를 전달하지 못한다. 그런데 그 소리가 '파란만장'이라는 시어와 결합되는 순간 그 배면에 숨어 있는 생의 세부들이 얼굴을 드러낸다. 가난과 고통, 그것을 견뎌내려는 안간힘과 몸부림, 아무리 견디려 해도 어쩔 수 없이 밀려드는 비애와 절망 등 그야말로 파란만장한 마음의 움직임과 감정의 여울을 우리의 마음속에 불러일으킨다. 흰 쌀과 간고등어로는 가릴 수 없는 생의 비애와 고통을 환기하는 동시에 생의 비애와 고통을 입술 꼭 다물고 견디는 개결한 인고의 내면성을 우리에게 보여준다. 근심만이 내 밥이라고 서둘러 이야기하지 않아도 근심 속에 살 수밖에 없는 사람들의 모습이 생생하게 떠오르고 근심을 견디다가 종국에는 근심의 벗이 되는 한많은 사람들의 세상살이가 배면에 조용히 떠오른다.

「삼천사에 가면」도 정경의 외관을 먼저 보여준다. 이 시의 화자는 삼천사에 가면 부처를 모신 대웅전에 들어가지 않고 마당 한가운데의 석탑도 보지 않고 영험 많은 산신각도 들르지 않고 다만 "허공을 안고 헤엄치는 물고기들의 풍경소리"를 마음에 새기며 "그늘진 뒤안 요사채 맨 끝 방" 섬돌 위의 고무신을 바라본다고 한다. "그늘진 뒤안 요사채 맨 끝 방"은 바로 앞에서 본 시의 "산비탈 아래 마당 없는 집 문간방"과 통하며 "허공을 안고 헤엄치는 물고기들의 풍경소리"는 "찬 입술 꼭 다물고 떨고 있는 별"과 통한다. 그는 번잡스럽고 화려한 국면보다는 생의 비애와 그늘진 부분에 관심이 있는 것이다. 「함허동천에서 오래 서성이다」에 나오는 것처럼 그는 흉터 많은 자신의 삶 때문에 괴로워하고 잘못 살아왔다는 자책에 시달리며 '독거(獨居)의 마음' 속에 들어갈 것을 꿈꾼다. 그가 섬돌 위의 흰 고무신에서 본 내용은 다음과 같은 것이다.

누군가 벗어둔지 오래인 듯
빗물이 고여 있고 먼지도 쌓여 있는
그 고무신을 한참동안 보고 있으면
뚝, 처마 끝에서 떨어지는
물방울 하나
내 이마를 서늘하게 때리며 지나가고
(아, 아픈 한 生이 지나가고)

가끔은
담 밑 구멍을 들락거리는 산쥐도
물끄러미 나를 쳐다보는 것이다
마치 前生의 제 모습을
기억한다는 듯
죄없이 젖은 눈망울을 깜박대는 것이다

—「삼천사에 가면」 부분

이 시의 화자가 빗물이 고여 있고 먼지가 쌓여 있는 오래된 고무신에 관심을 갖는 이유는 그것이 슬픈 그늘의 정경과 관련되기 때문이다. 그가 꿈꾸는 독거의 마음을 표상하기 때문이고 세상의 한 끝으로 멀리 사라져 가는 지친 한 사람의 흔적을 보여주기 때문이다. 그것이 아무리 아픈 생을 환기한다 하더라도 그것은 지나간 생의 흔적이다. 지나갔기에 아무리 아픈 생이라도 물방울 하나 이마를 때리고 지나가는 것에 불과하다. 생의 실재, 혹은 생활의 현장은 적어도 그 고무신에 없다. 외로움에 떠는 뇌성마비 아이도 없고 가파른 언덕길을 간고등어

사들고 오르는 사람도 없고 쌀뜨물 내려가는 파란만장한 소리도 없다. 그것은 이 시의 배경이 삼천사라는 절이라는 점에도 이유가 있을 것이다. 절은 속세를 떠난 공간인데 그 중에서도 그늘진 뒤안 요사채 맨 끝 방을 찾아왔으니 생활의 국면이 배제될 것은 당연하다. 그 대신 등장하는 것이 산쥐다.

고무신은 내가 바라보기만 할 뿐이지 내게 반응을 보이지는 않는다. 내게 반응을 보인 것은 처마 끝에서 떨어진 물방울이다. 그것은 내게 어떤 생각을 문득 스쳐 지나가게 한다. 그런데 산쥐는 살아 있는 존재이기에 나를 물끄러미 쳐다보기까지 한다. 모든 것은 인연 따라 윤회한다고 했으니 저 산쥐와 나는 전생의 어디선가 만났을 것이다. 모든 중생은 불성이 있다고 했으니 전생에는 같은 축생으로 혹은 같은 사람으로 접촉과 교감이 있었을지 모른다. 나는 전생을 전혀 기억하지 못하지만 미물인 산쥐는 전생에 자신이 사람이었음을 기억할지 모른다. 그래서인지 산쥐는 젖은 눈망울을 깜박대며 내 모습을 쳐다본다. 이것은 결국 산쥐가 전생에는 나와 같은 사람이었고 나도 후세에는 산쥐가 될 수 있다는 것을 나타낸다. 모든 존재는 이렇게 전변하고 윤회해 간다. 섬돌 위에 놓인 고무신의 주인공도 어디론가 윤회 전생해 갔을 것이다.

이러한 생각은 앞의 「저녁 별」의 세계와 어떤 관계가 있을까? 「저녁 별」에는 생에 대한 연민이라든가 인간주의적 온기 같은 것이 배면에 깔려 있고 「근심만이 내 밥이네」에도 현실적 생에 대한 관심이 스며 있는데 「삼천사에 가면」은 '독거의 마음' 쪽으로 많이 나아가 현실적 삶의 문제에서는 멀어진 듯한 느낌을 준다. 이것은 내면의 자책과 방황을 나타낸 「함허동천에서 오래 서성이다」의 경우도 유사하다. 「인터넷 寺院」은 인터넷의 포르노 사이트를 소재로 하여 세속도시의 비속성이랄까 황폐성을 풍자한 것인데 언어 구사와 상상력의 기발함이 시를 이

끌어 가고 있어서 시인 내면의 움직임을 보여주지는 않는다. 「저녁 별」의 세계와 「삼천사에 가면」의 사유 사이에 놓인 고리를 파악하기 위해서 우리는 「겨울의 幻」을 읽어야 한다.

몇 차례 눈보라가 지나가고
흐렸다가 맑은 날이 계속됐다
점점 눈이 멀어지는 어떤 저녁에는
멀리 있는 산이 기척도 없이 마당으로 들어와
쩡쩡 갈라지는 얼음의 골짜기와
그 속에 숨어 있는 푸르른 숲과
절벽 끝에 이르러 마침내 별이 되는
여우들의 쓸쓸한 길을
한참동안 보여주다가 사라지고
삐걱대는 창문 틈으로 하늘이
출렁거리며 흘러갔다

처마 끝에 떨어지는 물방울 속에서
누군가 經典을 읽는 소리가 들렸다
빈 나뭇가지를 흔들면서 문득 지워지는 새들,
그 가뭇없는 흔적을 더듬으며
순식간에 나는 주름살 가득한 노인이 되었다가
머릿털 새까만 아이로 태어났다
바람은 아무것도 모르는 척
윤나는 그릇 같은 고요를 쟁쟁 울리는
마음의 안쪽으로 불어오고
세상의 집들을 둥글게 끌어안는 달빛 아래

오래 전에 길 떠나온 맨발의 순례자들이

젖은 옷을 말렸다

—「겨울의 幻」 전문

환(幻)이란 환영, 허깨비란 뜻이다. 시집 『오래 비어 있는 집』에도 「비의 幻」이란 작품이 있거니와 '겨울의 幻'이란 '겨울의 환상'이란 뜻일 텐데 이것은 겨울의 실제적 모습이 아닌 비현실의 공간, 내면의 상상세계를 나타낸다는 뜻일 것이다. 두 개의 연으로 나뉘어 있는 이 작품에서 첫 연은 눈보라, 얼음의 골짜기, 여우들의 쓸슬한 길 등 겨울의 외형적 형상들이 열거된다. 그런데 눈보라 뒤의 맑은 날, 얼음 골짜기 뒤에 숨어 있는 푸르른 숲, 절벽 끝에서 별이 되는 쓸쓸한 길 등의 영상은 겨울이라는 공간이 우리가 흔히 예감하는 것처럼 그렇게 부정적인 형상이 아니라는 것을 알려준다. 오히려 상당히 청징하고 정결한, 그러면서도 고적하고 애잔한 공간 영상을 전달해 준다. 그러나 이러한 정경의 외관이 어떤 정신의 경지를 암시하거나 삶의 자세와 관련되지는 않는다.

둘째 연에서 비로소 화자가 표면에 드러나면서 자신이 추구하는 마음의 양태가 제시된다. 정신의 기미를 암시하는 시어가 '경전'이고 '순례자'다. 경전이란 말은 전동균의 시에 자주 반복되는 시어로 시집의 해설을 쓴 정끝별도 여기에 주목하여 삶의 비의를 암시하거나 인문주의적 태도를 나타내는 말로 그 함의를 분석한 바 있다. 처마 끝에 떨어지는 물방울 속에서 경전을 읽는 소리를 들었다는 것은 미미한 움직임 하나에서도 삶의 비의를 포착하기 위해 시인의 의식이 민감하게 움직인다는 사실을 암시한다. 물방울의 떨어짐은 앞의 시 「삼천사에 가면」에도 나왔지만 그것은 어떤 새로운 깨우침의 계기로서의 의미를 갖는다. 옛 선승들은 물방울 떨어지는 소리, 나뭇잎 떨어지는 모습에서도 돈오의 경지를 체험하였다고 한다.

떨어지는 물방울 속에서 경전 읽는 소리를 듣자 굉장한 시간의 초월이 온다. 빈 나뭇가지를 흔들던 새들이 문득 지워지고 그 흔적을 더듬던 나는 주름살 가득한 노인이 되었다가 머리털 새까만 아이로 다시 태어난다. 이러한 시간의 흐름은 세속적 인식의 틀에서 벗어난다는 의미를 갖는다. 환상 속에서지만 원숙의 경지에서 신생의 경지로 전화한 시적 화자는 비로소 자신의 마음속에 "윤나는 그릇 같은 고요"를 맞아들이게 된다. 이것은 지상의 비애와 고통을 포용하고 평정하는 마음의 자리를 의미할 것이다. 그것은 "찬 입술 꼭 다물고 떨고 있는 별"이 고통의 층위를 떨쳐 버리고 파란만장 하수구로 쏟아지던 물소리가 고요히 흰 쌀 씻는 소리로 고정되는 그러한 변화의 자장을 마련한 고요이다. 그것은 삼천사 뒤안 요사채 맨 끝 방 섬돌 위 흰 고무신의 그늘진 슬픔까지 여과해 놓은 고요이다. 세상의 비애와 고통을 평정했기에 "세상의 집들을 둥글게 끌어안는 달빛"이 그 다음에 제시된 것은 자연스럽다. 그리고 그 포용과 화합의 달빛 아래 오래 전에 길 떠나온 순례자들이 젖은 옷을 말리는 안식과 평온의 정경이 배치된 것도 순조롭다. 비록 겨울의 환상을 통해서지만 전동균은 그의 마음이 깃들이고 싶은 고요와 안유(安裕)의 공간을 제시하였다.

이제 우리는 「근심만이 내 밥이네」, 「저녁 별」의 세계와 「삼천사에 가면」, 「함허동천에서 오래 서성이다」 사이의 관계를 조금 짐작할 수 있게 되었다. 날마다 목을 조여오는 간출여의 공간 속에 근심 떠나지 못하는 상태로 파란만장한 생의 구비를 헤치며 살고 있지만 그의 의식은 전나무 사이의 눈 덮인 절, 어떤 독거의 순수지대, 고립의 오솔길을 꿈꾼다. 겨울의 빙설 속에 고립의 길을 계속 걸으면 빛나는 고요와 세상을 끌어안는 달빛의 세계에 도달하리라는 믿음도 갖고 있다. 고요의 세계로 가기 위해서는 천진한 샛별이 하늘길을 비추는 매개의 과정이 필요하다. 그러나 아직 세속의 고민이 시인의 눈길을 가로막고 있기에 고요로 가는 마음의 길이 트이지 않는다.

그러므로 근심만이 내 밥이라고 하는 시인의 말은 분명 진심이 아니다. 그는 흰 쌀 씻는 소리를 양식으로 삼고 아픔을 견디는 저녁 별빛을 마음의 지향으로 삼는 사람이다. 그러기에 「근심만이 내 밥이네」의 구조는 불안하고 「저녁 별」이나 「겨울의 幻」의 경우는 비교적 안정되어 있다. 정말 근심이 밥이라고 말하기 위해서는 관념의 옷을 벗고 세속적 근심의 세부를 정밀하게 관찰하는 자리로 내려갈 필요가 있을지 모른다. 어쩌면 그러한 침착하고 내밀한 정사(精査)의 작업에서 고요의 세계로 가는 길이 열릴지 모르기 때문이다.

현실적 고통과 참된 서정의 길

서림을 신진 시인으로 규정하는 것은 무언가 어울리지 않아 보인다. 그가 등단한 것은 5년 전인 1993년이다. 20대에 등단한 경우라면 등단한 지 오 년 된 시인을 신인급에 소속시켜도 별로 무리가 없을 것이다. 그러나 서림의 경우는 서른여덟의 나이에 늦깎이로 시단에 발을 들여놓았고 지금 그의 나이는 마흔세 살에 이르렀다. 사십대 중반에 접어들어가는 그는 시에서도 자신이 마흔 고비를 넘겼음을 여러 차례 드러낸 바 있고, 마흔 넘은 사람으로서 세속에 물들어 가는 자신에 대한 자괴감이라든가 세속의 유혹을 뿌리치고 자신의 순수성을 지켜야 한다는 내심의 각오를 몇 편의 시로 표현한 바도 있다. 그의 인간적 연륜이 이러한 데도 불구하고 그의 늦은 등단은 90년대에 등장한 신인들과 같은 반열에 그의 이름을 올려놓게 한다.

서림은 자신의 늦은 등단을 보상이라도 하려는 듯 동시대의 누구보다도 활발한 활동을 펼쳐 왔다. 그는 이미 두 권의 시집, 『이서국으로 들어가다』(문학동네, 1995. 7)와 『유토피아 없이 사는 법』(세계사,

1997. 8)을 상재했으며 두 번째 시집을 간행한 이후에도 계속해서 많은 작품을 발표하고 있다. 그런데 이렇게 활발한 활동을 통해 보여준 그의 시세계는 젊은 신인들이 보여주는 참신한 감각이라든가 발랄한 재기와는 멀리 떨어져 있다. 그는 90년대의 경박하고 날렵한 문화적 분위기와는 달리 어느 면 상당히 보수적인 정공법으로 자신의 생각을 표현해 왔다. 그의 시는 젊은 사람이 몸담기 쉬운 언어적 기교에 편승하는 법이 없으며 서투른 형식의 해체에 몸을 기울이는 법도 없다. 욕설을 동반하여 현실을 풍자할 때도 전반적인 어조는 중후한 고전미를 잃지 않는다. 보수적이고 고전적인 어법 때문에 그의 시는 다소 둔중해 보이기도 하는데 그 무거움을 다소 완화해 주는 것이 그의 유머 감각이다.

그의 유머 감각은 첫시집인 『이서국으로 들어가다』에서 청도의 삶을 이서국의 삶과 병치 혼합하는 데서 이미 발휘되었다. 이서국의 설화를 현실적 삶의 맥락으로 끌어오고 현실의 단면을 다시 설화의 영역으로 분해해내는 그의 솜씨는 시작도 끝도 없고 안과 밖의 구분도 없는 클라인씨의 병처럼 상식을 뒤집어 놓는 유머 감각의 소산이다. 첫시집에 수록된 「그 여자」, 「내 똥이 지구 새롭게 만들기까지」, 「청도 한내극단 대표 남경석」, 「이서국은 술취한, 칼춤을 추고」 등의 시에 나타나는 현실 풍자를 동반한 유머 감각을 우리는 주목해야 할 것이다. 이 유머의 감각은 현실의 참담함을 그대로 반영하면서 그것을 반성적으로 사유하게 하는 힘을 지녔다. 그 힘은 유머가 지닌 대상과의 거리 유지라는 기능적 측면에서 온다. 두 번째 시집에 들어 있는 「내 사랑하는 국문학적 얼굴들」이라는 시도 도입부에 제시된 정상적인 발언을 후반부에서 능청스럽게 휘감아 뒤집는 반전의 어법을 보이는데 여기서도 대상과의 거리가 중요한 역할을 한다.

그러면 서림의 시에서 이 유머 감각을 빼놓을 경우 그의 시에는 정공법에 바탕을 둔 무거운 보수성만 남는가? 이러한 질문에 대한 답변을 그는 자신의 시론에 제시해 놓았다. 그는 이번 신작시의 끝에 「서정적 유토피아와 은유에의 의지」라는 시작 노트를 달아 놓았다. 이 글은 시작 노트라기보다는 하나의 충실한 시론이라고 할 만하다. 서림 시인의 본명은 최승호로 서울대에서 박사학위를 받고 대구대학교에서 시론을 강의하는 학자이기도 하다. 따라서 그의 시작 노트는 창작 체험을 고백하는 여느 시인의 경우와는 달리 상당히 사변적이고 학구적인 면모를 보이고 있다. 그는 자신의 시관을 한마디로 '온건 보수주의 미학'이라고 규정한다.

그의 생각에 따르면, 참된 보수주의는 참된 진보주의와 마찬가지로 인류의 공동선을 추구하는데 공동선의 추구는 문학에서 유토피아 의식으로 나타나며 시에서 추구하는 서정적 유토피아는 인간과 인간, 인간과 자연 사이의 화해로운 관계 모색으로 나타난다고 한다. 그런데 이 화해로운 관계의 모색은 현실에서 이탈한 상태에서는 이루어질 수 없고 어디까지나 현실성을 전제로 해야 한다. 말하자면 시는 언어의 질서로 사물의 질서를 드러내는 것이며 그렇게 사물의 질서를 드러낼 수 있는 언어를 회복할 때 화해로운 관계에 바탕을 둔 참된 현실을 구성하고 그런 방향으로 현실을 변혁할 수도 있다고 그는 주장한다. 따라서 진정한 화해의 관계에 도달하기 위해서는 공동선에 방해되는 조건과의 싸움이 불가피하다. 현실적 고통의 과정을 치를 때 진정한 서정시의 길이 열린다는 것이 그의 주장이다.

그의 최근작들에는 이러한 시관이 그대로 스며 있고 그러한 시관을 실천하기 위한 그의 고민이 자연스럽게 농축되어 있다. 그의 의식은 초기시부터 지금까지 현실과 유토피아, 타락한 세계와 순수한 세계, 현실적 삶과 설화의 삶, 청도와 이서국이라는 이항대립 구조를 유지해 왔다. 그 이항대립의 틀 속에서 그의 의지는 언제나 자본의 탐욕과 현실의 오염에서 벗어나 푸른빛으로 솟아오르는 유토피아를 향해 나아가려고 작용해 왔다. 그러나 순수함의 추구는커녕 순수함의 유지마저 힘겨운 세속도시의 삶 속에서 그러한 유토피아에의 의지가 선명한 상태로 지속되기는 어려운 노릇이다. 그럴 때 그 유토피아는 미래 지향적 추구의 대상이 아니라 과거에 대한 그리움의 대상으로 남게 될 가능성이 많다. 「그 고목으로 살아 있네」는 윤시내의 노래 「고목」의 가사까지 삽입해 가면서 20년 전 기억의 저편에 도사리고 있는 그녀를 떠올려 그리움의 연가를 연출해 놓았다.

이 시의 화자는 20년 전 기억 속에 간직된 그녀를 잊을 수가 없다고 고백한다. 세월이 지날수록 그녀가 잊혀지는 것이 아니라 그녀의 존재는 자신의 실핏줄 속에 파닥거리고 허파 깊은 곳에 살아 움직인다고 말한다. 그녀의 존재를 '작은 시냇물'이라든가 '큰 산의 이내'와 같은 생명의 움직임으로 비유하는 데 비해 자신의 삶의 공간은 '화염이 타는 길바닥'으로 표현하고 있는 데에서도 이상과 현실을 이항대립적으로 인식하는 시인의 의식구조가 드러난다. 이러한 이원적 인식은 다음의 구절에서 더욱 뚜렷하게 모습을 드러내면서 시인이 지향하는 세계가 어떤 것인지 우리에게 확인시켜 준다.

> 내 고향 淸道에서 만난 그녀,
> 콘크리트 속에서 노래방 카바레 속에서
> 청도는 이제 내 마음 속에서 죽고,
> 그녀만이 고목으로 남아있네.
> 아스팔트 까느라 베어지고 없는
> 청도의 그 고목으로 살아있네.
>
> 내 마음, 구름처럼 머물다 가는 그곳.

내 마음, 새처럼 집을 짓다 가는 그곳.

—「그 고목으로 살아 있네」 부분

여기서 보는 것처럼 그녀는 시인의 고향인 청도에서 본 인물이다. 이 서국과 대립된 상태로 청도가 등장할 때 그것은 타락한 세계의 표상이지만 세속도시와 대립된 고향의 의미로 나타날 때 청도는 순수한 세계의 표상이 된다. 그녀는 순수한 세계에 속한 과거형의 인물이다. 청도의 반대쪽에 놓인 타락한 세계의 표상으로 '콘크리트'와 '아스팔트', '노래방'과 '카바레'가 등장한다. 순수한 인물의 표상인 그녀는 고향 청도의 순수성이 파괴됨과 더불어 만날 수 없는 기억 속의 존재가 되어 버렸다. 그리하여 이제는 사라져 버린 고향 청도의 대치물로 그녀가 고목처럼 기억 속에 자리잡고 있는 것이다. 고목과 같은 그녀의 실존 주위에 내 마음은 구름처럼 머물며 새처럼 집을 짓는다고 시인은 노래한다. 말하자면 고목으로서의 그녀의 순수성은 훼손된 세계 속에 시인을 구원할 수 있는, 그리하여 화염의 길바닥에 작은 시냇물을 흐르게 하는 정신의 힘으로 작용하고 있는 것이다.

순수한 세계와 그렇지 못한 세계와의 대립적 인식은 「마당불을 드높이」라는 시에도 모습을 드러낸다. 이 시에서 시인이 대상으로 삼은 것은 공사판 같은 데에서 마당에 여러 가지 잡동사니를 쌓아 불을 붙인 마당불이다. 그 마당불은 가난한 사람들이 모여 서로 정을 북돋으며 온기를 나누어 가지던 화해의 공간이다. 이 공간이야말로 인간과 인간의 화해로운 만남이 가능하던 이상의 공간이라 할 수 있다. 그런데 세상이 바뀌면서 그러한 화해의 공간은 서서히 자취를 감추고 사람들은 저마다 자신의 보일러로 자기 방 데우기에 급급한 이기적 상태에 함몰되고 만다. 그래서 한겨울에도 아파트에서 창문 열어 놓고 런닝셔츠 바람으로 아이스크림을 즐기기는 하지만 여럿이 같이 불을 나누어 쬐는 모습은 찾아볼 수 없게 되었다. 지금 마당불의 대치물 역할을 하는 것은 겨우 오뎅집이나 호떡집 정도다. 도시의 촌놈들은 부나비처럼, 혹은 하루살이처럼 그곳에 몰려들어 가슴속 마당불을 잠시 지피면서 오뎅이나 호떡을 사 먹고 '오종종 오그려 사라질' 뿐이다. 인간과 인간의 화해로운 만남이 깨어지고 과거의 향수로만 남았다는 점에서 그 마당불은 청도의 추억 속에 남아 있는 '그녀'의 또 다른 모습이라고 할 수 있다. 그녀의 모습이 고목으로 남게 된 것이 고향 청도의 순수성이 유실된 것이듯이 마당불이 사라진 것도 세속도시의 가속화된 변화 때문이다.

서림이 시론에서 서정시를 통한 유토피아의 추구가 현실성을 담보로 해야 한다고 적었듯이 그의 시는 위에서 본 대로 이상의 대상을 상징적으로 나타내면서도 우리가 사는 현실의 모습을 발상의 전제로 삼고 있다. 서정시가 현실성을 담보로 해야 한다는 그의 의식을 선명하게 보여주는 작품이 「가끔씩 쓰레기도 쌓이는」과 「저 더러운 플라타너스의 꿈」이다.

「가끔씩 쓰레기도 쌓이는」은 『현대시』 4월호에 발표된 작품인데 시계점 앞에 서 있는 플라타너스를 대상으로 하고 있다. 거리에 서 있는 플라타너스에는 온갖 잡다한 스티커들이 붙어 있고 현수막도 걸려 있다. 거기다 시계점 주인은 밤이면 나무 둥지에 오줌을 갈기기도 한다. 목과 팔은 가로수 정리한다고 댕강댕강 잘려 나가고 아황산가스와 소음에 절은 그 플라타너스를 시인은 자신의 분신처럼 여기며 밤에도 낮에도 찾아와 본다고 말한다. 그렇게 플라타너스를 보러 오는 이유는 '피가 도는 서정시 한 편' 쓰기 위해서다. 참된 서정시를 쓰기 위해서는 고통스런 현실에 발을 디디고 온갖 시련을 겪으며 삶의 추악함을 모두 견디는 견인의 자세가 필요함을 시인은 말하고 있는 것이다. 현실을 떠난 자리에서 아름다움이나 순수함을 찾는 것은 관념의 소산일 뿐 참된 서정시는 아니라고 그는 생각한다. 그는 자신의 시론에서 현실을 떠난 아르카디아를 거부하고 현실에 바탕을 둔 유토피아를 추구해야 한다고 역설한 바 있다. 다음 구절은 그런 생각을 선명하게 표현하고 있다.

> 나도 어쩌다 한번씩 지리산 가보네,
> 그 꽃들 참으로 좋네, 하지만
> 이름도 모르는 그 꽃들
> 나에겐 너무 낯설기만 하네,
> 여느 시인들, 쉽게 사랑해버리는
> 그 꽃들, 내가 다가가기엔
> 너무 멀리 있네,
> 여느 시인들, 하나 되어
> 더불어 울고 웃고 있는 저 꽃들,
> 내 입에 넣고 씹어 삼켜도
> 피가 되지 못하고
> 그냥 생똥으로 나오네,
>
> —「가끔씩 쓰레기도 쌓이는」 부분

지리산에 피어나는 꽃은 아름답기는 하지만 현실과 너무 멀리 떨어져 있기에 낯설기만 하다. 여느 시인들은 그런 꽃을 노래하기도 하지만 서림은 그런 것을 대상으로 시를 쓰면 피가 되지 못하고 '생똥'으로 나온다고 말한다. 여기서 다시 '피가 도는 서정시'와 '피가 되지 못한 생똥'이 이항 대립을 이루는 것을 볼 수 있다.

「저 더러운 플라타너스의 꿈」에 등장하는 플라타너스도 사정은 거의 위와 같다. 간판을 가린다고 가지를 마구 잘라낸 거리의 플라타너스가 대상이다. 시인은 소음과 먼지 속에 살아가는 그 못생기고 더러운 플라타너스를 보면서 사십이 넘어 몸의 균형이 흐트러져 가는 자신의 모습을 연상하는가 하면 말단 경찰로 허덕이며 살아온 큰형의 모습, 가난으로 얼룩진 아버지의 고초를 떠올린다. 그렇게 자신의 분신이자 친구로 플라타너스를 받아들이자 그것은 "청량산 오리나무보다 더 살갑게/부비고 들어와 내 염통 속에서" 꿈을 적시고 열매를 맺는 경지에 이른다. 그리하여 고통 속에서도 "하늘과 바람과 별과 몸 부비고/살 섞고 싶은 꿈을" 간직한 채 계속 가지를 잘라내도 "좌우대칭 균형 잡아가며" 하늘로 솟아오르는 플라타너스를 자신의 의지의 표상으로 삼는 것이다. 이러한 현실적 고통과의 싸움이 바로 현실성에 바탕을 둔 피가 도는 서정시를 쓰는 길이라고 시인은 믿고 있다.

그러면 우리가 유토피아를 추구한다고 할 때 부딪치게 되는 싸움의 대상은 무엇인가? 서림은 싸움의 대상으로 '자본의 논리, 인간의 이기심, 인간의 죄성' 등을 들었다. 인간과 인간의 화해로운 관계 조성을 방해하는 여러 조건 중 서림이 제시한 것들은 그가 목전에 마주치고 있는 일차적 모순항들이다. 그의 최근시는 그 중에서도 '인간의 이기심'이라든가 '인간의 죄성'과 그가 싸움을 벌이고 있음을 보여준다. 그 단서가 되는 것이 「서정의 고통 1」과 「서정의 고통 5」이다.

이 두 작품은 아내를 대상으로 삼은 것이다. 그는 가장 가까워야 할 아내와 커다란 거리감을 느낀다는 사실에 심각하게 괴로워한다. 인간과 인간이 화해롭게 만나는 공동선을 추구하는 것이 그의 시적 탐색의 목적이었는데 부부 사이에도 그러한 화해로운 만남이 불가능하다는 사실은 참된 서정시를 쓰기 힘들 것이라는 위기의식까지 불러일으킨다. 그래서 그는 '피가 돌고 눈물이 도는 진짜시 한 편 써내기 어려운 이유'가 바로 아내 사랑하기 어려운 데 있는 것이 아닌가 자문한다.

시의 문맥에 의하면, 그의 아내는 잘나가던 직장인이었는데 갑자기 정리해고를 당하고 마흔 살에 비로소 부엌 싱크대에 선 여자다. 평소 안 하던 일이라 부엌일이 서투르고 중풍든 친정엄마와 세 살짜리 딸아이에 시달려 정신마저 엉망인 아내를 남편은 달래주지 못하고 사소한 가정사 때문에 아내에게 화를 낸다. 심지어 "더 이상 내 권위에 도전하지마/씨이팔, 정말 죽여버릴 테야"라는 극언까지 입에서 터져 나온다. 그러한 감정 분출은 물론 아내와의 거리를 더욱 멀리 벌어지게 할 따름이다. 인간과 인간의 화해로운 관계를 추구하는 시인의 이상에서 볼 때 탐욕과 이기심에 바탕을 둔 이러한 돌발적 행동은 그야말로 '독한 괴물'이나 '탐욕스런 짐승'의 작용 같다. 이러한 이기심이라든가 인간의 죄성과 싸움을 벌여 현실적 고통을 정화할 때 제대로 된 서정시가 쓰여질 것이라고 시인은 생각한다. 그러나 이성과 감정이 일치를 보이지 못하고 생각과 행동이 따로 움직이니 이것이 괴로운 일이다. 시인은 그의 개인사를 직접 토로하면서 진정한 서정시를 쓰는 일의 어려움과 극복에의 의지를 드러냈다.

그러면 서림이 쓰고자 하는 제대로 된 서정시는 어떤 효용을 지닌 것인가? 그의 연작시 「말의 혀」는 서정시의 바탕이 되는 언어의 문제를 집중적으로 탐색하고 있다. 서정시는 본질적 언어를 회복하여 사물의 질서를 드러내고 사물의 질서가 어긋나 있을 때에는 그것을 변혁하여 참된 현실을 구성하기도 한다고 그는 시론에서 적었다. 그처럼 그는 「말의 혀」 연작에서도 서정시의 언어는 도시의 황폐함을 넘어서서 언어의 정수가 독자들의 영혼과 육신에 스며들어 독자를 변화시키고 나를 변화시키고 더 나아가 세계를 변화시킬 수 있음을 역설한다. 「말의 혀 1」(『현대시』 4월호)은 그러한 시인의 의식을 잘 나타내고 있다.

참말로 내 말의 입자가
그 쌀가루가 밀가루가

너의 귀가 아니라,
너의 창자에서 소화되기,
내 말의 불기운이
너의 융털로 흡수되기, 참말로
그것이 너의 똥구멍에서
똥으로 나오기,
다시 그 똥가루가
쌀가루 보릿가루 되어
내 입으로 들어오기,
참말로 내 말의 혀로
너의 똥구멍 핥아주기.

—「말의 혀 1」 부분

서정시의 언어의 정수가 너에게로 완전히 소화되고 그것이 다시 나의 입으로 들어와 내 일부가 되는 과정은 너와 나의 진정한 만남이 이루어지는 과정이다. 그것은 서정시의 본질적 언어를 통해 인간과 인간의 화해로운 관계가 성립하는 상태다. 시인은 그것을 꿈꾸며 현실의 단단한 벽에 도전하려 한다. 그래서 「말의 혀 2」에서는 서정시의 언어가 차갑고 독한 현실을 변화시킬 수 있음을 암시하며 「말의 혀 3」에서는 말의 혀를 칼날로 변환시켜 현실 비판과 변혁의 의지를 가다듬는다. 그러한 의지와 노력에 의해 제대로 된 서정시를 쓰는 것이 스스로가 녹슬지 않고 살아남는 길이라고 말한다.

90년대 후반의 상황에서 서림의 시가 독특한 빛을 발하는 것은 바로 이러한 그의 신념과 의지 때문이다. 무섭게 변해 가는 현실적 상황 속에서 변화의 속도에 쾌감을 느끼는 일군의 시인들이 있고 그러한 현실의 변화와는 무관하게 지리산의 들꽃이나 청량산의 오리나무를 노래하는 시인들도 있다. 그러나 서림은 자신이 살아가는 구체적 현실을 직시하며 그 모순과 타락상을 고발하면서도 본질적 언어의 회복과 진정한 서정시의 창조라는 커다란 본령을 결코 잊지 않는다. 그리고 현실의 변화가 정치적 문화적 변동에 의해서뿐만 아니라 서정시의 창조에 의해서도 이루어질 것이라는 신념을 견지하고 있다. 이것은 서정시의 자율성과 기능성을 함께 인정하는 태도로 그 나름의 확고한 시관에 바탕을 둔 것이다. 이러한 서림의 세계관이 그의 시를 통해 더욱 구체적이면서도 더욱 유연한 모습으로 형상화되기를 기대하며 이 글을 마친다.

마음의 올과 결

1. 시의 결과 마음의 결

'올'과 '결'이란 우리말은 아름답다. 그 어원이 어디서 온 것인지는 알 수 없으나, '올'은 실의 가닥을 의미하고 '결'은 실이 엮어져 천을 이루었을 때 바탕의 태깔을 의미한다. 죤 크로우 랜섬(J. C. Ransom)은 시를 이루는 요소로 스트럭쳐(Structure)와 텍스쳐(Texture)를 구분하였다. 그는 "시는 불명확한 세부의 결을 가지고 있는 느슨한 논리적 틀이다"(The poem is a loose logical structure with an irrelevant local texture)라는 말을 했다. 이 번역은 이상섭 교수가 한 것인데 스트럭쳐와 텍스쳐를 틀과 결로 번역한 것은 우리말 어휘를 잘 살린 명역이다. 시는 과학의 연구 대상처럼 엄격한 논리적 구조를 지닌 것은 아니지만 어느 정도 논리적 분석이 가능한 틀을 지니고 있다. 그러나 그 안쪽에는 논리적으로 따지기 어려운 미세한 결이 드리워져 있어서 완전한 논리적 분석은 불가능하다는 것이 랜섬의 생각이다.

시는 말을 올처럼 엮어 결을 이루는데 그것은 시의 커다란 틀 속에 가려 잘 보이지 않는다. 그 결은 만해의 시구에 나오는 "동풍에 몰려가는 무서운 검은 구름의 터진 틈으로 언뜻 언뜻 보이는 푸른 하늘"처럼 어떤 미지의 순간에 잠깐 모습을 드러내는 것인지 모른다. 한 편의 시를 잘 이해하려면 틀 속에 잠깐 모습을 드러내는 결을 감지해야 한다. 어떤 비밀스러운 순간에 모습을 드러내는 시의 결을 눈으로 보고 손으로 만져 보고 뺨에도 대 보아야 한다. 비평가가 하는 일은 그 느낌을 비교적 조리 있게 늘어놓는 일이다. 그렇지만 사실 그러기가 얼마나 힘든가!

시가 마음을 담아내는 그릇이라면 마음에도 틀과 결이 있을 것이다. 틀은 쉽게 드러나지만 결은 포착하기가 쉽지 않다. 어떤 사람의 우울한 낯빛을 보고 그 사람이 슬픈 심정에 잠겨 있다는 것은 쉽게 말할 수 있다. 그러나 그 슬픔이 어떤 결을 지니고 있고 어떤 올로 짜여져 있는지 우리는 알 수 없다. 아마 우울해 하는 그 사람도 자신의 슬픔이 어떤 올과 결로 이루어져 있는지 제대로 말할 수 없을 것이다. 천 길 물 속은 알아도 한 길 사람 속은 모른다는 말이 남에게만 해당되는 것이 아니다. 자기 자신도 자기 마음을 정확히 알지 못하는 경우가 아주 많다. 까닭 없이 눈물이 흐를 때도 있고 느닷없이 한 사람이 그리워질 때도 있고 불현듯 옛날 일이 떠오를 때도 있다. 그래서 '내 마음 나도 몰라'라는 말이 나온 것 아니겠는가.

2. 투명한 마음

이기철의 아름다운 시 「마음을 깁는다」(『현대시』, 2000년 6월호)는 제목이 이 글의 주제와 통한다. 이 시는 마음을 하나의 옷과 같은 것으로 보고 세월의 구비 많은 흐름을 거쳐 오는 동안 여러 갈래로 찢겨졌던 마음을 쉰 번이나 기워내 이제는 바늘 댈 틈도 없다고 고백한다. 그러면서 이 시는 자신의 마음의 세부를 다 들여다보면서 비교적 투명한 어조로 마음의 움직임을 서술하고 있다.

냇물이 교차하는 곳에서
내 상추잎 같은 날들은 쇠어갔다
기쁨 한 꾸러밀 사기 위해 열 다발의 슬픔을 팔고 온 세월
들국이 필 때까지는 기다리자고
들국 한 송이가 오래고 지친 산을 일으킬 때까지는
놀처럼 빨갛게 기다리자고,
그것이 내 가난한 언어로 빚은 삶의 비유다
더 자세히 말하기엔 내 마음이 아직 삭풍이다
내 몸 지쳤을 땐 돌아가 기대던 의자와 가족들
부르기만 하면 등불이 되는 이름들
그것 아니면 들판의 전부가 어둠이었을 풀꽃들
그 곁에서 나는 이제 실밥처럼 뜯긴 마음을 기우며
그리움을 그립다고 말하기로 한다
살아있는 날들의 상처가 보석이 되는 날
작별한 모든 것들은 따뜻한 옷이 된다

—「마음을 깁는다」 부분

삶의 갈림길에서 자신이 살아온 날들이 상추잎처럼 쇠어 갔다는 것, 기쁨 한 꾸러미를 사기 위해 열 다발의 슬픔을 팔았다는 것은 자신의 나약함과 어처구니없는 생활의 단면을 고백한 것이다. 평범한 생활 속에 굴욕의 길을 걸어가면서 싱싱했던 젊음이 시들어 가고 마음의 윤기

도 사라져 갔을 것이다. 그러나 그러한 삶의 신산함을 다 말하기에는 "내 마음이 아직 삭풍"이라고 한다. 앞으로 어떤 시련이 다가올지 알 수 없는 상태이기에 과거의 어려움을 다 말할 수 없다는 뜻이다. 이렇게 자신의 마음을 상추잎, 삭풍 등의 형용어로 비유할 수 있다는 것은 시인이 비교적 자신의 마음 상태를 어떤 틀 속에 명확하게 포착하고 있음을 의미한다.

이렇게 굴곡 많은 생의 시련 속에서 시인을 지탱해 주고 위안해 준 대상은 가족이다. 그 가족이 바로 '부르기만 하면 등불이 되는 이름'이며, '그것 아니면 들판의 전부가 어둠이었을 풀꽃들'이다. 결국 가족을 위해, 그리고 가족에 대한 사랑과 희생으로 열 다발의 슬픔을 판 것이며 그들의 위안이 있었기에 구비 많은 생을 거쳐 올 수 있었던 것이다. 그러기에 거쳐 온 상처가 보석이 되고 작별한 모든 것들이 따뜻한 옷이 된다고 노래한다. 작별한 모든 것이 자신을 감싸줄 따뜻한 옷이 되다니! 이 생각은 물론 아름답다. 그러나 그 생각은 마음의 움직임을 단순화한 시인의 꿈이다. 그것은 마음의 실상과는 거리가 있다. 살아 있는 날들의 상처가 어떻게 하면 보석이 되는가? 상처가 보석이 되려면 굉장한 화학 변화가 일어나야 할 터인데 실밥처럼 뜯긴 마음을 기운다고 상처가 보석이 될 수 있을까? 가족이 그렇게 의미 있는 것이라면 가족이 없는 사람은 그 고통을 어떻게 견딜까? 가족이 없었다면 슬픔을 팔아 기쁨을 사는 일은 하지 않아도 되었던 것은 아닌가?

요컨대 이 아름다운 시에 대해 내가 따져 보고자 하는 것은 이 시가 어떤 마음의 올과 결을 드러내고 있는가 하는 점이다. 마음을 깁는다고 했는데 마음을 깁는 것이 얼마나 힘든 일인가? 마음이란 눈에 보이지도 않고 손에 잡히지도 않는다. 자기 자신도 모르는 것이 마음이다. 그러기에 오장환도 "내 마음도 나를 속여온다"고 노래했다. 갈피를 잡을 수 없는 마음의 올과 결을 깁는다는 것은 꿈이 아닐까? 보이지 않는 마음을 이렇게 투명하게 드러냈다는 것 자체가 나에게는 경이적이다. 단순하지 않은 마음을 단순하게 처리한 데 이 시의 아름다움이 있는데 그 아름다움에는 아쉽게도 생의 진실이 담겨 있지 않다. 진실하지 않은 아름다움도 있는가? 그런 것 같다. 한순간의 환상은 아름답지만 그것을 진실하다고 말하는 사람은 없기에.

3. 두 갈래 마음의 부딪침

최문자의 「정진이」(『시안』, 2000. 여름호)는 우리가 살아가는 생이 단순하지 않다는 것을 말하기 위해 두 개의 축을 마련하였다. 한쪽에는 어릴 때 물놀이하다 익사한 정진이가 있다. 정진이는 아이들과 물 가장자리에서 놀다가 별안간 그물 삼태기를 들고 깊은 데로 들어가 죽었다. "몇 번, 거품처럼 히끗거리다가 정진이는 곧 익사했다"는 단순한 처리가 매우 인상적이다. 시인의 의식 속에 정진이는 깊고 푸른 중심을 향해 모험을 감행한 도전적 정신의 표상으로 자리잡고 있다.

또 한쪽에는 얕은 물에서 안전하게 헤엄치는, 시인 자신을 포함한 일상인들이 있다. "삶아 데친 듯한 세상의 얕은" 물가에서 "후줄근한 물고기의 유영"이나 바라보면서 그날그날을 살아가는 사람들이다. 그들은 세상의 위험한 중심을 향해 모험적인 돌진을 감행하는 것은 꿈도 꾸지 못하는 사람들이다. 그러나 안전을 지키는 것만이 능사가 아니며 오히려 그것이 세상의 어둠에 휩싸이는 결과를 가져온다는 사실도 잘 알고 있다. 그러면서도 그 유폐적 실존의 굴레를 벗어나지 못하고 있는 존재들이다.

우리 마음에는 이 두 갈래의 마음이 늘 충돌한다. 위험을 무릅쓰고 세상의 중심으로 나아가려는 충동과 현상에 안주하며 갇혀진 세계의 자유에 자족하려는 성향이 부딪치고 있다. 그 부딪침을 시인은 다음과 같이 표현하였다.

얕은 물에서도
늘 캄캄했다.
더 캄캄했다.
그 때마다
어둠 속에 숨었다가 나오는
유년의 금강이 보였다.
가운데, 기괴하게 파란 정수리.
정진이가 거기 서 있었다.
금방 찢어질 것 같은 만선, 그때 그 그물 삼태기를 들고
푸우푸우
깊은 물살을 내뱉는 휘파람 소리.
정진이의 심장이 소리소리 지르며
온 강을 유영하고 있었다.

—「정진이」 부분

얕은 물에 안전하게 사는 것이 더 캄캄한 일이라는 것은 어릴 때는 모른다. 어른이 되어 이 얕은 세상에 '껑충한 다리'를 내밀고 이곳 저곳을 돌아다니며 허둥대어 보아야 세상의 캄캄함을 알 수 있다. 그 인식이 첨예화될 때 기억의 어둠 속에 잠겨 있던 유년의 금강이 떠오르고 그물 삼태기를 들고 심장 소리 쿵쿵대며 온 강을 유영하는 정진이가 보인다. 그럴 때 어찌할 것인가? 정진이의 휘파람 소리를 따라 깊고 푸른 중심으로 나아갈 것인가? "몇 번, 거품처럼 히끗거리다가" 물에 빠져 죽을지도 모르는데. 아니면 얕은 물에 그물을 던져 촐랑대는 피

라미나 잡을 것인가? 그러한 마음의 갈등을 이 시는 나타낸다. 그러기에 이 시는 아름답지는 않지만 진실해 보인다. 일상인의 삶을 얕은 물에서의 생활로 보고 중심을 향해 나아간 정진이의 회상을 결합시킨 면이 시적으로 뛰어나다.

그러나 그 진실은 정말 진실일까? 과연 세상은 깊은 물과 얕은 물로 이분되어 있는가? 정진이의 축과 일상인의 축으로 나뉘어져 있는가? 정진이 쪽으로 나아가면 죽음이 있고 일상인 쪽에 머무르면 캄캄함이 있는가? 이 두 축은 만날 수 없는가? 이런 의문이 생길 만하다. 그런 의문을 자아낸다는 것부터가 이 시가 생의 진실에 육박해 있다는 증거다.

4. 절규하지 못하는 마음

천양희의 「산에 대한 생각」(『21세기문학』, 2000. 여름호)에는 대립의 두 축이 아니라 융화의 두 축이 있다. 산과 내가 융화의 상태로 존재한다. 융화의 기반이 되는 것은 모성애다. 시인은 산에서 모성애를 감지하고 있다. 바람이 불고 숲에서 어린 새들이 달려나오자 산은 새들이 길을 잃을까 넘어질까 가슴이 조마조마하여 발끝을 들어 먼 데를 바라본다. 산이 그런 마음을 가질 리 없지만 시인은 산을 그렇게 생각한다. 그래서 시인은 산을 자식 걱정을 태산같이 하던 부모님으로 생각한다. 산에서 그러한 모성애를 발견한 것은 시인의 마음이 그런 쪽으로 기울기 때문이다. 이제 육십을 바라보는 나이에도 시인은 어린 새와 같은 자식 생각에 몸둘 바 몰라한다. 그것을 스스로 말할 수 없기에 산을 두고 말한 것이다. 그 마음의 갈피를 누가 헤아릴 수 있겠는가. 시인 자신도 알지 못하리라.

그런데 산과 사람이 다른 점이 있다. 사람은 나이 들어서도 자식을 애물 같다고 여기고 자식 걱정을 놓지 않지만 산은 새들이 자라 떠나면 다시 숲을 키우고 오솔길을 만들며 다른 새끼를 키운다. 지극한 모성애를 보여주되 대상에 집착하지 않는 사랑을 산은 실현한다. 그러기에 산은 불멸의 명작이며 볼 때마다 감동을 주는 것이다. 시인은 산에게서 이런 깨우침을 얻기는 해도 마음의 갈피를 제대로 잡을 수가 없다. 그래서 "서툰 문장으로 감상문을 쓸 수가 없다"고 고백한다.

그렇게 망설이고 동요하는 시인에게 바람이 불어와 "머리를 띠잉, 치고 간다". 여기서 '띠잉'이라는 의성어는 놀랍다. 그것은 마치 새벽을 깨우는 깊은 산사의 범종 소리를 연상시킨다. 그래서 시인에게 어떤 깨우침과 각성을 준다. 번쩍 제정신이 든 시인은 어두워 오는 숲을 향해 "나도 절규할 수 있는 사람이다"라고 말한다. 그는 절규할 수 있는 사람이라고 '절규'하지 않고 그냥 말했다. 어쩌면 속삭였을지도 모른다. 산 너머 송전탑마저 웅웅거리는데 왜 시인은 절규하지 못하는 것일까? 나도 절규할 수 있는 사람이라고 중얼거릴 뿐일까? 나는 여기서 말 못할 모성애의 올로 짜 올린 슬픔의 결을 본다. 절규할 수 있는 사람이지만 절규하지 않는 마음의 결이 가슴 저리게 한다. 저 혼자 깊어지는 산, 저 혼자 부는 바람과 달리 혼자 가라앉지 못하는 사람의 마음이 뭉크의 그림보다 더 슬프다.

5. 아픈 몸에 부딪치는 마음

김명인의 「고혈압」(『21세기문학』, 2000. 여름호)은 육신의 고통과 마음의 고통 사이에서 방황하는 착잡한 움직임을 그대로 보여주고 있어 인상적이다. 이 시에 반복되는 의문형 어미는 스스로 자신의 마음을 잡을 수 없다는 의식의 반영이다.

이 불안은 어디서 오는 걸까
햇살 비듬도 성긴 황혼녘에 앉았으나
바닥 모를 깊이에서 며칠 째
오한이 솟아오른다, 어느새 몸이 아득한
절벽의 둘레에 섰다, 바닥이
안 보이는 끝없는 나락,
천 가닥 파랑마다 일만 마디의 비명을 일렁이며
반짝이는 것은 햇살인가
내가 지금 이곳에서
무서움으로 끓여내는 죽음의 시간도
살의 한 올이려니, 썩은 관절로
틈새를 이으려는 온몸이
또 이렇게 부서지듯 삐걱거린다
눈 시려 내다볼 수 없는
저쪽은 여전한 꽃밭이지만 늙된 나비,
거울 안쪽에서 힘겹게 날고
난반사되어 가는 늦가을 햇살만 조각조각
날개 위로 내린다

—「고혈압」 전문

우리가 감지할 수 있는 것은 한 인간의 위기의식이다. 늘 건강해 보이던 시인이 병든 것일까? 50대 중반의 나이가 육신의 불안감을 불러일으킨 것일까? 그보다는 고혈압에 시달려 온 그의 모친의 간병 과정에서 암시를 얻은 작품으로 보는 것이 좋을 것이다. 그러니까 이 시의 화자는 시인과 그의 모친이 중첩된 상태다. 육신의 병은 모친이 앓고 있으나 마음의 번민은 시인의 것이다. 시인은 처음부터 "이 불안은 어디서 오는 걸까"라고 말했다. 불안의 이유를 알 수 없을 때 불안은 더욱 불길하게 다가온다. 자신이 느끼는 몸의 이상도 "바닥 모를 깊이에서" 솟아오른다고 했다.

그 다음에 나오는 '어느새'라는 말은 의미 심장하다. 이 말은 어느 날 느닷없이 찾아온 몸의 배반에 대한 당혹감을 그대로 드러낸다. 자기도 느끼지 못하는 사이에 몸이 아득한 벼랑 끝에 서 있다는 것을 느끼는 때의 불안감과 당혹감이 그것이다. 그런데 묘한 것은 "바닥이 안 보이는 끝없는 나락"을 접하면서도 천 가닥 파랑마다 반짝이는 햇살을 감지한다는 사실이다. 물론 "반짝이는 것은 햇살인가"라고 했으니 미정형의 의문형 어투이긴 하지만 죽음의 벼랑에도 삶의 기미가 여전히 드리워져 있다는 생각의 반영인 것은 분명하다. 그러기에 그 다음 행의 "무서움으로 끓여내는 죽음의 시간도 살의 한 올이려니"라는 구절이 도출되었을 것이다.

나에게 두려움을 안겨주는 이 바닥 모를 불안의 시간에도 내 살의 한 올이 이어져 있을 것이라는 생각은 감동적이다. 어쩌면 이 육신의 고통은 내 살의 한 올 한 올이 힘을 다해 죽음과 맞서 싸우는 과정일지 모른다는 생각이 여기 담겨 있다. "썩은 관절로 틈새를 이으려는" 과정이 이런 고통과 오한과 불안을 만들어내는 것이다. 세상은 나의 이런 고통과는 무관하다는 듯 여전히 아름다운 꽃밭을 보여준다. 삶의 꽃밭에 동화되지 못한 나는 한 마리 '늦된 나비'와 같다. 아름다운 삶에 동화될 수 없음에도 불구하고 그렇게 힘겹게 난다는 것은 무엇을 의미하는가? 그것 역시 '살의 한 올'이 움직이는 것이고 "썩은 관절로 틈새를 이으려는" 노력이리라. 고혈압에 고생하는 그의 모친만이 아니라 사실은 우리 모두가 그렇게 부서지듯 삐걱거리며 힘겹게 이 세상을 날고 있는 것이다. 힘겨움 자체가 살아있음의 한 올이고 삶의 한 속성이 아니냐고 시인은 조심스럽게 묻고 있다. 그 조심스러움이 많은 의문형 어미를 동원했으나 그 물음 때문에 나는 시인의 마음의 결을 들여다볼 수 있었다.

시와 삶에 대한 최근의 단상

1. 정직성

『현대시학』 '이 달의 작품' 난을 맡은 박정대는 한 작품에 대해 긴 평을 쓰는 것 대신에 자신이 읽은 시를 별 해설 없이 그냥 죽 늘어놓는다. 이것은 매우 매력적인 방법이다. 시의 독자들은 다 그 나름대로 시를 이해하고, 시인들은 시의 의미에 대해 더욱 날카로운 투시력을 지닌다. 그런 마당에 시의 내용이라든가 표현 방법에 대해 중언부언 사설을 덧붙이는 것은 별 의미가 없다. 자신의 마음을 흔들고 간 시작품을 많이 소개하면서 그 시가 일으킨 파문을 정직하게 고백하는 것이 시평의 기본이 되어야 한다. 나는 그 동안 논리적인 비평문을 써야 한다는 강박관념에 매달려 감정의 정직한 고백을 회피하여 왔다. 비평은 좋은 작품을 좋다고 말하고 그렇지 못한 작품은 실패한 작품이라고 말하는 것으로 충분하다. 비평의 발언은 논리성보다 정직성이 앞서야 한다. 정직하지 못한 논리, 논리를 가장한 허위를 궤변이라고 하는데 그것은 인간과 사회에 해악을 끼친다. 비평가라는 직함을 가지고 문학과 사회에 해악을 끼치는 일을 해서는 안 된다. 그래서 나는 내가 즐겁게 읽은 작품을 열거하면서 그 작품의 어떤 점이 마음에 들고 어떤 점이 불만스러웠는가를 솔직·명쾌하게 드러내려 한다. 이런 나의 태도가 시를 대하는 독자들의 감수성이 밝고 곧은 방향으로 벋어가는 데 도움이 되었으면 좋겠다.

2. 전자사막에서의 생존

이원의 시는 전에도 여러 편 보았는데 너무 시를 장난스럽게 쓰는 것 같아서 그냥 스치듯 읽고 말았다. 그래서 『현대시』(2000. 5)에 실린 「나는 클릭한다 고로 나는 존재한다」도 그냥 쭉 읽어내려 갔다. 그것은 컴퓨터의 사이버 공간에서 신문을 보고 이메일을 보내고 인터넷 전화를 걸고 상품 주문을 하는 과정을 보여주면서 이러한 삶의 양태 속에 '나'라는 개별자가 어떻게 존재하는가를 묻고 있다. 열거된 내용 자체가 컴퓨터를 사용하는 사람이면 누구든 알고 있는 내용이고, 그것을 드러내는 데 특별한 시적 장치가 동원되지도 않았고, '나는 클릭한다 고로 나는 존재한다'는 명제도 지금의 상황에서는 진부한 것이기에, 이렇게 일상적 소재 열거의 시를 쓴다면 하루에 열 편 이상도 쓸 수 있겠다는 생각을 했다. 그러나 그 다음에 실려 있는 「전자사막에서 살아남기 위해」, 「단단한 것에 대하여」, 「사이보그」 연작시 등을 읽고, 이 시인의 대단한 재능에 경탄하며 한 번 읽은 시를 두 번 세 번 거듭 읽었다. 그랬더니 그 각각의 시편들은 읽으면 읽을수록 재미나고 맛있고 멋있었다. 그의 재능을 한마디로 말하면, 심각하고 침중하게 고민해야 할 문제를 가볍게 터치(이 외래어 외에는 다른 적절한 말이 떠오르지 않는다)하고 지나가는데 그 경쾌한 접촉법이 대단히 격조 높고 깊이 있는 시적 파장으로 이어진다는 점이다. 남들은 심각하게 고민하며 그 고민의 내용을 과장된 어휘로 수다스럽게 떠드는데도 핵심에 도달하지 못하는 데 비해, 그는 겉보기에 무의미한 듯한 일상적인 사례를 열거하면서 우리들이 몸담고 있는 생의 본질을 뚜렷이 드러낸다. 후생(後生)이 가외(可畏)라고, 그는 오규원이나 김혜순보다 더 뛰어난 시인이 될지 모른다. 그러나 공자는 사십 오십이 되어서 그 사람에 대해 들리는 바가 없으면 그것은 두려워할 만하지 못하다고 못박았다. 사십 오십이 되어서도 계속해서 뛰어난 시를 쓰려면 그는 몇 차례의 변신을 거쳐야 할 것이다.

전자사막에서/유목하며 살아남기 위해/노새를 살까 양을 살까/낙타 한 쌍을 살까/흰 털이 고불거리는 양 열 마리에/양치기 개인 코리종도 함께 살까/외로움은 낙타의 육봉에 넣어 둘까/양의 꼬리에 넣어 둘까/유목민으로 살아남기 위해/야생 아네모네 씨를 구해 볼까/개양귀비 씨를 구해볼까 튤립 씨도 구해 볼까/코오롱 텐트를 하나 살까/복숭아향과 레몬향이 첨가된/생수를 한 박스 사둘까/김춘수 시전집을 따로 하나 포장해 놓을까/액정이 푸른 손목시계를 하나 살까/트랙스타 등산화를 하나 맞출까/약한 위장과 심장을/하나씩 더 주문예약해 둘까/소니에 신형 워크맨 구입예약을 해 놓을까/휴대폰의 배터리를 열 개쯤 더 구입할까/이리듐 위성전화를 12개월 할부로 구입할까/그리고 북방으로 길을 떠날까/남방으로 길을 떠날까/케냐로 가서 낙타의 피와 우유를 섞어/마시는 렌디레족이 될까/툰드라로 가서 순록을 유목할까/북방의 사내와/하늘이 절반쯤 깎아지른 곳에/코오롱 텐트를 칠까/겨울을 그곳에서 나고/이리듐 위성망이 봄을 전송해 오면/그와는 나비처럼 헤어질까/그때에도 나는 여전히 온라인으로 켜 놓을까/아니면 문을 안으로 닫아 걸고/

막고굴을 하나 팔까/h의 DNA에 내 유전자의 일부를 잘라 붙인/복제아기 신청서를 낼까/오욕칠정을 가진/키가 185cm까지 자라는 사내애 하나와/검은 곱슬머리를 가진/쌍둥이 계집애 둘을 주문할까/증발되기 쉬운 물질인 나를/일몰 무렵의 안락사로 예약해 놓을까

—「전자사막에서 살아남기 위해」 전문

자끄 아딸리의 『21세기 사전』에 의하면 앞으로의 인류는 유목민의 특성을 지닌다고 한다. 한곳에 붙박여 살지 않고 이상과 꿈을 좇아 어디든 떠돌고, 마음에 드는 곳에 정착해 살다가 싫증이 나면 다른 곳으로 이주하는 유목민의 생활양식은 지금 우리 도시인의 삶 가까이에 실제로 와 있다. 저마다 이동전화와 컴퓨터와 자동차를 한 대씩 갖고, 가고 싶은 대로 달려가고 이야기하고 싶은 상대와 언제 어디서든 통화하는 도시인의 모습은 전자시대의 새로운 유목민이다. 전자시대의 유목민은 양 한 마리 기르지 않고 목초 한 떼 기르지 않는다. 전자기술과 유전공학의 발달에 의해 인공 장기가 개발되고 복제 인간이 창조될지 모르며 안락사 방법이 개발되어 인간의 죽음에서도 고통이 사라질지 모른다. 오욕칠정이 사라진 인간이 전자시대의 유목민일지 모른다. 행복이니 불행이니 하는 말도 사라지고 기계적 편안함만이 보장되는 세계가 전자사막의 세계다.

이 시의 끝부분에 나오는 "오욕칠정을 가진"이라는 말은 대단한 폭발력을 지닌다. 이 말은 앞에 다소 지루하게 열거된 인간적 훈기를 지닌 사물들, '노새, 양, 아네모네, 개양귀비, 김춘수 시전집, 렌디레족' 등 많은 소재들의 다양한 내포를 한꺼번에 압축한다. 그리고 그것은 '이리듐 위성전화, 온라인, 복제아기, 증발되기 쉬운 물질, 안락사' 등의 시어와 대립된 자리에 선명하게 놓여, 사라져 가는 인간의 광휘가 무엇인가를 요약적으로 드러낸다. 그러면서도 그것은 오욕칠정이 사

라질 수밖에 없는 전자사막의 무시간적 무공간적 중립성을, 차갑고 무정한 금속성의 냉엄함을 환기한다. 전자사막 속에 노새, 양, 아네모네의 세계는 사라지고 위성망, 인공 장기, 복제아기만 존재하게 될 것이다. 그렇게 전자사막 속에 증발될 수밖에 없는 인간의 불길한 미래가, 불길하다는 말조차 사라진 상태로 오리라는 메시지를 위성망으로 전송한다. 그 메시지에 우리는 공포를 느끼지만 우리가 할 수 있는 것은 아무것도 없다. 참으로 묘한 것은 그 공포의 순간을 잊어버리고 우리 스스로 사이버 공간에 몰입해 간다는 점이다. 그의 시는 이러한 현실의 불안한 꿈틀거림을 생생하게 전송한다.

3. 사라진 것과 생긴 것

전자사막을 살아가면서 우리는 얻은 것도 많지만 잃게 되는 것도 많다. 그렇게 잃어버린 것, 사라진 것은 무엇인가? 사라진 자리에 새로 생긴 것은 무엇인가? 그리고 그것은 우리에게 어떤 의미를 지니는가? 최정례의 「빨간 다라이」(『시와사람』, 2000. 봄호)는 이 문제에 대해 시인다운 눈길을 보낸다.

> 외가집은 도라지 꽃밭 위에 없다
> 외가집은 지금
> 부흥수퍼 전망부동산 위 3층에 있다
> 북두칠성 아래 감나무와 수국나무 사이
> 우물도 없다
> 그 자리엔 흑장미비디오가 있다
> 외삼촌은 빚더미 위에 있고

장턱거리 밭은 가압류 중이고
구불거렸던 길은 곧게 펴졌다
외가집은 지금 서기 2000년이고
부엌엔 김치냉장고와 정수기가 있고
엿 밥풀강정 술찌게미 따위는 없다
잔치집에서 술 취해 돌아오다
얼어 죽었다는 애꾸 김석출
때문에 무서워 외면하고 건너 뛰던
도랑은 사라졌다
아라비아식 지붕을 모자처럼 올려놓은
모텔이 서 있다
방앗간은 연성공업사가 되었고
간판엔 이렇게 써 있다
각종 플라스틱 통
저수조 물탱크 함지박 빨간다라이 개집

—「빨간 다라이」 전문

다라이는 우리말이 아니라 일본말이다. 다라이는 빨래할 때 쓰는 큰 대야를 말한다. 물론 빨래할 때만이 아니라 김장할 때라든가 장 담글 때 등 분량이 많은 물건을 담아둘 때 사용한다. 생활양식이 서구화되면서 빨래는 세탁기가 하고 김치나 장도 담가 먹는 일이 줄어들자 다라이의 용도도 점점 줄어들면서 우리 시야에서 사라지게 되었다. 요즘 젊은 세대는 다라이라는 말도 잘 모를 것이다. 그런데 이 시에 나오는 연성공업사 간판에는 빨간다라이와 개집이 적혀 있다. 그러니까 이 시의 배경이 되는 공간은 준도시화되어 가는 지방의 어느 소읍이다. 외갓집이 있는 그곳에는 예전에 도라지 꽃밭과 감나무와 수국, 북두칠성이 비치던 우물과 구불거리는 길이 있었다. 이제는 그것들이 다 사라지고 어설픈 소도시의 건조한 풍경이 남았다. 시세의 변화와 더불어 외갓집은 몰락하여 외삼촌은 빚더미 위에 올라앉고 장턱거리 밭은 압류 중이다. 구불거렸던 길이 곧게 펴졌지만 오히려 외갓집의 형편은 구불거리는 난맥으로 굽어져 버린 것이다. 시인의 추억이 담긴 외가 마을은 빨간 다라이처럼 천박한 모습으로, 개집처럼 비천한 지경으로 깨어져 버리고 만 것이다.

이 시에서 가장 인상적인 것은 애꾸 김석철이 나오는 대목이다. 시인의 추억이 가장 깊이 남아 있는 듯, 그 부분은 시행을 변조하는 독특한 방법을 구사했다. 술주정뱅이에다 애꾸인 그를 어린애들은 무서워하여 피해 다녔을 터인데, 소도시로 변해 가는 외갓집 마을의 경우 그런 생활 이탈자는 이제 견뎌나기 힘든 상황이 되어 버렸다. 저마다 도시 유목민이 되어 말을 타고 사막을 달리는 판에 술에 취해 길바닥에 쓰러져 자는 농경사회 인간이 어떻게 존재할 수 있겠는가? 그런 사람이 없어졌다는 것은 생활 무능력자가 없어졌다는 뜻이 아니라 그런 생활의 이방인이 남아 있을 공간이 없어졌다는 의미를 지닌다. 전자사막을 걸어가는데 그런 국외자는 필요가 없고 그를 피해 건너뛰던 도랑도 필요가 없다. 집집마다 김치냉장고와 정수기가 있는 서기 2000년에 우리는 역으로 인간적 훈기랄까 인정의 기미 같은 것을 상실하게 된 것이다.

그런데 최정례의 이 시는 그런 메시지를 강변하려고 하지 않는다. '있다'와 '없다'라는 말을 반복하면서 단순한 정경을 열거하고 있는데 정교한 시적 의도하에 배치된 대상의 열거를 통해 자연스럽게 그런 시적 의미가 발현된다. 그 점은 같은 지면에 실린 「늪과 시」도 마찬가지이다. 그는 간략한 서술 속에 시가 무엇인지, 시를 쓰면 어떤 지경에 이르는지를, 교묘한 변설이나 장려한 웅변보다 선명하게 담아 놓았다.

시를 쓰면 순수해진다든가 생활의 현장으로부터 멀어진다든가 하는 상투적인 서술과는 아주 다른, 그야말로 시적인 모색과 해법을 그는 우리에게 보여준다.

4. 묘사와 발언

시는 묘사다. 동시에 시는 발언이다. 묘사라는 점에서 이미지가 중시되고 발언이라는 점에서 메시지가 중시된다. 이 둘 중 어디에 초점을 맞추느냐, 이 둘의 균형을 어떻게 취하느냐 하는 것이 시인의 고민거리다. 묘사를 통해 자연스럽게 발언이 성취된다면, 묘사의 점착력을 통해 발언의 은밀성이 확보되어 그 은밀성 속에 더욱 풍부한 의미의 울림이 퍼져 간다면, 그것보다 바람직한 일은 없을 것이다. 그런 점에서 다음의 시, 정끝별의 「풍뎅이」(『다층』, 2000. 봄호)가 주목된다.

> 할머니 잡탕집을 올라가는 서른 네 계단 중간 참에 새시로 바람을 막아 세운 반 평이 그의 서식지다 삼십촉 백열등에 잘 구워진 그의 등은 때 절은 말가죽처럼 빛난다 가뭄에 콩 나듯 누군가 톡 건드릴 때만 잠깐 바르르 떨 뿐 그는 껍질을 닫아 건 그루터기 같다 담금질된 꺾인 걸쇠 같다 뭉뚝뭉뚝 자라는 무덤 같다 신고하고 사기치는 이름들과 내려가고 올라가는 이름들을 끌날을 번쩍이며 파내는 텅 빈 막도장에 정작 제 이름을 파내는 걸 잃어버린 그가 흠집투성이 책상에 엎드린다 쥐고 있던 끌칼이 굳은살과 함께 툭, 떨어진다 부푼 토시에 가려진 가느다란 두 팔에 머리가 묻힌다 돋보기 안경테가 주르르 흘러내린다 고립무원의 등딱지 속 연한 날개가 펼쳐진다 붕붕 닳을수록 무거워지는 것들이 와들 와들 제자리를 맴돈다 가쁜 풍화 소리다 눈 깜짝할 사이 무언가 사라졌다
>
> —「풍뎅이」 전문

이 시의 묘사 대상은 도장 파는 사람이다. 돋보기 안경을 끼고 토시를 댄 가녀린 팔이 움직이는 것으로 보아 그는 나이들고 여윈 노인이다. 시인은 그를 풍뎅이로 보고 대상에 상응하는 여러 가지 양태들을 보여주었다. 그의 서식지가 할머니 잡탕집을 올라가는 계단 중간쯤이라고 했으니 틀림없이 허름하고 좁은 도장파는 집일 것이다. 아니나 다를까, 삼십촉 백열등에 흠집투성이 책상이 있고 가뭄에 콩 나듯 손님이 찾아온다. 그의 모습은 '때 절은 말가죽, 껍질을 닫아 건 그루터기, 담금질된 걸쇠, 뭉뚝뭉뚝 자라는 무덤'에 비유된다. 여기서 나는 놀란다. 뒤로 갈수록 음산해지는 이 비유의 매개어들을 시인은 어디서 찾아냈을까? 지금은 거의 볼 수 없는 '걸쇠'는 문을 거는 데 사용하던 기역자 모양의 쇠붙이인데 시인은 그것을 끌어들여 등을 구부리고 도장을 파는 노인의 모습을 절묘하게 표현했다. 그 다음에 나오는 '뭉뚝뭉뚝 자라는 무덤'은 무엇일까? 무덤이 자랄 리는 없으니 둥그런 무덤처럼 웅크린 폐쇄의 형상이 더욱 그 단절의 고립성을 증식시키는 느낌을 표현한 것으로 보이는데, 그리 좋은 표현이라는 생각은 안 든다. 이제는 시인이 시를 쓸 때 자신의 작품이 외국어로 번역될 것을 염두에 두고 쓰면 좋을 것 같다. 정끝별 시인도 영어를 잘 할 텐데 이 부분이 영어로 어떻게 번역될지 생각해 보면 좋겠다.

그러나 잠깐의 아쉬움은 다음 대목에서 눈 녹듯 사라진다. "신고하고 사기치는 이름들과 내려가고 올라가는 이름들을 끌날을 번쩍이며 파내는 텅 빈 막도장에 정작 제 이름을 파내는 걸 잃어버린 그"—세상에 활개치는 자들의 모습을 간단히 요약하면서, 무덤처럼 웅크리고 있는 이 노인의 삶은 그런 것과는 멀리 떨어져 있음을 나타내는 이 두 줄의 시행에는, 세상에 대한 시인/화자/노인의 울분과 적의, 노인에 대한 연민이 끌날처럼 번쩍이며 엇갈린다. 스쳐 지나가듯 세상에 대해 한마디 했지만 그 한마디가 삶의 정곡을 찌른다. 아, 우리는 이런 세상에 살고 있구나 하고 그 시행은 깨닫게 한다.

우리가 그런 깨달음을 얻을 때 그 느슨함을 방치하지 않고 시인의 시선은 대상을 더욱 집요하게 점묘한다. 노인은 떨어진 끌칼을 줍느라 작은 몸을 수그린다. 그때 노인의 등딱지(때절은 말가죽처럼 빛나던 그것!)가 벌어지며 연한 날개가 펼쳐지는 환각을 본다. 아, 이 아름다운 환각! 그런데 다음 순간 가쁜 풍화 소리를 남기고 그것은 사라져 버린다. 날개가 펼쳐져 우화등선한 것일까? 아니면 노인의 작은 몸이 아예 책상 밑으로 가라앉아 버린 것일까? 아니면 날개를 펴고 날 것이라는 생각이 한갓 환각으로 사라져 버리고 만 것일까? 감추어진 뜻을 정끝별 시인에게 물어볼 수도 있지만 나는 묻지 않았다. 그렇게 여러 가지 연상이 우러나도록 내버려 두는 것이 시의 특권이기도 하기 때문이다. 어느 하나의 고정된 답을 염두에 두었다면 시인 자신이 이렇게 쓰지 않았을 것이다. 미정형의 상태 속에 풍뎅이의 연한 날개처럼 어떤 생각이 떠오르고 그것이 유동하고 소멸하면서 어떤 메시지가 형성되는 것이 아닌가. 묘사를 통해 자연스럽게 발언이 조성되는 아름다운 장면을 이 시에서 본다.

5. 아름다운 시들

지면 관계상 전문 인용은 못하지만, 이밖에도 아름다운 시들을 많이 읽었다. 조정권의 「밑그림2」(『시안』, 2000. 봄호)는 시가 무엇인가를 다시 생각하게 하면서 시인의 고뇌와 탄식을 눈앞에 떠올려 보여주었다. 소박한 식탁, 가난한 채과바구니를 펼쳐 놓고 손 모아 기도하고 바람의 자식을 기다리는 것이 시 쓰는 일라고 믿었으나, 이제는 반대로 집나간 자식이 시인이며 어머니에게로 돌아가지 못하고 점점 멀어져 가는 탕자의 탄식이 시라는 인식은, 어떤 절대의 세계에 도달하지 못하고 그 주변을 맴도는 일로 일상의 삶이 탕진되어 가는 것 같은 허탈감을 되풀이해서 체험한 시인이 정직하게 얻어내 우리에게 고백한 탄식의 결론이다. 그 탕자의 탄식 속에 숨어 있는, 그래도 시를 써야 한다는 절규가 마음을 아프게 한다.

김기택의 「풀벌레들의 작은 귀를 생각함」(『시와시학』, 2000. 봄호)은 모처럼 듣게 된 풀벌레 소리의 미감과 그것을 받아들이는 섬세하고 여린 마음을 감동적으로 나타냈다. 시인의 감각은 매우 정교해서 너무 작아 들리지 않는 소리도 들으려 하며, 들리지 않는 소리들이 드나드는 풀벌레들의 작은 귀, 귀 속의 미세한 통로와 그 "끝에 두근거리며 매달린 여린 마음"까지 감지하려 한다. 아, 풀벌레의 두근거리는 여린 마음이라니! 그것을 듣는 시인의 두근거리는 마음은 또 어떠한가. 그러나 시인은 자신의 귀를 "발꿈치처럼 두꺼운 내 귀"라고 낮추어 말했다. 텔레비전 브라운관에 마음이 쏠려 있는 동안에도 수없이 나에게 다가왔다가 되돌아갔을 소리들. 시인은 그 소리들이 브라운관이 쏟아내는 현란한 빛에 부딪쳐 하루살이들처럼 까맣게 바닥에 떨어졌을 것이라고 상상한다. 이 상상에는 풀벌레 소리보다 여린 마음의 떨림을 놓친 것에 대한 안타까움이 진하게 스며 있다. 이제 소리는 기화되어 밤공기 속에 스며들어 시인의 허파 속으로 들어온다. 그래서 "허파도 별빛이 묻어 조금은 환해진다"고 말한다. 텔레비전 소리와 풀벌레 소리의 대비로 시작하여 소리가 마음의 두근거림으로 바뀌고 시원한 밤공기로 기화되면서 별빛으로 허파에 스며드는 변형의 과정이 아름답고 놀랍다.

정한용의 「느티나무 그늘」(『현대시학』, 2000. 3)은 조용히 대상을 바라보는 시인의 시선이 깊고 넓은 쉼터를 이룬다. 가을이 깊어 단풍이 물들자 느티나무 잎새도 제각기 다른 빛을 드러낸다. 한 계절을 보내는 나무의 빛깔이 그러하듯이 세상을 살아가는 사람들의 무늬와 빛깔도 제각각이다. 시인의 시야에 나이 지긋한 남녀 노인 두 분이(시인은 이들을 "나이 지긋한 한 커플"이리고 표현했다. 다정한 연인 같은 느낌을 살리기 위해 그렇게 표현했을 것이다. 나이 들어도 젊은이 못지않은 커플이 될 수 있다는 생각이 작용했는지도 모르겠다. 그러나 내 시안(詩眼)의 행보(行步)는 이곳에서 걸려 잘 넘어가지 않았다) 무어라 손짓하며 이야기하고 맑게 웃는 장면이 들어온다. 눈에 잡힐 듯 그려지는 그 두 노인의 묘사는 아름답다. "저녁놀도 맑아진다"고 했는데 내 마음도 맑아지는 것을 느꼈다. 다시 시인의 시선은 천천히 떨어져 흙으로 돌아가는 나뭇잎에 머물고, 거기서 생명과 시간의 순리를 감지하며, 자신도 순환의 이법에 순응할 수 있다는 조용한 각성을 내비친다. 아주 조용하게 펼쳐진 사색의 경로 속에 우주의 깊은 이법이 암시되고 사람이 거쳐 가야 할 길이 무엇인가가 화폭처럼 열린다.

김정란의 「쓸쓸함은 쓸쓸함 혼자」(『시와사람』, 2000. 봄호)는 이제까지 그가 벌여온 작업과는 상당히 다른 면모를 보인다. 의식의 표면에 명멸하는 무의식적 욕망의 분출과 좌절과 갈등을 그려온 그가 의식의 차원에서 논리적으로 내면의 움직임을 관조하고 있다는 것은 놀라운 변화이다. "쓸쓸함은 쓸쓸함의 힘으로 가만히 서 있습니다"라는 시행은 고독한 자아의 의연한 독립성을 단적으로 표명하고 있는데, 그것은 그가 지금까지 펼쳐온 어떠한 내적 독백의 방법보다 힘이 있고 매혹적이다. 바람이 내 삶이자 밥그릇이며 바람의 무심함을 닮기 위해 우리는 부지런히 걷는다는 생각 끝에 "다시는 태어나지 않아도 좋을 만큼/내가 내힘을 알뜰히 우주의 허공으로/흩어버릴 곳"에 이를 것을 명상한다. 그야말로 사람의 마지막이 자신의 마지막 힘까지 우주에 흩어버리는 그러한 소멸이면 얼마나 좋을까. 버티고 선 쓸쓸함의 마지막 힘까지 쏟아부을 수 있다면. 그런데 김정란은 그 마지막 상상 이후에

"내 눈물이 세상 모든 사람들의 가슴을/내 아기인 양 오래 다독여 곱게 잠재울 곳"을 생각하며 그곳에 이를 수 있겠느냐고 묻는다. 세상 모든 사람을 편안하게 한다는 발상은 김정란의 시에 별로 보이지 않던 국면이다. 그는 타인의 괴로움을 쓰다듬는 것보다는 자신의 괴로움에 허덕여 왔다. 그런 그에게서 이러한 어법이 나타난다는 것은 대단한 변화이고 그의 시적 자아가 커다란 변신을 도모하고 있다는 것을 알려준다. 그러나 새롭게 시작되는 변화이므로 어색한 부분도 있다. "사랑에 대한 믿음"이라든가 마지막 시행의 "내 눈물 때문인가요?" 같은 부분은 쉽게 마음에 와닿지 않는다. 그러나 나는 그의 변모에 깊은 애정과 신뢰를 보낸다. 그가 쓸쓸함의 힘을 자각했기 때문이다. 그는 같은 지면에 다음과 같은 짧은 시도 발표했는데, 여기 나오는 사람의 힘이나 천사의 힘이나 그것이 결국 쓸쓸함의 힘이라고 나는 믿는다.

사람은 사람의 힘으로 사랑을 시작하고
천사의 힘으로 사랑의 상처를 뛰어넘습니다

—「천사」 전문

관념의 때 털어내기

날이 무덥다. 이렇게 더운 날은 걸치고 있는 것을 모두 벗어 던지고 싶다. 30도가 넘는 날 대통령을 비롯한 고위 정치인들이 넥타이에 양복을 입고 다니는 것은 그 외형만으로도 질식할 것 같다. 차라리 지하철에 철없는 표정으로 앉아 있는 젊은 여성의 반라의 옷차림이 보기에 좋다. 삶도 그렇거니와 시도 그랬으면 좋겠다. 머리를 무겁게 하는 관념과 사유의 틀을 내던지고 순수한 알몸으로 정서의 알맹이를 보여주면 좋겠다. 대지를 흠씬 적시는 소나기처럼, 아니면 파랗게 넘실대다 포말로 부서지는 파도처럼, 그렇게 우리 머리를 시원하게 해주는 시를 만나고 싶다.

그러나 대부분의 시는 우리 머리를 무겁게 한다. 우리로 하여금 무엇인가를 생각하게 하고 고민하게 하고 감정의 깊은 늪으로 우울한 잠행을 유도한다. 장마도 다 끝나 버렸다는 이 더위에 선풍기 하나로 열을 식히며 무겁고 우울한 시를 읽는 것은 고역이다. 그러나 고민과 우울이 시의 운명이고 그 무거운 감정을 헤집고 다니는 것이 내 천직이라면 어쩔 수가 없다. 다만 고민과 우울이 관념과 결합하여 더욱 무거운 추를 매달아 놓은 시는 외면하고 싶다. 시는 관념의 더께에서 벗어나야 한다. 생생하게 날뛰는 생의 날 이미지와 만나야 한다. 관념에서 벗어나야 한다는 그 관념도 버려야 하며 생생한 이미지와 만나야 한다는 그 관념조차 깨뜨려야 한다. 그러한 관념과의 싸움에서 무엇이 남을까? 정말 관념을 다 지워 버린다면 시 쓸 생각조차 없어지지 않을까? 생각의 뿌리조차 사라졌을 때 이미지만으로 시는 가능한 것인가? 고민과 우울의 이미지만으로?

이미지와 관념의 중간 어디에 기억이 있다. 기억은 관념의 무게에서 자유롭다. 이미지의 단편성에서도 해방되어 있다. 그래서 많은 시인들이 기억에 의존한다. 에밀 슈타이거는 서정시의 본질을 회감(Erinnerung)이라고 했다. 회감이란 기억, 회상 등의 뜻이지만 슈타이거는 이 말을 통하여 주체와 객체의 융합을 나타내려고 했다. 어떤 것을 생각하고 기억한다는 것은 그 대상과 내가 융합하는 것이다. 내가 꽃을 기억한다고 하면 나는 꽃을 회감하고 꽃은 나를 회감하는 것이 된다. 상당히 애매해 보이는 이 발상은 실제 시의 국면과 만나면 뜻밖에도 쉽게 풀린다.

정진규의 「渡江錄」(『시안』, 1999. 여름호)은 50년 전의 기억을 이야기한다. 그런데 그 기억은 오십 년 전의 나와 오십 년 후의 나를 융합하며 기억의 대상인 정진근과 기억의 촉매인 한강을 하나로 융합한다. 기억이 살아 있는 한, 한강은 늘 용산중학교 6학년생 정진근이며 한강은 산세이또 영어 콘사이스다. 그런가 하면 그것은 형을 찾아 헤맨 어머니이며 형의 방에서 영어 사전을 들고 나온 12살 소년 정진규이다. 슈타이거의 표현을 빌려 말하면 한강은 정진근을 회감하며 정진근은 한강을 회감한다. 이 사실을 이해하기 위해서는 작품 세 구절의 인용이 필요하다.

한강은 내게 언제나 〈정진근〉이다 정진근은 6·25 때 의용군나간 내 맏형의 이름 아직도 나는 이 상징을 지워버리지 못한다 지워버린 이름, 10년을 기다리다 아버지가 실종 신고를 해 버린 이름 나는 아직도 이 상징을 지워버리지 못한다

한강은 내게 언제나 한 권 일어판 산세이또 영어 콘사이스다 정·진·근, 첫 페이지에 찍혀 있는 붉은 목도장, 내겐 아직도 이 한 권이 가장 소중한 나의 희귀본이다 나는 아직도 이 상징을 지워버리지 못한다

끊어진 다리, 어머니와 나는 깊은 밤 쪽배를 탔다 서울로 잠행했다 강을 건넜다 의용군 끌려갔다는 소식을 듣고서도 해방촌 형의 하숙집까지 찾아갔다 용산중학교 6학년 정진근, 형의 육필이 적혀져 있는 그걸 한 권 그방에서 나는 들고 왔다 여기까지 왔다 50년을 왔다

—「渡江錄」 부분

이 인용에서 파악할 수 있는 것처럼 6·25 때 맏형 정진근은 용산중학교 6학년 생이었고 피난가지 못한 채 서울에 있다가 의용군에 징발되었다. 아들의 안위가 걱정인 어머니는 한강이 끊어진 서울로 배를 타고 잠행하여 아들의 하숙집을 찾아간다. 그러나 이미 텅 비어 버린 그 집에서 아들은 찾을 수 없었다. 어머니와 동행한 동생 정진규는 형의 육필이 적혀 있고 도장이 찍혀 있는 일어판 영어 콘사이스를 들고 나와 지금까지 그것을 소중하게 보관하고 있다.

이러한 이야기를 줄거리로 하고 있는 이 시는 착잡하고 우울한 감정의 곡선을 행간에 숨겨 두고 있다. 나는 처음에 이 시를 읽고 가슴이 뭉클하였다. 그리고 조금 전 이 시를 인용하기 위해 자판을 두들기다가 쿡 하고 울음이 치밀어 얼굴이 일그러지고 말았다. 이 시에 숨어 있

는 것들은 그렇게 우리 마음에 파문을 일으킨다. 관념에 의거하지 않았기에 감정에 직접 충격을 준다.

이 간략한 언술의 시는 50년 전 폐허의 서울로 우리를 이끌어 간다. 내가 낳기 전이므로 상상만으로 떠올릴 수 있는 1950년의 서울. 폭격으로 불타 버린 건물이 있고 아직 연기가 피어 오르는 곳도 있다. 한 중년 여인이 초등학교 상급반 정도의 아이를 앞세우고 어딘가로 황급히 걸어간다. 약간 겁에 질린 듯하고 얼굴에는 눈물 자국도 남아 있다. 아들의 하숙집을 찾아간 그 여인은 텅 빈 방을 보고 거기 엎드려 그예 숨죽여 운다. 그 옆의 아이도 눈시울이 붉어지며 주저앉는다. 그 아이의 손길에 잡힌 콘사이스 한 권. 거기에는 언제나 의젓하고도 정다웠던 형의 필적이 남아 있다. 그 살벌하고 황막한 폐허에서 들고 올 것이라고는 그것밖에 없었다.

그것은 형이 일제 때부터 썼던 것. 형의 운명은 무엇인가. 일제 강점기 식민지 백성으로 태어나 일본어 교육을 받고 중학교에 입학하여 해방을 맞았다. 해방 후 다시 한글 교육을 받고 6학년 때 민족끼리 싸우는 전쟁을 맞아 의용군으로 끌려나가 행방불명된 그의 운명. 그것은 그와 같은 시대를 살아갔던 한민족의 비극을 그대로 압축하고 있다. 지금까지 남아 있는 일어판 영어 사전은 민족의 비극을 상징하는 희귀본이다. 형이 행방불명된 10년 후 아버지는 실종 신고를 해서 호적에서 형의 이름을 지워 버렸다. 그 10년간 가족들의 막연한 기다림과 기다림 뒤의 비통함, 실종 신고를 한 뒤 밀려들었을 아버지의 막막함이 행간에 숨어 있다. 그리고 50년의 세월을 거쳐 한강을 넘나들며 이순의 자리에 이른 시인 정진규의 회한도 스며 있다.

이 시는 『시안』의 한강 특집을 위한 신작시 청탁에 의해 쓰여진 것이다. 그 청탁에 의하면 가곡으로 작곡될 것을 염두에 두고 가급적 운율감 있는 작품을 써 줄 것을 요청한 것으로 알고 있다. 그러나 정진규 시인에게 한강은 곧 정진근이고 가족의 비극이자 민족의 아픔이었기에 그러한 것을 고려할 여지가 없었다. 그래서 그는 건조한 산문체의 언술을 택하였고 그 속에 착잡 다단한 감정과 사연을 압축해 넣은 것이다. 나는 경기도 안성 출신인 정진규 시인이 한강에 대해 이런 사연을 간직하고 있는 것을 알지 못하였다. 그리고 이런 내용이 이순의 지점에서 시로 공개되는 것도 새삼스러운 일이었다. 여기에는 기억의 물굽이를 돌고 흐르는 시인의 순연한 마음의 곡선이 있다. 나는 그의 '몸시'도 읽고 '알시'도 좋아하거니와 그 시편들보다 나는 이 시를 더 사랑한다. 이 시에는 관념의 울타리에서 벗어나 시인과 독자와의 회감·융합을 가능케 하는 영혼의 흐름이 담겨 있기 때문이다.

김명인의 「아버지의 고기잡이」(『현대시학』, 1999. 5)에 나타난 개인사는 어떠한가. 김명인은 그의 시에서 아버지에 대한 생각을 몇 차례 드러낸 바 있고 그것에 대해 홍신선은 『현대시학』 6월호 월평에서 간략히 언급한 바 있다. 그것은 실추(失墜)의 인생을 살아온 아버지에 대한 연민의 감정으로 요약된다. 그런데 이 시에 등장하는 아버지는 힘겨운 삶을 살아온 비운의 존재로서의 의미보다는 아들의 삶의 형편을 은밀히 관조하고 생의 또 다른 국면을 깨닫게 하는 예지자의 의미를 드러내고 있다.

아버지는 아들과 아들의 어로(漁撈)를 궁금해 하신다고 도입부에서 적었다. 어로란 고기잡는 일이니 살아가는 일 전반을 뜻할 것이다. 그런데 아버지가 나와 내 삶에 관심을 갖는 것을 열목어의 눈병이 도진 것에 비유한 것은 무엇을 의미하는 것일까? 열목어는 수온이 낮고 수질이 맑은 곳에 서식하는 물고기로 거의 멸종되어 가는 형편이다. 눈이 충혈된 듯 붉게 보여서 열목어(熱目魚)란 이름이 붙었다. 세상의 바다로 헤엄쳐 나오지 못하고 계류에 칩거해 있었던 아버지의 삶은 열목어의 그것과 비슷하다. 지금은 세상을 떠난 지 오래된 그 아버지가 아들과 아들의 삶을 궁금해 하는 것은 마치 멸종되어 가는 열목어에게 눈병이 도진 것처럼 전례 없는 일이고 희귀한 일이다. 그것은 어쩌면 아버지의 계류 가까이 내가 다가간 탓인지 모른다.

마치 아버지의 시선에서 벗어나려는 듯 나는 계류를 떠나 검푸른 바다로 간다. 거기서 심해에 낚시를 드리우고 고기를 건져 올린다. 낚싯줄을 당기며 나는 물고기의 미세한 퍼득거림, 알 수 없는 요동, 해저의 감촉을 감지한다. 그렇게 세상일에 몰두하고 거기서 흥미와 긴장을 느끼는 동안 시간은 우리가 감지하지 못하는 흐름 사이로 덧없이 지나쳐 버린다. 우리가 느끼지 못하는 가운데 얼마나 많은 시간이 흘러간 것일까? 긴장 끝에 우리가 건져 올린 것은 "은빛 비늘의 저 선연한 색 티!"이다. 우리는 그 순간의 아름다움에 기뻐하고 놀라워하였다. 그러나 그것은 과연 우리가 대견해 할 만큼 의미 있는 것이었던가?

아버지의 고기잡이는 우리들이 집착하는 감각적 쾌락이라든가 가시적 집적의 세계에 대해 그 무의미함을 고해하고 있는 것인지도 모른다. "아버지의 고기잡이는 그게/새삼 벗어버리고 싶어지신 걸까"에서 '그게'는 '은빛 비늘의 저 선연한 색 티'일 텐데 거기서 벗어난 세계는 어떤 것일까? 해저의 감촉도 퍼득거림도 요동도 모두 무화되고 그것의 가시적 결과인 은빛 선연한 색 티도 사라진 세계라면 그것은 부동(不動), 무색(無色)의 공간, 무욕(無慾), 정적(靜寂)의 세계일 것이다.

이제 고기를 가득 실은 만선의 배가 부두로 향한다. 살아 움직이던 물고기들의 파동과 살아 있기에 느꼈던 멀미, 그것은 모두 삶의 증거물이다. 이 세상에서 목숨을 가지고 산다는 것 때문에 소유했던 삶의 자취다. 그런 생의 집적을 가득 담은 만선의 귀환이 화자는 오히려 쓸쓸하다고 했다. 그 쓸쓸함은 "비워내고서 무얼 싣기도 버거운 저기 조각달처럼" 텅빈 적막함이나 마찬가지 아니겠느냐고 화자는 넌지시 묻는다.

여기에는 미묘하게 흔들리는 이항대립의 두 축이 있다. 요동, 채색의 세계와 부동, 무색의 공간 사이의 대립, 그리고 가득 찬 만선과 텅 빈 조각달의 대립이 그것이다. 나는 요동과 채색, 만선의 세계에 살고 있고, 아버지는 거기서 벗어나 부동과 무색, 조각달의 세계로 이행하려고 한다. 그리고 그러한 아버지의 열목어의 눈을 통해 나 자신도 조각달의 세계에 이끌리며 모든 만선은 마침내 조각달이 되지 않겠느냐고 말하려 하는 듯하다. 정말로 이 시는 이것을 말하지 않고 말하려 하는 듯하다. 그만큼 이 시에 흐르는 생각은 미정형의 상태에 있다. 그래서 그것은 한 줄도 관념으로 제시되지 않고 이미지로 제시되었다. 이미지 속에 의미는 상호 삼투하면서 애매성의 늪을 이룬다. 그러나 이것은 시인의 의도적인 전략이 아니다. 시인 자신이 그렇게 방황하고 동요하면서 삶의 한 고비를 넘기고 있음을 투사해 보인 것이다. 우리는 여기서 끝내 관념에 주저앉지 않으려 하는 집요하고 도저한 시정신을 본다.

도저한 시정신은 때로 관념의 절제를 꿈꾼다. 감정의 절제가 아니라 관념의 절제! 노숙자라고 하면 가난, 고통, 고독, 경제, 사회, 빈민 등의 어사가 떠오른다. 그런 말들의 줄기에는 관념의 곡예가 있다. 경제적 불합리와 사회적 불평등 때문에 극빈층이 생기고 극도의 가난 때문에 가정이 와해되어 거리로 나앉은 노숙자들, 그들의 고통과 고독, 사회적 소외감과 괴리감 등 무수한 관념어의 나열을 예시할 수 있다. 그러나 시인은 관념의 잔가지를 쳐버리고 노숙자의 삶을 '신문지 한 장 위'에 그려낸다. 송재학의 「신문지 한 장 위에서」(『시와사람』, 1999. 여름호)가 바로 그렇다.

그가 방이라 가리킨 곳은 신문지 위의 한 뼘
신문지 한 장의 온기란 추위의 다른 이름이다

신문지 한 장의 등걸잠이란 몸 구부려지는 살얼음이다
바람은 징의 동심원을 돌면서
그의 추억 속에 아무도 들어오지 못할 집을 짓는다
신문지 옆에 벗어놓은 신발은
지금 발굴된 고분의 금동 신발처럼 부식이 진행 중이다
신문지 한 장에 자꾸 쏟아지는 모래여,
사람 대신 울어준다는 명사산이여
한때 따뜻한 피돌기를 하던 저녁 불빛들은
이미 박제가 되었기에
가끔 불러보는 이름마저 마른 피처럼 눌러 붙었다
천산남로를 기억하는 황사바람 속
기립박수처럼 많은 창을 매달고 들어오는 지하철이
허기 채우는 공복의 끝,
그 얼굴에 매달리는 헛웃음 안에는
쐐기풀 뜯는 느린 노역뿐이다
새 잎 달고 벌써 시드는 플라타너스 일가는
가장 큰 가지를 부러뜨림으로 올해 억지로 꾸려가리라
무성한 잎을 부끄러워하는 나무들 위로
노을과 싸운 서쪽의 녹슨 하루를 보라

—「신문지 한 장 위에서」 전문

이 시의 각 시행에는 서로 다른 이미지가 전개되면서 상상력의 작용에 의해 한 이미지는 다른 이미지를 불러낸다. 각 시행이 제시하는 내용은 물론 몇 마디의 추상어로 요약될 수 있다. 그러나 살아 있는 이미지들이 조성하는 복합성은 그러한 관념적 요약이 얼마나 초라한 것인가를 통쾌하게 폭로한다. 시인은 신문지 한 장 위에 도사리고 있는 노숙자의 디테일을 하나하나 묘사해 간다. 관념의 때를 털어낼 때 새로운 시야가 열린다. 그의 시선은 꼼꼼하고 점착력 있다. 그런데 사뭇 냉정해 보이던 그의 시선이 "바람은 징의 동심원을 돌면서/그의 추억 속에 아무도 들어오지 못할 집을 짓는다"라는 구절에 이르러 가늘게 떨리며 바람 소리를 낸다. 이 대목은 노숙자의 완강한 내면을 가장 정확히 표현한 명구로 남을 것이다. 여기에는 노숙자에 대한 주관적 연민과 그것을 초월하려는 관찰자로서의 시인의 객관적 투시가 중첩되고 있다.

바람은 그 다음에 나오는 모래의 이미지와 결합되어 사람 대신 울음우는 명사산의 이미지를 거쳐 천산남로의 황사바람 이미지로 발전한다. 그러는 사이에 부식되어 가는 노숙자의 삶의 조각이 비쳐지며 박제처럼 굳어져 가는 인간적 관계의 단절이 제시된다. 소란한 소리를 내며 불을 밝히고 들어오는 지하철을 기립박수처럼 들어오는 지하철이라고 비유한 것도 적실하고 그 긴 지하철이 비었던 철로 공간에 들어온 것을 '허기 채우는 공복의 끝'으로 관찰한 것도 송재학만의 놀라운 발견이다. 그리고 맨 끝 행에 "노을과 싸운 서쪽의 녹슨 하루"를 제시함으로써 노숙자의 삶을 우리들 모두의 각박한 삶으로 환치한 것도 놀라운 수법이다. 바로 이 대목에 의해 노숙자의 삶이라는 국지적 소재를 다룬 이 시는 보편적인 인간 문제 성찰의 자리로 자연스럽게 전회하게 된다.

『시와시학』 여름호는 여성 시인 특집을 마련하였다. 몇 사람 중요 여성 시인들이 빠지기는 했지만 많은 여성 시인들이 참여하여 그들 특유의 언어의 성찬을 펼쳐 보였다. 그 중 이 글의 주제와 관련지어 몇 편만을 언급해 보겠다.

노향림의 「공룡을 찾아서」는 공룡과 풍란을 연결시킨 점이 인상적이다. 전반부에는 공룡의 거대한 이미지가 제시되고 후반부에는 풍란의 연약하고 작은 이미지가 대비적으로 제시된다. 전남 해남군 황산면에 공룡의 발자국 화석이 발견되었다는 말을 듣고 그 거대한 모습을 엿볼 수 있을까 하여 잠을 설치며 공룡이 나타나기를 기다린다. 시간의 경과를 알리면서 다음의 시상으로 전환되는 매개항으로 "톡 솔방울이 머리 위로 떨어졌다"라는 시행을 배치하였다. 그것은 긴장과 이완 사이의 경계 역할을 한다.

긴장된 시간이 지나도 공룡은 보이지 않고 아찔한 벼랑 위에 진통 끝에 몸을 열어 핀 풍란이 모습을 드러낸다. 기다렸던 거대한 공룡의 모습과는 달리 "한결같이 파닥거리며 잔망스러운 얼굴들이다" 그러나 작은 얼굴들 사이로 은은한 향기가 퍼져 간다. 시인은 아무런 보충 설명 없이 풍란의 향기를 그냥 '풍문'이라고 적었다. "무심히 스쳐 지나가는 풍문들./그 속에 몸집 커진 공룡이 숨었다가/고개를 쳐든다"라는 결구가 시인의 상상적 결론에 해당한다. 태초의 원시 공간에 거대한 몸집을 휘달렸던 공룡이 이제는 풍란의 향기에 숨어 잠시 고개를 쳐든다는 인식은 시인의 새로운 발견이기에 그것은 그것대로 의미 있다. 이것은 공룡에 대한 기존의 관념과 풍란에 대한 관념을 뒤집어 시인이 새롭게 창조한 상상적 인식이기에 의미 있다.

이사라의 「내과를 찾아가다」는 일상사의 한 국면을 소재로 하여 삶이 무엇인가를 반추하고 있다. 시인은 몸이 불편해서 내과 병원을 찾는다. 몸에 병이 난 것을 "몸이 무기라는 것을 잊어버린 사람들에게/몸이 제가 말할 것이 있다는" 것으로 표현한 도입부부터가 재미있다. 평소 지성의 긴장 속에 시를 쓰던 이 시인이 모처럼 손에 힘을 빼고 느슨한 기분으로 경어체의 거리감까지 유지하면서 일상사를 구성해 갔기에 이 시는 자연스러운 교감을 얻는 데 성공하였다. 특히 위장이라든가 감기라든가 여러 군데 병력이 남아 있는 것을 "내가 폭발할 때마다 몸은 파편을 군데군데 박아/저 혼자 기념하기도 했던 모양입니다"라고 표현한 구절은 나의 감정 상태와 몸과 병의 관계를 논리적인 방식으로 적실하게 나타내고 있어 평범한 일상사를 진실의 차원으로 육박하게 한다.

이제 내과 의사에게 몸을 맡기고 엑스레이를 찍고 임상검사를 하고 초음파를 하는 과정이 남아 있을 것이다. 그리고는 그의 처방에 따라 약을 먹으면 몸은 어느 정도 회복될 것이다. 시인은 "두 동강 세 동강 생이 쪼개지다가도/그가 비춰주는 투명창에/한 번쯤 이렇게 나를 맡기면/모든 것이 용서됩니다"라고 적었지만 그렇지 않다는 것을 누구보다 잘 알고 있었을 것이다. 그의 역설은 진실을 드러내는 전략이다. 용서되지는 않지만 용서되는 척 가장하고 두 동강 세 동강 난 삶을 봉합하고 사는 것, 그것이 우리의 삶이다. 그래서 수없이 많은 미물들이 뜯어먹고 산 자신의 삶을 사실적으로 관찰하면 정말 두렵기도 하지만 생은 결국 그런 꽃으로 피는 것이 아니겠느냐고 체념하며 시를 끝맺는다.

많은 미물들이 뜯어먹은 징그러운 몸뚱이가 꽃으로 인식되는 역설. 바로 그 역설 때문에 우리는 살 수 있고 내과 의사의 처방에 의해 동강 난 삶을 억지로 봉합하며 지내는지 모른다. 이처럼 지극히 일상적인 경험을 이야기한 듯한 이 시는 은연중 삶의 비밀스러운 진실을 우리에게 열어 보였다. 그러나 그것은 관념의 어법이 아니라 평범한 상황의 제시에 의해서였다. 여기에 이 시의 강점이 있다.

허혜정의 「반쪽이」도 센스 있는 시다. 사회에서 활동하는 여성의 자의식을 솔직하고 재미있게 표현하였다. 여성들이 사람들과 어울려 이야기하고 술을 마실 때 눈치껏 돌려 말해야 하고 3차로 가기 전에 2차에서 요령 있게 빠져나와야 한다. 전화도 센스 있게, 화장도 센스 있게, 걸음걸이도 맵시 있게. 그러다 보면 자신이 하는 일에 회의가 생겨 눈물이 흐르기도 하는데 그럴 때에도 솔직한 감정에 충실하지 못하고 렌즈가 밀리지 않을까, 마스카라가 번지지 않을까 걱정하게 된다. "꼭

광부의 아내같죠?"라는 물음 속에는 겉으로는 지성인을 자처하지만 광부의 아내만도 못한 존재가 아니냐는 자조가 섞여 있다. 이러한 자의식과 자조를 거쳐 이 시가 도달한 곳은 다음과 같은 시행인데 이 마지막 시행은 여성 남성을 불문하고 누구에게나 가슴 서늘한 비애의 감정을 불러일으키기에 충분하다. 그것은 우리 모두가 세상을 이렇게 살고 있지 않은가 하는 반성적 의식 때문이다.

늘 지구에 한쪽만 보여주는 반쪽이 달님처럼
저 너머에는 그늘의 바다가 있다죠